Contre toi

2 – Doutes

Mot de l'éditeur

Evidence Editions a été créée dans le but de rendre accessible la lecture pour tous, à tout âge et partout. Nous accordons une grande importance à ce que chacun puisse accéder à la littérature actuelle sans barrière de handicap. C'est pourquoi nos ouvrages sont disponibles en format papier, numérique, dyslexique, braille et audio.

Tout notre professionnalisme est mis en œuvre pour que votre lecture soit des plus confortables.

En tant que lecteur, vous découvrirez dans nos différentes collections de la littérature jeunesse, de la littérature générale, des témoignages, des livres historiques, des livres sur la santé et le bien-être, du policier, du thriller, de la littérature de l'imaginaire, de la romance sous toutes ses formes et de la littérature érotique.

Nous proposons également des ouvrages de la vie pratique tels que : agendas, cahiers de dédicaces, Bullet journal, DIY (Do It Yourself).

Pour prolonger le plaisir de votre lecture, dans notre boutique vous trouverez des goodies à collectionner ainsi que des boxes livresques disponibles toute l'année.

Ouvrir un livre Evidence, c'est aller à la rencontre d'émotions exceptionnelles.

Gine Daniels

Contre toi

2 – Doutes

Couverture : **Chloé S.**

Publié dans la **Collection Vénus**

Prologue

ÉLISABETH

Cela ne pouvait être vrai. Elle devait encore dormir. La situation ne pouvait avoir basculé aussi brusquement. Tout son monde lui semblait sens dessus dessous. Elle n'arrivait même plus à parler ou à penser, seulement à assimiler plus ou moins les dernières paroles de Nathan.

Encore devant elle, il refusait même de l'effleurer du regard ; et elle… Élisabeth était incapable de réfléchir, de comprendre. Chaque mot, chaque idée se brisait dans sa tête avant même d'atteindre son cerveau.

Nathan connaissait Neal ; il connaissait son identité, leur histoire… Et pourtant, il ne croyait pas en son innocence. Il la jugeait coupable. Malgré toutes les cicatrices sur son corps et toutes les épreuves qu'ils avaient affrontées, il ne la croyait pas. Depuis leur première rencontre, il lui avait menti. Qui était l'homme qui se tenait devant elle ? Qui était son mari ? Elle se trouvait face à un inconnu. Elle s'était offerte à lui ; elle s'était ouverte petit à petit pour lui donner sa confiance et son amour. Mais il avait créé ce mirage de toutes pièces, le rôle de son homme parfait.

À présent, elle était en pièces, tout comme son cœur. Les derniers mois n'étaient faits que d'illusions en carton et son rêve de vie de famille avait fondu comme neige au soleil. Alors, qu'allait-il advenir d'eux ? Elle aurait dû poser la question à l'homme qui lui tournait à présent le dos, mais la jeune femme n'était même pas capable de parler ni de le regarder. Elle se sentait démolie… et sale, comme si elle venait de coucher avec n'importe qui, un homme au hasard. Mais Éli n'était pas ce genre de femme. Son cœur s'était à nouveau brisé et le vide ressenti dans sa poitrine était bien plus douloureux que tout ce qu'elle avait jamais pu ressentir. Elle aurait voulu se lever, exploser, faire une scène et le quitter, mais, à cet instant, elle était surtout effondrée, une montagne de déception lui faisant courber le dos.

Nathan fut le premier à quitter la chambre, sans un mot de plus, sans un regard, comme si elle n'existait déjà plus. Chaque seconde qui s'écoulait lui renvoyait à la figure chacune de ses désillusions, comme des gifles, des coups qui ne s'arrêtaient plus de pleuvoir.

Nathan ne l'aimait pas ; il ne l'aimerait jamais. Au lieu de cela, il la détestait et était prêt à lui faire vivre un enfer. Mais qu'il le croit ou non, elle y était déjà. Elle était à terre et elle n'était pas près de se relever.

NATHAN

Il avait choisi de ne pas attendre pour quitter leur suite. Mais il ne pouvait éviter Élisabeth indéfiniment, et encore moins le monde extérieur. En sortant de l'ascenseur, il rencontra Ethan et, sur ses traits, l'inquiétude succéda à la surprise.

— Tout va bien ?

— C'est fait, annonça-t-il sombrement.

Son ami était resté pour s'assurer de leur sécurité lors de leur nuit de noces, mais Nathan avait l'impression d'avoir vécu et créé un carnage émotionnel à l'intérieur de la suite.

Aussitôt, son compagnon l'entraîna à l'écart avant de l'interroger plus longuement :

— Attends, de quoi tu parles ?

Incapable de le regarder en face, il avoua malgré tout :

— Je viens de lui avouer la vérité au sujet de Neal, de ma vengeance.

— T'es malade ! Pourquoi t'as fait ça ? Tu veux ruiner votre relation ou quoi ?

— Je n'avais pas le choix.

— Si ! Tu l'avais ! s'emporta Ethan avant de prendre sur lui. Tu lui as dit que c'était fini, n'est-ce pas ?

— Qui a dit que ma vendetta était terminée ?

— C'est une blague ? Tu es amoureux d'elle, Nate ! Pourquoi tu cherches à tout gâcher ?

Il savait que, comme tout son entourage, Ethan s'était attaché à Beth et réprouvait ses intentions et ses agissements.

— Je me suis fait une promesse quand Neal est mort.

— Super ! Et comment tu te sens maintenant ? ironisa son interlocuteur. Libéré ?

Les reproches à peine voilés d'Ethan ne firent qu'attiser son propre agacement et il préféra ne pas répondre à ses provocations. La situation était déjà dure à encaisser.

Fatigué des remontrances de son ami, Nathan se dirigea vers le vaste hall de l'immeuble. Décidément, les choses ne se passaient pas comme il l'avait espéré, lui qui imaginait leur avenir radieux maintenant que ses idées étaient un peu plus claires, il était désormais en proie à la peur et à de nouveaux doutes sur ses choix à faire.

Mais inconscient des tourments qui l'habitaient, Ethan n'était pas décidé à l'aider et s'exclama d'une voix plus douce :

— Je ne suis pas aveugle, Nate. Beth est parvenue à te toucher d'une manière qui déséquilibre ton plan.

Nathan préféra se taire et garder une attitude froide en regardant droit devant lui. Son ami le connaissait trop bien. Il mourait d'envie de retourner dans cette chambre pour la prendre dans ses bras.

— Et si elle est vraiment honnête ? Tu y as pensé ? s'enquit Ethan.

Les paroles de son ami faisaient écho à sa propre conscience. Automatiquement, Nathan envoya valser cette hypothèse le plus loin possible pour ne pas avoir à y penser. Les derniers mois passés auprès d'Élisabeth avaient effacé presque tous ses doutes concernant l'innocence de sa femme ; malheureusement, Victoria ne lui laissait pas le choix. Et s'il voulait protéger sa femme, sa famille, il devait redevenir *en apparence* l'homme dur en quête de vengeance. Doutes ou pas, Victoria ne lui laissait pas le choix. Alors, pour ne pas contrecarrer ses plans et ses actions à venir, Nathan refusait d'imaginer la souffrance qu'il ferait inévitablement endurer à sa femme. La rage et la culpabilité nées de cette possibilité le poussèrent à affirmer avec fougue et colère :

— Non, elle EST coupable et elle s'appelle Élisabeth. Elle a tué Neal.

Pour ne pas céder face aux conséquences désastreuses qui résulteraient de son comportement, Nate s'accrochait de toutes ses forces à l'amour d'Élisabeth. Au nom du sien pour elle, Joshua et pour leur famille, une seule voie était déjà tracée et il ne changerait pas d'avis : il ne pouvait pas se le permettre.

1

ÉLISABETH

Cela faisait quatre jours. Quatre jours qui lui avaient paru durer une année entière. Comment allait-elle pouvoir continuer ainsi ?

Depuis que Nathan lui avait avoué la vérité, la jeune femme arrivait à peine à le regarder en face. Mais sans même le voir, elle pouvait sentir le dégoût qu'il lui portait. Elle l'entendait presque en continu : « Je sais qui tu es, Élisabeth Nichols. Je sais ce que tu as fait à Neal et maintenant, je compte bien te le faire payer. » La haine de Nathan et sa colère étaient toujours là, bien présentes, presque croissantes, et elle savait que rien ne serait plus comme avant.

Mais de son côté, Éli ne parvenait pas à se relever. Cette trahison la clouait au sol. Elle n'avait jamais aimé un homme comme elle l'avait fait avec Nathan et, après l'avoir aidée à se remettre sur ses jambes, il venait de les lui couper. Pour cela non plus, Éli ne parvenait à le regarder en face.

Heureusement, depuis leur retour de leur nuit de noces, la jeune femme avait simulé une maladie quelconque, mais assez contagieuse pour nécessiter un isolement presque permanent. Le plus difficile était de laisser Joshua aux bons soins d'un homme qu'elle ne connaissait plus.

Malgré cela, une partie d'elle continuait à lui faire confiance, à croire qu'il ferait tout pour son fils, et celui de Neal, l'enfant d'un homme qui semblait encore compter énormément pour Nathan, malgré tout ce qu'elle avait pu lui confier. Neal était mort, mais Nathan préférait croire un fantôme plutôt qu'elle. L'avait-il crue un seul instant ? Elle en doutait.

Désormais, il aurait suffi que son mari entre dans la pièce où elle se trouvait pour que l'oxygène s'évapore, que ses nerfs se rompent et que ses forces l'abandonnent. Rien qu'à l'idée de se retrouver en face de lui, alias l'incarnation de son bonheur en ruines, la jeune femme dut se retenir de fondre en larmes. Elle avait l'impression qu'à chaque instant passé en présence de Nathan, il risquerait de la frapper. Il avait beau n'avoir jamais levé la main sur elle, Élisabeth ressentait encore l'empreinte de sa haine, sa colère, et le froid glacial qui l'entourait. Il ne la toucherait plus, ne la regarderait plus, mais elle n'était même pas certaine qu'elle aurait pu le supporter.

Heureusement pour elle, les occasions pour eux de se croiser avaient été inexistantes depuis leur retour à la propriété. Pâle comme elle l'était, la jeune femme n'avait pas eu de mal à prétexter une quelconque maladie ou indigestion pour s'esquiver dans son ancienne chambre. Elle avait alors laissé Nathan s'occuper et raccompagner les McEwan jusqu'à l'aéroport. Toutefois, leur départ n'avait pas enlevé toute la pression qu'elle pouvait ressentir. Ils devaient encore jouer la comédie pour Joshua… et Maddie.

Les premiers jours, cette dernière avait tenté à plusieurs reprises de lui apporter un plateau et de venir lui tenir un peu compagnie.

Élisabeth était parvenue à rejeter ses offres, mais elle savait que la gouvernante ne s'arrêterait pas là.

Sa maladie imaginaire la maintenait aussi à distance de la chambre de Nathan, mais, là encore, elle savait que ce n'était qu'une question de temps avant qu'elle ne soit rappelée à l'ordre. Par Nathan ? Sans doute pas. D'après ses dires lors de leur dernier entretien privé, il n'avait plus aucune envie de la toucher, aussi, ne plus partager le lit conjugal avec elle ne lui poserait sans doute pas problème.

Mais il y avait toujours les apparences. Et lorsque sa « maladie » serait guérie, les contacts ne devraient plus être proscrits en public. En serait-elle capable alors ? Sachant qu'il l'avait trahie et qu'il voulait lui faire du mal ? Arriverait-elle à sourire, à le regarder, lui parler ? Parviendrait-elle à lui prendre la main ou à l'embrasser ? À l'heure actuelle, la tâche s'annonçait totalement impossible.

Les premiers jours furent sans doute les plus difficiles. Volontairement, elle se tenait à distance de tout le monde, y compris de Joshua. Ce n'était pas la chose à faire, mais elle n'arrêtait pas de pleurer et elle ne voulait pas que son fils la voie dans cet état. Elle ne pouvait rien avaler, comme empoisonnée par la traîtrise de son époux. Lors d'un de ses passages, Maddie avait suggéré d'appeler un médecin, ce à quoi la jeune femme avait rétorqué qu'il s'agissait seulement d'un virus et qu'il passerait de lui-même au bout de quelques jours. Éli avait pu lire le scepticisme de la gouvernante sur ses traits, mais cette dernière n'avait rien rétorqué, se contentant de faire la grimace.

Élisabeth savait qu'il lui fallait trouver une solution, un plan pour ne pas se laisser balayer par Nathan. Elle ne pouvait pas rester là sans rien faire… Seulement, pour le moment, elle n'avait ni la force d'agir ni la moindre idée de comment s'en sortir. Son cerveau semblait uniquement tourné vers le passé et son joli rêve construit avec Nathan, ou vers le présent et le cauchemar qu'il en avait fait. Ce cercle vicieux la gardait prisonnière et l'épuisait émotionnellement.

Elle devait faire le deuil de ce rêve, de cette famille et de cet époux en qui elle pouvait avoir confiance. Nathan était le point central de ses espoirs déçus et elle le détestait encore plus pour cela. Elle le détestait autant qu'elle l'aimait... ou du moins, c'est ce qu'elle aurait voulu. Elle n'en était pas encore là, car elle n'arrivait toujours pas à concevoir qu'il ait pu faire cela de lui-même, jouant aussi facilement la comédie de l'amoureux sans ressentir quoi que ce soit pour elle, sans la croire, même un peu. Et pourtant...

« Je dois me faire une raison. C'est un manipulateur froid et sans cœur. Il m'a toujours menti. Je dois arrêter de l'aimer et me reprendre », se répéta-t-elle des dizaines de fois. Mais les images de son sourire, de son regard, de sa tendresse et de sa douceur revenaient la hanter et la poignarder encore et encore. Ses larmes, la douleur et la peine effaçaient alors le moindre de ses progrès et la plongeaient à nouveau dans un désespoir infini.

Alors, y avait-il vraiment une porte de sortie ? Un moyen de survivre et de surmonter cela ? Elle n'en voyait aucun et son avenir n'était plus qu'un écran de fumée noire, âcre, irrespirable et sombre. C'était fini.

NATHAN

— Alors, comment ça va au pays des jeunes mariés ? ironisa Ethan, tout en étudiant un dossier.

Assis en face de lui dans son bureau de la résidence, son ami arborait un sourire sarcastique et Nathan chercha à peine à dissimuler son agacement. Élisabeth et lui étaient revenus de leur nuit de noces depuis quatre jours et sa femme restait cloîtrée dans sa chambre, prétextant une quelconque maladie.

— Ne commence pas…

— Non, parce que, depuis votre nuit de noces, je ne l'ai pas encore revue, et quelque chose me dit qu'elle n'est pas attachée à ton lit pour un quelconque jeu sexuel.

Tout en feignant de lire les documents sur son bureau, il marmonna :

— Je ne lui ai rien fait. Elle est souffrante.

— Tu m'étonnes…

Si ce mensonge lui avait paru plus facile pour expliquer la situation, il savait qu'Ethan n'était pas dupe. Il comptait d'ailleurs sur ses réactions pour adapter son jeu.

— Quelle excuse as-tu donnée à Joshua ? insista son compagnon.

Nathan soupira : il savait qu'Ethan ne lâcherait pas le morceau de sitôt.

— Je lui ai dit que sa mère était malade et contagieuse, raison pour laquelle il ne pouvait pas aller la voir pour le moment. Si, au début, il a eu l'air de comprendre, à présent, il me demande tous les jours s'il peut la voir. Et comme Éli reste terrée dans sa suite, je suis obligé de lui dire non à chaque fois. Elle me fait endosser le mauvais rôle aux yeux de Joshua et ça commence sérieusement à m'énerver.

— Oh, pauvre Nathan ! le plaignit son interlocuteur avec cynisme.

Cela valut à Ethan, un regard noir qui ne fit qu'accentuer son amusement.

— J'ai essayé de l'occuper autant que possible avec des sorties, des jeux, des surprises et des cadeaux pour contrebalancer l'absence de sa mère, mais ça n'a pas comblé le manque.

— À quoi tu t'attendais ? On parle de sa mère qui l'a toujours couvé et mis en priorité dans sa vie. Il a toujours tout vécu avec elle. Tu ne fais pas le poids avec toutes tes distractions.

— N'en rajoute pas, lui reprocha le père de famille.

Pourtant, il reconnaissait que son ami avait raison. Heureusement, il pouvait compter sur le soutien de Maddie, plus habituée à gérer des enfants. Pour le consoler, elle lui avait suggéré de faire des dessins qu'elle remettrait à sa mère en lui apportant ses repas. Pour enfoncer le clou un peu plus, Ethan renchérit :

— Tu sais que Maddie s'inquiète aussi pour Élisabeth. Elle dit que ta femme n'a pas bonne mine.

— Elle est malade, Ethan. Quand tu es malade, tu n'as jamais vraiment l'air en forme.

Maddie était la seule à avoir vu Élisabeth depuis leur retour. Même lui n'avait pas trouvé le courage de reparaître devant sa femme. Depuis les révélations de Victoria, le jour du mariage, il savait sa couverture fragile en présence de Beth, elle lui manquait et son besoin de la protéger risquait de mettre son plan en péril.

— Es-tu seulement passé la voir depuis votre retour ? l'accusa son compagnon.

À ces mots, il grimaça intérieurement. Ethan n'était pas enquêteur pour rien, il était intelligent et il le connaissait bien trop.

— Tu as peur de te laisser convaincre, n'est-ce pas ? Je sais que tu as encore des sentiments et du désir pour elle.

— Ce n'était qu'un rôle qu'elle interprétait !

— Pourtant, tu avais presque fini par y croire totalement. C'est pourquoi tu as peur...

— Je touche au but, Ethan ! Je ne vais certainement pas me laisser berner maintenant... Je suis à deux doigts d'obtenir ma vengeance.

— Au risque de tout perdre ? Allons, Nathan, réfléchis encore et laisse-moi un peu de temps pour...

— Non !

Il avait parlé d'un ton ferme en regardant son ami droit dans les yeux.

— Ma décision est ferme et définitive. Maintenant, remettons-nous au travail, je n'ai pas envie d'y passer la nuit.

— C'est vrai que tu as une femme qui t'attend dans ton lit.

La provocation de son compagnon le frappa douloureusement et le submergea de regrets. Mais alors qu'il s'apprêtait à répliquer, un coup à la porte l'empêcha de poursuivre. Le sourire d'Ethan s'étira à nouveau, titillant un peu plus sa retenue. Agacé, il fusilla son ami du regard tout en s'exclamant d'une voix forte et glaciale :

— Entrez.

La gouvernante apparut, un plateau avec deux tasses de café dans les mains. Tour à tour, les deux hommes la remercièrent. Cependant, contrairement aux autres fois, Maddie resta debout à côté du fauteuil d'Ethan.

— Oui ?

— Je pense qu'il faudra appeler le médecin, si Mme Reed est toujours contagieuse demain.

« Et m… », pesta-t-il intérieurement en retenant le soupir dans sa poitrine. Pas la peine de jeter un œil à son ami, il l'imaginait déjà se repaître de cette situation. Nathan reposa alors son crayon et, gardant une expression indéchiffrable, il se laissa aller contre le dossier de son fauteuil.

— Tout va bien, Maddie. Ma femme a juste besoin de se reposer. Elle ira mieux dans quelques jours.

— Je suis désolé de vous contredire, monsieur, mais, pour reprendre des forces, elle a besoin de s'alimenter ; et pour le moment, elle touche à peine aux plateaux que je lui apporte.

Pour cacher son inquiétude, Nathan baissa les yeux. Beth allait-elle si mal que cela ? Il dut s'accrocher à son fauteuil pour retenir son corps déjà prêt à s'élancer pour la rejoindre. « Je dois d'abord connaître le fin mot de l'histoire et découvrir ce qui nous menace vraiment. » Il essaya ainsi de se convaincre. Et pour cela, son comportement vis-à-vis d'Élisabeth parlerait de lui-même.

— L'avez-vous vue ? Lui avez-vous parlé ? s'inquiéta la gouvernante, attirant à nouveau son attention.

Gardant son calme et son sérieux, il répondit d'un ton monocorde :

— Je ne l'ai pas vue…

Déjà, Maddie s'apprêtait à insister, aussi ajouta-t-il plus doucement, un sourire rassurant étirant ses lèvres :

— Je préfère éviter les risques de contamination, pour que Joshua ne soit pas privé de ses deux parents. Mais je lui ai parlé et elle m'a assuré qu'elle allait mieux. Elle n'a juste pas d'appétit pour le moment, mais je suis certain que cela changera très vite.

Sur les traits de sa gouvernante, il lisait son scepticisme, elle était déjà très attachée à la nouvelle maîtresse de maison. Au moins, s'il devait se comporter comme un enfoiré, Élisabeth pouvait compter sur de vrais soutiens et cela le rassurait.

— Écoutez, Maddie, je connais Beth et je sais qu'elle est plus forte qu'il n'y paraît. Ce n'est pas un méchant virus qui aura raison d'elle. Mais si ça peut vous rassurer, j'appellerai le médecin demain, si elle ne se sent pas mieux.

La gouvernante ne répondit rien, se contentant d'acquiescer, avant de tourner les talons. Il ne pensait pas qu'elle se doutait de quelque chose, mais il savait aussi qu'il devait agir.

Qu'allait-il faire, à présent ? Quelques mois plus tôt, il prévoyait encore de détruire Élisabeth et, même si ce n'était plus le cas aujourd'hui, il devait mettre ses sentiments de côté pour se replonger dans la noirceur de sa vengeance. C'était le seul moyen de la protéger. Le témoignage de Victoria était la seule preuve accusant Élisabeth, mais le marshal avait passé ces dernières années auprès d'elle. Cela pesait suffisamment dans la balance pour renverser la situation et faire renaître ses doutes, même si Ethan n'avait rien trouvé. Mais son ami était professionnel et Nathan le connaissait suffisamment pour savoir qu'il avait cherché partout la moindre preuve contre Beth. Pourtant, il allait devoir agir comme si les accusations portées par le marshal étaient vraies. C'était ce que Victoria attendait de lui et, pour endormir ses soupçons, il devait lui donner ce qu'elle voulait, faire souffrir Élisabeth de l'intérieur.

À quoi allaient ressembler leurs vies ? Ils venaient de se marier et ne pouvaient pas se comporter comme des étrangers ou deux parties d'un couple qui s'affrontaient déjà. Il devait mettre les points sur les « i » et rappeler – à contrecœur – à sa femme, les termes du contrat de mariage qu'ils avaient signé.

— Je vais y aller, annonça finalement Ethan en se levant.

La voix de son ami interrompit le flot de ses pensées un peu brusquement, aussi répliqua-t-il d'un ton légèrement perdu :

— On refait un point demain.

— J'y compte bien.

Quelque chose lui disait qu'Ethan n'évoquait pas le même sujet, et ce dernier le lui confirma aussitôt :

— Tu ne pourras pas rester indéfiniment dans ce statu quo, Nate. À un moment ou un autre, tu devras te retrouver en face de ta femme. Et, pour le bonheur de ta famille, le plus tôt serait le mieux.

Du regard, Nathan suivit son ami jusqu'à ce que ce dernier ait disparu. Ses conseils tournèrent en boucle dans un coin de sa tête, même lorsqu'il tenta de se remettre au travail. Petit à petit, le silence devint envahissant, le calme avant la tempête. Mais pourquoi perdre du temps, alors que cette rencontre était inévitable ?

Sans plus attendre, Nathan se leva et quitta son bureau. Pieds nus, sans hésitation, il traversa les différentes pièces doucement éclairées par quelques lampes disséminées ici et là. Mentalement, il s'encourageait et se rappelait ses raisons. En affaires et négociation, il était un expert du double jeu, mais, à présent, son cœur entrait en ligne de compte. Il devait s'en servir comme moteur, et non comme boulet pour le freiner. Victoria les surveillerait sûrement à distance et, pour avoir l'air convaincant, il ne devait pas retenir ses coups.

Devant la double porte, il marqua une pause et prit une profonde inspiration. Il s'encouragea avant d'expirer : « Rappelle-toi le danger qui menace. » Doucement, il tenta d'ouvrir la porte qui lui résista, Élisabeth avait mis le verrou. Loin de l'arrêter, il descendit à la cuisine où étaient rangés les doubles de toutes les clés de la maison – heureusement répertoriées.

De retour devant la porte de sa femme, son inquiétude était montée d'un cran, aussi prit-il sur lui pour tourner la clé et ouvrir le battant aussi délicatement que possible. Sans un mot, sans un bruit, mais une pointe de soulagement qu'il tenta d'oublier, il entra.

2

ÉLISABETH

Quelle heure était-il ? Le jour allait-il bientôt percer ? Avait-elle dormi ? Éli connaissait déjà la réponse à cette question, elle n'avait quasiment pas fermé l'œil depuis la nuit de noces. Les rares fois où la fatigue avait eu raison d'elle, ses cauchemars l'avaient rapidement ramenée à une réalité presque identique et douloureuse. N'y avait-il pas d'échappatoire ?

Elle ne voulait pas être là. Elle ne voulait pas de cette vie ni pour elle ni pour Joshua. Mais quel autre choix s'offrait à elle ? Quelle autre vie où ils seraient en sécurité ?

De toute évidence, *elle* ne l'était pas vraiment. L'épée de Damoclès au-dessus de sa tête était différente, mais pas moins dangereuse. Désormais, elle serait le jouet de Nathan Reed et devrait répondre à son bon vouloir. À présent, elle savait à qui elle avait affaire, mais elle n'en était pas plus rassurée. Il allait lui prendre Joshua, elle le savait, et elle n'arrivait pas à le supporter.

« Alors quoi ? Tu vas te battre ? Avec quelles armes ? » l'interrogea sa conscience. Éli avait bien connaissance de l'absence de moyens en sa possession. Elle n'avait rien pour faire pencher la balance de son côté et convaincre Nathan de son innocence. S'il ne l'avait pas compris jusqu'à présent, rien ne pourrait lui ouvrir les yeux.

Il lui sembla alors entendre un bruit, très faible et, en un instant, la jeune femme fut aux aguets, tendue. Les poings serrés, elle attendit, tremblante, réfléchissant à un moyen de se défendre ou de s'enfuir. « Cela n'arrivera pas si je reste cachée sous ma couette. » Elle se rappela alors sa batte de base-ball rangée dans son dressing. Élisabeth l'avait gardée pour se rassurer. « Juste au cas où... » Si elle arrivait jusque-là, elle aurait peut-être une chance...

Lentement, dans un soupir, comme si elle dormait encore, la jeune femme roula sur le côté du lit. Elle n'arrivait pas à savoir s'il y avait bien quelqu'un dans la pièce et de quel côté il se trouvait. Les rideaux occultaient toute lumière extérieure.

La peur au ventre, Élisabeth attendit encore, une transpiration glacée couvrant son corps. « Ce n'est pas le moment de paniquer. » N'y tenant plus, elle repoussa brusquement ses draps et se leva en bousculant au passage son visiteur nocturne qui tenta de lui attraper le bras. L'effet de surprise l'avait légèrement fait chanceler, ce qui démontrait sa force et sa carrure. Il lui fallait absolument cette batte. Avec l'énergie du désespoir, elle parvint à atteindre le dressing et à appuyer sur l'interrupteur avant de récupérer la batte. Malheureusement, au même moment, l'intrus l'enlaça dans son dos, posant une main sur sa bouche tout en essayant de lui faire lâcher son arme de l'autre. La jeune femme se débattit comme une hystérique, s'accrochant à la batte devenue son seul espoir.

— Beth, c'est moi. C'est Nathan. Calme-toi.

La surprise la soulagea un bref instant, avant que le dégoût et la colère ne se substituent à la panique. Être dans ses bras, sentir son corps contre son dos faisait remonter à la surface tous ses espoirs tués, tous les mensonges de son mari et la haine qu'il lui inspirait à présent. À nouveau, la jeune femme se débattit en essayant de lui faire autant de mal qu'elle en ressentait. Il avait beau être plus fort qu'elle, la jeune femme ne pouvait s'empêcher de jouer des coudes.

— OK, j'ai compris, tu es en colère. Je vais te lâcher, mais calme-toi.

Malgré son ton normal, sa voix grave la fit frissonner et elle détestait cela. Comme promis, il la libéra doucement et, aussitôt, elle s'écarta avant de lui faire face. C'était la première fois qu'elle se retrouvait face à lui depuis leur retour ; la première fois qu'elle posait les yeux sur lui et croisait son regard depuis l'aveu de sa trahison. Automatiquement, elle sentit ses larmes monter, cet homme, son mari, lui faisait tellement de mal. Après les années d'enfer auprès de Neal, elle n'aurait jamais cru pouvoir revivre cette souffrance et cette torture intérieures. Avec Nathan, ce n'était pas physique, mais son amour et sa confiance brisés la lacéraient aussi profondément que les coups portés par son ex-mari. De toutes ses forces, Élisabeth serrait la batte entre ses mains, la brandissant comme si elle était prête à frapper une balle. Il s'agissait autant d'un geste d'autodéfense que d'attaque, quand bien même elle aurait voulu lui rendre toute la douleur qu'elle ressentait depuis son aveu.

D'un ton presque glacial, Nathan la défia :

— Qu'est-ce que tu vas faire ? Tu vas me tuer moi aussi ?

Ce fut la goutte d'eau qui fit déborder le vase et déclencha les hostilités. Furieuse et blessée qu'il ne croit pas en son innocence, la jeune femme avança vers lui pour le frapper avec la batte qu'il attrapa sans difficulté avant d'attirer à nouveau Élisabeth contre lui. Avec une facilité qui la déconcerta, il lui fit lâcher son arme avant de la pousser jusqu'au mur. Face contre la paroi, il la plaqua solidement dos à lui, pressant son corps contre le sien. Pour l'empêcher de frapper, il lui maintint les bras au-dessus de la tête et resta ainsi sans bouger jusqu'à ce qu'elle s'épuise d'elle-même.

Le souffle court, le corps tendu par la peur, la tension et une part de désir, Élisabeth finit par s'immobiliser, attendant le prochain geste de Nathan, non sans espérer y trouver une faille. Contre toute attente, pendant plusieurs minutes, il resta sans bouger, en silence, la maintenant simplement captive. Elle ne comprenait pas. Qu'attendait-il ? Restait-il ainsi volontairement ou était-il partagé par des sentiments contradictoires ? Cette idée, cet espoir lui donnait *presque* envie de se tourner vers lui pour l'embrasser. Elle avait beau en avoir envie, elle ne s'en sentait pas pour autant capable.

— Ça y est ? Tu es calmée ?

De sa voix dure, il réduisit ses espoirs à néant. Fermant les yeux, la jeune femme posa le front contre le mur devant elle. Ce nouveau coup à son moral l'achevait un peu plus.

— Pourquoi es-tu venu, Nathan ? Pourquoi es-tu là ?

— Je devais m'assurer que tu étais toujours en vie.

— Tu *devais*.

— Je ne suis pas là de gaieté de cœur, Éli. À cause de ta version du malade imaginaire, Joshua et Maddie se posent des questions. Donc, dès demain, tu vas arrêter de jouer les pestiférées et te comporter normalement. Maintenant que nous sommes mariés, nous avons une certaine image à donner et à préserver.

— Pour combien de temps ? demanda-t-elle, la gorge nouée.

— Le temps qu'il faudra.

Éli sentait son souffle chaud sur elle, sur ses cheveux. Elle ressentait même des picotements sur sa peau à l'idée qu'il puisse la toucher autrement. « C'est fini tout cela. Ce n'était qu'une illusion. » Sa conscience la rappelait à l'ordre.

— Je ne suis pas certaine de pouvoir y arriver. Le simple fait que tu puisses m'effleurer…

D'un ton dur, Nathan l'interrompit en serrant les dents :

— Quoi ? Te répugne ?

En un instant, Élisabeth sentit sa main se poser sur son sein qu'il caressa, tout en taquinant la pointe qui se dressait sous son pouce. Instantanément, la jeune femme se raidit et se mordit l'intérieur de la bouche pour ne pas gémir. Mais, au long soupir de son compagnon, elle comprit que sa réaction n'était pas passée inaperçue.

— Qu'est-ce que tu disais ?

— Cela n'a rien à voir avec le désir que tu m'inspires encore. Chaque fois que tu poseras la main dans mon dos, que tu me prendras la main ou que tu m'enlaceras, j'aurai un mouvement de recul automatique.

— Parce que tu me détestes ? ironisa-t-il tout près de son oreille.

— Parce que tu me veux du mal. Ce n'est ni plus ni moins qu'un geste d'autodéfense.

Nathan marqua une pause, gelant peu à peu leur étreinte d'un froid polaire avant de répliquer :

— Arrête de jouer la comédie avec moi, Éli. Cela ne prend pas.

— Oh, crois-moi, je ne mens pas quand je dis que si tu me lâches, je risque de t'arracher les yeux.

Elle l'entendit pouffer légèrement contre son oreille, et un frisson glacé coula dans son dos, alors que la main de Nathan glissait de son sein à son ventre, puis sous la ceinture de son pantalon en satin.

— Sauf si je parviens à t'apprivoiser avant.

La panique la saisit, lorsqu'il commença à la caresser.

— Non, Nathan. Je t'en prie, non, balbutia-t-elle, affolée.

— Pourquoi pas ? Laisse-moi te faire jouir.

— S'il te plaît, non, ne fais pas cela.

— Je sais que tu en as envie, Éli, chuchota-t-il sensuellement contre son oreille.

Déjà, il glissait les doigts sous le coton de son slip. Elle ne pouvait pas empêcher son corps de réagir, mais était-ce vraiment ce qu'elle voulait ? Que cet homme qui l'avait si douloureusement trahie et blessée la touche aussi intimement ? Elle se savait encore partagée, en ce qui le concernait, mais elle avait toujours une certitude : Nathan ne l'aimait pas et cherchait simplement à la dominer, à jouer avec elle pour prouver qu'il la contrôlait, elle, autant que sa vie. « Comme Neal », songea-t-elle, avant qu'un regain d'espoir ne naisse en elle. Les doigts de Nathan embrasaient sa féminité, lorsqu'elle se rebella, sa respiration altérée :

— Maintenant, je comprends pourquoi Neal et toi étiez aussi proches. Vous êtes pareils : vous n'acceptez pas qu'une femme vous dise *non*. Vous ne comprenez pas que *non* veut dire *non*.

3

NATHAN

Aussitôt, sa main cessa de bouger. Il n'aimait pas cette accusation ni cette possibilité qui le mettait mal à l'aise. Non sans culpabilité, il retira sa main. Le temps qu'il frôle son bas-ventre, elle se raidit et s'écarta instantanément avant de se retrouver contre lui. À nouveau, elle s'éloigna comme si elle venait de se brûler.

Avec un soupir, Nathan la relâcha et recula. Comme tétanisée, Éli ne bougea pas. Elle continuait à lui tourner le dos, entre la peur et le dégoût. « C'est la fracture attendue par Victoria », se reprit-il pour ne pas faire marche arrière. Posant les yeux sur elle, une dernière fois, il tourna les talons. Il devait partir, s'éloigner d'elle pour ne pas flancher.

— Pourquoi ne me crois-tu pas ?

La voix de sa femme l'arrêta, alors qu'il arrivait à la porte de la suite.

— Pourquoi préfères-tu le croire lui plutôt que moi ? Tu as vécu avec moi, avec Joshua, tous ces derniers mois. Pourquoi ne veux-tu pas me croire ?

Sa voix était rauque, mais ça n'avait rien à voir avec le désir. Elle était brisée, éraillée, comme après avoir trop pleuré. Cependant, il refusait de se retourner pour revoir ses yeux cernés et ses traits creusés. Il devait rester dans son personnage froid avec cette optique, Neal était mort et Éli était coupable de son meurtre.

— Je n'ai pas à me justifier auprès de toi. Je suis venu te rappeler que tu as signé un contrat avant notre mariage et que tu dois t'y tenir.

— À quoi bon, si je suis déjà condamnée et que tu me feras payer, quoi qu'il arrive ?

Aussitôt, il serra les dents, cette possibilité ne lui avait même pas effleuré l'esprit. Son ego et son assurance l'avaient toujours fait se croire plus fort et plus intelligent que tout le monde, y compris elle. Élisabeth lui avait paru docile sous son emprise. Aveuglé par son projet, puis ses sentiments pour elle, il avait oublié la possibilité qu'elle puisse se rebeller. Comment avait-il pu être aussi stupide !

Prenant une profonde inspiration et son expression la plus glaciale, il se retourna et fonça droit sur elle. Élisabeth recula devant lui, comme si elle craignait qu'il ne la frappe et, grâce à la lumière provenant du dressing, il distingua son visage émacié et son regard dénotant une confusion de ses sentiments. Il s'encouragea pour ne pas perdre la face : « Ne te dégonfle pas : tu dois être le diable qu'elle imagine. »

— Ne t'avise pas de me provoquer. Tu m'entends ? À ce jeu-là, tu perdrais à coup sûr. À présent, Joshua est aussi mon fils. Ne m'oblige pas à l'éloigner de toi plus vite que je ne le projette.

Il lut de la peur dans le regard de sa femme, mais il lui sembla aussi discerner une étincelle de colère qui le rassura. Et, avant même de savoir ce qu'il faisait, il prit délicatement le visage d'Éli dans ses mains et s'empara de ses lèvres. Ce n'est qu'une fois la surprise passée que la jeune femme s'écarta, le regard embué de larmes. Il ne put s'empêcher de ressentir un coup dans le ventre et au cœur, en voyant les fêlures se former sur elle, comme si elle se brisait petit à petit devant lui. « Et dire que j'avais voulu ça, venger Neal et la réduire en miettes. »

— Pourquoi fais-tu ça, Nathan ? retentit sa voix éraillée et faible.

— Pour qu'on s'entraîne. En public, devant les autres, tu ne devras pas t'écarter, Beth.

— Il aurait peut-être fallu y penser avant de me briser.

— Allons… Nous savons très bien tous les deux que tu ne fais que jouer la comédie, alors avoir l'air amoureuse de moi et heureuse ne devrait pas être si compliqué que ça pour toi. Et plus tu essayeras de t'écarter, plus je te serrerai contre moi pour t'embrasser. Alors, évite de me provoquer, si tu ne veux pas avoir à en subir les conséquences.

Il conclut ses menaces par un baiser qu'il vola sur ses lèvres. Il aurait voulu s'attarder plus longuement, mais il en avait déjà assez fait et dit pour la convaincre et se blesser lui-même. À nouveau, il s'éloigna pour ne plus revenir. Doucement, il referma la porte derrière lui et marqua une pause, pas pour y retourner, mais pour accueillir le contrecoup des dernières minutes. Qu'est-ce qui lui avait pris de caresser et d'embrasser Élisabeth ? Avait-il perdu la tête ? « Je ne dois pas rester là. » Puis, il s'éloigna et redescendit au rez-de-chaussée.

Enfermé dans son bureau, il se servit un verre de scotch, qu'il vida d'une traite avant de le remplir à nouveau. « Il faut que je me calme », se dit-il en soupirant. Mais il revoyait le regard blessé d'Élisabeth, ses larmes qui menaçaient. Ce n'était que le début et il ne pouvait pas se permettre de perdre pied. Déjà ses pensées l'entraînaient sur une pente savonneuse. Sous sa paume, ses doigts, il ressentait encore la douceur de sa peau, la rondeur de ses formes et la chaleur moite de sa féminité. Il ferma les yeux pour tenter de se reprendre, mais tomba aussitôt dans un piège. Son sourire, son regard qui pétillait, son rire tapissaient son esprit, de même que ses gémissements et son expression, lorsqu'elle s'abandonnait ou se blottissait contre lui, les reverrait-il un jour chez elle ?

Lentement, tristement, Nathan rouvrit les yeux : il connaissait trop bien la réponse. En décidant d'aller au bout de son plan, il savait ce qu'il risquait, mais Élisabeth en valait la peine. Mais pour l'instant, ce jardin secret resterait uniquement dans sa tête.

ÉLISABETH

Après la visite nocturne de Nate, la jeune femme avait été incapable de fermer l'œil, non parce qu'elle craignait de le voir revenir, mais les derniers événements et les gestes qu'il avait eus envers elle, l'avaient trop… troublée. La peur et la colère s'étaient livrées une bataille longue et acharnée au cours des heures qui avaient suivi, levant bien assez de poussière pour dissimuler le désir, l'excitation et la culpabilité qu'elle éprouvait alors. En se retrouvant dans ses bras, les souvenirs de l'homme aimant qui l'avait séduite s'étaient mélangés avec la réalité où elle avait cru revoir certains regards, certains comportements. Des illusions évidemment et elle s'en voulait atrocement d'y avoir cru. « Il n'en a rien à faire de moi ! Tout ce qui l'intéresse, c'est d'avoir le dessus, de me contrôler et de m'utiliser à sa convenance. » C'est ce qu'elle comprit bien avant les premières lueurs du jour. Non sans déception, la jeune femme comprit qu'elle allait devoir se reconstruire une carapace, elle qui venait à peine d'abandonner la dernière grâce aux bons soins de son mari.

Prête de bonne heure, la jeune femme descendit dans la cuisine avant même le début de service de Maddie. Plus tard, alors qu'elle montait réveiller son fils, elle croisa la gouvernante et la remercia chaleureusement.

—Je suis soulagée de constater que vous vous sentez mieux, madame Reed. À présent, il va falloir vous remplumer un peu pour vous redonner des forces et des couleurs. Je pourrais vous préparer votre plat préféré pour le dîner, qu'en dites-vous ?

Son attention fit sourire Élisabeth, qui répondit en posant une main amicale sur l'épaule de sa compagne :

— C'est gentil, mais mon estomac est encore un peu fragile. Je pense me contenter de bouillons et de salades pour le moment.

Maddie pinça des lèvres, mais n'ajouta rien. Peut-être l'imaginait-elle en train de suivre un de ces régimes à la mode. Quoi qu'il en soit, sans qu'elle sache pourquoi, la jeune femme n'arrivait à rien avaler de solide depuis le lendemain du mariage. Sans doute était-ce simplement lié au stress de sa situation, mais, pour le moment, Élisabeth n'avait pas le temps de s'en soucier.

Avec impatience, la jeune femme remonta à l'étage et, non sans précautions, elle entra dans la chambre de son fils. Ses lèvres s'étirèrent en un sourire amusé en devinant qu'il ne dormait plus, même s'il était encore caché sous ses draps. D'un ton faussement enjoué, elle s'exclama :

— C'est bizarre, Joshua n'a pas l'air d'être dans son lit. Je me demande bien où il peut être.

Faiblement, elle l'entendit glousser, mais comme si de rien n'était, la jeune femme poursuivit :

— Je suis encore bien fatiguée, alors, en attendant qu'il revienne, je vais m'allonger sur son lit et faire une sieste.

Au moment où elle allait exécuter sa menace exactement à l'endroit où il se trouvait, la voix de Joshua s'exclama joyeusement :

— Je suis là ! Je suis là !

Un sourire plein d'amour contredisant ses propos, elle fit semblant de lui reprocher :

— Tu as encore voulu me faire une farce. Tu sais ce qui va t'arriver, je vais devoir te chatouiller.

Sans perdre une seconde, Élisabeth fit courir ses doigts sous les pieds et les bras de son fils qui rit aux éclats tout en se tortillant contre elle.

— Je vais t'apprendre à vouloir me taquiner.

Cela ne dura qu'un temps avant qu'elle ne le prenne dans ses bras, tandis qu'il se blottissait contre elle, sous les draps. Tout en lui caressant les cheveux, Élisabeth ferma les yeux, c'était un des moments qu'elle préférait entre tous. Comme toujours, Joshua était son seul réconfort, sa lumière dans la nuit, et elle y tenait trop pour laisser Nathan s'interposer entre eux sans lutter.

Contre elle, Joshua s'enquit :

— Tu n'es plus malade ?

— Plus autant. Et puis, tu me manquais trop. Maintenant que je te vois et que tu es avec moi, je me sens beaucoup mieux.

— Je suis content.

— Moi aussi, mon cœur.

Pendant de longues minutes, ils restèrent ainsi, sans bouger, si bien qu'Élisabeth le crut à nouveau endormi. Elle aurait aimé que le temps s'arrête ou qu'ils restent là, seuls, pendant des heures. « Comme avant. Juste nous deux. »

4

ÉLISABETH

Mais la réalité reprit trop vite ses droits, lorsque la porte s'ouvrit lentement, attirant aussitôt son regard noir. Instantanément, elle foudroya Nathan. Le visage de son mari se ferma au moment où il l'aperçut.

— Qu'est-ce que tu fais là ? s'enquit-il froidement.

— Je suis venue embrasser et rassurer *mon* fils.

— Tu vas surtout réussir à le mettre en retard pour aller à l'école, lui reprocha-t-il en approchant du lit. Allez, mon grand, dépêche-toi d'aller prendre ton petit déjeuner, Maddie t'a préparé des pancakes.

— Avec du sirop d'érable ?

— Évidemment, répondit Nathan en lui souriant.

— Super !

Déjà, Joshua glissait hors des draps et contournait son lit. Incrédule, sa mère s'exclama :

— Tu m'abandonnes pour des pancakes ?

— J'ai faim, maman, s'excusa-t-il avant de disparaître.

Elle ne put s'empêcher de sourire, amusée, avant que son regard ne se repose sur Nathan, qui se tenait encore à côté du lit. Il portait déjà son costume d'homme d'affaires impitoyable, un trois-pièces bleu marine qui faisait ressortir la glace de ses yeux. Cette banquise s'était-elle refroidie parce qu'elle était la cible de son regard ? Sans doute.

Rapidement, elle glissa de l'autre côté du lit pour éviter son mari, mais ce dernier s'interposa entre la porte et elle. Les mains levées pour le repousser, elle le mit en garde :

— Ne me touche pas.

— Rassure-toi, ce n'était pas mon intention. Mais il faudra tôt ou tard qu'on en arrive là.

— Rien n'est moins sûr, marmonna-t-elle en passant à côté de lui.

Aussitôt, la jeune femme sentit un étau solide se refermer sur son bras. Étrangement, il ne lui faisait pas mal, mais il était assez fort pour la retenir. D'une voix lente et aussi glaciale que sa poigne, il déclara :

— Ne t'avise pas de me défier, Éli. Je t'ai déjà prévenue.

Automatiquement, elle plongea dans son regard incisif avant de s'accrocher de toutes ses forces au bonheur de son fils pour repousser toutes ses faiblesses que son mari contrôlait déjà. « Ne craque pas devant lui, ne lui cède pas. Pense à Joshua. » Sur ces pensées, elle parvint à ne pas baisser les yeux.

— Je ne te laisserai pas me l'enlever. C'est *mon* fils.

— Maintenant, c'est aussi le mien et j'ai bien plus à lui offrir que toi.

— Parce que tu as de l'argent ? Mais ça ne fait pas tout ! Tu es officiellement son père depuis moins d'une semaine, alors que je suis sa mère depuis des années, tu n'as rien à m'apprendre sur la façon de l'élever.

Sans ciller, il affirma avant de la lâcher.

— Bientôt, la question ne se posera plus.

Les yeux rivés sur lui, la jeune femme recula.

— Je ne me laisserai pas faire.

— Ne sois pas ridicule, Éli, tu gâcherais le peu de temps qu'il te reste à passer avec lui.

Cette menace et cette possibilité furent tels des coups de poignard dans sa poitrine et dans son ventre. Cela ne pouvait pas se finir comme ça. Mais par-dessus tout, la jeune femme savait qu'elle ne devait rien montrer à son adversaire, aussi releva-t-elle le menton pour répondre :

— Tu veux me prendre mon fils et ma liberté, mais je me battrai. Je n'ai plus rien à perdre de toute façon.

Et sur cette dernière annonce, Élisabeth quitta la pièce avant de descendre à son tour dans la cuisine parce qu'elle voulait passer du temps avec son fils, mais aussi parce qu'elle y serait sans doute plus en sécurité. Elle était certaine que Nathan ne serait jamais violent avec elle, mais son côté imprévisible et son intelligence lui faisaient peur. Il était manipulateur, calculateur et pragmatique, avec toujours au moins un coup d'avance. Désormais, malgré elle, la jeune femme avait l'impression d'être une marionnette entre ses mains. Sa volonté restait bien à elle, mais son cœur ? Parviendrait-elle encore à s'échapper de cette prison empoisonnée ?

Il le faudrait. Si elle voulait garder Joshua et rester à ses côtés, elle devrait s'élever au niveau de son adversaire. Mais lui en laisserait-il seulement le temps ou l'occasion ?

NATHAN

De toute évidence, Élisabeth n'était plus décidée à faire profil bas. En mentionnant Joshua, il avait réveillé la lionne protectrice qui s'interposerait chaque fois qu'il tenterait de s'approcher de l'enfant et d'agir en tant que parent. La guerre était désormais déclarée et, à chaque face-à-face avec sa femme, il ressentait de plus en plus le dégoût de cette dernière.

Il n'était pas surpris et plutôt soulagé de la voir rebondir ainsi. C'était la réaction qu'il attendait d'elle, surtout vis-à-vis de Joshua. Mais ce dernier était aussi son fils. Il se faisait un devoir de rester près de lui et de veiller sur lui, quitte à affronter aussi Éli sur ce champ de bataille. « De toute façon, elle a déjà une piètre opinion de moi, ça ira avec mon costume de salaud. »

Sans plus attendre, il descendit à son tour à la cuisine où tout le monde était réuni. Tandis que Joshua prenait son petit déjeuner, Éli se tenait debout devant le plan de travail pour préparer son déjeuner. Avec enthousiasme, le petit garçon lui racontait l'évasion de Roger, le lapin blanc de sa classe, qui avait trouvé le moyen d'ouvrir la porte de sa cage. Un sourire amusé et attendri accroché à ses lèvres, elle l'écoutait avec tendresse et l'interrogeait avec intérêt. En d'autres circonstances, ce tableau de famille lui aurait fait plaisir. Mais désormais, il remuait plutôt le couteau dans la plaie, aussi fit-il rapidement son entrée, refroidissant automatiquement l'atmosphère autour de sa femme. Éli tenta de le cacher, mais il distingua le moment où elle le vit, elle se redressa, se raidit, et son sourire disparut, alors que son visage se fermait légèrement. Elle faisait tout pour l'éviter superbement, ce qui provoqua aussitôt chez lui, une envie de la défier.

Avec nonchalance, il s'approcha de sa femme, non sans voir une forteresse se construire à toute vitesse autour d'elle. Éli se préparait à son attaque, mais, lorsqu'il frôla ses hanches, puis son dos, il la sentit frissonner avant de se rapprocher du comptoir. Sa réaction amena un sourire sur les lèvres de Nathan qui caressaient les cheveux détachés de sa femme. Il la touchait à peine, se contentant de l'effleurer, mais, à en juger le malaise d'Élisabeth, c'était suffisant pour la faire réagir. Ses mains posées sur l'îlot de part et d'autre d'elle, il la gardait prisonnière, tout en étudiant chacun de ses gestes, de ses tremblements. Pour le moment, elle tenait bon, feignant un calme qu'elle était loin de ressentir.

— À ce que je vois, Joshua te tient informé de la nouvelle version de *Prison Break* avec en vedette Roger, le lapin.

Il parlait d'une voix sensuelle et traînante pour la provoquer, mais Éli restait toujours aussi rigide, tandis que sa colère irradiait de son corps.

— Arrête !

Ce n'était qu'un murmure, mais son ton était aussi tranchant que le couteau qu'elle utilisait pour découper les ingrédients composant le sandwich pour Joshua. Sans se formaliser et pour la provoquer encore un peu, il ramena ses cheveux sur une de ses épaules pour découvrir son cou vers lequel il se pencha pour chuchoter.

— Nous sommes de jeunes mariés, Éli. Nous sommes censés agir comme tels, si l'on ne veut pas attirer les soupçons.

Elle ne respirait presque plus, retenant son souffle. Lorsque, de ses lèvres, il effleura sa peau, il sentit un nouveau frisson la traverser, avant qu'elle ne plaque furieusement son couteau sur le comptoir devant elle.

— Arrête, je vais vomir.

Sa voix était faible, tremblante. Elle avait parlé dans un souffle. Elle devait mentir. Pourtant, après quelques secondes, il se décala, mais resta à côté d'elle. Les yeux baissés, le teint pâle, elle respirait profondément, lentement. Nathan savait qu'il ne la dégoûtait pas autant qu'elle voulait le lui faire croire. Élisabeth était simplement en colère, mais elle le désirait toujours, quoi qu'elle en dise.

Pourtant, son visage livide ne manqua pas de l'inquiéter et, tout en lui prenant le bras, comme si elle risquait de s'effondrer, il s'enquit sans cesser de l'étudier, les sourcils froncés :

— Tu es sûre que ça va ?

Comme s'il l'avait rappelée à l'ordre, sa femme se redressa et avec une attitude bien plus confiante, un sourire provocateur dessiné sur sa bouche, elle se tourna vers lui pour répliquer :

— Je me porte comme un charme.

Et comme si de rien n'était, Élisabeth s'écarta pour rejoindre Joshua à table. Il n'en revenait pas de la facilité avec laquelle elle s'était jouée de lui. Il n'aurait jamais imaginé qu'elle pouvait être aussi bonne comédienne. Une fois de plus, il était tombé dans le panneau, berné par son cœur. Pour entrer dans son rôle d'homme détestable, il avait affublé Beth d'un autre visage, comme s'il s'agissait d'une autre personne à part entière, une jumelle maléfique. Ainsi, il avait choisi d'appeler « Éli », la femme accusée d'avoir tué Neal. Cependant, il devait se reprendre et garder les yeux ouverts, l'esprit clair, malgré ses envies. « Plus facile à dire qu'à faire », songea-t-il en soupirant tout en leur tournant le dos pour se servir un café.

Les voix joyeuses de Joshua, Maddie et Éli remplirent la cuisine pendant encore quelques minutes, le temps que l'enfant achève son petit déjeuner. De son lieu d'observation, il observa le tableau dont il ne faisait pas partie et la bonne humeur qui colorait l'atmosphère lui donna une raison supplémentaire de se battre pour eux.

De toute façon, il était déjà allé trop loin pour pouvoir revenir en arrière… et il ne le voulait pas. Comme s'il avait le dos acculé contre un mur, alors qu'il avançait sur un tapis roulant, il ne pouvait qu'aller de l'avant.

— Tu devrais te dépêcher, Joshua. La voiture part dans un quart d'heure, annonça-t-il.

En route vers son bureau, il croisa le coup d'œil furieux de sa femme. « Je vais devoir m'y habituer », se dit-il simplement en ignorant le pincement au coin de son cœur. Mais alors qu'il atteignait presque son bureau, un bruit sourd lui parvint, rapidement suivi par les cris de Joshua, puis de Maddie.

— Maman !

— Nathan !

Inquiet, les sourcils froncés, il s'empressa de revenir en arrière et pendant une seconde, son cœur s'arrêta de battre en découvrant Élisabeth, allongée sur le sol, inconsciente.

5

ÉLISABETH

Elle était dans le noir, mais elle n'avait pas la force de bouger ni même d'ouvrir les yeux. Elle entendait seulement des voix autour d'elle et, malgré les tons alarmés, la jeune femme se sentit rassurée :

— Maman ! Maman, réveille-toi, la suppliait son fils.

Elle aurait tellement voulu lui faire plaisir, mais, malgré tous ses efforts, elle en était incapable.

— Ça va aller, Joshua. C'est juste un malaise.

Nathan. Sa voix grave était calme et elle sut qu'il parviendrait à rassurer son enfant, rien qu'avec son attitude. La tête continuait à lui tourner, alors que ses jambes, ses bras lui paraissaient peser une tonne chacun.

— Elle n'a presque rien avalé depuis plusieurs jours. Il est peut-être temps d'appeler un médecin ? suggéra Maddie.

— Non.

Elle avait murmuré sans savoir si elle avait juste parlé à voix haute ou juste pensé.

— Maman ? Ça va ?

Elle parvint juste à entrouvrir les yeux, mais le visage de Joshua juste au-dessus du sien dessina automatiquement un faible sourire sur ses lèvres.

— Oui. Ce n'est rien. Je me suis juste évanouie. C'est ce qui arrive quand on ne mange pas pendant quelques jours.

— Tu veux un cookie ?

Touchée par la proposition innocente de son fils, la jeune femme sourit et leva une main pour caresser son visage.

— Tout à l'heure, peut-être. Merci, mon cœur.

— Ta tension remonte.

La voix plus dure de Nathan la réveilla. Élisabeth remarqua alors qu'il tenait son autre poignet et, lorsqu'elle croisa son regard, la jeune femme fut blessée par la colère qu'elle y lut. « Croit-il encore que je joue la comédie ? » s'interrogea-t-elle en fermant les yeux. Elle avait envie de croire le contraire, mais sa conscience lui martela l'esprit des menaces qu'il avait proférées contre elle. Ce n'était pas le comportement d'un homme amoureux ou enclin à l'aider. Il était là pour l'enterrer, la noyer, pas pour lui tendre la main. À cet instant, devant leur public, il faisait juste bonne figure.

— Joshua, tu devrais aller te préparer pour l'école, déclara faiblement la jeune femme.

— Mais je ne veux pas te laisser.

— Ça va aller. Maddie va rester avec moi et je vais me reposer. Je te promets d'aller mieux dès ce soir et tu me raconteras si Roger a encore essayé de s'échapper.

— Ta mère a raison, Joshua : il est temps que tu ailles t'habiller, renchérit Nathan. Quant à ta mère, je m'en occupe.

À peine eut-il fait cette annonce qu'elle sentit des mains, des bras se glisser sous elle avant de la soulever. Elle rebondit et reposa alors contre un torse puissant qu'elle aurait reconnu entre mille. Pendant quelques secondes, la jeune femme voulut juste en profiter et ne plus penser à l'image exécrable qu'il avait d'elle ni à tout le mal qu'il voulait lui faire.

— Je parie que tu n'as fait tout cela que pour te retrouver dans cette situation, l'entendit-elle chuchoter.

C'était peut-être un reproche, mais elle ne put s'empêcher de sourire dans son demi-sommeil.

— Pour quelle autre raison sinon, murmura-t-elle pour elle-même.

Nathan ne répondit rien, mais lorsqu'il la déposa doucement sur un matelas, aussi moelleux fut-il, Élisabeth regretta aussitôt les bras et le torse qui se détachaient doucement d'elle. Automatiquement, elle ouvrit les yeux et plongea la tête la première, dans les deux lacs gelés, joyaux du visage de son mari. Il était tout près et, brièvement, elle crut qu'il allait l'embrasser. Le temps d'une illusion, elle ne l'aurait pas repoussée. Mais déjà, la trahison de Nathan chassa le mirage, alors qu'une boule se formait dans sa gorge. Elle était tellement déçue et blessée que des larmes lui montèrent aux yeux. « Il a tout gâché. »

— Je reviendrai te faire un bisou avant de partir à l'école.

La voix de Joshua la réveilla, tandis que son mari s'écartait. La gorge nouée, la jeune femme acquiesça en silence et, rapidement, le petit garçon l'embrassa sur le front avant de partir en courant sous son regard.

— Je ne sais pas à quel jeu tu joues, mais il est le seul à en souffrir.

— Je ne *joue* pas et je ne cherche pas à le blesser. Je n'ai rien simulé, j'ai juste eu une baisse de tension.

— N'essaye pas de m'atteindre à travers lui, si tu ne veux pas que je te le fasse payer chèrement.

« Il est sérieux, là ? Il croit vraiment que je pourrais faire ça ? »

— Nathan ! Faire souffrir Joshua est et a toujours été la chose que je souhaitais éviter. Tu me connais mieux que ça.

— Justement, non. Je ne te connais pas, *Éli*.

Entendre ce prénom dans sa bouche lui faisait bizarre. De toute évidence, il s'en servait pour différencier deux vies, deux étapes, deux personnes.

— Dans ce cas, je te le dis. S'il y a une chose qui n'a jamais changé depuis la naissance de Joshua, c'est mon amour pour lui. Je ne voudrais jamais lui faire de mal.

Visiblement peu convaincu, il répondit d'une voix dure :

— Si tu le dis. De toute façon, je ne te crois plus.

Sur un dernier regard glacial, il tourna les talons.

— Dans ce cas, nous sommes deux, murmura-t-elle en soupirant.

Comme promis, quelques minutes plus tard, Joshua fut de retour pour l'embrasser et s'assurer qu'elle allait mieux. Elle ne revit pas Nathan, mais cela n'importait pas vraiment, la jeune femme avait déjà très bien cerné l'image qu'il avait d'elle.

Après avoir dormi quelques heures, elle vit Maddie lui apporter son déjeuner et lui tenir compagnie, tout en s'assurant qu'elle finissait bien tout son repas. C'était une vraie mère poule, mais cela faisait si longtemps que quelqu'un ne s'était pas occupé d'elle de la sorte qu'elle n'opposa aucune résistance.

Au cours de l'après-midi, elle eut toutefois la surprise de recevoir un appel inattendu :

— Victoria ?

— Alors, comment se porte la nouvelle madame Reed ?

Élisabeth regarda alors le lit vide où elle se trouvait encore et ne put réprimer un rire nerveux.

— On a vu mieux.

— Comment ça ? Tout va bien ? s'inquiéta son amie.

Élisabeth répondit un peu trop vite avant que la réalité ne se rappelle à elle :

— Oui ! C'est juste... que je ne suis pas trop en forme depuis le mariage.

— Ah bon ? Tu es malade ?

Tristement, elle marmonna :

— Quelque chose comme ça.

Victoria la connaissait suffisamment. Elle connaissait son histoire, aussi fut-elle à peine surprise, lorsque son interlocutrice déclara :

— Tu me caches quelque chose, Beth. Que se passe-t-il ?

— Ce n'est rien. C'est juste...

Une idée la frappa alors. Oui, Victoria la connaissait, ainsi que son histoire, alors...

— Est-ce que Nathan t'a parlé ? Avant le mariage, je veux dire.

— Comment ça ? De quoi m'aurait-il parlé ?

— A-t-il posé des questions sur moi ? Sur Neal ?

— Quoi ? Non ! Pourquoi ?

— Il connaissait Neal, Vic. Ils ont passé une partie de leur enfance ensemble et il le considérait comme son frère.

— Ce n'était pas une coïncidence, n'est-ce pas ? Il ne t'a pas rencontrée par hasard ?

La voix de Victoria avait changé, elle était devenue grave, sérieuse et inquiète, imaginant sans doute déjà le danger d'une telle situation.

— Il affirme que j'ai tué Neal.

Au bout du fil, l'agent soupira :

— Seigneur. Beth, tu dois le quitter. Tu dois prendre Joshua avec toi et t'enfuir.

Son désespoir remontant dans sa gorge, elle répondit :

— Je sais. Mais je ne peux rien faire, j'ai signé un contrat de mariage et les papiers de l'adoption. Nathan est le père de Joshua à présent. Ce serait un kidnapping.

— Je suis certaine que ce contrat pourrait être réfuté ! Tu ne peux pas rester avec lui. Vous devez vous enfuir.

— Pour aller où ? Nathan est riche à millions et il veut Joshua ; il veut sa vengeance. Il mettrait tout en œuvre pour nous retrouver. C'est perdu d'avance.

— Tu dis ça, parce que tu ne veux pas le quitter, parce que tu l'aimes.

— Ça n'a plus d'importance. Il est devenu un inconnu, je ne sais même plus qui il est vraiment. Tout ce dont je suis sûre, c'est qu'il me déteste.

— Écoute, je viens te chercher.

— À quoi bon ?

— Beth, ce type t'a menti sur toute la ligne !

« Non. Pas sur tout. »

— Beth, tu m'entends ?

— Il tiendra parole, il protégera Joshua, quoi qu'il arrive.

— Et qui te protégera de lui ?

— Il ne me fera pas de mal.

« Pas physiquement », ajouta-t-elle mentalement.

— Écoute, je te connais. Je sais ce que tu ressentais pour lui, il y a encore quelques jours et je devine parfaitement dans quel état tu dois être maintenant.

Avec fougue et sincérité, elle affirma :

— Il protégera Joshua, Vic. C'est tout ce qui compte.

La situation n'était pas parfaite, elle était bien plus malheureuse qu'elle l'avait imaginé en épousant Nathan ; mais elle savait que leur fils comptait presque autant pour lui que pour elle.

— Ne me dis pas que tu lui fais encore confiance ? Après ce qu'il vient de faire ? Après t'avoir trompée de la sorte ?

— Seulement pour Joshua. Nathan a monté tout cela pour venger Neal et s'occuper de son fils. Il prendra soin de lui... Nathan Reed est quelqu'un de bien, Vic. C'est juste un homme blessé.

— Et à cause de ça, c'est à toi de payer les pots cassés ? Les circonstances n'excusent pas tout.

— C'est vrai... Mais si j'arrive à croire que Joshua sera en sécurité, alors je pourrai me raccrocher à quelque chose de solide. Je ne peux pas me reposer sur lui, Vic, il est trop petit ; mais je peux m'accrocher à l'affection que Nathan lui porte et à l'assurance qu'il prendra soin de lui.

Tout en parlant, une larme roula sur sa joue, la ramenant un instant à la réalité avant qu'elle l'essuie précipitamment.

— Peu importe qu'il me donne le mauvais rôle et place Neal sur un piédestal du moment qu'il prend soin de Joshua.

À l'autre bout du fil, Victoria soupira. Elle avait compris.

Élisabeth avait pris sa décision et ne reviendrait pas dessus. Si pour assurer le bonheur de son fils, il lui fallait endosser et endurer le rôle de meurtrière et de menteuse, alors elle le ferait. Cela ne la sauverait pas du futur sombre et menaçant que Nathan lui réservait, mais si Joshua était heureux et en sécurité, même loin d'elle, c'était tout ce qui importait. Elle ne pouvait pas le perdre complètement lui aussi.

6

NATHAN

Le sommeil le fuyait. Les causes se bousculaient au portillon pour obtenir la première place : la culpabilité, la colère, l'inquiétude, le désir. Et, évidemment, au centre de ce tourbillon se trouvait sa femme. Mais à part l'anneau ornant son annulaire gauche, il ne voyait pas vraiment la couleur de ce mariage. Bien sûr, il savait déjà à quoi s'en tenir, lorsqu'il avait formaté ce plan ou encore, en rencontrant Beth…

« Éli », s'interrompit-il, agacé. Depuis qu'elle était sortie de sa chambre, il avait décidé d'utiliser ce diminutif pour faire la part des choses. Ainsi, lorsqu'ils n'étaient que tous les deux ou quand il était seul et pensait à elle, il s'obligeait à l'appeler Éli pour ne pas oublier son devoir. D'après Victoria, le personnage de Beth n'était qu'une illusion créée de toutes pièces par Éli. Mais, même s'il n'était pas décidé à jouer les aveugles, il devait se résoudre à faire semblant.

Les premiers temps, son comportement sembla surprendre son épouse, mais elle ne chercha même pas à le faire changer d'avis. Déjà convaincue par ses menaces, Élisabeth semblait simplement accepter son sort. Ainsi, ce diminutif paraissait être son seul allié pour ne pas céder à ses faiblesses. Chaque fois qu'il voyait Élisabeth, il ne pouvait s'empêcher d'apprécier son corps, surtout en sachant ce qui se trouvait sous ses jeans, ses chemisiers et ses pulls de femme classique. Mais Beth n'avait rien de classique. « Éli ! » se reprocha-t-il encore une fois.

Pour ne rien arranger, son abstinence ne l'aidait pas vraiment à enterrer son désir. Il ne pouvait même pas envisager de s'en débarrasser avec une autre femme, puisqu'elle était la seule qu'il voulait. Il n'avait d'autre choix que de rester là, tenté de la toucher, de la caresser. L'envie de se saouler pour se vider l'esprit le titillait, mais c'était aussi le risque de déraper. Sa femme refusait qu'il la touche ou l'approche, et il n'avait aucune envie de descendre plus bas dans son estime… si c'était possible. Les rares fois où il pouvait presque se comporter avec elle comme dans un couple normal survenaient uniquement lorsqu'ils avaient un public. Mais, dans ces cas-là, il sentait toujours sa tension, son ressentiment et toutes les barrières qu'elle conservait comme des piques envers lui.

Dans ces moments entre parenthèses, Éli ne venait jamais vers lui. Beth ne l'avait jamais vraiment fait non plus, mais, cette fois, ce n'était plus la peur qui la maintenait à distance, seulement la colère, le dégoût et l'absence de confiance. Deux inconnus auraient sans doute été plus convaincants qu'eux comme couple de jeunes mariés. Mais leur histoire si particulière compliquait tout, assénant des conséquences qui l'attristaient profondément.

Désormais, son visage, son corps lui rappelaient une autre Beth. Ses traits, son teint n'étaient plus les mêmes : creusés, tirés, pâles, ils faisaient volontiers concurrence à son regard tantôt rougi, tantôt terne. Elle ne brûlait plus du même feu, elle ne se battait plus. Éli semblait avoir revêtu une nouvelle fragilité, une passivité, comme une longue combinaison qui lui collait à la peau. Alors, il avait encore plus envie de la prendre dans ses bras, de la protéger et de lui dire que tout irait bien. C'était un piège. Mais chaque fois qu'il approchait – pauvre aveugle – pour jouer les super-héros, le regard de la jeune femme s'allumait à nouveau de rancune, le défiant d'approcher.

Revenu au point de départ de sa réflexion et à son lit vide et solitaire, il fixait le plafond de sa chambre depuis près de vingt minutes. Après l'avoir étudié sous toutes les coutures, les premiers temps où Beth avait partagé son lit, il le connaissait par cœur. Il ne pensait qu'à elle, Élisabeth. Arrivait-elle à dormir ? Faisait-elle encore des cauchemars ? Rester dans sa chambre ne lui servirait qu'à remuer le passé, les interrogations et le vide dans sa vie. Alors, sans plus attendre, il repoussa ses draps et quitta les lieux.

La maison était silencieuse. Avant de descendre les escaliers, son regard s'arrêta sur la porte d'Éli, le faisant hésiter quelques secondes. Mais il savait déjà ce qui l'attendait derrière ce battant, aussi choisit-il le chemin le plus sûr. Il s'apprêtait à rejoindre son bureau, mais avant cela, son estomac réclamait un verre de lait et quelques cookies.

Mais sur le seuil de la grande cuisine, il s'arrêta et s'exclama :

— À ce que je vois, je ne suis pas le seul à ne pas trouver le sommeil.

Debout devant l'îlot central de la cuisine, vêtue d'un vieux sweat-shirt bleu marine et d'un pantalon de jogging gris, ses cheveux enfermés dans une queue-de-cheval, Élisabeth s'acharnait sur une pâte marron dans un saladier. Elle ne lui jeta pas le moindre regard, mais son visage se ferma un peu plus. Sans s'en formaliser, il marcha jusqu'au réfrigérateur d'où il sortit une bouteille de lait.

Si, en la découvrant, il avait décidé de passer rapidement son chemin après s'être servi, à présent, il en allait autrement. Adossé au réfrigérateur, il ne pouvait plus la lâcher du regard. Même de dos, il savait qui se trouvait devant lui. Cette scène, cette activité correspondait parfaitement à celle qu'il aimait. Élisabeth l'ignorait superbement, concentrée sur la pâte qu'elle tentait de délayer, mais il devinait aussi que c'était surtout un moyen de se défouler. Sa présence l'agaçait, il en était déjà certain, mais il en eut la confirmation, lorsqu'elle s'exclama :

— Tu comptes rester là encore longtemps ?

Le sourire de Nathan s'étira un peu plus, avant qu'il ne réponde :

— Pour être honnête, j'étais descendu pour prendre un verre de lait et des cookies.

— C'était aussi mon intention, jusqu'à ce que je découvre qu'il n'y en avait plus. La personne ayant mangé le dernier cookie n'a pas jugé bon de le signaler.

— Alors, tu en fais d'autres. Dans ce cas, je vais peut-être attendre là que tu aies fini de les préparer.

À ces mots, il la vit se raidir pendant quelques secondes avant de s'acharner un peu plus sur sa pâte qui, visiblement, lui donnait du fil à retordre.

— Tu veux un coup de main ? s'enquit-il en la rejoignant.

Les dents serrées, elle gardait les yeux baissés sur sa préparation, essayant de casser les morceaux de chocolat à coups de cuillère en bois.

— Beth, insista-t-il.

Doucement, il lui prit le saladier des mains, même si elle gardait la cuillère. Il la provoquait volontairement. Il voulait cette confrontation. Sa femme prit une profonde inspiration, tâchant visiblement de contrôler son agacement. Il en profita pour lui prendre la cuillère des mains et commença à délayer la pâte.

— Tu cherches à te rattraper après avoir mangé le dernier cookie ?

Surpris par sa remarque, il ne put s'empêcher de sourire. C'était toujours comme ça avec Beth, quoi qu'il arrive, elle restait constamment sur ses gardes. Cela lui donnait encore plus envie de la titiller jusqu'à la voir exploser, tel un volcan en éruption.

— Ce n'était pas moi.

— Je trouve que tu te défends un peu vite.

La voix de la jeune femme avait légèrement changé, se teintant presque de douceur et d'amusement par petites touches, ici et là.

Mais en lui jetant un coup d'œil, il vit qu'elle s'était affecté une autre tâche en nettoyant le plan de travail devant elle. Il n'avait aucun mal à deviner la cause derrière cet excès d'activité, elle fuyait continuellement son regard. Parce qu'elle lui en voulait, mais pas seulement, il en était certain.

— Si tu ne le fais pas sérieusement, tu ferais mieux de me laisser faire, marmonna son épouse en lui reprenant le saladier des mains.

Mais lorsqu'elle voulut récupérer à nouveau la cuillère, il s'y accrocha sans quitter sa femme des yeux. Élisabeth leva alors les siens vers lui et le foudroya à coups d'éclairs qui l'atteignirent à peine. Sur son délicat visage coloré par la colère, du chocolat en poudre maculait l'une de ses pommettes, la rendant encore plus adorable. Sans un mot, devenu obsédé par cette trace, il leva la main et prit le visage de sa femme dans sa paume. Du pouce, il fit disparaître la poudre en un passage, mais, envoûté par sa douceur, il poursuivit sa caresse.

Sa voix altérée par l'émotion, Élisabeth tenta de le rappeler à l'ordre :

— Nathan.

— Ne pourrait-on oublier nos différends, nos identités, pendant quelques minutes ? Quelques heures ?

— Ce n'est pas aussi facile ! répondit-elle, incrédule. Il n'y a pas de bouton on/off que tu puisses tourner à volonté.

Les yeux déjà baissés sur ses lèvres, il répliqua :

— Mais on en a autant envie l'un que l'autre, Beth.

La jeune femme ouvrit la bouche pour parler, mais aucun son, aucun mot ne s'échappa. Alors, sans attendre, il franchit la distance les séparant, lui abandonnant au passage le contrôle de la cuillère pour prendre son visage dans la coupe de ses mains. Élisabeth secouait la tête, mais ne faisait rien pour le repousser. Il sentait son souffle s'accélérer et, une dernière fois, il l'entendit tenter de le persuader – à moins qu'elle ne s'adresse à elle-même.

— C'est une erreur.

Pourtant, lorsqu'il effleura sa bouche, Élisabeth la lui tendit d'elle-même avant qu'il ne la capture plus profondément. Sa femme n'avait plus peur de lui, elle n'était plus en colère. Elle s'abandonnait simplement avec lui. L'une après l'autre, il sentit la main d'Élisabeth sur sa nuque et l'autre dans ses cheveux. Rassuré, il abandonna son visage pour enrouler ses bras autour d'elle et la plaquer doucement, mais solidement contre lui. C'était tellement bon de la retrouver ainsi que plus rien d'autre ne comptait.

Le souffle court, il sentit les mains d'Élisabeth se poser sur son torse avant qu'elle ne mette un terme à leur baiser. Il posa les yeux sur elle, alors qu'elle fixait un point au milieu de son torse.

— Je vais vomir.

Sa remarque le laissa d'abord sans voix. Comment pouvait-elle changer aussi vite d'avis, alors qu'ils s'embrassaient à perdre haleine encore quelques secondes plus tôt ? Alors qu'elle se trouvait encore au creux de ses bras ?

— Tu ne peux pas toujours utiliser cette carte, Beth. Pas, alors que…

— Non, je vais *vraiment* vomir.

Et avant qu'il ait compris ce qui se passait, la jeune femme s'écarta pour courir jusqu'à un des éviers de la cuisine.

7

NATHAN

Si, au premier abord, il s'était mis à douter de l'excuse de la jeune femme, les bruits bien particuliers qui suivirent mirent rapidement les choses au clair, elle était vraiment malade. Il aurait dû jouer les hommes froids à sa détresse, mais, avant même d'avoir réfléchi, Nathan se tint derrière son épouse pour l'apaiser et lui caresser le dos.

Pendant un bref répit, elle déclara, le souffle court :

— Tu n'as pas besoin de faire ça.

Même quand elle n'eut plus rien dans l'estomac, les nausées continuèrent à la saisir pendant encore quelques minutes. Quand elle fut certaine que la tempête était passée, la jeune femme se rinça la bouche et il s'écarta pour revenir au plan de travail.

À présent, il devait mettre de la distance entre eux. Il se reprochait plus ou moins d'avoir cédé à la tentation. Debout près de l'îlot central, il observait sa femme qui n'osait même plus lever les yeux vers lui ou l'approcher. Légèrement nerveux, il s'enquit :

— Ça va mieux ?

— J'ai connu des jours meilleurs, avoua-t-elle sombrement.

— En tout cas, tu as le don de réduire à néant le désir d'un homme.

Il cherchait à détendre l'atmosphère avant de se rendre compte de ses propos et de rectifier :

— Ce n'est pas ce que je voulais dire, ça sonnait mieux dans ma tête.

— Je sais… ce que tu voulais dire.

— Écoute, Éli…

Il la vit sourire avec ironie avant qu'elle ne lève enfin ses yeux trempés vers lui. Ses larmes versées en vomissant avaient laissé des traces sur ses traits, mais, visiblement, ce n'était pas ce qui la contrariait le plus.

— Quoi ?

Elle secouait la tête en le fixant.

— Il faut que tu choisisses, Nathan. Je ne peux pas être deux personnes en même temps, l'ange et le diable, la victime et la meurtrière sans cœur… Beth et Éli. Je ne suis qu'une seule et même personne. Tu ne peux pas vouloir m'embrasser et me le reprocher la seconde suivante.

— C'est pourtant ce qui se passe. Je ne te connais plus. Avec tous tes mensonges…

— Je ne t'ai pas menti ! affirma-t-elle fougueusement.

Il devait rejeter le désir, les doutes et se remplir de haine. Pour voir en elle la meurtrière ayant arraché la vie de son ami, il détourna les yeux avant de l'accuser :

— Tu as tué Neal.

Le cœur fendu, il écouta sa voix grave :

— Alors, tu as fait ton choix.

Elle semblait déçue, malheureuse et, sachant qu'il devait se montrer sûr de lui, il s'obligea à la regarder à nouveau. Lorsqu'elle avança vers lui, la jeune femme évita son regard, se contentant de ramasser la cuillère tombée sur le sol. Ils étaient revenus à une froide réalité, aussi s'écarta-t-il en lui tournant le dos.

Pourtant, sans savoir pourquoi, alors qu'il s'apprêtait à rejoindre son bureau, Nathan fit marche arrière et revint se placer à côté d'Éli, replongée dans la préparation de ses gâteaux.

— C'est moi qui ai mangé le dernier cookie.

— Je sais, répondit tristement la jeune femme en continuant à remuer sa pâte.

Cette maigre complicité lui réchauffait le cœur, mais il ne pouvait se permettre de rester sur cette voix. Il devait retrouver son rôle d'homme blessé en quête de vengeance. Alors, d'une voix conciliante, Nathan s'exclama :

— Tu vois ? Ce n'est pas si difficile d'avouer ses crimes. Continue et avoue le tien ! Sois honnête et peut-être que je pourrai te pardonner.

— Je n'ai rien fait.

La tête penchée sur le côté pour tenter de capter son regard qui lui manquait, il insista :

— Pourquoi t'entêtes-tu ? Tu ne veux pas nous donner une chance d'être heureux tous les trois ?

À nouveau, Nathan put croiser son regard en demi-teinte, entre le feu de la colère et le bleu de la déception et des blessures. Cette double facette lui donnait encore de l'espoir, même lorsqu'Élisabeth affirma avec une rage contenue :

— Je n'ai pas tué Neal. Ce n'est pas moi qui refuse de nous laisser une chance, c'est toi et ton entêtement à me voir coupable. Même si j'avouais ma culpabilité, tu ne pourrais jamais oublier ni me pardonner, nous le savons très bien tous les deux.

De toute évidence, son personnage se montrait convaincant. Elle avait raison, cette dernière provocation n'aurait eu aucune valeur s'il avait été l'homme qu'elle croyait. Élisabeth était intelligente et observatrice, mais pas assez pour discerner le vrai du faux.

— Tu crois si bien me connaître, n'est-ce pas ?

Avant même de réfléchir, il reprit les lèvres de sa femme pour un baiser dur comme sa contrariété. Tels deux combattants qui s'affrontaient, ils ne se lâchèrent pas des yeux. Éli ne répondit pas à sa provocation, mais, quand il s'écarta, il esquissa un sourire satisfait avant de tourner les talons pour de bon, cette fois.

Les jours qui suivirent se révélèrent compliqués, mais ce n'était rien comparé aux nuits blanches qu'il passait seul et brûlant de désir pour sa femme, à croire que la glace entre eux n'avait fait qu'entretenir son envie d'elle.

Après deux nuits en solitaire, il prit une décision. Cependant, à son arrivée dans la cuisine le lendemain matin, il n'y trouva que Maddie et Joshua.

— Ma femme n'est pas là ?

« Ma femme. » Il avait trouvé ce subterfuge pour ne pas s'emmêler les pinceaux avec les deux prénoms, lorsqu'il devait parler d'Éli en public.

— Elle s'est précipitée aux toilettes, il y a quelques minutes. Apparemment, sa grippe ne passe pas, répondit tout bas Maddie, visiblement inquiète.

Il fronça les sourcils, alors que des pas retentirent derrière eux. Il se tourna vers Éli et découvrit son teint de plâtre, puis son chignon et son tailleur-pantalon bleu marine.

— Quoi ? s'agaça-t-elle.

— Tu vas quelque part ?

— Oui, je vais travailler. J'en ai un moi aussi, je te rappelle.

— Tu es toujours malade.

— Mais je suis toujours en vie, marmonna-t-elle.

Il la regarda se servir un verre d'eau dans lequel elle plongea un comprimé effervescent.

— Tu dois voir un médecin.

— C'est seulement un virus, Nathan.

Tout en lui tournant le dos, elle cherchait à l'ignorer comme pour lui cacher quelque chose. C'est alors qu'une idée le frappa et il s'empressa de la rejoindre. À nouveau, Éli tenta de s'échapper, mais il la retint par le bras et chuchota avec fougue :

— Tu n'es pas enceinte, au moins ?

— Bien sûr que non, répondit-elle.

Sa grimace spontanée révéla sa sincérité, mais, en la voyant éviter son regard, il insista :

— Tu en es sûre ?

Elle voulut s'éloigner en lui tournant le dos, mais il resserra sa prise et l'interpella, les dents serrées :

— Éli.

Il la vit prendre une profonde respiration et serrer les dents à son tour avant de se tourner vers lui pour le foudroyer du regard :

— C'est juste un virus, Nathan. UN. VIRUS. J'ai toujours mes règles et je prends la pilule. Alors, OUI, J'EN SUIS SÛRE.

D'un geste vigoureux, elle se libéra et quitta la pièce, son verre à la main. Il entendit ses talons claquer sur le carrelage, puis dans les escaliers qu'elle martelait furieusement. À l'étage, une porte se referma violemment, concluant leur conversation. Avec un regard légèrement gêné à Maddie, il expliqua :

— Les hormones.

Son annonce ayant été relayée au second plan pendant le petit déjeuner, il refit une tentative pendant le trajet vers Toronto. Bien que plus calme, Éli ne semblait toujours pas avoir enterré la hache de guerre, laissant Joshua jouer les tampons entre eux. Pour lui, elle faisait l'effort de se comporter normalement, mais, dès le départ de l'enfant, Nathan savait que leur conflit reprendrait.

À l'approche de l'école, la voiture ralentit. Quelques instants plus tard, Éli sortit en tenant la main de l'enfant, avant que ce dernier ne se tourne vers lui. Un sourire attendri aux lèvres, Nathan prit sa main libre et ils marchèrent tous ensemble jusqu'à l'entrée de l'établissement où Joshua les lâcha en même temps. Il suivit l'enfant du regard jusqu'à ce qu'il ait disparu, mais, en se tournant vers sa femme, il découvrit que celle-ci s'éloignait déjà. Cependant, elle ne se dirigeait pas vers la voiture.

— Beth, l'interpella-t-il en la suivant.

Évidemment, elle fit semblant de l'ignorer. Agacé, il allongea son pas et attrapa le bras de la jeune femme pour la retenir contre lui.

— À quoi joues-tu ? chuchota-t-il contre ses cheveux.

— Je vais prendre un taxi pour aller à l'Atelier.

Dans son ton, la colère couvait.

— Ne sois pas ridicule, je vais te déposer.

— Je préfère encore marcher. Maintenant, lâche-moi.

Ce qu'elle pouvait être têtue ! Il la maudit intérieurement en tentant de temporiser son propre agacement.

— Éli, tu vas monter dans cette voiture, même si je dois t'y pousser moi-même. Alors, si tu ne veux pas inquiéter notre fils ou le mettre mal à l'aise devant ses professeurs ou les familles de ses petits camarades, tu te plieras à ma... *requête*.

À nouveau, sa femme prit une profonde inspiration et il ne put s'empêcher de sourire, galvanisé par cette petite victoire. Sans un mot, elle passa devant lui et retourna dans le grand SUV noir. Lorsqu'il y monta à son tour, il la trouva à l'autre bout de la banquette, tournée vers sa fenêtre.

— Tu comptes bouder encore longtemps ?

— Tu voulais que je monte dans la voiture et j'y suis. Je ne te dois rien d'autre.

— Très bien. Dans ce cas, contente-toi de m'écouter. J'ai un voyage d'affaires à la fin de la semaine et je serai absent pendant une dizaine de jours. Et le week-end suivant, nous sommes invités à une soirée organisée par de riches investisseurs, tu m'accompagneras.

— Est-ce un ordre ou une question ?

— Tu as signé un contrat, Éli. Tu savais à quoi t'en tenir.

— Si tu le dis..., marmonna-t-elle.

— Et tu vas prendre rendez-vous avec un médecin.

Là encore, ce n'était pas une question. Son ton était suffisamment clair là-dessus. Dardant sur lui son regard volcanique, Élisabeth affirma d'un ton agacé :

— Je ne suis pas enceinte, Nathan.

— Peut-être, mais, s'il s'agit vraiment d'un virus, je ne souhaite pas que tu contamines Joshua ou Maddie.

— Ou toi ?

— J'ai des responsabilités, envers mes employés, mes collaborateurs, Joshua, toi.

Elle pouffa avec ironie en détournant les yeux avant de secouer la tête.

— Si la sécurité de Joshua te tenait vraiment à cœur, tu consulterais un médecin. Si tu n'es pas enceinte...

— Je ne le suis pas. Et n'essaye même pas de jouer la carte de Joshua.

Il la voyait bouillir de l'intérieur et il ne pouvait s'empêcher d'en être séduit. Le rouge de la colère couvrait son cou et ses joues, telles des flammes léchant sa peau. Avec un sourire en coin, il la provoqua :

— Si tu as l'intention de te jeter sur moi, n'hésite surtout pas.

À ces mots, la jeune femme serra les dents et ferma les yeux avant de marmonner :

— Ne me tente pas.

— Pourquoi pas ?

Il voulait la pousser, la voir réagir, déraper et lui offrir une faille dans laquelle il pourrait s'infiltrer. Mais, malgré sa colère retenue, elle concéda d'une voix calme :

— J'irai voir le médecin.

Élisabeth détourna à nouveau le regard pour se replonger dans ses sombres pensées et cela inquiétait Nathan. Il était dangereux de la voir s'éloigner, réfléchir et construire de nouveaux mensonges.

Mais avant qu'il ait pu comprendre ou réagir, Éli profita d'un arrêt de la voiture pour en descendre et claquer la porte derrière elle. L'instant suivant, la voiture redémarrait. Éli était intelligente, imprévisible et il devait en faire autant. De nouvelles cartes avaient été distribuées et il ne pouvait plus s'appuyer sur ce qu'il savait de Beth, de Neal ou de Victoria. Pour mener ses projets à bien, il devait bluffer et lutter contre son cœur. Un nouveau jeu commençait et il devait le gagner.

8

NATHAN

— Monsieur Reed, Victoria Jones souhaiterait vous voir, lui annonça sa secrétaire.

Il soupira sans lever les yeux de ses contrats. Le marshal se faisait insistant depuis son mariage. À plusieurs reprises, elle avait appelé son bureau, requérant un entretien qu'il lui avait refusé jusqu'à présent. Mais il commençait à la connaître et savait qu'elle ne ferait pas marche arrière. Il n'avait aucune envie de la voir, lui parler ou l'entendre. Victoria Jones n'était là que pour parader, tenter de le manipuler ou l'extorquer, bref, lui créer des problèmes. Mais il n'avait pas le choix : tôt ou tard, il devrait la croiser et, de toute évidence, le plus tôt serait le mieux.

— Monsieur Reed ?

— Attendez cinq minutes et faites-la entrer.

Pour prévoir ses prochaines actions, il devait chasser son ressentiment pour cette femme et entendre ce qu'elle voulait dire. Victoria était dangereuse et, malgré tous les mystères la concernant, il ne pouvait l'ignorer indéfiniment.

Déjà agacé, il se leva en soupirant et boutonna sa veste grise avant l'entrée de sa visiteuse.

— Nathan ! s'exclama-t-elle avec emphase.

Face à son air souverain, il devait prendre sur lui pour rester calme et courtois, mais d'un ton froid, il répliqua :

— Miss Jones. Vous sembliez très désireuse de me rencontrer.

— Et comme d'habitude, vous sembliez très occupé, mon cher Nathan. Heureusement, mes horaires sont flexibles.

— Tant mieux pour vous. Ce n'est pas mon cas. Que voulez-vous ?

— Toujours droit au but, à ce que je vois.

Sans se formaliser de son ton abrupt, elle s'installa confortablement sur un des canapés. Comme elle gardait le silence, il finit par s'impatienter, mais, tout en conservant un calme apparent, il la rejoignit lentement. Un instant, il hésita à rester debout pour affirmer son autorité, mais changea d'avis et s'assit dans un fauteuil en face d'elle. Il ne voulait pas qu'elle le croie sur la défensive, mais cette femme commençait sérieusement à lui taper sur les nerfs avec son petit sourire suffisant. Alors, pour lancer la conversation, il l'invita à prendre la parole :

— Je vous écoute.

— Je tenais simplement à prendre de vos nouvelles et, comme je n'arrivais pas à vous joindre directement, j'ai contacté Beth.

— Éli, rectifia-t-il automatiquement.

Cela ne manqua pas de surprendre son interlocutrice, qui marqua une pause en haussant les sourcils.

— Je vois...

— À quoi vous attendiez-vous, Victoria ? Vous m'avez donné des preuves de la culpabilité de ma femme.

— Et il est vrai que je vous ai quelque peu mis le couteau sous la gorge. Vous avez parlé à Be… Éli.

— Parce que je le voulais, pas parce que vous me l'aviez demandé.

Il la fixait, gardant son sérieux et une expression impénétrable, alors qu'elle affichait un sourire ironique destiné à le rabaisser.

— Pourquoi êtes-vous là, miss Jones ?

— Lors de ma discussion avec votre épouse, j'ai pu constater à quel point elle était… ébranlée par vos déclarations.

— N'était-ce pas ce que nous voulions tous les deux ?

— Si vous le dites…

Sans se départir de son sourire, Victoria l'étudia pendant de longues secondes avant de se lever brusquement. Son comportement ne manqua pas de le surprendre, mais il ne fit aucun commentaire, se contentant de l'imiter.

— Bien ! Je ne vais pas vous faire perdre davantage de votre temps. Je vous remercie de m'avoir reçue, Nathan.

Elle lui tendit la main, mais il préféra garder les siennes dans ses poches. Sa réaction froide et distante amusa son interlocutrice. Sans se formaliser, cette dernière tourna les talons et, avant de sortir, elle s'exclama :

— À très bientôt, monsieur Reed.

Cela sonnait comme une promesse et quelque chose lui disait qu'elle la tiendrait.

ÉLISABETH

Travailler lui faisait du bien. C'était ce dont elle avait besoin, s'éloigner de la maison, de sa vie avec Nathan, s'éloigner de lui, tout simplement. Elle avait besoin de se le sortir de la tête et le départ de son mari à New York devint finalement un soulagement.

— Tu vas bien ?

Sans interrompre son geste, Élisabeth lui assura :

— Pour la énième fois, Mel, je vais très bien.

— D'accord… C'est juste que tu es très pâle aujourd'hui.

— Je suis juste un peu souffrante.

— Tu es enceinte ?

— Non ! s'exclama-t-elle.

Agacée, elle se tourna vers son associée avant d'ajouter.

— Tu ne vas pas t'y mettre toi aussi !

— Excuse-moi, mais tu es une jeune mariée et ton homme est sexy en diable.

Exaspérée, elle se tourna vers sa préparation et lui fit remarquer d'un ton grognon :

— On ne passe pas notre temps à s'envoyer en l'air.

— Pourquoi pas ?

Élisabeth marqua une hésitation. Pour une fois, elle aurait voulu être totalement honnête avec son amie et lui avouer toute la vérité, notamment sur les tourments qui tapissaient sa vie. Elle aurait voulu pouvoir se confier à quelqu'un qui l'aurait écoutée et prise dans ses bras pour la réconforter. Jusqu'au lendemain de sa nuit de noces, elle avait fini par croire que Nathan endosserait ce rôle ; mais aujourd'hui, tout était différent.

Avant de partir pour son voyage d'affaires, il l'avait embrassée en présence de Maddie et Joshua. Incapable de faire la part des choses, elle n'avait pas essayé de répondre à son baiser. Elle ressentait toujours quelque chose pour lui – du désir, de l'amour – mais désormais, il était un autre homme, un jumeau maléfique. La jeune femme ne voulait pas tout mélanger, son attirance et son dégoût, sa colère. Les choses étaient déjà bien assez compliquées comme ça.

En l'étreignant une dernière fois, il avait chuchoté dans son cou :

— Ne fais pas de bêtises.

Évidemment, il s'agissait plus d'une menace que d'une requête, mais, malgré tous ses griefs contre son mari, Élisabeth savait où était sa place, pour le bien de son fils.

— Beth ? Tout va bien avec Nathan ?

En un clin d'œil, l'intéressée se reprit et plaqua sur son visage, un sourire travaillé depuis des années.

— Oui ! Ne t'en fais pas, juste des petites querelles d'amoureux. J'ai surtout hâte qu'il rentre à la maison pour qu'on puisse régler ça, ajouta-t-elle avec un clin d'œil.

Cela sembla convaincre son amie qui répliqua :

— Tu m'étonnes.

Pourtant, c'était un mensonge. L'absence de Nathan donnait un autre goût à leur vie à la maison. C'était presque comme *avant*, mais il n'était pas là. Cela lui donnait l'occasion de passer plus de temps avec son fils, en tête à tête, ce qui l'aidait à se détendre et s'habituer à la situation. Malheureusement, elle avait également conscience que cette paix ne durerait pas indéfiniment. Tôt ou tard, Nathan voudrait mettre ses menaces à exécution et la priver de Joshua. En faisant quoi ? Là était toute la question. Il faisait planer une ombre au-dessus d'elle, mais elle n'avait aucune idée de ce que serait son avenir. Elle devait savoir à quoi s'attendre, être préparée.

Pendant plusieurs jours, Élisabeth profita de ses soirées en solitaire pour y réfléchir et essayer d'y voir plus clair par elle-même. Mais, finalement, la jeune femme eut simplement l'impression de tourner en rond et de perdre son temps.

Elle n'avait pas spécialement envie d'impliquer quelqu'un d'autre dans cet imbroglio, mais elle avait besoin d'un interlocuteur pour rebondir sur ses idées et lui permettre d'avancer, une personne ayant déjà connaissance de la situation et possédant des informations pouvant l'aider.

Deux jours avant le retour de Nathan, Élisabeth se décida à contacter cette aide. Prenant une profonde inspiration, elle composa le numéro et n'eut qu'à attendre quelques secondes.

— Hé ! Regardez qui voilà. Je constate que tu es toujours en vie.

— Je suis désolée de te déranger, mais je ne savais pas vers qui d'autre me tourner.

— As-tu pris ta décision ? Vas-tu le quitter ?

— Victoria, je ne peux pas faire ça. Ça ne servirait à rien.

— Dans ce cas, je ne vois pas comment je peux t'aider, Beth.

— Nathan m'a dit qu'il avait des preuves de ses accusations, concernant la mort de Neal. Comment serait-ce possible ? Tu crois que c'est tangible ? Assez pour que je risque vraiment la prison ?

— Oh là, du calme, du calme. Beth, tu es innocente dans la mort de Neal, non ?

— Bien sûr que oui ! Mais il affirme qu'il peut prouver le contraire !

— De là à créer de fausses preuves ?

— Je ne sais pas ! Je ne sais plus... qui il est ni ce qu'il veut. Il me reproche la mort de Neal et il semble vraiment vouloir me faire payer et m'éloigner de Joshua. Je ne veux pas aller en prison, Vic. Je n'ai rien fait !

— OK, OK. Alors, tu ne crains rien. Il ne fera rien ! Que tu finisses en prison risquerait de nuire à ses affaires. Il ne peut pas t'y envoyer délibérément. Ce serait comme se tirer une balle dans le pied.

Élisabeth avait également songé à cette possibilité, mais le fait que Victoria arrive à la même conclusion la rassurait un peu plus. Enfin, ce fut le cas jusqu'à ce qu'elle murmure :

— À moins que...

Hésitante, Victoria s'interrompit, mettant la jeune femme au supplice. Dans l'attente, la jeune femme retint légèrement son souffle avant de s'impatienter :

— « À moins que » quoi ?

— Beth, je ne suis pas certaine…

— S'il te plaît. Si tu as une piste, donne-la-moi. Je veux savoir à quoi m'attendre.

À l'autre bout du fil, Victoria soupira avant de déclarer :

— Ton emprisonnement le desservirait à tous les niveaux, mais une autre option lui apporterait l'effet inverse.

Nerveuse, Élisabeth s'enquit d'un ton fébrile :

— Lequel ?

Victoria marqua une nouvelle pause, hésitant visiblement à poursuivre, jusqu'à…

— Ta mort.

9

ÉLISABETH

C'était ridicule ! « Ridiculement possible », pensa le petit démon sur son épaule. Pourtant, Élisabeth ne voyait pas son mari monter un tel projet, ce qu'elle affirma de but en blanc :

— Ce n'est pas possible.

Oui, il lui en voulait énormément et, oui, il voulait se débarrasser d'elle pour l'éloigner de Joshua. Mais de là à la tuer...

— Je t'assure que c'est possible, Beth. Je vois des cas comme ça tous les jours à mon travail.

— Nathan ne ferait jamais cela.

— Ah non ? *Parce qu'il t'aime trop* peut-être ? Beth, sois réaliste, tu ne connais pas cet homme. Il n'est pas celui que tu croyais. Il t'a menti sur toute la ligne !

Vraiment ? Pendant les heures, les jours qui avaient suivi ce cataclysme, elle s'était déjà posé des questions. Nathan lui avait-il menti sur tout ? Quelque chose était toujours là, pourtant, elle en avait eu la preuve à de multiples reprises depuis la grande révélation. Mais pouvait-elle vraiment s'appuyer dessus ?

À l'autre bout du fil, la voix du marshal la réveilla :

— Tu penses à quelque chose. Je t'entends réfléchir. Qu'est-ce que c'est ?

Élisabeth hésita à aborder le sujet, parce que ce n'était peut-être rien, parce que cela ne regardait qu'eux, Nathan et elle.

— Beth, arrête de réfléchir et parle, ça peut être la clé.

La jeune femme en doutait… Pourtant, elle finit par avouer :

— Il y a… toujours… une certaine… attirance… entre nous.

— Comment ça ? Tu crois qu'il t'aime malgré tout ?

— Non ! Non, là-dessus, il n'y a aucun doute, il ne m'aime pas.

— Et toi ?

Élisabeth marqua une nouvelle pause, hésitant sur la réponse adéquate, tant elle se trouvait encore dans le brouillard à ce sujet.

— Je ne sais pas… Je lui en veux énormément, mais il y a toujours une part de moi qui reste… aveugle et sourde à ce qu'il m'a fait et dit.

Avec un nouvel espoir dans la voix, Victoria suggéra :

— Mais il y a toujours du désir, de son côté comme du tien.

Elle hésita à répondre, car elle ne se basait que sur des impressions qu'elle finit par révéler :

— Nathan semble aussi avoir une part de lui qui reste aveugle. Il croit que Beth était une illusion et qu'Éli, la meurtrière, est la vraie femme qu'il a en face de lui. Il continue à dissocier les deux et il désirait Beth, alors…

— Est-ce que vous êtes déjà passés à l'acte ?

Sa question la décontenança autant qu'elle la surprit.

— Quoi ? Non ! Je… On s'est embrassés, mais je… je ne peux pas dépasser ce qu'il me fait subir, ses menaces ni ses mensonges. Il m'a trahie, Vic.

— Mais tu as envie de lui.

— Je ne lui fais plus confiance. Et je sais que de céder à cette attirance ne servirait à rien. La minute suivante, il me reprocherait sans doute de l'avoir piégé.

— Beth, tu te trompes, ça peut t'être utile. Tu dois te servir de cette attirance. C'est peut-être ce qui pourra te sauver.

— Quoi ? Non ! Enfin, tu n'es pas sérieuse ?

— Au contraire, je le suis plus que jamais. Nathan est partagé entre deux femmes et tu peux faire pencher la balance d'un côté. Redeviens Beth, l'innocente, la femme qu'il désire et donne-lui ce qu'il attend. Rends-toi indispensable comme une drogue dont il ne pourrait plus se passer, c'est ta meilleure chance de rester en vie.

— C'est ridicule, Nathan a beau me reprocher le meurtre de Neal, je suis certaine qu'il ne me ferait jamais de mal.

— Qu'est-ce que tu en sais ?

— Je ne sais pas. J'en ai juste la certitude.

Victoria soupira. Pour elle, Élisabeth était sans doute vraiment crédule, mais cette dernière gardait une certaine confiance en l'image qu'elle avait de son mari.

— Tu sais, beaucoup d'hommes puissants ont l'air plus immaculés qu'ils ne le sont vraiment, parce qu'ils se contentent de commanditer les actions, à distance. Ainsi, ils ont moins l'impression de se salir les mains.

— Où veux-tu en venir ?

— Au fait que Nathan n'a pas besoin de presser lui-même la détente pour te tuer. Il peut se contenter d'engager ou de contacter quelqu'un… quelqu'un qui serait déjà impliqué de loin dans ta vie.

— Je ne…

— Tu ne trouves pas ça étrange que l'un des hommes de main des O'Reilly se soit trouvé au parc exactement là où tu étais ? Avec Nathan ?

C'est ainsi que Victoria parvint à semer le doute dans son esprit. Nathan pouvait-il vraiment avoir des connexions avec la mafia, et plus précisément, la famille accusée d'avoir tué Neal ? Une famille vivant essentiellement à New York.

— Réfléchis un peu, Beth ! Le bureau central de Reed Incorporated se trouve à New York, là où les O'Reilly ont un fief important. Ça commence à faire beaucoup de coïncidences, ajouta le marshal.

En effet, c'était là que sa réussite avait d'abord porté ses fruits. Ses affaires au Canada, et notamment à Toronto, ne constituaient qu'une branche récente de l'arbre qu'il avait fait grandir.

« Est-il venu s'installer à Toronto, seulement à cause de Joshua et moi ? » s'interrogea Élisabeth pour la première fois. Elle ne s'était jamais posé la question auparavant, parce qu'elle n'avait jamais cherché à creuser et déterrer les raisons et les causes qui les avaient conduits à leur présente situation. Mais à présent qu'elle y pensait, il lui semblait découvrir petit à petit la partie immergée et sans fin d'un iceberg colossal.

Elle se perdait… et cela l'épuisait. Incontrôlable, son cerveau tournait à plein régime, cherchant à décoder l'énigme qu'elle avait épousée. Le jour du retour de Nathan, Éli en était arrivée au point où elle ne voulait plus le voir. Son absence avait duré dix jours, mais, depuis sa conversation avec Victoria deux jours plus tôt, la jeune femme se sentait sur le point d'exploser.

« J'ai besoin d'une pause », songea-t-elle en rentrant chez elle. Toute la soirée, la jeune femme s'occupa de Joshua, mais son mari ne montra pas le bout de son nez. Au moment de se coucher, leur fils fut évidemment déçu de ne pas avoir vu son père, mais elle lui assura qu'il passerait sûrement l'embrasser dès son retour.

Toutefois, en refermant la porte de la chambre, Élisabeth espéra de tout cœur ne pas revoir son mari avant le lendemain, notamment pour pouvoir se détendre au préalable. Toute la journée, elle avait rêvé d'un bon bain chaud, aussi se glissa-t-elle avec délice dans sa baignoire dont la mousse et les bulles dépassaient largement. Le silence régnait agréablement dans la maison et, tout en fixant un point devant elle, la jeune femme se concentra sur les bruits annonçant le retour du maître de maison. Que se passerait-il alors ? Aurait-il pris sa décision la concernant ? Si oui, lui en ferait-il part ? Évidemment, s'il décidait de l'évincer de la maison et de la vie de Joshua, elle ne manquerait pas d'être au courant.

Avec une boule dans la gorge, Élisabeth soupira et ferma les yeux pour retenir les larmes libérées par ses nerfs. Elle ne voulait pas de cette existence. Elle ne voulait pas avoir peur constamment, ni que son mari la déteste. Elle voulait qu'il l'aime, lui fasse confiance, et inversement ; elle voulait qu'il lui sourie, qu'il la prenne dans ses bras, qu'il l'embrasse sans crainte de le regretter ensuite. Le bonheur leur tendait les bras, pourquoi Nathan ne le voyait pas ? Pourquoi compliquait-il les choses ? Joshua et elle avaient suffisamment souffert comme ça.

Épuisée comme après avoir couru pendant trop longtemps, la jeune femme se laissa aller contre la paroi de la baignoire. Pour quelques minutes encore, elle voulait rêver la vie qui aurait pu être la sienne, elle aurait pris son bain en attendant son mari. À son retour, ce dernier serait venu l'embrasser, discuter, avant de la ramener dans leur chambre où ils auraient fait l'amour. Ils auraient passé la nuit dans les bras l'un de l'autre, parce qu'ils se seraient languis l'un de l'autre et elle n'aurait pas eu peur du lendemain. C'était un beau rêve, si beau qu'enfin détendue, elle laissa Morphée lui ouvrir ses bras avant de s'y blottir.

10

NATHAN

Sur le seuil de la maison, il hésita à entrer. Il n'était plus vraiment certain que ce soit chez lui ni de vouloir affronter sa femme. Mais devant ses gardes du corps, il ne pouvait se permettre d'attendre trop longtemps.

L'intérieur était silencieux et il n'osa pas faire de bruit. Il ne voulait pas prendre le risque de réveiller Joshua, et encore moins d'attirer l'attention d'Élisabeth. Pourtant, il savait que la confrontation était inévitable. Il n'était juste pas… prêt.

Arrivé dans sa suite, il abandonna ses bagages au salon et déposa son manteau sur son canapé avant d'aller se servir un verre. Il avait besoin de se calmer. Au cours des derniers jours, mis à part ses appels quotidiens à Joshua, il avait retrouvé sa vie d'avant, ses amis, ses habitudes de célibataire. Cela l'avait presque rendu heureux, si ce n'était ce quelque chose manquant au tableau. Il s'était habitué à avoir Joshua et Beth avec lui, à jouer avec son fils, à parler, se chamailler, *jouer* autrement avec sa femme. Évidemment, il avait pu s'occuper à New York, mais il avait pris goût à la vie de famille.

Seulement, pour l'instant, il ne pouvait plus prétendre aussi facilement à cet avenir heureux, pas encore. Et maintenant, il devait réfréner son envie d'aller la trouver. « Tu es censé la haïr et te montrer odieux avec elle, alors fais-toi une raison. » Ainsi se rappela-t-il à l'ordre en vidant son verre avant de se resservir. Malheureusement, cela ne lui permettait pas d'éradiquer le désir qui le consumait. Il voulait sentir son corps brûler sous ses doigts, son regard s'embraser et se fermer, sa voix gémir, l'appeler et le supplier. Elle avait beau essayer de la différencier pour la rendre moins désirable, ce corps, ce regard, cette voix étaient identiques… et tentants. Le piège était de ne pas laisser son cœur prendre le contrôle et ne pas perdre de vue le rôle diabolique qui était le sien. Victoria les voulait en conflit plutôt qu'ensemble et, pour avoir l'air moins suspect, il devait lui donner ce qu'elle attendait.

Cependant, tôt ou tard, il allait devoir reparaître devant Élisabeth. Ils devraient jouer la comédie du couple de jeunes mariés, la prendre dans ses bras, lui tenir la main, l'embrasser et ne pas dévoiler à quel point il aimait ça. Il devait apprendre à se contrôler et éteindre ce besoin qu'il avait d'elle, tout en se confrontant à sa femme.

Alors, sur un soupir et une maigre hésitation, il reposa son verre et sortit. Il essayait de ne pas réfléchir, de se concentrer sur l'image monstrueuse d'Éli qu'il avait construite. S'il se passait quelque chose, ce pouvait être purement sexuel. « Après quelques verres, mon personnage peut oublier ses accusations envers elle et la faire redevenir une étrangère, juste un corps qu'il désire. » Profitant de son cerveau embrumé par l'alcool, son cœur passait à l'offensive et s'opposait seulement à quelques doutes. Alors, avant de renoncer, il ouvrit doucement la porte sans frapper, mais non sans se le reprocher. Sans bruit, il pénétra dans la suite déjà silencieuse et doucement éclairée. Éli ne pouvait qu'être là. Doucement, un pas après l'autre, il avança vers la chambre, empruntant le couloir avant d'apercevoir de la lumière sous la porte close de la salle de bains.

À nouveau, Nathan hésita, ne sachant pas ce qu'il trouverait derrière le battant, une Éli surprise et furieuse, sans doute. Alors, pour tenter de bien commencer cet entretien, il frappa à la porte. Pas de réponse. Il réitéra l'expérience, avant d'appeler la jeune femme d'une voix aussi douce que possible. Toujours pas de réponse.

Il n'avait pas pensé à vérifier à la piscine couverte. Peut-être avait-elle repris ses habitudes pendant son absence. Quoi qu'il en soit, il ouvrit la porte pour éteindre la lampe oubliée, mais s'arrêta dès que son regard se posa sur la baignoire et la jeune femme aux cheveux bruns.

— Éli ?

Lentement, il avança vers elle. La jeune femme restait silencieuse et immobile, alors, pendant un bref instant, il s'inquiéta, craignant qu'elle ait commis l'irréparable. Lorsqu'il put voir son visage levé, sa respiration régulière filtrait par sa bouche légèrement entrouverte. Elle semblait dormir, mais, pour s'en assurer, il glissa sa main dans son cou et sentit son pouls. Tout allait bien, mais, avec un soupir soulagé, il eut besoin de s'asseoir sur le rebord. « Évidemment, elle est en train de dormir. Elle n'est pas désespérée au point de vouloir mettre fin à ses jours », songea-t-il, inquiet de cette possibilité.

La mousse avait presque totalement disparu de la surface de l'eau, dévoilant la douceur de ses courbes. Sous le charme, son regard se concentra sur le visage d'Éli, sa bouche entrouverte, alors qu'elle dormait, la tête tournée sur le côté. Il la trouvait si belle et… pure, elle-même, sans fard.

Il ne voyait qu'Élisabeth et, avant même d'avoir réfléchi, il se pencha pour cueillir doucement ses lèvres. Presque automatiquement, elle referma lentement la bouche sur la sienne et la garda prisonnière. Alors, conquis, il ferma les yeux et s'abandonna sans plus bouger, comme si le temps s'était figé. Cela ne dura que quelques secondes, le temps que la jeune femme se réveille et le repousse, même s'il pouvait encore sentir son souffle se mêler au sien.

Mais alors qu'il s'attendait à la voir s'écarter encore, la légère caresse de ses doigts mouillés inonda sa joue avant de glisser dans ses cheveux. Surpris, il rouvrit les yeux au moment où la jeune femme se redressait suffisamment pour goûter au nectar de ses baisers. Les yeux clos, Élisabeth semblait vouloir continuer à se voiler la face et, lorsque ses lèvres répondirent pour lui, avec passion, il vit valser leurs résolutions respectives.

Son accord caressait sa langue, tandis que ses bras autour de son cou l'invitaient pour un moment au paradis. Son cerveau avait déserté, de même que sa raison. Son désir pour sa femme était devenu son seul guide. Alors, avant même de s'être rendu compte de ce qu'il faisait, il retira son pantalon et son boxer et la rejoignit dans la baignoire. L'eau était presque froide, mais la vision d'Élisabeth lui tendant encore ses lèvres réchauffa son corps en un clin d'œil. Un bref instant avant de l'embrasser, il la vit rouvrir les yeux, mais pas une seule seconde il ne discerna le moindre doute qui aurait pu faire basculer la situation du rêve au cauchemar.

Doucement, il prit son visage dans ses mains, savourant le goût de ses lèvres, de sa langue sur la sienne. Il en avait rêvé pendant des jours, des nuits… Les yeux à nouveau clos, comme pour échapper à la réalité, Élisabeth l'enlaça pour mieux les réunir dans cette bulle. Il ne pouvait garder ses mains sagement immobiles, alors que les courbes de son corps si féminin l'appelaient. Alors, lentement, il laissa ses paumes glisser sur son buste où ses seins s'éveillèrent à son contact. Il aurait voulu lui dire qu'elle lui avait manqué, qu'il avait envie d'elle, mais cela risquait de réduire à néant tous ses efforts. « Profite seulement du moment présent et va-t'en. » Frustré, il rejeta sa conscience pour revenir au sujet gémissant sous ses caresses. Les doigts impatients de sa femme avaient rapidement défait les boutons de sa chemise avant de la lui retirer. La sentir enfin totalement contre lui, peau contre peau, le rendait fou. Il voulait la conquérir, la posséder, être en elle et se sentir riche, puissant et heureux, comme au sommet d'une montagne surplombant la terre et les nuages. Cette femme était spéciale et elle le faisait se sentir de la même façon. Ses doigts couraient sur elle, s'agrippaient à sa hanche, à un sein, et tel un écho, Élisabeth s'accrochait plus fort à lui, gémissant, et le souffle court. Lui-même avait l'impression de retenir le sien, alors que son cœur battait à toute vitesse, pressé par le temps qu'il aurait pourtant voulu arrêter. Son prénom gémit dans un souffle, le rendit surpuissant.

Il se sentait prêt à déplacer des montagnes, chaque fois qu'elle l'appelait et n'avait plus qu'une envie, la garder dans ses bras jusqu'à la fin de ses jours. Il n'arrivait plus à se contrôler tant le besoin de marquer son corps de baisers et de caresses le consumait. Il avait besoin de l'entendre prononcer son nom, soupirer, gémir, de la sentir se blottir, se cambrer contre ses doigts, s'ouvrir et chavirer. Chacune de ses réponses nourrissait son désir, son pouvoir et son ego jusqu'à le rendre fou. Alors, quand elle se hissa enfin sur lui, Nathan en demanda plus :

— Regarde-moi.

Le souffle court, la jeune femme obéit et il comprit qu'il s'était trompé sur toute la ligne, il n'avait jamais mené la danse. Tout au long de leur étreinte, il n'avait été qu'un esclave déposant des offrandes aux pieds d'une déesse qu'il chérissait. Élisabeth menait la barque, contrôlant son désir et son état d'esprit par ses réactions, alors qu'il ne cherchait qu'à lui faire plaisir. Cette étreinte ne pouvait être égoïste, parce que c'était *elle*. Il ne voulait pas juste se servir ; il voulait partager cette étreinte avec elle et lorsque sa femme l'avait enfin regardé, il s'était autant senti uni à elle que par leurs corps enlacés. Ils ne faisaient plus qu'un.

Il en oublia l'eau qui déborda autour d'eux au rythme de leurs mouvements de plus en plus rapides. Et lorsqu'enfin il sentit Élisabeth jouir, il put se libérer en la serrant contre lui de toutes ses forces. Il ne voulait plus la perdre ni échapper à ces moments où il était si heureux.

« Ça ne peut pas durer ! » À mesure que la passion se dissipait, sa raison le rappelait à l'ordre. Les yeux rivés face à lui, ses bras étreignaient encore solidement le corps de sa femme. Il ne voulait pas que cela s'arrête, mais, au fil des secondes, il voyait l'éclaircie passer et les nuages s'accumuler de plus en plus dans le ciel bleu. Les bras d'Élisabeth toujours autour de son cou, sa tête frôlant son oreille, il ne voyait pas son visage. Nathan écoutait son souffle ralentir jusqu'à refléter la tension qui envahissait le corps et l'esprit de la jeune femme. Petit à petit, il devina qu'à la passion et au désir se substituaient la peur et le malaise. À présent, leur ciel était devenu gris. Il était temps pour eux de se séparer.

C'était un douloureux retour à la réalité comme un lendemain de fête après avoir trop bu. Ils se réveillaient, après avoir été aveuglés par la passion et, peu à peu, les regrets balayèrent la déception. Enfin, pas pour lui. Il désirait trop cette femme pour ne pas avoir apprécié ces instants. Mais il devinait déjà les rouages qui tournaient dans la tête d'Élisabeth. Malgré la satisfaction partagée de cette étreinte, il se savait déjà coupable et condamné, aussi desserra-t-il lentement ses bras autour d'elle. Cependant, il ressentit le frisson parcourant le corps de la jeune femme.

Lorsque ses bras et ses mains cessèrent de la toucher, un coup au cœur rebondit dans sa cage thoracique, tandis qu'elle s'écartait et se levait rapidement en détournant les yeux. En silence, Éli sortit de la baignoire et attrapa un peignoir avant de quitter précipitamment la pièce. Une seconde plus tard, il entendit une porte se fermer et soupira en basculant la tête en arrière.

Malgré la satisfaction de son désir apaisé, Nathan s'en voulait. Il savait que Beth n'était pas une illusion, contrairement à Éli. Malheureusement, il devait agir comme si ce mirage, ce mensonge était la réalité. Il devinait les regrets et la colère qui pourchassaient sans doute sa femme et il aurait aimé l'apaiser, la rassurer. Malheureusement, il se trouvait de l'autre côté de la barrière.

Pour le bien d'Éli, il pouvait se féliciter de ses talents de menteur, même si cela devait l'éloigner de lui. Une crampe dans sa cuisse le réveilla et il se rendit compte que l'eau était vraiment froide à présent. Plus rien ne le retenait dans cette pièce, cette suite. Rien de plus n'arriverait, cette nuit, ni avant un bon moment. Hors de l'eau, il attrapa un drap de bain blanc qu'il enroula autour de ses hanches avant de quitter la salle de bains. Une fois dans le petit couloir, il lança un regard hésitant vers la porte close de la chambre. Il se mit à douter. « Où est ma place ? Que dois-je faire ? Ai-je pris la bonne décision en me mettant Élisabeth à dos ? »

Tel un geste de rejet, il tourna finalement les talons et quitta la suite pour rejoindre la sienne où il se servit un autre verre de scotch. D'une traite, le liquide ambré disparut, brûlant encore sa gorge, tandis qu'il s'en versait un second. Il sentait encore les ongles de sa femme dans sa chair, comme la brûlure de sa peau dans ses paumes. Le désir renaissait déjà de ses cendres, tel le phénix.

Il devait arrêter. Il désirait Beth. Non, il l'aimait ; mais il préférait la savoir en vie, même si cela signifiait qu'elle le haïssait. Dès maintenant, il devait retrouver ses mensonges et voir Éli comme la femme ayant tué Neal et manipulé son monde pour échapper à la justice.

Mais en vivant avec elle, il ne parviendrait pas totalement à oublier la véritable Élisabeth. Dès qu'il poserait les yeux sur Éli, il ne verrait que sa femme innocente, et pas une meurtrière.

— C'est un calvaire, soupira-t-il.

C'était un cercle vicieux et, tôt ou tard, son désir provoquerait les mêmes problèmes encore et encore. Il était encore loin de découvrir les raisons qui poussaient Victoria Jones à semer la zizanie entre Élisabeth et lui. Le marshal ne lui laissait pas vraiment le choix et il allait sans doute devoir éloigner sa femme pour arriver à ses fins, tout en la gardant en sécurité. Il allait devoir enfouir ses sentiments et ses rêves, s'il voulait mettre un terme à tout cela. L'étape suivante selon Victoria ? Sans doute amener Éli devant la justice, puis derrière des barreaux. « Pas évident, en jouant les jeunes mariés transits d'amour », ironisa-t-il en avalant une nouvelle gorgée d'alcool. Ce serait une question de jours, de semaines, mais il devait avancer, l'éloigner d'eux.

Il devrait se surpasser pour jouer la comédie et, surtout, ne pas laisser son cœur se faire emporter. Il devrait aussi apprendre à contrôler son désir et se marteler l'esprit qu'elle n'était pas celle qu'il voulait. « Éli, la jumelle maléfique », se rappela-t-il. Éli n'avait que l'apparence de sa femme, aussi délicieuse soit-elle, et il ne pourrait en profiter qu'en gardant en tête, cette unique idée, elle n'était pas Beth. Il devait seulement s'en convaincre.

11

ÉLISABETH

« Aucune volonté ! » Voilà des heures qu'elle s'assommait de reproches, depuis son étreinte avec Nathan, pour être plus précise. Une fois la passion consommée, la jeune femme n'avait pas mis de temps à réaliser son erreur et son malaise était monté en quelques secondes telle une bouffée de chaleur. Elle qui s'était promis de ne pas se laisser aveugler par le charme de son mari, elle était tombée la tête la première dans son piège et s'était offerte aussi facilement qu'une groupie à son idole.

« Qu'est-ce qui m'a pris ? Bon sang, mais qu'est-ce qui m'a pris ? » s'était-elle répétée. La tête entre les mains, Élisabeth faisait les cent pas dans sa chambre. Elle n'avait pas tout de suite compris ce qu'il se passait. Au fil des derniers jours, elle s'était remémoré les attentions passées de Nathan, sa douceur, ses sourires, ses regards, ce qui l'avait séduite avant leur mariage et sa trahison. Il ne s'agissait que d'une illusion, mais cela lui manquait tant !

Alors, quand en se réveillant dans son bain, elle avait senti les lèvres de Nathan sur les siennes, avant de voir son visage juste au-dessus du sien, tout s'était mélangé dans son esprit : le rêve, la réalité, les mensonges, la vérité. Elle n'avait pas réfléchi, alors que ce moment de bonheur lui tendait les bras. Il était devenu son univers et elle avait seulement voulu être heureuse à nouveau. Comme dans son souvenir, il s'était fait à la fois doux, généreux et passionné, alimentant encore plus l'illusion et le mensonge. « C'est sa faute aussi ! Pourquoi ne s'est-il pas montré dur, possessif, ou dominant ? J'aurais compris alors ! Je l'aurais repoussé ! » lui avait-elle reproché brièvement.

Mais, finalement, la jeune femme avait compris qu'elle était la seule fautive et c'était sans doute ce qui la blessait le plus ; ça, et la déception qu'elle tentait de nier autant que possible. Lorsqu'il l'avait libérée, une tornade glacée l'avait refroidie. Il avait eu ce qu'il voulait ; il s'était servi d'elle pour assouvir un besoin et, l'instant suivant, il l'avait congédiée comme si elle n'était qu'une gêne sans importance.

C'était du moins ce qu'elle avait d'abord pensé ; et puis, tout était devenu confus dans sa tête. La douceur dans ses gestes, la passion dans ses baisers, ce n'était pas...

Élisabeth avait interrompu sa réflexion, parce qu'elle avait compris : il avait fait l'amour à Beth. Évidemment, c'était toujours la même personne, sauf pour lui. Pour Nathan, Beth était un souvenir, une illusion innocente appartenant au passé et elle aurait beau faire ou dire, l'opinion qu'il avait d'elle ne changerait pas. Dorénavant, elle était Éli, la menteuse, la meurtrière, son ennemie. Elle aurait pu se servir du personnage de Beth, de leur histoire, de son désir pour tenter de le convaincre, mais alors elle aurait pris davantage les traits noirs d'Éli, la manipulatrice. Elle n'était pas cette femme et elle détestait le mensonge. Elle avait déjà vécu trop longtemps à ses côtés ces dernières années pour replonger maintenant. Nathan connaissait son véritable nom et une partie de son histoire, elle n'avait pas envie de remettre un masque.

La vérité n'était pas facile à entendre ou à affronter, mais elle ne voulait plus mentir, et encore moins à son mari, pas parce qu'elle lui devait quelque chose, mais parce qu'elle avait déjà bien assez à faire et à vivre pour lutter contre ses attraits illusoires.

En couchant avec Nathan, elle était la seule coupable, parce qu'elle avait cherché à se voiler la face. Elle avait succombé à un plaisir, un bonheur facile, mais qui, finalement, ne tenait pas la route et elle le savait. Désormais, Élisabeth devait reprendre le contrôle. Nathan n'était pas son ami, il était certes son mari sur le papier, mais il allait aussi chercher à la mettre en prison et, surtout, à la séparer de Joshua.

La jeune femme devait trouver une solution, monter un plan, tout cela en côtoyant un homme qu'elle devait cesser d'aimer et de désirer. Évidemment, les choses auraient peut-être été plus faciles à construire si Nathan avait encore pu s'absenter quelques jours pour affaires. Au lieu de cela, il revenait tout juste et, ce soir-là, ils devaient assister à leur premier gala de charité en tant que mari et femme. Il s'agissait de leur première sortie officielle depuis leur mariage et Élisabeth ne pouvait s'empêcher d'appréhender cet événement. Elle n'aimait déjà pas être en public avec Nathan depuis leur union, car ils devaient jouer une douloureuse comédie. Même devant Maddie et Joshua au quotidien, la situation n'était pas aisée. Dès que Nathan entrait dans la pièce, tout devenait plus compliqué. Automatiquement, Élisabeth se tenait sur ses gardes, alors qu'elle aurait dû se détendre ; et dès qu'il la touchait, ses tensions s'intensifiaient. Heureusement, ces contacts restaient toujours très légers et brefs, l'empêchant de trop se perdre. Le temps jouait indéniablement contre elle et contre son cœur. Un regard, une étreinte ou un baiser prolongé pouvaient la faire replonger dans ses illusions trop douces et elle n'en ressortirait que davantage blessée.

La jeune femme devait lutter contre ses sentiments, apprendre, et peut-être qu'en étant assez convaincante, Nathan accepterait de la garder assez longtemps pour qu'elle monte son propre plan d'évacuation. Peut-être réussirait-elle même à se convaincre qu'elle ne l'aimait pas. Sa raison chercha à la détromper avant de valser dans les décors. Elle n'avait pas besoin de cela pour réussir ; elle avait besoin d'espoir et, si ses illusions pouvaient le lui fournir, elle était prête à les conserver encore un peu.

Toute la journée, Nathan et elle avaient cherché à s'éviter. De toute évidence, se retrouver en sa présence ne l'enchantait pas vraiment. « Il a eu tout ce qu'il voulait, hier soir. » Après s'être enfermé dans son bureau pendant une partie de la journée, il avait passé l'après-midi avec Joshua, soi-disant pour lui laisser le temps de se préparer pour le gala. Élisabeth n'avait pas vraiment accueilli cette *proposition* de la meilleure façon, mais, au cours des derniers jours, Joshua avait beaucoup souffert de l'absence de son père. Alors, de mauvaise grâce, elle s'était inclinée.

De retour dans sa suite, la jeune femme reprit sa réflexion. Il lui fallait vraiment trouver un moyen de quitter de son mari, mais elle ne savait même pas par où commencer. Victoria serait disposée à l'aider, si elle le lui demandait. Au bout d'une heure de recherches, Élisabeth en était toujours au même point. Nathan leur apportait une sécurité qu'ils ne trouveraient sans doute nulle part ailleurs, et si elle prenait la fuite avec Joshua, il avait tous les moyens à sa disposition pour pouvoir les retrouver. Tout semblait perdu d'avance, mais elle essaya de ne pas se décourager.

Alors qu'elle s'enfonçait de plus en plus dans ce casse-tête, son coiffeur et sa maquilleuse arrivèrent. Nathan avait tenu à leur présence, lui rappelant qu'elle appartenait dorénavant à une catégorie sociale reflétant une certaine image.

Avant son départ en voyage, Nathan lui avait fait la leçon :

— Tu es ma femme, Éli, et pour ce genre de soirée, nous devons paraître sous notre meilleur jour.

Elle n'avait pas vraiment apprécié la réprimande, mais, finalement, le travail de Davis, son coiffeur, en valait la peine. Avec talent, il avait créé un chignon qui dévoilait son cou et sa nuque, lui donnant ainsi un port de tête presque royal. De son côté, Michelle, la maquilleuse, avait concentré son travail sur son regard pour le rendre presque hypnotique et en harmonie avec le bleu métallique de sa robe. Ample et légère, celle-ci était marquée à la taille par une petite ceinture un peu plus foncée. Le tissu du décolleté formait un V et donnait une impression de drapé. Une dentelle avec des motifs et une doublure couleur chair dissimulaient ses bras, son dos, ses épaules et les cicatrices qui les parsemaient. Évidemment, Élisabeth avait demandé à Michelle de cacher les marques découvertes par le décolleté et la maquilleuse n'avait fait aucun commentaire. Finalement, le travail des deux professionnels lui donnait une apparence qu'elle n'avait connue que le jour de son mariage avec Nathan. La jeune femme se sentait à nouveau telle une princesse et la part naïve de son cœur mourait d'envie de retrouver son prince pour découvrir l'expression sur son visage.

Malgré son trac qui la faisait encore hésiter, Élisabeth attrapa la pochette assortie à sa robe et quitta sa suite. Dans un élégant smoking noir qui paraissait intensifier sa carrure, Nathan l'attendait dans la cuisine avec Joshua et Maddie. Les yeux brillants de ces derniers lui firent extrêmement plaisir, mais ce ne fut rien comparé au feu qu'elle sentit jaillir lorsque le regard métallique de son mari la détailla.

— Ma chère, vous êtes sublime, s'exclama la gouvernante. Et cette couleur ! Elle rappelle celle des yeux de Nathan.

En effet, ce détail lui avait plu autant que le modèle de la robe à proprement parler. Elle avait aimé cette couleur bleu métallique qui lui avait rappelé son Viking au caractère dur et solide. Mais à présent, le regard de ce dernier lui réchauffait tellement les joues et le corps qu'elle n'arrivait plus à lui faire face.

Heureusement pour elle, il s'exclama, non sans une certaine impatience :

— Bien. À présent, nous pouvons y aller.

Au ton de sa voix, il semblait indifférent, mais, lorsqu'elle voulut le regarder pour s'en assurer, il s'était déjà détourné pour rejoindre le hall d'entrée. Rapidement, Élisabeth embrassa Joshua et couvrit ses épaules avec une étole avant de suivre son époux, qui ne l'avait pas attendu. Elle l'insulta intérieurement de muffle en criblant son dos de flèches.

Toutefois, sans un mot, il la laissa monter en premier dans le SUV. La jeune femme songea alors qu'elle ne s'était pas trompée au premier abord, cette soirée resterait un simulacre et les moments passés avec Nathan seraient glacials. Pendant le trajet, ils n'échangèrent quasiment pas un mot et cela la déprima encore plus. Ils étaient assis côte à côte, mais elle avait l'impression que la moitié du monde les séparait.

Le cœur virant un peu plus au gris, Élisabeth soupira.

— Tu es nerveuse ? s'enquit-il contre toute attente.

Surprise, elle tourna la tête vers lui, alors qu'il regardait par la fenêtre de son côté.

— Un peu.

— Tu ne dois pas l'être, tu as déjà participé à ce genre de soirée, grâce à ton travail.

— J'étais dans les cuisines, Nathan, ironisa-t-elle.

Il ne répondit pas. Le visage fermé, il se contenta d'acquiescer. Il n'était pas vraiment d'un grand réconfort. C'est alors qu'une idée saugrenue germa dans l'esprit de la jeune femme qui demanda :

— Et toi, es-tu nerveux ?

Nathan fronça les sourcils avant de répondre en se tournant enfin vers elle :

— Pourquoi le serais-je ?

Son regard autant que l'assurance résonnant dans sa voix la déstabilisèrent, si bien qu'elle put seulement balbutier en haussant les épaules :

— Je... je ne sais pas.

Soudain mal à l'aise et honteuse comme une gamine qu'on aurait grondée, Élisabeth baissa les yeux vers ses mains qu'elle tritura nerveusement.

— Hé ! entendit-elle.

Presque aussitôt, une large main vint couvrir les siennes. Surprise, la jeune femme releva les yeux vers lui. Il ne souriait pas, mais son regard n'avait pas perdu de sa force, y compris lorsqu'il s'exclama :

— Tu n'as pas à t'inquiéter, tu es très belle.

— Peut-être, mais je ne me sens pas à ma place.

— Tu y es. Tu es avec moi.

Face à cette réponse, elle ne put réprimer le léger rire qui lui monta aux lèvres.

— Quoi ? demanda-t-il, en fronçant les sourcils.

— Avec toi non plus, je ne suis pas certaine d'être à ma place, Nathan.

Elle le sentit se raidir avant même qu'il ne retire sa main et se redresse sur son siège en détournant le regard. Ses traits étaient à présent aussi fermés qu'une forteresse imprenable.

— Je suis désolée, je ne voulais pas être désobligeante, juste honnête. Nous sommes mariés, toi et moi, mais là encore, c'est un simulacre. Je suis là pour jouer la comédie, mais je ne suis pas actrice, Nathan. Je ne me sens pas à ma place dans ce genre de soirée, parce que ni toi ni moi ne voulons que j'y sois. Tu ne veux pas de moi à cette soirée et tu ne veux pas de moi dans ta vie, alors c'est normal que je ne me sente pas à l'aise.

— Nous avons un accord, Éli. Quand tu l'as signé, tu savais très bien que ce genre de soirée ferait partie de notre vie, rétorqua-t-il d'une voix dure.

— Quand je l'ai signé, je n'imaginais pas que tu me détesterais ensuite.

— Alors, tout est de ma faute ?

Il rongeait son frein, mais elle devinait la colère qui l'envahissait.

— Ce n'est pas ce que j'ai dit, répondit-elle.

À son tour, elle voulut poser la main sur celle de son mari, mais il la retira et l'éloigna, élargissant le fossé entre eux. Pour tenter de l'apaiser, la jeune femme déclara doucement :

— Je suis désolée. C'est seulement que… je n'aime pas mentir.

— Pourtant, ça ne t'a pas empêchée de le faire toutes ces dernières années, rétorqua Nathan, mordant.

Le temps d'encaisser le coup, Élisabeth répliqua en se détournant elle aussi :

— Ça ne signifie pas que j'aimais ça.

Le fossé grandissait à vue d'œil, prédisant une longue et difficile soirée à venir. Nathan serait probablement la seule personne qu'elle connaîtrait à ce gala et il semblait décidé à se montrer aussi froid qu'un iceberg.

Au bout d'un long silence polaire, son mari soupira et, contre toute attente, il avoua :

— Je suis nerveux.

— Pourquoi ? s'étonna-t-elle. Tu es Nathan Reed. Tu as le monde à tes pieds.

— Jusqu'à ce que quelqu'un me fasse chuter, marmonna-t-il comme pour lui-même.

« Il parle de moi, là ? » s'interrogea-t-elle en fronçant les sourcils.

— Il s'agit d'une soirée importante, Éli. Je ne peux pas me montrer faible ou défaillant. Si les invités présents à ce gala me découvrent une faille, maintenant que je suis marié…

Avec une fougue venue naturellement, Élisabeth affirma :

— Ce ne sera pas moi. Je ne chercherai jamais à te nuire.

— Vraiment ? s'enquit-il avec un sourire sceptique.

« Il ne me croit vraiment pas ? » Sans réfléchir, elle se pencha vers lui et prit la main qu'il avait posée sur son propre genou, loin d'elle. Surpris par son geste, il leva les yeux vers elle, alors qu'elle affirmait en le regardant bien en face :

— Nathan, je suis ton épouse. Cela a beau être un mariage en toc, je suis là pour te soutenir et tenir mon rôle au mieux.

— Pourquoi ?

— On a beau s'être menti, tu n'as pas failli à ta promesse de nous protéger, Joshua et moi. Alors, c'est à mon tour de tenir parole.

Elle était très sérieuse, mais, petit à petit, Élisabeth vit le regard de son mari pétiller. Il préparait un piège, mais elle ne pouvait pas faire marche arrière.

— Vraiment ? Tu es prête à jouer ton rôle d'épouse modèle ?

— Oui, affirma-t-elle avant d'hésiter.

Lorsque le sourire de Nathan s'étira lentement, la jeune femme se vit alors tomber dans la gueule du loup.

— Prouve-le-moi, embrasse-moi.

12

ÉLISABETH

— Pardon ?

— Si tu es prête à jouer ton rôle, embrasse-moi. On vient de se marier et je ne peux pas toujours être celui qui embrasse l'autre. Les gens croiraient que tu ne m'aimes pas vraiment et que tu n'es qu'une…

Le reste de sa phrase mourut sous la bouche de la jeune femme avant qu'il ne réponde presque instantanément à son baiser. Penchée en avant, elle s'était pour ainsi dire jetée à ses lèvres et, d'une main sur sa nuque, il la gardait prisonnière pour l'empêcher de s'écarter. Même sans cela, elle n'aurait pas bougé tant elle aimait se soumettre aux caresses de sa langue sur la sienne. Il suffisait qu'il la touche, qu'il la regarde pour qu'elle perde le sens des réalités et retombe dans ses travers. La passion dont il usait à présent la ramenait quelques heures plus tôt, dans une autre vie.

La main sur son biceps, elle se retenait à lui pour ne pas rompre le lien pour qu'il n'arrête pas. Elle voulait rester dans cet état, connaître ce bonheur encore et encore. Mais brusquement, tout s'arrêta, figé. La bouche de Nathan avait abandonné la sienne, elle sentait encore son souffle tout près, aussi brûlant que ses joues ; ses doigts jouaient délicatement sur sa nuque et l'ovale de son visage. Elle n'osait même pas le regarder en face. Pour quoi faire ? Pour dire quoi ?

Nathan parut avoir le même problème. Pendant de longues secondes, il la garda prisonnière, cherchant ses mots ou juste la marche à suivre. Finalement, en silence, il renonça et la libéra avant de se détourner pour sortir de la voiture. Son comportement la déstabilisa tellement qu'elle resta d'abord sur cette banquette, choquée, effrayée. La voix de son cavalier la réveilla.

— Je croyais que je pouvais compter sur toi.

Penché dans l'encadrement de la portière, le visage grave, il l'étudiait, attendant qu'elle prenne sa décision. Avait-elle seulement le choix ? C'était une impasse, mais ses maigres certitudes la poussant vers Nathan, la jeune femme le rejoignit avant de reculer légèrement en entendant les exclamations des photographes. D'un bras autour de la taille, son époux la retint.

— Éli. Si tu restes, c'est pour jouer ; pas pour te cacher.

La jeune femme leva les yeux vers lui. Elle n'avait plus le choix, qu'elle le veuille ou non. Tendue, le souffle court, elle acquiesça. Doucement, Élisabeth le laissa l'entraîner sur le tapis rouge devant le parterre de photographes en train d'aboyer :

— Monsieur Reed ! Par ici !

— Nathan, de ce côté !

— Un sourire !

Toutes ces voix à l'unisson lui tournaient la tête, lui donnant le vertige.

— Ne leur montre pas que tu as peur ou que tu es impressionnée, lui glissa son mari à l'oreille. Tu dois leur tenir tête et leur montrer que c'est toi qui commandes. Relève la tête. Tu es ma femme.

Prenant sur elle, Élisabeth obtempéra et affirma son regard pour affronter la meute et les flashs en face d'eux.

— C'est bien, murmura Nathan.

Dans sa voix grave résonnait de la fierté. Sa concentration altérée, la jeune femme leva la tête vers lui et découvrit son regard teinté de douceur baissé vers elle. Avant même qu'elle ait compris ce qui se passait, Nathan captura sa bouche. Alors, pendant quelques secondes, elle oublia le reste du monde. Lorsqu'il se redressa en lui caressant la joue, elle aurait presque pu y croire. Mais, soudain, ses traits se fermèrent et il se détourna, non sans lui prendre la main pour l'entraîner à sa suite.

Élisabeth était trop tourmentée pour demander des explications, ce n'était ni le lieu ni le moment. Pour l'instant, elle avait un rôle à tenir. Pendant l'heure qui suivit, elle fit de son mieux pour sourire et avoir l'air détendue. Cet environnement, ce luxe la rendaient presque aussi nerveuse que la peur d'être découverte. Elle ne savait pas mentir, aussi tâcha-t-elle d'être la plus honnête possible, lorsqu'on l'interrogeait. Elle ne cacha pas son malaise, ce qui sembla attendrir la plupart de ses interlocuteurs, tandis que Nathan resserrait son bras autour d'elle, comme pour la rassurer. Parfois, il l'embrassait sur la tempe, mais, la plupart du temps, il parla affaires, l'excluant ainsi de la conversation. Sa façon un peu rustre de la protéger fonctionnait à merveille, mais, au fil des heures, l'ennui devint son cavalier, prenant la place de son époux. Pendant le repas, elle se concentra sur les plats servis, essayant de deviner leurs compositions et ce qui aurait pu les améliorer. Ce fut en quelque sorte sa récréation jusqu'à ce que son estomac manifeste son mécontentement.

Précipitamment, elle recula sa chaise avant que la main de Nathan ne se referme sur la sienne et que ce dernier lui adresse un regard menaçant.

— Je dois m'absenter quelques minutes, se justifia-t-elle tout bas.

Il la relâcha et, sans attendre, elle se leva avant de se rendre aussi vite et naturellement que possible jusqu'aux toilettes. Mais à peine eut-elle refermé la porte d'un des cabinets qu'une violente nausée lui vrilla le ventre. C'était un cauchemar, elle était en train de vomir dans les toilettes, en essayant de ne pas salir sa magnifique robe de soirée. La respiration saccadée, elle attendit le répit qui semblait la fuir, y compris lorsque son estomac fut vide.

— Est-ce que ça va ? s'enquit une voix féminine de l'autre côté de la porte.

Elle parvint seulement à souffler un faible « oui » avant qu'une autre nausée ne l'attaque. Combien de temps s'écoula avant qu'elle puisse enfin respirer normalement et se lever ? Même en s'appuyant au mur et à tout ce qu'elle pouvait, ses jambes étaient prêtes à la lâcher à tout moment. Elle avait besoin d'une minute ou deux pour se reposer au calme… Mais lorsqu'elle ouvrit la porte du cabinet, elle se retrouva face à une jeune femme blonde qui l'étudiait, les bras croisés sur sa poitrine. Les cheveux coupés au carré, elle portait une longue robe noire à bretelles dont le profond décolleté en V dévoilait sa peau bronzée. Une fente remontait haut sur sa cuisse, laissant ainsi entrevoir ses longues jambes. Un bracelet en diamant ornait l'un de ses poignets, alors qu'un long pendentif venait presque se nicher entre ses seins savamment couverts. Elle était très belle et son visage fin était marqué par une assurance qui transparaissait dans son regard vert.

— Vous semblez avoir besoin d'aide, suggéra-t-elle en la rejoignant.

Sans attendre, son interlocutrice lui prit le bras et la conduisit doucement jusqu'à un fauteuil où elle l'aida à s'asseoir.

— Je vais chercher mon frère, il est médecin.

— Non ! Tout va bien, j'ai seulement besoin d'une minute ou deux.

Tout en répondant, Élisabeth sentit la menace d'une nouvelle nausée.

— Vous êtes aussi pâle qu'un fantôme et vous tenez à peine sur vos jambes.

— S'il vous plaît… Cette soirée est importante pour mon mari, je n'ai pas envie de tout gâcher.

— Parce que *vous* n'êtes pas importante à ses yeux ? s'enquit la jeune femme avec un sourire amusé.

Élisabeth préféra garder le silence et ferma les yeux en travaillant sur sa respiration. Elle sentait sa compagne l'étudier avant de l'entendre marcher dans la pièce. La voix légèrement rauque de son interlocutrice perça sa concentration :

— Tenez. Cela devrait vous faire du bien.

En rouvrant les yeux, Élisabeth découvrit une petite bouteille d'eau et fronça les sourcils en l'acceptant.

— En vous entendant vomir de la sorte, je me suis dit que ça vous serait utile, alors j'ai demandé à un serveur de m'en rapporter une.

— Merci, murmura-t-elle.

Sincèrement reconnaissante, Élisabeth esquissa un léger sourire et but quelques gorgées, tandis que sa compagne s'asseyait à ses côtés. Son interlocutrice lui tendit sa main en annonçant :

— Je m'appelle Sydney Myers.

— Beth Reed, répondit l'intéressée en la lui serrant.

— Je sais… Vous êtes pour ainsi dire l'attraction de la soirée, révéla Sydney avec un doux sourire.

À ces mots, Élisabeth grimaça légèrement.

— Vraiment ?

— Tout le monde est curieux de vous connaître, ce n'est pas tous les jours qu'un parti comme Nathan se fait passer la corde au cou.

13

ÉLISABETH

Qui était cette femme pour appeler son mari juste par son prénom ? Une ancienne maîtresse ? Une femme qui le convoitait ?

En quelques secondes, la jalousie monta en elle comme un feu de plus en plus menaçant. « Calme-toi. Cherche plutôt à savoir ce qu'il en est avant de te donner en spectacle. »

À présent sur ses gardes, Élisabeth s'enquit :

— C'est pour cela que vous êtes restée et que vous m'avez aidée ?

Avec un sourire en coin, son interlocutrice reconnut :

— Un peu. Mais je voulais surtout vous féliciter. Je n'ai pas pu venir à votre mariage, alors...

Son froncement de sourcils plus prononcé interrompit son interlocutrice pendant un bref instant, avant qu'elle ne réplique :

— Jessie McEwan et Nathan font partie de mes plus vieux amis. Nous avons pour ainsi dire grandi ensemble, Jessie, mon frère Tom, Nate et moi.

— Vraiment ?

Visiblement amusée par son scepticisme, Sydney répliqua :

— Oui. Vous pourrez le lui demander, si vous ne me croyez pas.

La provocation moqueuse de la jeune femme blonde lui cloua le bec et mit un terme à ses doutes.

— Je suis désolée, je ne voulais pas me montrer désagréable. Je suis juste d'une nature prudente.

— Ce n'est rien et cela peut se comprendre. Je serais peut-être aussi prudente si j'étais soudain projetée dans un univers qui, à la base, n'est pas le mien. Mais je vais vous dire, vous vous en sortez très bien, répondit Sydney en lui prenant la main. Je n'ai entendu que du bien sur vous depuis votre arrivée. Alors, autant faire en sorte que rien ne change. Buvez.

L'autorité de Sydney fit sourire Élisabeth, tandis qu'elle la regardait se lever et sortir. Mais alors qu'elle s'attendait à la voir disparaître pour de bon, la jeune femme blonde revint au bras d'un homme brun vêtu d'un élégant smoking. Surprise, elle le regarda s'agenouiller devant elle avant qu'il ne pose une main sur son visage et lui prenne doucement le poignet de l'autre.

— Beth, je vous présente mon frère, Thomas. Il est médecin.

Âgé d'une trentaine d'années, son regard était concentré et curieux. Grand et fin, il respirait l'intelligence, la douceur et la bienveillance.

— Ce n'est rien. J'ai juste eu une nausée passagère.

— Oui, c'est pour cela qu'elle est aussi blanche qu'un cachet d'aspirine et qu'elle peut à peine tenir debout.

Tout en étudiant intensément Élisabeth, Thomas décréta :

— Sydney, tu devrais rejoindre Nathan pour le rassurer de l'absence de sa femme.

— Ne lui dites rien ! la pria cette dernière. Je ne veux pas l'inquiéter inutilement.

Sceptique, Sydney concerta son frère avec sérieux :

— Est-ce vraiment *inutile* ?

— Ce n'est pas méchant, répondit ce dernier après une brève hésitation. Tu n'as qu'à lui dire qu'il y a la queue aux toilettes. Beth sera là dans quelques minutes.

Cela ne sembla pas la convaincre, mais elle répondit :

— D'accord.

— Merci, Sydney, ajouta la femme de Nathan.

Sur ces derniers mots, elle quitta la pièce.

— Bien. Maintenant que nous sommes seuls, je me dois de vous poser la question, Beth, êtes-vous enceinte ?

— Non ! s'indigna-t-elle.

— Vraiment ?

— Je vomis et vous en déduisez automatiquement que je suis enceinte ? Quel genre de médecin êtes-vous ?

Sa répartie le fit sourire et, avec un regard pétillant, il répliqua :

— De toute évidence, ni un obstétricien ni un gynécologue. Pour répondre à votre question, je suis chirurgien cardiaque. Je suis désolée, mes stages d'obstétrique remontent à bien longtemps. Mais je devais vous poser la question pour effacer cette éventualité.

— J'ai été malade il y a quelque temps, un virus qui n'est pas vraiment passé apparemment.

— Peut-être. Ou juste une indigestion, un produit avarié... Quoi qu'il en soit, votre pouls remonte et vous reprenez des couleurs. Comment vous sentez-vous ?

— Beaucoup mieux. Je devrais pouvoir regagner ma table dans quelques minutes.

— Bien, répondit Thomas en souriant amicalement. En attendant, laissez-moi vous féliciter pour votre union avec Nathan. Sydney et moi n'avons pas pu venir à la cérémonie, mais nous sommes ravis de pouvoir vous rencontrer ce soir.

— Sydney m'a dit que vous connaissiez Nathan et Jessie depuis l'enfance ?

— Oui. Nos parents et les McEwan sont amis de longue date, presque de la même famille. Ça resserre les liens. Nathan est resté l'un de mes meilleurs amis, même s'il vit ici à présent.

Comme elle fronçait les sourcils, perdue, il répondit :

— Oui, tout comme Nathan, nous venons de New York. Depuis quelques années, Sydney vit à Chicago, mais, pour ma part, je n'ai jamais quitté la ville où j'ai grandi.

— Et vous êtes venus jusqu'ici pour… ?

— Surprendre Nathan et vous rencontrer, avoua Thomas avec un sourire en coin. Avec nos emplois du temps respectifs, nous n'arrivons jamais à nous voir, aussi Sydney et moi avons décidé de venir passer quelques jours ici et de participer à ce gala. Un peu de divertissement ne fait pas de mal à des carriéristes comme ma sœur et moi, révéla-t-il avec une malice qui la contamina.

— Et au milieu de vos projets, vous aviez prévu de jouer les urgentistes ?

— Pas vraiment. Mais pour vous, je peux faire une exception.

Le sourire d'Élisabeth s'étira. Pour la première fois depuis le début de la soirée, elle avait l'impression d'exister et de ne pas simplement jouer les plantes vertes.

— Vous voulez bien me raccompagner à ma table ? Je ne suis pas certaine de pouvoir marcher toute seule.

— Quelle coïncidence ! Je comptais justement rejoindre votre mari moi aussi.

Sur un dernier sourire, il l'aida à se lever, puis la soutint discrètement jusqu'à la sortie de la pièce. Mais à peine venait-elle de commencer à marcher qu'elle sentit déjà la fatigue remonter le long de ses jambes.

— Je ne me souvenais pas que la route jusqu'à ma table était si longue. Je ne suis pas sûre que mes jambes me porteront jusque-là.

— Ne vous inquiétez pas, si vous tombez, je dirais que je vous ai fait un croche-pied.

La plaisanterie de son allié la fit rire doucement et parvint à lui changer les idées. Enfin, ils arrivèrent sur le seuil de la grande salle et, contre toute attente, Élisabeth découvrit Nathan et Sydney en train de danser. Ils étaient seuls sur la piste et le monde autour d'eux semblait inexistant, tandis qu'ils se souriaient.

— Quel beau couple, s'exclama une commère, non loin d'eux. Je croyais que la femme de Nathan Reed était brune, mais...

— C'est le cas, mais il était fiancé à Sydney Myers, il y a quelques années. Ils étaient sur le point de se marier, quand il a rompu soudainement. C'était dans tous les journaux people, à l'époque.

— À les voir, on dirait que rien n'a changé.

Fiancés ? Nathan et Sydney étaient sur le point de se marier ? Elle accusait encore le coup, lorsqu'elle entendit Thomas se racler la gorge.

— Beth ?

— Je ne me sens pas bien, murmura-t-elle.

L'instant suivant, ses jambes la trahirent, avant qu'une sourde chaleur n'embrase son corps jusqu'à sa tête, l'empêchant presque de respirer. La tête lui tourna, et tout ce qu'elle entendit avant de tomber fut son prénom dans la bouche de Thomas.

14

NATHAN

Il flottait sur un lac paisible, sans vague. L'apparition de Sydney lui avait fait oublier sa femme. Les choses devinrent à nouveau simples, magiques.

— J'ai rencontré Beth aux toilettes. Elle ne va pas tarder.

Son sourire lumineux et malicieux le déstabilisa, avant qu'il ne ressente enfin une pointe de culpabilité. Sydney était magnifique et cette nouvelle pensée provoqua un nouveau malaise chez lui. Bien qu'il s'agisse d'une vieille amie, il ne pouvait ignorer qu'ils étaient sur le point de se marier avant qu'elle l'abandonne devant l'autel sans véritable explication. Par le passé, ils s'étaient parfois croisés, mais il s'était senti tellement mal alors qu'il avait toujours écourté leurs entretiens, utilisant le moindre prétexte.

— Je l'ai déjà fait auprès de Beth, mais je tiens à te féliciter pour votre union.

— Syd...

— Quoi ? Je tiens à toi et j'ai le droit de me réjouir quand quelque chose de bien t'arrive.

Son sourire malicieux et son attitude décontractée lui donnèrent l'impression qu'elle était sincère. Sydney Myers n'était pas du genre à mentir ni à cacher ce qu'elle pensait. C'était l'une des qualités qu'il préférait chez elle. Mais ses félicitations n'effacèrent pas le malaise et la culpabilité qu'il ressentait encore.

— Excusez-moi, monsieur Reed, mais il est temps d'ouvrir le bal, vint les interrompre l'un des organisateurs du gala.

— Oui, hum…

Un peu décontenancé, il regarda autour de lui, cherchant sa femme des yeux. Quand on le lui avait demandé, il devait évidemment le faire avec Éli. Mais les secondes s'écoulèrent sans qu'elle réapparaisse. Il la maudissait en silence, lorsqu'une main glissa dans la sienne.

— Si on leur montrait ?

La voix de Sydney le surprit, mais il ne résista pas quand elle l'entraîna sur la piste. Évidemment, ce n'était peut-être pas la meilleure idée qu'il ait eue. Leurs fiançailles avortées étaient de notoriété publique et les ragots allaient courir à toute vitesse. Mais une fois sur la piste avec son ex, cela n'eut plus d'importance, il était trop tard de toute façon. Il retrouvait ses réflexes, et presque sa vie d'avant. Si Neal n'était pas mort, Sydney aurait été sa femme, à cet instant, pas Éli.

Soudain, la voix de sa cavalière la ramena au présent.

— Comme au bon vieux temps. Mais tu ne m'as pas encore écrasé les pieds. Ah ! J'ai parlé trop vite.

— C'était uniquement pour te punir, alors que tu doutes de mes talents.

— Pas le moins du monde. J'ai juste une très bonne mémoire et la danse ne fait pas du tout partie de tes talents, mon cher. Mes orteils ont suffisamment souffert sous le joug de tes grands pieds pour que je me le rappelle.

— Et si je me souviens bien, tu n'as jamais eu le sens du rythme.

— Si ça peut te consoler de le croire.

Face à son sourire, il sentit bien, heureux, presque léger.

Mais tout à coup, un murmure monta, prenant le dessus sur la musique et la paix. Leur attention attirée, Sydney et lui s'immobilisèrent peu à peu pour regarder l'attroupement formé hors de la piste. Un pressentiment grandissant en lui, il s'approcha du centre de l'attraction. Et puis, il aperçut un bout de robe d'une couleur si spéciale qu'il ne put avoir le moindre doute. Son cœur brusquement affolé fit un bond dans sa poitrine, alors qu'il se frayait un chemin jusqu'à elle. De loin, il reconnut Thomas, penché au-dessus d'elle.

— Elle s'est brusquement évanouie, lui annonça son ami.

En reportant les yeux sur le visage de Beth, il la trouva si pâle qu'il s'inquiéta vraiment. Elle n'arrivait même pas à ouvrir les yeux. Alors, il fit ce que son cœur lui dicta, il la souleva dans ses bras et la porta dans une autre pièce, plus au calme.

— Que s'est-il passé ? demanda-t-il au médecin, alors que celui-ci prenait la tension d'Éli.

— Je ne sais pas. Sydney l'a trouvée à vomir dans les toilettes et, quand je l'ai interrogée, Beth m'a dit qu'elle avait été malade ces derniers temps. Pour elle, il ne s'agissait que d'une rechute ou d'une indigestion.

— Tu la crois ?

— Ça n'a pas l'air d'être ton cas, s'étonna son ami.

— C'est vrai qu'elle a été malade ces derniers temps, mais elle a toujours refusé d'aller voir un médecin.

— Tu crois qu'elle pourrait être enceinte ?

— Non !

Devant sa réponse catégorique, Thomas écarquilla les yeux, encore plus étonné par sa réaction.

— Pourquoi pas ? Vous êtes de jeunes mariés. Vous devez en profiter, non ?

Aussitôt, la frustration le fit se renfrogner, peu enclin à aborder le sujet de sa vie privée, et encore moins sexuelle. Le médecin sourit, finalement amusé, en reportant le regard sur sa patiente. Soudain mal à l'aise, Nathan prit un air sérieux pour déclarer :

— Elle s'était déjà évanouie, il y a quelques jours. Une baisse de tension, je crois.

— Il faudra qu'elle aille consulter un médecin. Ça peut être important.

Nathan se contenta d'acquiescer. Lorsque la tension de sa femme remonta et qu'elle rouvrit les yeux, son soulagement libéra tout son corps, crispé par les tensions.

— Je suis désolée, murmura-t-elle.

Il se contenta d'acquiescer avant de décréter qu'ils devaient rentrer. Discrètement, ils s'éclipsèrent pour rejoindre leur voiture. La tête pleine de questions, il ne prononça pas le moindre mot de tout le trajet, mais il constata rapidement que sa femme s'était endormie, visiblement épuisée. « Elle a l'air si fragile », songea-t-il, tandis que son sentiment de culpabilité grandissait encore.

À leur arrivée, il la porta délicatement jusqu'à sa chambre sans qu'elle se réveille. Même une fois dans son lit, alors qu'il remontait une couverture sur elle, la jeune femme ne réagit pas. Pendant quelques secondes, il resta à l'étudier, intrigué. Que lui cachait-elle ? Était-elle malade ? Était-elle enceinte ? Il voulait connaître le fin mot de l'histoire, mais l'image de fragilité d'Éli le poussa hors de la suite. Mais ce soir-là, il avait également constaté à quel point la faiblesse de sa femme rejaillissait sur lui. Il tenait à elle, ce qui le rendait plus faillible. Il ne pouvait pas se le permettre, pas s'il voulait vraiment la protéger.

Pendant les jours qui suivirent, il évita Éli – sans doute dans l'espoir de trouver un moyen de retrouver son assurance et sa force ; mais finalement, il se rendit compte également qu'elle ne cherchait pas à le rencontrer, comme si elle avait quelque chose à lui reprocher. « C'est le monde à l'envers ! » songea-t-il avec un regain de colère.

Après plusieurs jours de cache-cache, il profita du dîner familial pour annoncer :

— J'ai invité Thomas et Sydney Myers à déjeuner ici samedi.

Les yeux baissés sur son assiette presque intacte, sa femme se contenta de répondre platement :

— Très bien.

— Et j'ai demandé à Thomas de t'examiner par la même occasion.

— Je n'ai pas besoin de voir un médecin, je vais très bien.

— Évidemment ! C'est bien connu que les personnes en bonne santé s'évanouissent et vomissent à tout bout de champ.

Agacée, Éli se leva en emportant son assiette. Elle leur tournait le dos, quand elle insista :

— C'était juste un virus.

— Dans ce cas, Thomas t'examinera pour rien.

— Il est chirurgien cardiaque.

— Il est médecin et tes malaises, tes vomissements ne sont pas *normaux*.

Agacée, elle jeta pour ainsi dire son assiette dans l'évier, surprenant Maddie et Joshua autant que lui.

— Très bien ! Puisque tu en as décidé ainsi.

Son rugissement sonna telle une menace avant qu'elle ne quitte la pièce, mais cela n'arrêta pas Nathan. La colère émanant d'elle était similaire à la sienne, mais il la suivit sur la terrasse, puis dans le parc où il l'interpella sans retenue :

— Tu comptes aller encore loin comme ça ?

— Rien ne t'oblige à me suivre.

— Au contraire. Je veux connaître le fin mot de l'histoire. Que me caches-tu, Éli ?

— Rien ! Absolument rien !

— Vraiment ? Alors, pourquoi refuses-tu de te faire examiner ? Pourquoi es-tu autant en colère ?

Sa marche s'interrompit brusquement, et elle s'exclama en secouant la tête :

— Tu me demandes...

— Ça a l'air de t'étonner.

Brusquement, alors qu'il ne s'y attendait plus, elle lui fit face, un incendie gigantesque dans les yeux, le feu de la colère. Elle ne souriait pas ; elle n'avait plus peur, elle semblait seulement vouloir se battre et il était sa cible.

— Très bien. Tu veux savoir ?

— Oui.

— Tu m'as tout pris. Tu m'as pris ma confiance, mon corps, mon fils, ma liberté, ma fierté et tu souhaites en disposer comme bon te semble, comme si je n'étais qu'une marionnette sans âme, sans cervelle. Mais je suis là ! Je vois tout ! Je subis tout et j'en souffre, parce que j'ai toujours un cœur. C'est peut-être ta consolation et ton plaisir de me voir souffrir, mais je ne peux pas rester indifférente. Tu m'as pris pour une idiote et tu me rabaisses encore, sous ce que je considérais comme mon propre toit. Alors, dis-moi, quand t'arrêteras-tu ? Aurai-je seulement un véritable répit ?

— De quoi parles-tu ? Cela n'a aucun sens.

— Sydney, ta fiancée, celle que tu aurais dû épouser s'il n'y avait eu ta vengeance insensée.

— C'est une vieille amie.

— C'est ton ex ! Et pas juste une ex-petite amie ! Ton *ex-fiancée* ! Tu allais te marier avec elle ! Tu avais de vrais sentiments pour elle et tu les as peut-être encore.

— Tu es jalouse ? C'est ce qui te met autant en colère ?

Il eut l'impression de voir de la fumée sortir des oreilles de sa femme, tant sa fureur sembla monter d'un cran. Pas un instant, il ne doutait de sa jalousie, mais il s'étonnait de l'intensité de ce feu et de ce nouveau pouvoir sur sa femme. Malgré la situation compliquée entre eux, l'amour de Beth était encore bien vivant et cela le soulageait.

Mais en revenant à la réalité, il vit les larmes rouler sur les joues de sa femme avant qu'elle ne s'exclame d'une voix fissurée :

— Je sais que, d'après toi, tu ne me dois rien, et que... tout ce que je dis n'est que mensonges, que je ne ressens rien pour toi. Mais c'est faux ! Vu ce que j'endure, j'en arrive parfois à vouloir être celle que tu décris et que tu détestes. Je voudrais ne pas être sensible à tes gestes, tes intentions ou tes paroles. Je voudrais ne pas être triste, blessée ou jalouse, mais c'est un fait, je t'aime encore, Nathan. À mon cœur défendant, mais c'est le cas.

Sa déclaration ressemblait à l'aveu d'un fardeau qu'elle portait sur ses épaules depuis trop longtemps. Sa déclaration faisait ressurgir la culpabilité de Nathan, trop grande pour qu'il puisse l'ignorer et ne rien faire. Alors, franchissant la distance entre eux, il prit le visage de sa femme entre ses mains et une expression grave couvrant ses traits, il se pencha vers elle, baissant les yeux sur ses lèvres. « Ne fais pas ça ! Que tu le veuilles ou non, tu dois creuser ce fossé entre vous, si tu veux la protéger. » Encore hésitant sur le choix à faire, il fixait la bouche d'Éli depuis quelques secondes. Et puis, il rencontra à nouveau le regard blessé de sa femme. Alors, tout bas, il souffla :

— C'était bien essayé. Je t'aurais presque crue. Quoi qu'il en soit, Thomas et Sydney vont venir déjeuner, et Thomas va t'examiner. Fin de la discussion.

Sans plus attendre, il la libéra avec une douloureuse froideur et tourna les talons pour rejoindre la maison. Il sentait la chaleur de la jeune femme s'éloigner, comme si elle s'éteignait à petit feu. Mais il ne voulait pas y penser, il ne voulait pas croire à la possibilité qu'il n'y ait plus d'espoir pour eux. Ce n'était pas une option envisageable, pour lui, pour elle, pour eux.

15

ÉLISABETH

Samedi arriva à la fois trop vite et pas assez. Elle était pressée que cette journée se termine, que Sydney Myers sorte de leurs vies et s'éloigne de son mari.

« Comme si ça allait changer quelque chose », songea-t-elle tristement en finissant de boutonner son chemisier. Maintenant qu'il l'avait revue, Nathan n'allait pas laisser repartir Sydney, pas pour de bon. Il n'avait aucun compte à rendre à sa femme, il avait été clair là-dessus. Autant dire qu'il reverrait son ex-fiancée, dès qu'il le pourrait ou, du moins, quand il le voudrait. De là à dire qu'elle deviendrait sa maîtresse, il n'y avait qu'un pas. De toute évidence, Nathan n'était pas décidé à *tout lui pardonner* ni à leur permettre de connaître enfin la vie de famille dont elle rêvait.

Dans la vie de son mari, Éli faisait office de figurante. Elle en avait conscience, tout comme le fait qu'elle devait rester à cette place, si elle voulait rester auprès de son fils le plus longtemps possible. D'une manière plus subtile que Neal autrefois, Nathan lui volait sa vie et lui faisait payer le prix de sa vengeance irraisonnée. Mais jusqu'à quand ?

Depuis des jours, la jeune femme profitait de ses nombreux moments de solitude pour chercher une échappatoire, mais elle ne se heurtait qu'à des murs, encore et encore. Pour ne rien arranger, Victoria était aux abonnés absents. Élisabeth avait rapidement compris qu'elle était seule, sans ressources, ce qui diminuait largement le champ des possibilités.

Elle devait gagner du temps, ralentir Nathan dans l'avancée de ses projets la concernant. Pour commencer, elle devait accepter ses requêtes, lui obéir… jusqu'à un certain point. Elle n'était pas prête à retrouver une intimité avec lui, juste pour atténuer les risques. Pour l'instant, elle se contenterait de suivre ses ordres.

Une fois prête, Élisabeth descendit à la cuisine où Maddie finissait de préparer le déjeuner. Comme la jeune femme lançait un regard alentour, la gouvernante s'enquit :

— Tout va bien ?

— Oui, je… je cherche seulement Nathan.

— Il a passé toute la matinée dans son bureau. Il doit encore s'y trouver.

Avec un faible sourire, Élisabeth acquiesça pour la remercier avant de se diriger vers l'antre professionnel de son époux. Après leur dernière discussion, elle appréhendait ce nouveau face-à-face, mais cette rencontre était inévitable et elle préférait clarifier la situation avant toute autre chose.

Sur une profonde inspiration, la jeune femme frappa à la porte et attendit une réponse qui ne se fit pas attendre.

— Entrez.

Il avait parlé d'une voix dure et professionnelle qui n'invitait pas vraiment à obtempérer. Pourtant, sa nervosité remontée d'un cran, elle ouvrit le battant et se glissa discrètement dans le bureau. Assis dans un des fauteuils opposés à sa table de travail, un verre d'alcool à la main, il lui tournait le dos et regardait droit devant lui. D'une voix nerveuse, elle s'enquit finalement :

— Il n'est pas un peu tôt pour ça ?

Nathan ne répondit pas, se contentant de hocher la tête avant de boire une gorgée. Il semblait tendu, aussi tint-elle à déclarer :

— Je ne te ferai pas honte. Que ce soit devant ta famille, tes amis ou tes collaborateurs. Qui que ce soit. Ce qui s'est passé l'autre soir était hors de mon contrôle.

D'une voix presque ironique, il l'interrogea :

— Vraiment ?

La jeune femme serra les dents. Il était contre elle, ce n'était pas nouveau, mais elle en souffrait toujours. « Tu dois reforger ta carapace. » Alors, d'une voix plus assurée, elle répondit :

— Vraiment.

Nathan ne fit aucune remarque, comme si elle n'était déjà plus là. Agacée, elle déclara d'une voix ferme :

— De toute façon, que tu me crois ou non ne changera rien à la situation. Et j'accepte que Thomas m'examine.

À ces mots, son mari pouffa dans son verre et s'exclama avant d'avaler une nouvelle gorgée :

— Et je suis censé t'en remercier ?

« Bon sang, ce qu'il peut être désagréable quand il s'y met ! » Rongeant encore son frein, Élisabeth préféra tourner les talons que de perdre la face. Mais, en arrivant devant la porte, la jeune femme se ravisa et fit demi-tour. D'un pas déterminé, elle se plaça face à son mari avant de lui prendre son verre des mains. Aussitôt, elle rencontra son regard et son air sarcastique, tandis qu'il penchait la tête sur le côté avec ironie.

— Tu comptes me faire la morale, à présent ?

— Nos invités ne vont pas tarder. Si tu continues à boire ou si tu sens déjà l'alcool à midi, ils risquent de se poser des questions sur notre mariage.

— *Nos* invités ?

— J'ai beau les connaître seulement depuis quelques jours, j'apprécie Sydney et Thomas et je souhaite en apprendre davantage sur eux. Et, que tu le veuilles ou non, cette maison est aussi la mienne à présent. Alors, oui, *nos* invités.

En réponse, elle ne récolta qu'un sourire plus provocateur qui atteignit son but. Agacée, la jeune femme tourna à nouveau les talons et quitta la pièce. Il avait un don imparable pour l'énerver et il en jouait dès qu'il le pouvait. Mais elle ne devait pas se laisser piéger, elle devait s'accrocher et continuer à lui tenir tête tout en allant dans son sens.

Elle ne le revit pas jusqu'à l'arrivée de leurs invités. Soudain, il apparut à côté d'elle, alors que la voiture se garait dans la cour devant la maison. Élisabeth le sentit s'approcher plus qu'elle ne le vit vraiment, ce n'était plus une légère odeur d'alcool qui l'entourait, mais le parfum d'une eau de toilette masculine et envoûtante qui lui monta trop vite à la tête.

Cependant, elle n'eut pas le temps de s'appesantir davantage, car son mari rejoignait déjà ses amis en bas du perron pour les accueillir. Lorsque Nathan prit Sydney dans ses bras, elle ne put nier le pincement qui serra vicieusement son cœur. Ils formaient tellement un beau couple, homogène et, visiblement, ils s'entendaient à merveille. Elle ne put s'empêcher de penser tristement : « Elle aurait dû être Mme Nathan Reed. »

Les voix des nouveaux venus, plus proches, la ramenèrent à la réalité et elle les salua en essayant de sourire avec naturel. Lorsque Sydney la prit à son tour dans ses bras, Élisabeth pensa alors : « Nous aurions pu être amies. »

— Tu as meilleure mine que l'autre soir, lui dit l'intéressée avec un sourire malicieux.

Encore un peu tourmentée, la maîtresse de maison essaya de plaisanter en s'écartant :

— J'ai insisté sur le maquillage.

Presque aussitôt, Nathan les interrompit :

— Et voici notre fils, Joshua.

Fièrement, il gardait les mains sur les épaules de leur fils. Tout se passait bien et l'ambiance était conviviale, détendue, sauf pour elle, qui continuait à marcher sur des charbons ardents. Retrouvant son rôle d'hôtesse, elle les invita à entrer :

— Nous serons mieux à l'intérieur pour discuter.

Mais contre toute attente, avec un léger sourire pour atténuer son expression autoritaire, Nathan intervint :

— À vrai dire, je me disais que Thomas pourrait commencer par t'examiner dans mon bureau. Ainsi, nous serions débarrassés de cette corvée.

Le regard d'Élisabeth croisa celui du médecin et elle ressentit aussitôt un malaise. Avec une pointe d'incompréhension, elle fit remarquer :

— Nous pourrions aussi donner à nos invités le temps d'arriver.

— Plus tôt je saurai ce qui t'arrive, plus tôt je pourrai convenablement recevoir mes amis et profiter de cette journée, répliqua-t-il en lui coulant un regard faussement affectueux.

Son regard faussement affectueux ne servait qu'à convaincre les Myers. Elle savait qu'il mentait. Il s'inquiétait seulement des répercussions de son état de santé sur son plan ou souhaitait simplement passer plus de temps avec Sydney. Dans tous les cas, ça lui faisait peur et ça la blessait. « Mais tout cela importe peu à ses yeux », réalisa-t-elle tristement. Elle devait accepter la situation et l'absence définitive d'amour, mais surtout consolider son indifférence le concernant.

Relevant la tête avec détermination, la maîtresse de maison s'exclama aussi joyeusement que :

— Très bien. Si vous voulez bien me suivre, docteur Myers.

Sans un regard en arrière, Élisabeth le précéda jusqu'au bureau, mais lorsqu'il referma doucement la porte derrière lui, elle ressentit une sorte de courant d'air rafraîchissant sa peau. Était-ce parce qu'elle se trouvait avec un autre homme dans cette pièce si pleine de la personnalité de Nathan ? Les lieux étaient masculins, froids, élégants et respiraient le pouvoir de l'homme d'affaires. Élisabeth avait beau savoir que son mari requérait cet entretien, elle ressentit leur présence comme une intrusion. Cela n'échappa pas à Thomas, qui s'exclama en posant sa sacoche sur le bureau.

— Vous êtes nerveuse.

La jeune femme faisait les cent pas et avec un sourire contrit, tout en se triturant les mains, elle lui fit face.

— Un peu, je l'avoue.

— Vous n'avez aucune raison de l'être, si vous n'avez rien à cacher.

— Ce n'est pas cela. C'est juste…

— Nathan, devina Thomas avec un sourire compréhensif. Il a tendance à mettre beaucoup de pression sur les épaules des gens, y compris ses proches.

— Je suis désolée qu'il vous ait ainsi inclus dans l'équation.

— Ne vous en faites pas, je le connais suffisamment pour ne pas m'en faire. Bien. Si vous veniez vous asseoir, afin qu'on discute un peu.

Encore un peu intimidée, la jeune femme obtempéra et vint s'installer dans le fauteuil en face de celui occupé par le médecin.

— Avez-vous besoin de quelque chose pour m'examiner ?

— Non, ce sera inutile. Pour être honnête, je ne compte pas le faire. Je préfère qu'on discute un peu et qu'on fasse connaissance.

La surprise d'Élisabeth marqua automatiquement son visage, étirant un peu plus le sourire de Thomas avant qu'il ne lui prenne la main.

— Ce n'est pas parce que Nathan m'ordonne de vous examiner que je vais le faire. Ce n'est pas à lui de prendre cette décision, elle vous appartient. Et si vous considérez ne pas en avoir besoin, je ne vois pas pourquoi j'irais contre votre volonté. Alors, voulez-vous que je vous examine ?

Avait-elle envie de se dévoiler physiquement ? Il avait beau être médecin, Thomas était aussi l'un des amis de Nathan, et aussi gentil soit-il, elle n'était pas certaine de vouloir lui montrer ses cicatrices ni de devoir les expliquer. Alors, sans un mot, la jeune femme secoua la tête en signe de dénégation.

— Bien. Dans ce cas, revenons-en à notre discussion. J'ai lu dans les journaux que vous connaissiez Nathan depuis seulement quelques mois.

— Est-ce que notre discussion va tourner à l'interrogatoire ?

— Pas du tout. Connaissant le caractère distant et solitaire de Nate, je suis seulement étonné de le voir marié après une relation de seulement quelques mois. Cela ne lui ressemble pas vraiment, de même que les coups de foudre.

— Vous dites ça parce que Sydney et Nathan sortaient ensemble de plusieurs années avant qu'il ne lui demande de l'épouser.

Le sourire amusé de Thomas réapparut sur ses lèvres et, sans se démonter, Élisabeth renchérit :

— Moi aussi, j'ai fait mes recherches.

— Je vois ça… Il est vrai que leur relation a duré pendant longtemps. Ils ont fait quelques pauses, avant de se remettre ensemble. Ils ont pris leur temps, sachant qu'ils reviendraient tôt ou tard l'un à l'autre… Et puis, vous êtes arrivée.

De justesse, la jeune femme retint un « je suis désolé », mais le sourire de son interlocuteur et son attitude détendue la rassurèrent.

— Personne ne vous avait vue venir.

— Si ça peut vous rassurer, moi non plus, je n'avais pas imaginé que quelque chose comme ça se produirait.

— Alors, vous n'aviez pas prévu de rencontrer Nathan ?

Même proférées avec calme et le sourire, les insinuations du médecin la mirent sur ses gardes. Légèrement sur la défensive, elle s'efforça de conserver une attitude naturelle et répondit sans baisser les yeux :

— Pas le moins du monde. Avoir un homme dans ma vie était bien le cadet de mes soucis. J'avais déjà bien assez à faire, entre le bonheur de mon fils et mon entreprise de traiteur. Si vous voulez tout savoir, c'est Nathan qui a cherché à me rencontrer et, pendant longtemps, j'ai même cherché à l'éviter.

— Vraiment ? Pourquoi ? Avoir les faveurs de l'un des meilleurs partis d'Amérique du Nord ne vous intéressait pas ?

— Nathan et moi ne faisions pas partie du même monde, et ma vie sentimentale ne faisait pas partie de mes priorités. Je préférais me concentrer sur le bien-être de Joshua.

— Mais en le repoussant, vous avez intrigué l'instinct de chasseur de Nate. Je parie qu'il a poursuivi ses efforts pour vous approcher.

— En effet. Il s'est très vite entendu avec Joshua et a joué de ce statut de père de substitution pour rester dans nos vies. Nous sommes devenus amis et, en apprenant à le connaître, je me suis laissé convaincre. Mon fils est ce qui compte le plus à mes yeux, alors je ne laisse pas n'importe qui l'approcher.

— Une vraie louve ! Et de toute évidence, Nathan aura dû montrer patte blanche.

— C'est exact. Il s'est montré protecteur et compréhensif, à la hauteur de mes critères pour rester dans nos vies. C'est pourquoi il est aujourd'hui mon mari et le père de Joshua.

— C'est drôle, pas une seule fois, vous n'avez parlé de séduction, de désir ou d'amour entre vous. Votre discours ressemble plutôt à un accord autour du bonheur de votre enfant.

16

ÉLISABETH

Thomas ne souriait plus et, en une seconde, la jeune mère perdit de son assurance. Sans s'en rendre compte, elle en avait dit plus qu'elle ne le voulait sur les conditions de leur mariage.

— Je… je pensais pourtant que c'était évident. J'aime Nathan et ce sentiment est réciproque. Pour quelle autre raison m'aurait-il épousée sinon ?

Son interlocuteur l'étudiait avec calme, mais elle devinait que ses propos le faisaient réfléchir. Finalement, il sourit et baissa les yeux.

— C'est vrai. Nathan n'est pas vraiment le genre d'hommes à prendre des décisions à la légère. Il sait ce qu'il fait, et s'il vous a épousée, c'est pour une bonne raison. Et puis, il n'a jamais été du genre à montrer ses sentiments.

— Et je ne suis pas non plus du style à montrer mon attachement. À part avec mon fils, je suis assez pudique.

Souriant à nouveau, Thomas renchérit :

— Et prudente. Mais c'est normal, ce n'est pas comme si vous n'aviez rien à perdre. En devenant parents, les gens changent.

Encore un peu nerveuse, elle concéda :

— C'est vrai.

— Bien ! Je pense que notre *consultation* a duré suffisamment longtemps pour être convaincante. Qu'en dites-vous ?

Avec malice, il se leva et la jeune femme acquiesça avant de le suivre. Mais alors qu'ils passaient devant les baies vitrées du bureau, ils aperçurent Nathan, Sydney et Joshua, tous trois souriants sur la terrasse. Touchée en plein cœur par ce tableau presque familial, Élisabeth s'arrêta pour les regarder. L'entente entre les trois était évidente, surtout entre Nathan et son ex. Comme lors du gala, ils riaient, se souriaient, et la blessure de la jeune femme se rouvrit, infectant sa jalousie.

— Les choses sont différentes entre Nate et Sydney. Ils se connaissent depuis l'adolescence, et aussi bien que s'ils étaient frère et sœur. Il y aura toujours cette connivence entre eux.

Sans doute, mais ces deux-là n'étaient pas frère et sœur ; ils étaient des amoureux de longue date et des ex. Si Nathan ne l'avait pas épousée, ils seraient probablement revenus ensemble. « Ce sera sans doute le cas… quand je ne serai plus là », imagina-t-elle, non sans une pointe de désespoir. Élisabeth ne voulait pas partir, disparaître, abandonner Joshua et perdre Nathan. Il avait beau ne plus l'aimer et lui faire vivre des moments difficiles, elle tenait encore à lui et une part d'elle continuait d'espérer des jours meilleurs.

Silencieuse, la jeune femme se détourna et, suivie par Thomas, ils retournèrent au salon. Quelques minutes plus tard, le trio les rejoignit en riant et souriant. Joshua vint s'asseoir à côté d'elle, aussi s'exclama-t-elle en tentant de sourire :

— Votre promenade a eu l'air agréable.

Nathan compléta le canapé en s'installant à côté de leur fils, tandis que Sydney prenait place à côté de Thomas.

— Ça nous a rappelé quelques souvenirs.

Leur invitée échangeait un regard pétillant avec Nathan qui renchérit :

— Ça faisait longtemps que je n'avais pas ri comme ça.

Élisabeth, elle, rongeait son frein, accusant l'uppercut dans son ventre, tout en essayant de garder le sourire. Il est vrai que, depuis le jour de leur mariage, l'ambiance n'avait pas été des plus joyeuse entre eux ; mais en faisant remarquer ce défaut devant ses amis, Nathan semblait exprimer des regrets au sujet de leur union. Pour quoi passait-elle alors ?

— Alors, qu'a donné ton examen, Thomas ? s'exclama soudain son époux. Est-ce que Beth est malade ?

La voix de Nathan avait automatiquement changé, se faisant plus dure et sérieuse, tout comme son regard et sa posture moins détendue. Nullement impressionné, le praticien resta confortablement installé dans le canapé en face d'eux et sourit tranquillement :

— Non. Il ne s'agit que d'une infection, sans doute causée par une carence en magnésium. Je lui ai prescrit des vitamines qui l'aideront à retrouver la forme.

Élisabeth fut surprise de le voir mentir aussi bien et, après quelques secondes d'hésitation, Nathan sembla le croire. Moins tendu, il bascula contre le dossier de leur canapé.

— Tant mieux. Et je veillerai à ce qu'elle les prenne.

Agacée qu'il parle comme si elle n'était pas là, la jeune femme se rebella :

— Merci, mais je suis assez grande pour y penser.

— Je souhaite seulement que tu ailles mieux, ma chérie.

« Ma chérie », se répéta mentalement Élisabeth, non sans esquisser un sourire ironique. À présent, c'était elle qui avait envie de rire. Il fallait vraiment qu'ils se retrouvent en public pour qu'il utilise ce genre de termes affectueux. Mais même dans ces situations, cela sonnait faux.

Heureusement, leurs invités ne parurent pas se formaliser de leur petite querelle et la discussion repartit, principalement sur les vies de Sydney ou Thomas. Cherchant constamment à dévier la conversation de leur propre histoire, Nathan ne cessait de les interroger sur les leurs. Cela fonctionna pendant un temps. Ainsi, elle apprit que Sydney était journaliste et écrivain à Chicago, travaillant principalement sur l'univers politique et des finances. Bref, elle était aussi intelligente et brillante que belle. « Le package idéal, alors pourquoi l'a-t-il quittée ? » Mais la réponse lui explosa instantanément à la figure : « Moi. Neal. Sa vengeance. »

Soudain, la voix de Thomas la ramena au présent :

— Alors, Nate, Beth m'a dit que tu avais ramé pour la conquérir, au début de votre histoire ?

Presque aussitôt, elle rencontra le regard intrigué et suspicieux de son époux avant qu'il ne s'adoucisse légèrement pour faire face à son vieil ami.

— C'est vrai. Elle ne m'a pas facilité les choses.

— Ça a dû te changer, fit Sydney en riant.

Sa réaction ne manqua pas de surprendre Élisabeth. Contre toute attente, la main de Nathan se referma brusquement sur la sienne avant qu'il réplique :

— C'est vrai, mais qu'elle me repousse avec virulence, encore et encore, m'a plu justement parce qu'elle n'agissait pas comme les autres.

Tout en parlant, il lui coula un regard presque tendre.

— Elle faisait tout pour m'éviter, jusqu'à refuser un contrat important avec ma société.

— Vraiment ? Pourquoi ?

Surprise, Sydney s'était tournée vers elle, mais, même si rien ne lui vint à l'esprit, Élisabeth commença, légèrement hésitante :

— Parce que…

— Ce contrat représentait beaucoup de travail et Beth préférait privilégier les moments passés avec Joshua que leur confort matériel, répondit Nathan. Et même si ça m'a obligé à devenir plus inventif pour l'approcher, ce trait de caractère m'a aussi séduit.

— Et qu'est-ce qui t'a séduit en premier ? Sa beauté ? s'enquit Thomas.

— Non. Son obstination. Sa ténacité. C'est une femme honnête que tu ne retournes pas comme une crêpe. Tant que tu ne lui prouves pas avoir raison, elle reste bien droite sur ses principes. Et puis, elle ferait tout pour Joshua. C'est ce que j'aime le plus chez elle.

Le regard écarquillé d'Élisabeth ne pouvait plus se détacher de son mari. Mentait-il aussi bien que Thomas ou était-il simplement sincère ? C'était la première fois qu'il s'ouvrait un peu, dévoilant ses sentiments – vrais ou faux – pour elle. Il n'avait jamais parlé d'aimer quoi que ce soit chez elle, à part son fils.

— Et toi, Beth ?

Légèrement déstabilisée, elle détourna les yeux pour essayer de trouver des réponses.

— Hum, ce qui m'a séduit en premier chez lui, ça a été… son dos.

Sa première vision de Nathan Reed lui revint en mémoire et dessina un sourire sur ses lèvres.

— Quoi ?

Tous manquèrent de s'étouffer de surprise et de confusion jusqu'à ce qu'elle explique avec un sourire attendri :

— La première fois, je ne l'ai vu que de dos, mais j'ai tout de suite été impressionnée par sa stature, sa prestance et tout le pouvoir qui émanait de lui. Il donnait une impression de sécurité. Ça m'a plu, mais je ne m'attendais pas à me retrouver à nouveau en face de lui. Ensuite, il est entré encore et encore dans nos vies, se faisant malicieux, séduisant, presque innocent. Il était aussi têtu que moi et je dois avouer que son insistance m'énervait autant qu'elle me séduisait. Et puis, il y avait ce double visage : d'un côté, l'homme fort, dur, puissant, contrôlé et plein d'assurance ; et de l'autre, l'homme séduisant, drôle, doux, attentif et protecteur.

Elle était tellement partie dans ses souvenirs, revoyant les regards, les sourires, les baisers de Nathan, qu'elle mit quelques secondes pour revenir au présent. En se retrouvant face aux regards et aux sourires de leurs invités, Élisabeth ne put s'empêcher de rougir jusqu'aux cheveux. Elle n'osait même pas poser les yeux sur Nathan, dont elle sentait cependant le regard.

Gênée, elle se leva en s'excusant :

— Je vais voir où Maddie en est.

Lorsque Nathan lui lâcha la main, la maîtresse de maison ressentit une brise fraîche remontant le long de son bras avant de geler tout son corps. Mais à mesure qu'elle s'éloignait du salon, l'air lui parut plus respirable.

Plus encore qu'à son réveil ce matin-là, sa certitude se renforça, la journée allait être longue.

17

NATHAN

La situation lui échappait. Il parvenait à garder le contrôle sur sa vie et ses objectifs touchant à la partie privée, mais de nouvelles attaques venant de l'extérieur le déstabilisaient malgré lui.

Ils passèrent une excellente journée avec Sydney et Thomas. C'était presque comme au bon vieux temps, excepté qu'il n'était plus avec elle. Élisabeth et Joshua faisaient partie de sa vie à présent. Cela le mettait un peu mal à l'aise de se retrouver à la fois en présence de sa femme et de son ex-fiancée. Fort heureusement, Sydney n'était pas du genre rancunier.

Malgré tout, à cause de sa présence et de leur histoire, il se montra hésitant vis-à-vis d'Élisabeth. De temps à autre, il lui prit la main, mais il limita ses démonstrations pour ne pas blesser Sydney. De son côté, sa femme tenta de donner le change en passant parfois un bras autour de sa taille ou en lui prenant la main, ce qui ne manqua pas de l'étonner.

Le repas et le reste de la journée se déroulèrent dans une atmosphère tranquille, mais pas complètement détendue. Il ressentit encore un peu de tension chez son épouse, et lui-même ne fut pas totalement à l'aise.

Alors, il fut soulagé de raccompagner leurs invités à leur véhicule. Toutefois, un grain de sable se glissa dans la conversation, contrariant un peu plus sa journée et ses plans. En toute innocence, Thomas fit remarquer :

— Évidemment, nous vous verrons tous les deux à New York dans un mois pour l'anniversaire de mariage de nos parents.

Il parvint à dissimuler sa surprise avant de répondre avec calme :

— Bien sûr. Ça me fera très plaisir de les revoir et de leur présenter Beth.

Avec une accolade, leur ami rétorqua :

— Ils seront ravis eux aussi. Ils étaient très déçus de ne pas avoir pu être présents à votre mariage. À dans un mois alors !

Après avoir embrassé Sydney, il les regarda monter dans leur voiture avant qu'elle ne s'éloigne. De retour dans la maison, Éli et lui se séparèrent sans un mot ni une explication. Ils ne se recroisèrent qu'au moment de coucher Joshua avant de reprendre des chemins différents.

Cette journée fit naître chez lui un besoin de se dépenser. Rapidement, il descendit à la salle de sport pour enchaîner un marathon qui, l'espérait-il, le ferait sombrer dans un profond sommeil dès qu'il se serait couché.

Il transpirait sur un tapis de course depuis près d'une demi-heure lorsqu'il eut la surprise de voir apparaître sa femme.

— Je peux te parler ?

— Je suis un peu occupé, là.

— C'est vrai que les hommes ne peuvent pas faire deux choses en même temps.

Malgré lui, cette petite pique lui fit esquisser un sourire en coin.

— Très bien. Parle et je tâcherai d'écouter.

— Comme c'est généreux de ta part.

À l'intérieur, l'ironie de son interlocutrice élargit son sourire.

— L'anniversaire de Joshua a lieu dans deux semaines et je voulais te demander la permission d'organiser une petite fête ici. Il inviterait juste quelques camarades.

Bon sang, il avait complètement oublié l'anniversaire de son fils ! Ce constat le poussa à arrêter sa course et de s'essuyer le visage avec une serviette. Énervé contre lui-même, il lui reprocha malgré lui :

— Pourquoi ne m'en as-tu pas parlé plus tôt ?

— Je ne connaissais pas tes plans à mon égard. Je ne savais pas si tu comptais me laisser rester avec vous jusque-là ; et puisque tu sembles vouloir jouer les pères de l'année, je pensais que tu connaissais au moins cette date.

« Elle n'a pas tort », reconnut-il, non sans en être agacé. Cette fois, tout sourire disparut de son visage ou de son esprit. Renfrogné, il serra les dents et reprit son masque de froideur.

— J'ai oublié. J'ai été très occupé dernièrement…

— Nathan, tu es toujours très occupé. Qu'en sera-t-il, quand tu m'auras totalement écartée ? Qui s'occupera de Joshua, quand tu seras très occupé ou en déplacement ? Être parent unique n'est pas un emploi à mi-temps, c'est un travail à plein temps, vingt-quatre heures sur vingt-quatre, sept jours sur sept. Si tu n'es pas prêt à occuper ce rôle, tu n'aurais peut-être pas dû te lancer dans cette histoire.

— Tu essayes de me faire changer d'avis, quant à ton éloignement ?

— J'essaye de t'ouvrir les yeux pour le bonheur de notre fils. Il n'aura que *toi*.

Il ne put s'empêcher de la provoquer :

— Qui te dit que je serais parent unique ?

Les mots étaient sortis tout seuls, même s'il n'envisageait pas de perdre sa femme. Évidemment, cette dernière n'en avait aucune idée. En l'entendant, Éli eut un mouvement de recul comme s'il l'avait giflée et il regretta instantanément ses propos. Avec un soupir, il se passa une main sur le front et ferma les yeux :

— Je suis désolé. Ce n'est pas ce que je voulais dire.

— Nathan, je ne suis pas stupide. Je sais que, tôt ou tard, il y aura des femmes dans ta vie. Je te demande seulement de faire les bons choix et de mettre toujours Joshua en priorité sur ta liste. Ce n'est qu'un enfant.

— Je sais… et je le ferai.

Son regard dur figé sur lui telle une menace, Éli répondit sombrement :

— Merci. Et pour la fête ?

— C'est d'accord, évidemment. Je suppose que tu veux t'en occuper toi-même.

— Si c'est le dernier anniversaire de mon fils auquel j'assiste, alors, oui.

— Tu me tiendras quand même au courant des préparatifs ?

— Bien sûr. Et je t'enverrai la facture, répliqua-t-elle avec un dernier regard avant de tourner les talons.

Elle s'apprêtait à sortir, lorsqu'elle s'enquit :

— Tu comptais m'en parler ? Ou bien, comptais-tu déjà t'être débarrassé de moi à cette date ?

Les sourcils froncés, il l'étudia brièvement avant de l'interroger :

— De quoi parles-tu ?

— La soirée des parents de Thomas et Sydney. Tu n'en as jamais parlé parce que…

— J'avais oublié, la coupa-t-il, agacé et franc.

— Décidément. Tu dois être vraiment très occupé.

Sa nouvelle pique pleine d'ironie le fit soupirer, avant qu'il ne quitte le tapis de course pour venir s'asseoir sur un banc de musculation.

— Disons plutôt préoccupé.

— Je te proposerais bien de m'en parler, mais vu que tu ne me fais pas particulièrement confiance…

À nouveau déstabilisé, il annonça de but en blanc :

— Je ne sais pas quand je me débarrasserai de toi.

— Charmant.

— Désolé. Je ne voulais pas dire ça... comme ça. C'est juste qu'il y a Joshua et aucun moment ne me paraît propice pour que tu disparaisses.

— Parce que c'est le cas ! Aucun moment ne sera parfait pour que je sorte de sa vie. Je suis sa mère, Nathan.

Il savait qu'elle avait raison et aurait voulu trouver une faille pour rétorquer une autre vérité allant dans son sens. Il cherchait encore, quand Éli en profita pour ajouter, non sans espoir dans la voix :

— Peut-être... Peut-être que tu pourrais me laisser rester ? Je ne demande pas à rester dans *ta* vie, mais juste dans la sienne. On pourrait se partager la garde ? Je suis même prête à te laisser l'avantage. Tout ce que je veux, c'est voir grandir mon fils. Je t'en prie, Nathan. Ne m'oblige pas à disparaître de sa vie, il a encore besoin de moi.

Les larmes aux yeux, sa femme le suppliait du regard. Elle s'était même rapprochée et mise à genoux à côté de lui. Il avait tous les pouvoirs, mais il s'était fait une promesse sur laquelle il ne pouvait revenir. Il devait les protéger, Joshua et elle, mais, malgré sa sincérité, il ne put que répondre :

— Je ne peux pas, Éli. Je me suis promis de protéger Joshua et de te faire payer la mort de Neal. Te sortir de la vie de notre fils est le meilleur moyen d'y parvenir.

Avec une expression choquée, elle fit remarquer en se relevant :

— Quitte à le faire souffrir au passage ?

Il était un salaud et devait chasser les derniers espoirs brillant dans l'esprit d'Éli.

— Tu as beau être sa mère, il fera son deuil et s'en remettra.

Longuement, il sentit peser sur lui son regard plein de reproches et de haine. Il n'était pas fier de ce qui allait arriver, mais il ne pouvait plus faire marche arrière.

À nouveau, digne et sans un mot, elle tourna les talons. Mais avant qu'elle ne quitte la pièce, il eut besoin d'effacer un dernier doute :

— Tu n'es vraiment pas enceinte ?

18

NATHAN

Il la vit s'arrêter avant de demander en lui faisant face :

— Tu en doutes encore ? Même après que Thomas m'a examinée et qu'il a confirmé ce que je me tue à répéter ?

— Je veux juste être sûr.

— Pourquoi ? Est-ce que ça changerait quelque chose si je te disais que je l'étais ? Renoncerais-tu à te débarrasser de moi ? À ta vengeance ?

L'agacement canalisé de sa compagne semblait augmenter au fil des secondes, et il ressentit la même frustration en déclarant non sans hésitation, les yeux baissés :

— Non…

À son tour, Éli marqua une pause pour accuser le coup d'une telle réponse. Il hasarda un regard vers elle, mais, aussitôt, son épouse détourna le sien. Elle parut émue, troublée, blessée, et il fit tout pour ne pas s'accrocher à ces images nourrissant sa culpabilité. Après une rapide inspiration, comme pour retrouver du courage, sa femme revint jusqu'à lui comme pour l'affronter de plus belle et déclara d'une voix forte :

— Je ne suis pas enceinte. J'ai mes règles tous les mois et mes vomissements étaient seulement causés par une infection qui m'a suffisamment affaiblie pour me faire vaciller encore parfois. Je ne suis pas enceinte. Je ne peux pas l'être.

Son aveu ressemblait à une pensée qu'elle aurait formulée à voix haute. Surpris, Nathan s'enquit :

— Pourquoi pas ?

— Parce que… Parce que, depuis notre rencontre, nous n'avons presque pas couché ensemble.

— Il suffit d'une fois et on ne s'est pas vraiment protégés.

— J'ai toujours pris la pilule.

— Vraiment ?

Il parvenait à semer le doute dans son esprit. Il le voyait à l'expression confuse peignant ses traits, à son regard qui le fuyait. Finalement, elle rugit et s'apprêta à tourner les talons quand il la retint par le bras et se leva.

— Éli…

— Pourquoi insistes-tu ? s'écria-t-elle, énervée.

— Parce que si tu es enceinte et que tu dois partir, je ne veux pas perdre mon enfant ! Je ne peux pas te laisser partir en l'emportant !

— Je ne suis pas enceinte, Nate ! cria-t-elle, désespérée. Je ne peux pas l'être !

— Pourquoi ?

— À cause de ça ! répliqua-t-elle en les désignant tous les deux. À cause de nous ! De notre relation ! De cette situation chaotique ! De ta stupide vengeance ! Je ne peux pas être enceinte et donner naissance à un enfant dont les parents se livrent un combat de tous les jours. Je ne peux pas être enceinte, alors que je vais devoir partir tôt ou tard et abandonner cet enfant aussi ! Je ne peux pas être enceinte !

Elle était tellement désemparée qu'il ne put retenir sa main. Avec un naturel venant du cœur, il la glissa sur la joue de sa femme et murmura :

— Ça ne marche pas comme ça. Ce n'est pas toi qui décides de tomber enceinte ou pas.

Sa caresse parut l'apaiser pendant quelques secondes au cours desquelles il devint sa bouée, son soutien au milieu d'un océan tourmenté par la tempête. Dans ces moments de communion, il retrouvait leur monde à deux et toute la fatigue des batailles disparaissait.

Malheureusement, trop rapidement, Éli s'écarta en baissant les yeux :

— Très bien… J'ai un test de grossesse dans ma chambre.

— Quoi ?! Tu l'as aussi envisagé alors ?

Incrédule, il s'était reculé lui aussi. Les aveux de la jeune femme dévoilèrent la culpabilité qu'elle semblait ressentir et elle confia non sans difficulté :

— Au début, quand j'ai été malade. Mais avant que j'ose le faire, mes règles sont arrivées et je ne me suis plus posé la question.

— Jusqu'à maintenant. Parce que j'ai semé le doute dans ton esprit.

— Parce que tu ne fais qu'insister encore et encore, et je suis fatiguée de devoir me justifier. La situation est suffisamment compliquée avec Joshua et je ne veux pas gâcher les instants qui nous restent avec des doutes et des rumeurs. Alors… si ce test est négatif, tu n'insisteras plus.

C'était une possibilité, mais il en existait une autre qu'il suggéra avec sérieux :

— Et s'il est positif ?

— Voyons d'abord ce qu'il en est, répondit sa femme dans un souffle nerveux.

Sans un mot, il la suivit jusqu'à sa salle de bains. Éli ouvrit un tiroir et en sortit le test encore emballé. Nathan passa dans le petit salon de la suite et, pendant les quelques secondes d'absence de son épouse, il fut incapable de s'asseoir ou de rester statique. Il aurait volontiers piqué un sprint, si cela avait pu accélérer le temps.

Que déciderait-il si Éli attendait un enfant ? *Leur* enfant. Pourrait-il vraiment laisser planer le doute d'une séparation ? Il ne comptait pas rester le pantin de Victoria pendant des mois et encore moins devenir le père célibataire d'un garçon de cinq ans et d'un bébé. Il arrivait déjà à peine à être là pour Joshua. Il voulait être un *père*, pas un géniteur ou un homme présent occasionnellement dans leurs vies.

Et Éli ? Jusqu'à quand se jouerait-il d'elle ? Quand s'autoriserait-il à la retrouver pour de bon ? C'était la question à un million de dollars et il n'avait aucune idée de la réponse.

Laissant pour l'instant cette énigme de côté, il regarda sa femme de retour et blanche comme un linge en tenant le test dans sa main. Aussitôt, il se figea et l'étudia avant de commencer d'une voix presque éteinte :

— Est-ce…

— Il faut encore attendre quelques minutes.

Sa voix faible trahissait son inquiétude qu'il partageait. Les yeux baissés sur le test, ils se faisaient face. Même sans la voir, il devinait les pensées d'Éli qui devait prier pour que ce soit négatif. Et lui, que voulait-il ?

— Si tu es enceinte, je veux que tu saches que… tu passeras ta grossesse ici.

— Et ensuite ? Qu'en sera-t-il après la naissance ? Quand m'éloigneras-tu de mes enfants ?

— Je ne sais pas, murmura-t-il. On verra en temps voulu.

— Et je devrais constamment vivre avec cette épée de Damoclès au-dessus de ma tête, et attendre que tu m'éloignes d'eux. Je ne sais pas si je pourrais le supporter.

— Tu resterais auprès de tes enfants, Éli.

— Pour un temps ; et puis, tu me ferais Dieu sait quoi pour te débarrasser de moi.

Son rôle de diable l'abandonnait, il le sentait tel un manteau glissant de ses épaules. Mais il devait se reprendre pour le bien de sa famille. Les yeux baissés, n'assumant pas ses mensonges, il déclara sans conviction :

— Tu as tué mon ami. Je ne peux pas...

— Je n'ai pas... ! Tu sais quoi ? Inutile de te prendre la tête, le test est négatif.

Féroce, son annonce tomba comme un couperet, tandis qu'elle lui mettait le test dans les mains avant d'ajouter :

— Tu peux dormir sur tes deux oreilles.

Et sans attendre, la jeune femme disparut dans sa chambre et verrouilla la porte derrière elle. Était-elle déçue ? Était-elle soulagée ? Sans doute la seconde possibilité. L'idée de quitter Joshua était suffisamment douloureuse pour espérer avoir un autre enfant et l'abandonner ensuite, même si ce n'était pas de son plein gré.

Et lui, qu'en pensait-il ? Était-il heureux ou déçu ? Il n'aurait su le dire en regardant le test marqué d'une seule barre. Il voulait être père, connaître la joie de tenir son bébé dans ses bras et se voir un peu à travers lui, ressentir la fierté intense lors de son premier sourire, de ses premiers pas, la première fois qu'il l'appellerait « papa ». Il voulait connaître cela, ces responsabilités, ces sentiments, cet amour qu'il entrevoyait déjà avec Joshua. Maintenant n'était pas le moment idéal, puisqu'ils étaient en plein conflit. Mais si elle avait vraiment été enceinte ? Sa douce et courageuse Beth. Il n'aurait pas pu résister ; il aurait tout envoyé valser, ses mensonges, ses plans destructeurs pour révéler la noirceur de Victoria et le danger pesant sur eux.

Mais la question ne se posait pas, Éli n'était pas enceinte. Point final.

19

ÉLISABETH

L'anniversaire de Joshua approchait à grands pas et, heureusement pour elle, Élisabeth avait suffisamment de travail entre l'organisation de la fête et l'Atelier pour ne pas avoir de temps à consacrer à son époux. De toute manière, ce dernier semblait l'éviter tout autant qu'elle. Ils étaient revenus à leurs bonnes vieilles habitudes.

Après le dernier épisode sur sa potentielle grossesse, la jeune femme avait ressenti le besoin de se replonger dans le travail. L'organisation de l'anniversaire de Joshua ne lui prit pas vraiment de temps, aussi s'arrangea-t-elle avec Maddie et Nathan – par textos pour ce dernier – pour s'absenter plusieurs soirs de la semaine. Évidemment, cela ne manqua pas de surprendre son mari qui lui envoya une petite flèche au passage : « Je croyais que tu voulais profiter de chaque instant avec Joshua ? » C'était le cas, évidemment, mais pas en restant constamment dans une cage dorée. Elle avait besoin d'en sortir, de retrouver un peu sa vie et de lui donner un nouveau sens.

Ainsi, pour la seconde fois de la semaine, la jeune femme se retrouva à l'Atelier avec ses élèves, dans une atmosphère joyeuse et ludique qui lui fit du bien. Leur entreprise prenait petit à petit son envol, accumulant les organisations de repas et les cours. À n'en pas douter, son mariage avec Nathan et toute la publicité engendrée autour avaient provoqué cette explosion. Ils allaient devoir embaucher davantage de personnel et cette réussite envoyait presque son associée au septième ciel.

Mais qu'en serait-il lorsque Nathan en finirait avec elle ? Qu'adviendrait-il de tout leur travail et leur entreprise ? Son nom serait peut-être traîné dans la boue et elle n'avait aucune envie d'entraîner Mélanie dans sa chute. Elle devait y réfléchir. Peut-être proposer à son associée ou à Nathan de lui vendre ses parts de l'entreprise. Ils avaient beau être en conflit, elle savait qu'il pouvait comprendre et voir où se trouvait la justice dans cette affaire. « Sauf en ce qui concerne le meurtre de Neal et mon implication », songea-t-elle avec un soupir dépité.

Lorsque le cours de cuisine s'acheva, Élisabeth salua chacun de ses élèves avant qu'ils ne sortent. C'est alors qu'elle eut la surprise de voir apparaître une tête connue. Avec un regain de soulagement, la jeune femme se dirigea vers la nouvelle venue et se jeta dans ses bras pour la serrer de toutes ses forces.

— Eh bien, tu as l'air sacrément ravie de me voir, s'exclama le marshal, amusée.

— Tu m'as beaucoup manqué.

— Apparemment.

Les larmes aux yeux, la jeune chef s'écarta de son amie et lui demanda en souriant :

— Tu as déjà dîné ?

— Non ! Pour être totalement honnête, j'espérais pouvoir manger à l'œil, ce soir.

— Dans ce cas, c'est ton jour de chance. Viens.

Ensemble, les deux amies s'assirent autour du grand plan de travail, et après leur avoir servi une bière à chacune, Élisabeth entama la salade préparée un peu plus tôt avec sa classe.

— Alors, comment ça se passe au pays des *Feux de l'Amour* ?

— Ne commence pas.

— Je veux juste savoir comment vous allez.

Piquant au hasard dans son plat, Élisabeth répondit :

— Rien n'a changé depuis la dernière fois.

— Vraiment ? Beth, on ne s'est pas parlé depuis près d'un mois ! Ça te laissait le temps d'expérimenter mon idée, s'il te désire encore...

— OK, on a couché ensemble. Juste une fois.

— Ah bah voilà !

— Cela n'a rien donné. Ou du moins, cela n'a rien arrangé. Au contraire, l'un comme l'autre, nous avons pris davantage nos distances.

— Je suis désolée... J'espère au moins que c'était agréable.

La remarque de Victoria agaça son amie, la faisant soupirer.

— Quoi ? Ma question est légitime.

— Je n'ai pas couché avec Nathan pour le convaincre de me garder.

— Ce n'est pas ce que j'ai dit. Pourquoi es-tu autant sur la défensive ?

— Mis à part le fait que mon mari me déteste, qu'il veuille se débarrasser de moi et m'éloigner de mon fils ?

— Beth, je te l'ai dit, tu dois partir. Tu dois prendre Joshua et t'enfuir avec lui.

— Je ne peux pas faire ça.

— Pourquoi pas ?

— Joshua est plus en sécurité avec Nathan et je ne peux pas partir sans mon fils.

— Alors, tu préfères attendre que ton mari te l'arrache et te fasse jeter en prison ? Ou pire ?

Sonnée par ce rappel à l'ordre, Élisabeth secoua la tête en se levant.

— On en a déjà parlé, Vic. Nathan ne me tuera pas.

— Bien sûr que non… Il laissera quelqu'un d'autre s'en charger. Ça aussi, on en a déjà parlé et je ne plaisantais pas. Tu es en danger, Beth. Tu dois prendre ton enfant et t'enfuir.

— Avec quoi ? Je n'ai presque pas d'argent comparé à la fortune de Nathan. Il nous retrouverait en quelques heures et je ne veux pas risquer la sécurité de Joshua.

Ses propos firent soupirer son amie, qui repoussa son assiette, dépitée. Un triste silence s'installa pendant un bref instant, confortant la jeune chef dans sa décision. La fuite ne la mènerait nulle part, cela ne servirait qu'à détériorer un peu plus ses relations avec son mari et les choses étaient déjà bien assez compliquées comme cela.

— Si seulement tu pouvais retrouver les diamants volés.

Le murmure de Victoria sonna comme si elle pensait à voix haute.

— Quoi ?

— Je t'en ai déjà parlé. Neal était suspecté d'avoir volé aux O'Reilly un sachet contenant des diamants. Le FBI pense que c'est une des raisons ayant poussé les mafieux à tuer ton ex. Si tu avais encore ces diamants quelque part, ce serait la clé de ta liberté ! L'enquête dit qu'il y en avait pour plusieurs millions de dollars. Si tu les retrouvais, tu n'aurais plus à craindre la mafia irlandaise ou ton mari, tu aurais les moyens de vous cacher Joshua et toi.

— Ça fait beaucoup de *si*.

— Peut-être, mais ça vaut le coup de chercher, non ?

— Vic, je ne veux pas quitter mon mari.

— Parce que tu l'aimes toujours ? suggéra son amie.

En retour, elle obtint une réponse silencieuse.

— Très bien ! Mais si tu ne le fais pas pour t'enfuir, si tu les trouvais et les remettais aux autorités, tu n'aurais plus besoin de témoigner contre les O'Reilly ! Les diamants suffiraient à les faire condamner. Ni toi ni Joshua n'auriez cette menace constante pesant au-dessus de vous. Ce serait la clé, Beth.

— Et si Neal n'avait déjà plus ces diamants au moment de sa mort ?

— Mais s'il les avait encore ? insista son amie. C'est important, Beth.

Non, c'était primordial. Si elle devait prochainement être séparée de Joshua, sa liberté, son insouciance, sa sécurité constitueraient le plus beau cadeau qu'elle pourrait lui faire.

— D'accord. Je chercherai.

NATHAN

Il se posait des questions sur Éli. Ce n'était pas vraiment nouveau. Depuis leur première rencontre, il n'avait cessé de s'interroger sur les illusions et la réalité, les mensonges et les vérités. Même après tous ces mois, les mystères autour d'elle n'avaient pas disparu. Il était parvenu à cerner la jeune femme, mais les doutes se posaient désormais sur son entourage.

Prudent et réfléchi, il tentait de prévoir les potentielles surprises sur leur chemin. Une certaine paix dans leur ménage s'était installée, sans doute parce qu'ils gardaient leurs distances la plupart du temps. Éli semblait résolue à passer les prochaines semaines avec Joshua et à en profiter autant que possible.

Néanmoins, un coup de téléphone fit rapidement chanceler ses idées. Une fois n'est pas coutume, il participait à un déjeuner d'affaires dans un des meilleurs restaurants de Toronto. Les négociations se passaient au mieux, ce qui leur permit à tous de se détendre un peu. Du moins, ce fut le cas pour ses compères. Depuis près de deux heures, son téléphone n'arrêtait pas de sonner. Au départ, il s'inquiéta, mais, en voyant qu'il s'agissait de Victoria, il choisit de l'ignorer. Face à l'obstination de l'agent, il éteignit même son téléphone. Mais alors qu'ils arrivaient presque au dessert, un serveur vint lui apporter un message : « Je dois vous parler de toute urgence. Victoria. »

Le serveur lui indiqua qu'elle se trouvait dans le lobby et, après s'être excusé auprès de ses collaborateurs, il la rejoignit, non sans sentir son sang bouillir.

Avec son air ironique habituel, elle l'interpella :

— Monsieur Reed !

Déjà agacé, il marmonna sombrement en la fusillant du regard :

— Vous avez deux minutes.

— Il ne m'en faut qu'une, Beth va vous quitter et emmener Joshua avec elle.

La nouvelle eut sans doute l'effet escompté, car il réprima un mouvement de recul avant de froncer les sourcils :

— Quoi ? C'est ridicule.

— Vraiment ? Elle m'a contactée pour tenter d'obtenir mon aide. Je lui ai dit que c'était de la folie, vu vos moyens et votre fortune, mais…

« C'est ridicule », se répéta-t-il. Il avait peine à y croire, tant cela ne ressemblait pas à la femme qu'il avait côtoyée ces derniers mois. À n'en pas douter, c'était un coup de Victoria, mais il s'interrogeait surtout de l'influence de l'agent sur sa femme. « À quel point les idées empoisonnées de cette sorcière se sont-elles insinuées dans l'esprit ébranlé d'Éli ? » lui souffla la voix de la colère. Toutefois, il devait se montrer plus calme avec elle et, non sans efforts, il fit remarquer :

— Si vous avez décidé de ne pas l'aider, elle n'aura aucun moyen de s'enfuir avec Joshua. Éli ne manque ni d'intelligence ni de raisonnement, surtout lorsque son fils est impliqué.

— C'est vrai, mais… à la mort de Neal, Éli était soupçonnée d'avoir volé et caché un sachet de diamants appartenant à la mafia irlandaise. Il n'a jamais été retrouvé et je la soupçonne de l'avoir gardé pour les cas de force majeure. Or, je suppose que sa situation actuelle en est un et qu'elle va se servir des diamants pour prendre la fuite avec Joshua.

En proie au doute, il rétorqua :

— Cela fait beaucoup de suppositions.

— Vous l'avez dit vous-même, Nathan, Beth est intelligente. Elle est aussi très douée pour mentir, dissimuler et tromper les gens et vous êtes en première ligne.

De justesse, il se retint d'éclater de rire. « C'est l'hôpital qui se moque de la charité. »

— Elle est douée et dangereuse, Nathan. Si elle parvient à s'enfuir, je ne suis pas certaine que l'on parvienne un jour à la retrouver. Je serais terriblement déçue de la voir passer entre les mailles du filet et ne pas payer pour le meurtre de votre ami.

Victoria était dangereuse, il en avait parfaitement conscience et chacune de leurs rencontres le lui confirmait. Il devait découvrir son secret et pourquoi elle faisait tout ça. Mais, avant tout, il devait s'assurer qu'Éli ne ferait rien de ce que prédisait le marshal. Ça devait être sa priorité avant qu'il ne soit trop tard.

20

NATHAN

Pendant les jours qui suivirent, il passa davantage de temps chez lui, travaillant de son bureau pour mieux surveiller les allées et venues de sa femme. Si, en début de semaine, cette dernière passa majoritairement ses journées en ville, le vendredi, elle resta à la maison, soi-disant pour gérer les derniers préparatifs de l'anniversaire de Joshua.

— Je peux aussi m'en occuper, si tu as du travail à l'Atelier, lui proposa-t-il d'un ton courtois. Après tout, je ne bouge pas d'ici.

Elle parut étonnée, peut-être un peu suspicieuse, avant que le calme naturel ne réapparaisse sur ses traits.

— C'est gentil, mais, si ça doit être le dernier anniversaire de Joshua auquel j'assiste, je souhaite être investie au maximum. Et puis, je ne voudrais pas te perturber dans ton travail. Après tout, quand je ne serai plus là pour m'occuper de Joshua, tu n'auras plus autant de répit.

Elle tentait de plaisanter, mais la tristesse restait bien visible sur ses traits et dans ses yeux. Il ne devait pas la faire fuir, alors il se contenta d'acquiescer en retournant dans son bureau. De là, derrière les fenêtres, il la surveilla : elle géra l'arrivée et la construction du chapiteau dans le parc, puis le dressage des tables ; ensuite, avec Maddie, elle s'attaqua à la confection de différents mets sucrés. Et même quand la nuit tomba et que tout le monde partit se coucher, elle s'attela à la préparation du gâteau d'anniversaire de Joshua.

— Tu n'aurais laissé cette tâche à personne d'autre, n'est-ce pas ?

Sa tasse vide à la main, il s'avança dans la cuisine silencieuse. Il avait parlé d'une voix amusée et légèrement attendrie, et il espérait qu'Éli ne voit pas sa présence comme une intrusion. Concentrée sur sa tâche, elle déclara avec un soupir plein de tendresse qui le rassura :

— Depuis son premier anniversaire, j'ai toujours été celle qui préparait le gâteau. Chaque année avec un thème différent, mais toujours avec du chocolat. Du blanc, du noir, au lait, peu importe du moment qu'il y a du chocolat. C'est important.

— Pas du tout calorique.

— Mon père disait toujours qu'un anniversaire n'est pas fait pour les personnes au régime. On est là pour célébrer la vie, profiter des petits plaisirs et des grands, en famille et entre amis.

Elle baissa les yeux sur la préparation chocolatée qu'elle remuait lentement, mais il pouvait sentir la nostalgie qui irradiait de la jeune femme.

— Tu ne parles jamais de ta famille.

Leur entente étant fragile, il avait hésité à le mentionner. Mais cela lui paraissait trop important. Les lèvres serrées en un maigre sourire, Éli haussa les épaules.

— À quoi bon ?

— Tu as toujours de la famille ? Des frères et sœurs ?

Au fil des secondes, à mesure qu'il appuyait sur cette blessure, il voyait sa femme se raidir, se courber, sur le point de se briser. D'une voix fragile, elle le pria :

— S'il te plaît, je préfère qu'on change de sujet.

— Pourquoi ?

Elle ne remuait presque plus la préparation, gardant simplement la tête baissée, des mèches tombant devant ses yeux. Il l'entendit renifler, alors tel un papillon attiré par la lumière, il tendit le bras pour repousser délicatement les mèches dissimulant son visage. Dans un doux murmure, il l'interpella :

— Hé ! Pourquoi ne parles-tu jamais d'eux ?

Une larme avait tracé son chemin sur la joue de sa femme avant qu'elle ne l'efface du revers de la main.

— Parce que… ça fait trop mal, répondit-elle tout bas d'une voix enrouée.

— Est-ce qu'ils sont morts ?

Il lui parlait en douceur pour tenter de l'approcher, de la découvrir un peu plus et de soigner ses plaies. Elle serrait les dents et les poings pour essayer de retenir ses larmes. Au bord de la rupture, elle secoua la tête en signe de dénégation :

— Non… Mais c'est tout comme… Je ne les reverrai jamais.

Et enfin, lorsqu'elle éclata en sanglots, il atteignit le point de non-retour. Mû par un besoin, une envie, il l'attira dans ses bras et la soutint, tandis qu'elle s'effondrait, déversant sur lui une cascade de larmes. Ses bras autour d'elle, il ressentait la détresse qu'elle avait probablement gardée enfermée pendant des années. Jusqu'à présent, Éli était une solitaire, ne vivant que pour Joshua, ne se raccrochant qu'au bonheur de son enfant. Mais il ne voulait plus cela pour elle, pour eux.

Avec un naturel déconcertant, il s'écarta légèrement, le temps d'envelopper le visage de sa femme dans ses mains et de le lever vers lui. Sans se laisser l'occasion de changer d'avis, il s'empara de ses lèvres et fut brièvement soulagé de la voir répondre à son baiser. Malheureusement, lorsqu'elle le repoussa doucement, il prononça son prénom dans un souffle. Visiblement perdue, elle croisa finalement son regard en chuchotant :

— Nathan, qu'est-ce que tu fais ?

— Je te change les idées.

Pendant quelques secondes, sa femme l'étudia, hésitante, avant d'acquiescer en se jetant à son tour à ses lèvres. Son désir, aussi fulgurant que celui d'Éli, lui fit perdre la tête. Avec désespoir, elle s'accrochait à son cou pour lui donner toute sa passion comme si elle ne pouvait plus la contenir.

— Change-moi les idées, Nathan. Je t'en prie, vide-moi la tête, le supplia-t-elle contre ses lèvres.

En réponse, il la souleva contre lui et elle enroula aussitôt ses jambes autour de ses hanches. Il ne voulait pas attendre de rejoindre l'une de leurs chambres. Il voulait la posséder là, maintenant. Alors, il s'arrêta sur le premier canapé jouxtant la cuisine et s'y assit. Leurs souffles devenus fous se livraient bataille, tandis qu'elle s'installait à califourchon sur ses cuisses. La tête la première, il plongea dans son cou, entre ses seins, traçant son chemin de baisers. Ses mains passées sous le tee-shirt gris de sa femme la caressaient et décrochèrent son soutien-gorge au passage. De ses ondulations sensuelles, elle nourrissait la faim qu'il avait d'elle, de son corps. Lorsqu'il lui retira enfin son tee-shirt et prit possession de son buste, il se délecta de ses gémissements et de ses soupirs. Pour mieux s'offrir, elle se cambrait en arrière en répétant son prénom. Au son de sa voix, il avait l'impression de devenir fou et sauvage.

— Maman ! Maman ! Papa !

Ce cri du cœur et d'effroi arrêta tout, les figeant tous les deux dans un tremblement. La voix de Joshua continuait de résonner, alors que la réalité réapparaissait autour d'eux. Son souffle caressait encore la peau nue d'Éli et il soupira en devinant la suite des événements. Les yeux levés vers le plafond, sa femme s'écria d'une voix tremblante :

— On arrive, mon cœur !

Était-elle gênée ? Déçue ? Soulagée ? Elle était encore assise sur lui, comme si le fait de se détacher de lui était une souffrance. Ça l'était pour lui. Quand enfin elle s'arracha à lui, il ne put s'empêcher de gémir en renversant la tête contre le dossier du canapé blanc. C'était fini pour ce soir, il ne se passerait plus rien. Il s'en voulait presque d'avoir entamé les hostilités ; et puis, son regard se posa sur le dos d'Éli qui remettait son tee-shirt.

Sans un mot, sa femme disparut dans le hall d'entrée et il s'empressa de la suivre dans les escaliers. Mais la main déjà sur la poignée de la chambre de Joshua, Éli s'arrêta et se tourna vers lui :

— Merci de m'avoir changé les idées.

Avant qu'il ait pu prévoir son geste, elle se haussa sur la pointe des pieds et lui vola un baiser auquel il n'eut pas le temps de répondre. Déjà, elle disparut dans la chambre de leur fils, le réconfortant après un cauchemar.

Du seuil, il observa la scène, Éli serrait Joshua dans ses bras, couvrant ses cheveux de baisers, alors qu'il lui racontait les bribes de son rêve. C'était une scène de famille banale, une famille normale, heureuse. C'était ce qu'il espérait, ce qu'il voulait pour eux. Malheureusement, leur situation n'était pas aussi simple. En s'approchant autant d'Éli, il ne jouait plus le jeu de Victoria, un jeu dangereux dont il était encore prisonnier, du moins pour un temps.

21

ÉLISABETH

Pour la énième fois de la journée, la jeune femme soupira. Certes, elle n'avait pas beaucoup dormi la nuit passée, mais ce n'était pas la fatigue qui lui posait un problème. Non, c'était Nathan, Nathan, et elle, et leur relation devenant de plus en plus floue et glissante.

Ce qui s'était passé entre eux la nuit précédente la perturbait… parce qu'elle avait aimé ça. Elle avait adoré discuter avec lui sans conflit, se retrouver dans ses bras et qu'il la réconforte, qu'il l'embrasse aussi, évidemment. Mais c'était surtout la sensation qu'il ne la déteste pas et qu'elle ne lui répugne pas, qu'il l'avait apaisée et la troublait désormais. Elle avait retrouvé les prémices qu'ils avaient connues juste avant leur mariage quand elle croyait encore qu'ils pourraient peut-être former une vraie famille.

Mais la réalité était toute autre et c'était le plus douloureux. Élisabeth avait conscience de leur situation tortueuse, de la haine et des griefs que Nathan lui portait ; et la jeune femme avait beau connaître la vérité, elle savait aussi qu'il ne la croirait jamais et que l'épisode intime de la veille ne se reproduirait pas de sitôt.

Nathan devait déjà se marteler la tête à coups de reproches. Pour rassurer Joshua, ils s'étaient mis d'accord pour que son mari passe la nuit avec leur fils, puisqu'elle devait finir de préparer le gâteau. Elle ne l'avait pas revu jusqu'à ce qu'elle monte finalement dans sa chambre. Évidemment, elle était d'abord passée par celle de Joshua où elle les avait trouvés tous les deux profondément endormis.

Évidemment, depuis, ils s'étaient revus, mais s'étaient à peine adressé la parole, confirmant simplement ce qu'elle savait déjà, l'interlude sentimental était de l'histoire ancienne.

À présent, la fête battait son plein. Presque tous les petits camarades de classe de Joshua étaient présents, accompagnés par au moins l'un de leurs parents. Pour l'occasion, Helen, Jessie et Liam avaient eux aussi fait le déplacement. Cela donnait à la fête, une image un peu plus familiale et elle appréciait cela. Les McEwan étaient une famille soudée et Élisabeth savait que Nathan et Joshua pourraient toujours compter sur leur soutien.

Mais comme à leur mariage, l'absence des siens marquait son empreinte sur son cœur. Ses parents, ses sœurs, ses frères… En avoir parlé à Nathan, faisait remonter des souvenirs et la nostalgie.

— Eh bien ! Quelle fête ! s'exclama joyeusement Jessie. Je ne me souviens pas d'avoir déjà vécu un anniversaire pareil. Je suis jalouse.

Sa malice fit sourire la maîtresse de maison avant qu'elle rétorque :

— Si tu veux, je peux demander s'ils organisent aussi ce genre de choses pour les trentenaires.

— Pourquoi pas ? En tout cas, Joshua a l'air de s'éclater.

Ce constat étira ses lèvres un peu plus, même si elle s'en était déjà rendu compte.

— Je voulais le meilleur pour lui.

— Dans ce cas, tu devrais en profiter avec lui.

Jessie avait raison. Sans plus attendre, Élisabeth rejoignit le chapiteau où un clown magicien subjuguait les enfants et les adultes avec ses tours. Il y avait tellement de monde qu'elle parvenait à peine à distinguer son fils. Au premier rang, tel le roi de la fête, il s'amusait et oubliait tout, y compris elle. Une fois encore, elle réalisa la taille du fossé qui se creusait. Depuis la naissance de Joshua, cela n'avait presque été qu'eux deux quoi qu'il arrive. Et puis, Nathan était entré dans la vie de l'enfant avant d'y inclure sa propre famille. Le cercle était de plus en plus bondé, l'éloignant de son fils. Ce jour-là, les personnes présentes étaient encore plus nombreuses, rendant la situation normale. Mais n'était-ce pas tout ce qu'elle avait espéré pour son fils ? Qu'il ne se sente jamais différent ?

À présent, il était entouré, aimé et protégé, plus seulement par elle. Leurs avenirs étaient scellés, mais elle partirait un peu plus sereine. Toutefois, couper le lien ne se révélait pas si facile. Connaissant la fin de l'histoire, rester avec Joshua était autant un bonheur qu'une torture, mais elle ne voulait pas le quitter. Cela arriverait, tôt ou tard, mais si cela ne tenait qu'à elle, elle resterait évidemment pour toujours. Malheureusement, la réalité était toute autre et son départ, apparemment inévitable.

Peut-être aurait-elle dû s'enfuir déjà, sans prévenir ? Profiter de la foule, de l'animation, pour disparaître ? Malheureusement, elle n'en avait ni la force ni le courage, pas déjà, pas alors qu'elle avait la chance de voir grandir son fils encore un peu.

L'arrivée du gâteau, le voir souffler ses bougies et ouvrir ses cadeaux la régala autant que son fils, tant son bonheur faisait plaisir à voir. Le reste de la journée s'écoula à toute vitesse. Les uns après les autres, les invités repartirent, vidant la maison jusqu'à la rendre silencieuse.

Après pareille journée, Joshua était littéralement tombé de fatigue et Nathan l'avait porté jusqu'à son lit, tandis qu'elle gérait le démontage des chapiteaux et des autres installations. Élisabeth ne revit pas son mari ; du moins, pas tout de suite, comme s'il s'était volatilisé.

Une fois seule, la nostalgie l'envahit et ses pas la conduisirent jusqu'au garage où ils avaient entreposé le reste de ses affaires et celles de Joshua. Petit à petit, la jeune femme se replongea dans son passé, revenant seulement quelques années en arrière pour revivre ses souvenirs autour de la vie de son enfant. Trouvaille après trouvaille, son sourire se gorgea d'émotions et de bonheur.

— Tu cherches quelque chose ?

Dans son dos, la voix grave et intriguée de Nathan la surprit. Loin de se formaliser par son arrivée et son ton, Élisabeth répondit simplement :

— Non… j'avais juste envie de revenir un peu en arrière. Le temps passe tellement vite.

En admiration devant un petit gilet en laine bleu et des chaussons assortis, elle ajouta :

— J'ai du mal à croire qu'il ait pu être si petit. On dirait des vêtements de poupée.

— Alors, c'est juste… une vague de nostalgie qui t'a conduite ici ?

— C'est assez récurrent, pour ne pas dire une tradition. À chaque anniversaire de Joshua, je ne peux m'empêcher de venir fouiller dans ses affaires de bébé. Je n'ai jamais pu m'empêcher de conserver des traces, des objets. Ça rendait Neal, puis Victoria complètement fous. J'avoue que mon cas relève sans doute de la psychiatrie, mais Joshua est ce que j'aime le plus au monde et ce dont je suis le plus fière.

Bien que plongée dans la contemplation de divers objets, la jeune femme perçut le pas tranquille de Nathan qui approcha derrière elle. Sa voix plus douce la détendit, lorsqu'il fit remarquer :

— Il a eu l'air de passer une bonne journée, aujourd'hui.

Amusée, elle poursuivit ses fouilles en rétorquant :

— Tu veux dire qu'il était aux anges. Je ne crois pas l'avoir déjà vu aussi heureux.

— J'envisage de faire construire un nouvel enclos dans le parc et d'y garder un ou deux poneys en permanence. Après tout, le sol a été plutôt malmené et cela devrait soulager un peu les jardiniers.

Elle ne put que sourire davantage avant de se tourner vers lui :

— Tu as été suffisamment généreux comme ça. Joshua a vraiment été gâté.

— Son anniversaire était l'occasion rêvée.

Quelque chose dans la présence de Nathan, sa proximité ou son regard la déstabilisa. Un peu nerveuse, Élisabeth se détourna pour reprendre ses inspections.

— Je ne veux pas qu'il perde la valeur de l'argent.

Comme s'il devinait ses pensées virant au gris, il répondit avec le plus grand sérieux :

— Ce ne sera pas le cas.

Le silence reprenait ses droits, mais Nathan ne se décourageait pas et restait dans son dos, comme s'il attendait quelque chose d'elle. Craignant qu'il envisage de l'interroger sur leur brève étreinte de la nuit passée, la jeune mère s'exclama :

— Au lieu de rester sans bouger, tu pourrais aussi farfouiller avec moi ? Ça te permettrait d'en apprendre un peu plus sur Joshua.

À nouveau, Élisabeth l'entendit s'approcher jusqu'à ce qu'il se tienne à côté d'elle devant une autre pile de cartons.

— Qu'est-ce qu'on cherche ?

Le sourire retrouvé, elle avoua :

— Rien. On est seulement là pour regarder et s'attendrir.

La jeune femme jeta un nouveau coup d'œil au carton devant lui et en sortit un autre précieux objet.

— Cette couverture, par exemple. C'est celle dans laquelle Joshua était enveloppé quand nous sommes sortis de l'hôpital après sa naissance. À chaque fois que je le berçais pour l'endormir ou l'apaiser, c'était avec ça. J'en étais presque arrivée à croire que le tissu était magique, avoua-t-elle en riant légèrement. Et ça, c'est le premier objet que Joshua a créé à la crèche et qu'il a ramené à la maison.

— Qu'est-ce que ça représente ?

Elle éclata de rire avant de rétorquer :

— Je n'en ai pas la moindre idée. Mais il devait avoir deux ans, alors je ne pense pas qu'à cet âge il ait vraiment voulu représenter quoi que ce soit.

Le sourire retrouvé, elle retourna à son propre carton, tandis que Nathan se moquait gentiment :

— Tu gardes vraiment tout et n'importe quoi.

— Tu verras. Toi aussi, à l'avenir, tu garderas des souvenirs aussi débiles que moi.

Sans un mot, la jeune femme se replongea dans un autre carton et dans ses pensées. Le silence s'installait lentement, tel un voile retombant doucement sur eux.

— Alors, tu n'es pas en quête d'un trésor ?

Sa question ne manqua pas de la surprendre, aussi se tourna-t-elle à nouveau vers lui pour déclarer comme une évidence :

— Je l'ai déjà, le trésor, il est endormi dans sa chambre à l'étage.

Il l'étudiait, comme s'il la jugeait ou cherchait à la percer à jour. Il doutait d'elle. Alors, agacée de tourner autour du pot, la jeune mère demanda, sur la défensive :

— À quoi joues-tu, Nathan ?

Il ne semblait pas le moins du monde nerveux ou surpris par sa question. Au contraire, ses bras croisés sur son buste et son regard affirmé démontraient qu'il s'y attendait.

— On m'a rapporté que tu envisageais de t'enfuir en emmenant Joshua.

— Quoi ?

Contrairement à lui, Élisabeth fut totalement déstabilisée. Comment était-ce possible ? Qui lui avait dit cela ? Dernièrement, elle n'avait évoqué le sujet qu'avec Victoria, mais elle avait assez affirmé ses intentions pour que son amie ne doute pas d'elle. Alors, qui ?

— Qui t'a dit une chose pareille ?

— Alors, c'est vrai ?

— Bien sûr que non !

— Comme si tu allais me dire la vérité.

— C'est la vérité ! affirma-t-elle avec fougue. Nathan, tu as beau ne pas me porter dans ton cœur, tu me connais suffisamment pour savoir que je ne suis pas totalement stupide et que je ne mettrais jamais la sécurité de Joshua en péril. S'enfuir ne rimerait à rien !

— Ça veut dire que tu y as quand même réfléchi.

— Évidemment ! Mais sans compter les moyens que tu mettrais en œuvre pour nous retrouver, je risquerais surtout la sécurité de Joshua. Les O'Reilly sont toujours là dehors. Je n'aurais rien pour le protéger.

— Rien sauf les diamants, si tu remettais la main dessus.

D'une voix éteinte et incrédule, elle chuchota :

— Quoi ?

— Après la mort de Neal, j'ai fait mon enquête, Éli. Je suis au courant pour les diamants qui ont disparu.

— Dans ce cas, tu es plus au courant que moi.

Visiblement sceptique, son mari suggéra :

— Vraiment ? Donc, tu n'étais pas venue ici pour les chercher ?

— Non ! Bon sang, cette discussion devient complètement insensée.

Élisabeth voulut s'écarter en secouant la tête, mais Nathan l'attrapa aussitôt par le bras et la tourna vers lui :

— Pour une fois dans ta vie, Éli, sois honnête et dis la vérité, tu comptais t'enfuir en utilisant les diamants des O'Reilly.

La jeune femme parvint à se libérer en s'écriant :

— Je te dis que non ! Est-ce que tu te rends compte de ce que tu dis ? Entends-tu seulement ce que je raconte ? Nathan, Joshua est mon plus cher trésor. Je préfère mille fois plus qu'il reste avec toi et loin de moi plutôt que de le mettre en danger !

— Dans ce cas, qu'es-tu vraiment venue faire dans ce garage ?

À présent, ils s'affrontaient du regard, l'un comme l'autre ne voulant rien lâcher. Mais Élisabeth sentit l'émotion la gagner et l'affaiblir. Le temps lui était compté avant qu'elle ne craque, aussi se lança-t-elle d'une voix déjà nouée :

— Je suis venue pour me recueillir et puiser du courage… pour te demander quelque chose.

Enfin, il sembla légèrement se détendre en expulsant un soupir presque victorieux :

— Je savais bien que tu cachais quelque chose. Très bien, quelle est ta requête ?

Les mots étaient si difficiles à sortir qu'elle eut besoin de quelques secondes pour rassembler ses idées et former des phrases :

— Je te demande… d'arrêter de tourner autour du pot et de prendre enfin une décision.

Pour la première fois, elle le vit froncer les sourcils, ne comprenant visiblement pas ce qu'elle entendait par là. Alors, puisant dans son courage et son amour pour son fils, elle poursuivit :

— Je te demande de mettre ta menace à exécution et de m'éloigner de Joshua pour de bon. Le plus tôt sera le mieux.

22

NATHAN

S'il y avait bien une chose à laquelle il était loin de s'attendre de la part d'Éli, c'était à une telle requête. Évidemment, cela pouvait aussi être un plan, une diversion pour endormir ses soupçons, mais toujours est-il que sa demande avait fait son effet.

— Éli...

— Tue-moi.

— Quoi ?

Cette fois, il était celui sur la sellette, celui qui n'avait plus les cartes en main. Élisabeth menait la danse et lui faisait tourner la tête, perdre ses repères. Il devait retrouver un semblant d'équilibre.

— As-tu perdu la tête ? Je ne veux pas te tuer !

Affolée, elle répliqua :

— Je ne sais pas ! Je ne sais pas ce que tu as en tête pour mon avenir ! Tout ce que je sais, c'est que tu veux me punir, te venger et me voler mon fils.

— Parce que je ne sais pas encore comment procéder. Je ne veux pas blesser Joshua ni le brusquer.

— Pourtant, c'est ce qui va arriver ! C'est inévitable ! Et plus on attendra, plus ce sera difficile pour lui, affirma sa compagne.

Elle était désespérée, c'était indéniable. Son envie de la réconforter grandissait, le poussant à inverser la tendance et redevenir le salaud qui ne la méritait pas. Alors, avec un regard noir, il l'accusa, mordant :

— Pour lui ou pour toi ?

— Tu crois encore que je me soucie de moi-même ?

Il savait que ce n'était pas le cas, il n'avait aucun doute là-dessus. Mais que pouvait-il lui dire pour la faire patienter ? Pour ne pas perdre la face ? Il ne savait plus vraiment par où commencer.

— Je t'en prie, Nathan. Pour lui et aussi pour mes proches, pour qu'ils n'aient pas à payer eux aussi, je te demande de me tuer.

C'était tellement loin de ce qu'il voulait ! D'un ton menaçant, il rugit en se détournant :

— Arrête avec ça !

Sa réponse parut la soulager et, pour effacer sa contrariété, elle répliqua :

— Pas pour de vrai. Fais-moi mourir dans un accident, disparaître à jamais pour ne devenir qu'un souvenir pour Joshua, Mélanie et tous ceux avec qui je suis en relation.

Un peu plus serein en entendant son raisonnement, il commença à réfléchir. Même s'il ne voulait pas arriver à cet extrême, il devait construire un scénario en faisant comme si Éli était coupable. Or, sa femme n'avait pas tort. Dans son scénario, si Éli devait payer, cela ne devait pas être le cas pour les personnes qui l'aimaient. Mais une fois morte, comment se vengerait-il d'Éli, la coupable ?

— Et tu voudrais que je te laisse partir sans problème ?

— Je ne sais pas. Je ne sais pas ce que tu as prévu. Tout ce qui compte pour le moment, c'est Joshua. Il grandit et de plus en plus de personnes entrent dans sa vie. Il n'y a plus juste *moi.* Je me fonds dans la masse.

— Tu es toujours sa mère.

— C'est vrai, mais ne vaut-il pas mieux faire les choses dès maintenant, alors qu'il est encore dans un monde acidulé ? Je ne veux pas qu'il comprenne, qu'il réfléchisse ou qu'il se sente coupable.

— Ce ne sera pas le cas. Je te le promets.

Un silence s'installa, alors qu'il continuait à l'étudier. Il voyait de l'espoir dans ses yeux levés vers lui, mais, en se sentant faiblir, il détourna les siens, agacé.

— Alors... tu es d'accord ?

D'un ton plus froid et dur, il répondit en lui tournant le dos :

— Je ne sais pas.

— Mais tu as dit... ?

— Je ne sais pas, Éli ! Tu me balances cette idée sans prévenir, j'ai besoin d'y réfléchir... de savoir ce que je vais faire de toi ensuite. Parce que je refuse de te laisser partir... sans soucis. Ma vengeance serait encore trop douce si je t'enlevais seulement Joshua.

Il ne la voyait pas, mais il sentait un poids énorme sur son dos. De la colère, du désespoir... il n'arrivait pas à déchiffrer ce que c'était, mais cela le touchait profondément. « Reste dans ton personnage », s'encouragea-t-il pour ne pas faiblir.

— Y aura-t-il eu un seul instant où tu ne m'auras pas détestée et menti ? Selon toi, j'ai tué Neal, mais pour arriver à une telle haine...

— Il était comme mon frère, Éli. Je ne pense pas que tu comprennes.

— Si, je peux le comprendre, parce que j'ai moi aussi des frères et sœurs ; et je comprends surtout que tu es totalement aveuglé par ta colère et ta peine. Mais, en me prenant Joshua, tu m'enlèves déjà toute la vie et le bonheur que j'aurais pu avoir. Que veux-tu de plus ? Je vais souffrir ! Je vais souffrir le martyre, parce que je serai loin de lui ! Alors, que veux-tu de plus ?

— Je ne sais pas... mais ce n'est pas assez.

C'était ce que le Nathan d'avant aurait dit, même s'il ne le pensait plus. Il eut l'impression d'entendre des pleurs dans sa voix brisée et quand elle renifla, ses soupçons furent pour ainsi dire confirmés. « Ne flanche pas encore une fois ! » Il s'encouragea en serrant les dents. Il fallait qu'elle s'en aille avant qu'il craque et la prenne dans ses bras. « Si seulement elle pouvait partir ! » souhaita-t-il en fouillant son esprit pour trouver une flèche qui la pousserait à s'enfuir.

Au lieu de cela, Éli enfonça le clou en murmurant d'une voix rauque et faible :

— Ça ne le ramènera jamais. Tu auras beau me faire quoi que ce soit, me blesser encore et encore, ça ne ressuscitera pas Neal. Ça ne fera que remuer la boue et t'empêcher de faire ton deuil. Il ne reviendra pas.

— C'est vrai. Mais je suis prêt à payer ce prix, si ça peut t'empêcher de retrouver un jour une étincelle de bonheur. Tu n'auras pas laissé cette chance à Neal, alors pourquoi te l'offrirais-je sur un plateau ?

À nouveau, le silence s'épaissit jusqu'à ce qu'un reniflement lui tranche la peau mieux qu'un couteau bien affûté. Et enfin, il entendit ses pas. Pourtant, il insista :

— Tu renonces déjà à trouver les diamants ?

Pour la provoquer assurément, mais pour la retenir ou l'éloigner ? La réponse d'Éli ne se fit pas attendre, sa voix couvant d'une colère en fusion :

— Tu sais où tu peux te les mettre si tu les trouves, alors, bonne chance.

Et sur ces mots, la jeune femme s'éloigna encore, allumée d'un nouveau feu. Il la savait blessée, mais il préférait nettement la voir en colère que désespérée. À présent, il la sentait prête à se battre. Ainsi, il lui serait peut-être plus facile de ne pas ressentir la culpabilité lancinante qui le détournerait de son but.

Il devait percer Victoria à jour avant qu'il ne soit trop tard. Éli ne pourrait pas subir ses menaces indéfiniment sans réagir. Peut-être était-il temps pour lui de se faire aider ? Et s'il se décidait enfin à l'éloigner, ce serait uniquement pour la protéger.

ÉLISABETH

En quittant le garage et Nathan, la jeune femme était furieuse, contre son mari pour se montrer aussi aveugle et inflexiblement dur et cruel, contre elle-même pour tomber à chaque fois dans le panneau, dès qu'il se montrait un peu gentil. Pourquoi ne parvenait-elle pas à comprendre pour de bon que le vrai visage de Nathan était fait de glace, de noirceur, de vice, de manipulation et de méchanceté ? Sa gentillesse apparente n'était qu'un leurre pour lui faire baisser ses défenses et la frapper de plein fouet. Il n'avait rien de bon en lui, ou du moins, pas pour elle. « Rentre-toi ça dans le crâne ! »

Mais pour l'instant, il y avait une troisième personne vers laquelle elle dirigeait peu à peu sa colère. Dès qu'elle eut récupéré son téléphone portable, Élisabeth descendit jusqu'à la piscine couverte. Plongée dans la semi-obscurité et le silence de la grande pièce, elle composa un numéro de téléphone. Bouillonnante, la jeune femme écoutait les sonneries s'égrener, non sans essayer de se calmer. Malheureusement pour elle, son interlocutrice décrocha bien avant qu'elle n'arrive à ce point :

— Salut ! Alors, comment s'est passée la journée ?

Serrant les poings pour tenter de se contenir, elle affirma :

— Tu as parlé à Nathan.

— Quand ?

— Tu lui as parlé des diamants. Tu lui as dit que je voulais m'enfuir avec Joshua et les diamants.

— Quoi ? Bien sûr que non. Pourquoi je ferais ça ?

La voix de son amie était posée et crédible, mais elle n'y croyait plus.

— Je n'en ai pas la moindre idée, mais ce dont je suis certaine, c'est que je ne veux plus jamais entendre parler de toi. N'essaye même pas d'approcher Joshua, jamais, ou je te jure que tu le regretteras.

— Beth, attends... Je te promets que je n'ai pas parlé à Nathan, que ce soit des diamants ou de ta fuite ! S'il l'a appris, ce n'est pas par moi ! Tu sais que je suis de ton côté.

Justement, elle n'en était plus certaine et les doutes étaient un luxe qu'elle ne pouvait plus se permettre. Les erreurs et les coïncidences concernant le marshal revenaient trop souvent depuis quelques mois, depuis que Nathan était entré dans leurs vies. Or, à part son mari, Victoria était la seule à avoir mentionné l'existence de diamants. Elle devait en avoir le cœur net, quitte à prendre des risques.

— Beth, la réveilla la voix de son interlocutrice.

— Il m'a tout avoué, tu lui as dit que je voulais m'enfuir avec les diamants et mon fils... Et tu lui as dit que j'avais tué Neal. Moi ! Pas la mafia !

— Beth, c'est ridicule.

— Tu as tout fait pour éloigner mon mari de moi et gâcher notre vie de famille. Gâcher *ma* vie ! Et je ne sais même pas pourquoi ? Qu'est-ce que je t'ai fait, Victoria ? C'est toi qui, la première, m'as encouragée à tomber sous le charme de Nathan ! À venir habiter chez lui ! Et maintenant, tu saccages tout ? Pourquoi ? Qu'est-ce que je t'ai fait ?

À maintes reprises, le marshal avait tenté de l'interrompre en répétant son prénom, mais emportée par sa fougue et sa colère, la jeune femme ne pouvait plus s'arrêter :

— Ne t'avise plus jamais de revenir dans nos vies ni même d'essayer de reprendre contact avec l'un d'entre nous. Je suis sérieuse, Victoria, tente quoi que ce soit et je file voir tes supérieurs pour leur parler de toi. Et crois-moi, avec les relations de Nathan, ce ne sera pas difficile. Ne m'oblige pas à te faire ce que tu as tenté de me faire.

Élisabeth eut à peine le temps d'entendre Victoria prononcer encore son prénom avant de raccrocher. Elle était essoufflée, son cœur battait à toute vitesse. Elle était encore sous le choc de ce qu'elle venait de faire. Avait-elle des regrets ? Elle n'avait pas ce luxe. Il fallait qu'elle découvre la vérité, qu'elle sache à quoi s'en tenir, quitte à utiliser le marshal comme un pion sur l'échiquier. Désormais, la jeune femme en avait assez d'être la marionnette d'un ou d'une inconnue. Ce pouvait être Nathan, ce pouvait être Victoria, ce pouvait être quelqu'un d'autre. Quoi qu'il en soit, elle avait besoin de réponses. Elle venait de jeter un pavé dans la mare et, à présent, elle espérait seulement que les vagues résultantes lui fourniraient des indices ou des explications. Elle avait besoin de comprendre pour trouver sa route et savoir à qui elle pouvait encore faire confiance.

VICTORIA

Encore surprise, elle fixa son portable, bouche bée, avant de se tourner vers son amant.

— Elle m'a raccrochée au nez !

— Qu'est-ce qu'elle voulait encore ? Pleurnicher dans tes jupes ?

— Non... Apparemment, M. Reed n'a pas su tenir sa langue. Il l'a accusée de vouloir s'enfuir avec Joshua et les diamants.

— Ça voudrait dire qu'elle les aurait trouvés ?

— Elle ne m'a pas vraiment laissé l'occasion de le lui demander. Apparemment, son cher mari lui aurait aussi avoué que j'étais sa source concernant l'accusation de meurtre. Bref, elle n'était pas contente.

— Tu as toujours été trop douce avec elle.

— Le meilleur moyen de l'approcher et de l'atteindre était de créer une certaine confiance entre nous.

— Peut-être, mais maintenant, ton plan tombe à l'eau. On n'a pas les diamants et, si j'ai bien compris, elle ne veut plus te voir.

— C'est seulement une égratignure, affirma le marshal avec assurance. En un rien de temps, elle reviendra me trouver et me supplier de l'aider.

— Mais pour combien de temps ? Soyons réalistes, Vic, ça fait des années qu'on suit ton plan et ça n'a rien donné. Maintenant, il est temps qu'on passe au mien. On a déjà trop attendu, c'est le moment de donner un coup dans la fourmilière et d'obtenir ce que l'on veut.

— Les diamants ?

— Ça et plus. Dans tous les cas, ils vont payer le prix fort.

23

ÉLISABETH

Une fois de plus, elle se retrouvait seule. Un moment de calme, de liberté et un froid qui la ramenait des mois en arrière, lorsque Nathan Reed ne faisait pas encore partie de son existence. Était-ce une autre vie ? Le fossé paraissait si large, alors que seuls quelques mois s'étaient écoulés.

Un nouveau soupir lui échappa tandis qu'elle essayait de se concentrer sur la lecture d'un magazine. Il était tard et la nuit était si noire qu'on ne discernait rien à l'extérieur. Après avoir couché Joshua, elle n'avait pas voulu rejoindre sa chambre directement. Au lieu de ça, pour se changer les idées, elle avait retrouvé Maddie et l'avait interrogée sur sa vie. Les petits bonheurs et l'énergie positive de sa compagne lui avaient chargé le cœur de chaleur, mais, lorsque cette dernière s'était retirée, Élisabeth n'avait rien fait pour la retenir. Sur un « bonne nuit » amical, elle l'avait regardée partir avant de chercher une autre occupation. Malgré les journées qu'elle accumulait à l'Atelier, la jeune femme ne parvenait pas à trouver le sommeil avant minuit. Habituellement, lorsqu'elle savait Maddie ou Nathan présents, elle se réfugiait à la piscine ou à la salle de sport pour se défouler ou se vider l'esprit. Mais, en leur absence, et malgré toute la sécurité environnante, la jeune mère préférait rester à portée de voix, en cas de cauchemar ou de danger.

Après être allée enfiler son vieux jogging bleu marine et un sweat-shirt noir des Toronto Raptors, et non sans un arrêt précautionneux par la chambre de son fils pour se rassurer, Élisabeth était redescendue à la cuisine pour faire ce qu'elle aimait le plus : de la pâtisserie. « Il y aura toujours quelqu'un pour apprécier les muffins ou les cookies que j'aurai préparés. » Là, elle était parvenue enfin à concentrer son esprit sur quelque chose, sur le présent. Il n'y avait plus de Nathan, de mafia, de haine et de douleur.

Mais la magie avait disparu lorsqu'elle avait mis ses gâteaux à cuire. Elle n'avait pas envie de quitter la cuisine, aussi s'était-elle préparé une infusion avant d'attraper un magazine abandonné par Maddie. Malheureusement pour Élisabeth, c'était là que ses démons étaient venus la tarauder. Y avait-il une issue à ses problèmes avec Nathan ? Se feraient-ils la guerre jusqu'à son départ ? Représentait-il un réel danger ou une réconciliation était-elle possible ? Elle avait beaucoup de mal à envisager cette dernière possibilité, que le premier pas vienne de Nathan ou d'elle. La confiance avait presque totalement déserté leur relation et l'espoir d'un véritable amour avait été balayé, après la tornade Sydney. Son mari n'avait même plus besoin de le nier.

Brusquement, une voix masculine la réveilla avant qu'elle ne voie Ethan reculer lentement en s'excusant :

— Oh, pardon ! Je croyais qu'il n'y avait plus personne.

Quelque peu sur la défensive, elle répliqua :

— Dans ce cas, nous sommes deux.

— Je vais vous laisser, annonça le grand gaillard en s'inclinant légèrement pour la saluer.

Déjà, le grand gaillard s'inclinait légèrement pour la saluer. Après une micro seconde d'hésitation, Élisabeth l'interpella :

— Attendez ! Vous ne voulez pas rester un peu ? Il y a du café ou du thé, et mes pâtisseries sont presque prêtes.

Tout en l'étudiant de son regard presque innocent, Ethan ouvrit la bouche et, après un silence de quelques secondes, il avoua en approchant du plan de travail :

— Ce sera avec plaisir. À vrai dire, la délicieuse odeur est un peu la raison qui m'a attiré ici.

Presque aussitôt, la sonnette du four retentit. Tandis qu'il se préparait une tisane, la jeune femme sortit ses plaques du four. La délicieuse odeur s'intensifia dans la pièce et son compagnon laissa échapper un gémissement de plaisir qui la fit sourire avant qu'elle ne réponde :

— On va les laisser refroidir quelques minutes. Mais vous pouvez vous asseoir si vous le souhaitez.

— Merci.

La carrure d'Ethan lui rappelait celle de Nathan et si, d'habitude, l'ami de son mari se tenait bien droit et affichait une confiance en lui démesurée, ce soir-là, elle remarqua son dos et ses épaules légèrement voûtés. Il semblait intimidé, voire mal à l'aise.

— Je suis surprise de vous trouver encore ici, à cette heure, alors que Nathan est absent.

Avec calme et sans la moindre hésitation, il expliqua en la fixant d'un regard plus aiguisé :

— Il m'a demandé de m'occuper de plusieurs dossiers concernant la sécurité du domaine et des télécommunications liées à son entreprise. J'ai préféré m'en occuper dans la foulée, après mes heures de travail habituelles.

— Alors, vous n'êtes pas là pour me surveiller ou m'espionner ?

Sa question ne parut pas le surprendre. Au contraire, son regard se fit plus intense et, avec un léger sourire en coin, il s'enquit :

— Y a-t-il une raison quelconque qui me pousserait à le faire ?

Le comportement d'Ethan la mit sur une piste, alors que les indices reconstituaient petit à petit le puzzle d'une certitude. Sans un mot, la jeune femme rassembla plusieurs pâtisseries dans une assiette avant de rejoindre tranquillement son interlocuteur à table. Élisabeth hésitait encore à se lancer, mais, sachant qu'il était déjà trop tard, elle joua cartes sur table :

— Ethan, vous êtes le chef de la sécurité de Nathan et son meilleur ami. Je pense que vous connaissez la situation aussi bien que moi.

Elle était nerveuse et la tension la glaçait. Ses mains autour de sa tasse, elle tentait de se réchauffer et de se rassurer autant que possible. Dépassant son appréhension, elle croisa enfin le regard de son compagnon et crut voir son sourire s'étirer quelque peu.

— Vraiment ?

Son interlocuteur semblait lui lancer des perches, et bien qu'elle le soupçonne d'être lui aussi à la pêche aux informations, Élisabeth poursuivit :

— Oui. Je pense qu'il vous a mis dans la confidence et que vous avez même enquêté sur moi avant notre rencontre.

— Et d'après vous, qu'ai-je trouvé ?

— Je vous le dirais, si vous répondez d'abord à l'une de mes questions.

— Dites toujours.

— Est-ce vous qui avez affirmé à Nathan que j'avais assassiné mon premier mari ?

Le sourire d'Ethan s'effaça en quelques secondes pour laisser place à une expression plus neutre. Cependant, comme un gage de vérité, il ne détourna pas un instant son regard de plus en plus assuré.

— Non.

Malgré elle, la jeune femme soupira de soulagement, elle n'était pas certaine de pouvoir garder son calme face à la personne ayant proféré ces mensonges.

— Je n'ai rien fait.

— Ce n'est pas moi qu'il faut convaincre, Élisabeth.

Pour le remercier, elle poussa légèrement l'assiette de pâtisseries vers lui et murmura tristement :

— Je sais.

En silence, il se servit et gémit encore, après avoir mordu dans un muffin au chocolat.

— Vous êtes vraiment très douée.

Malgré sa bouche pleine, son compliment amusa et toucha la maîtresse de maison. Mais d'un air plus sérieux, il ajouta après avoir avalé son gâteau :

— Mais pour mentir, vous êtes vraiment nulle. Vous êtes spontanée et ce qui ne sort pas de votre bouche transparaît automatiquement sur votre visage.

Ce n'était pas une révélation, mais qu'il ait remarqué cette vérité lui démontrait qu'elle avait vu juste. Ethan était quelqu'un de droit et d'honnête. D'ailleurs, il ne manqua pas de partager :

— Lorsque Nathan a appris la mort de Neal et les circonstances de son décès, il n'y a pas cru. Il m'a demandé de faire des recherches. Très vite, il s'est fait une idée bien précise de la personne qui avait commis ce meurtre parce qu'il connaissait Neal, et surtout parce qu'il l'aimait comme un frère.

— Si c'était le cas, il aurait su que Neal avait mal tourné ; il l'aurait revu plus souvent ; il aurait repris contact plus régulièrement ; et s'ils avaient été si proches, Neal m'aurait parlé de Nathan. Mais il ne l'a jamais mentionné. Quand nous nous sommes rencontrés, il m'a parlé de son enfance à l'orphelinat, sans doute pour m'appâter. Il a évoqué ses problèmes avec la famille qui l'avait adopté et son expérience dans l'armée, mais il n'a jamais parlé de quelqu'un en particulier, quelqu'un à qui il tenait spécifiquement.

— Alors, vous ne connaissiez vraiment pas Nathan avant de le rencontrer ?

— Non ! J'avais peut-être entendu parler de lui dans la presse, mais j'avais mieux à faire de ma vie que de m'attarder sur un homme.

La réponse de la jeune femme fit sourire son interlocuteur et une lueur d'espoir rejaillit en elle :

— Vous devez me croire, Ethan.

— C'est déjà le cas, mais, comme je vous l'ai dit, je n'ai aucun pouvoir sur Nate. Il ne jure que par les preuves et tant qu'il n'aura pas celle écrite noir sur blanc que vous n'êtes en rien coupable de la mort de Neal, il vous tiendra responsable et voudra vous faire payer.

— Ce n'est pas juste !

Le sourire d'Ethan se fit plus doux avant qu'il ne réponde :

— Je n'ai jamais dit que ça l'était. Nathan est un homme têtu.

— C'est un euphémisme.

— Et quand une situation touche à son cœur, il est plus prudent que jamais. Il a besoin de certitudes pour réussir à vous croire et à se lancer sérieusement avec vous.

— Je me tue à essayer de lui prouver mon innocence, à lui montrer ce que je ressens pour lui. Je voudrais tellement que ça marche ! Mais lui… il gâche tout.

Désespérée, elle soupira avant d'avaler un peu de tisane pour tenter de se consoler. Un bref silence s'installa entre eux. Ethan ne lui avait rien révélé qu'elle ne savait déjà, ce qui prouvait bien que la situation était compliquée. Le chemin vers une réconciliation s'étirait encore jusqu'à l'horizon. Était-ce peine perdue ? Y avait-il une chance pour atteindre ce bonheur familial ? Ne serait-ce jamais qu'une illusion qu'il lui ferait miroiter ?

— Vous savez… Tout ne joue pas contre vous…

La voix de son compagnon lui fit relever les yeux, il grimaçait légèrement comme s'il rechignait à parler. Pourtant, il poursuivit :

— Nathan n'a pas toujours joué la comédie depuis qu'il vous a rencontrée.

— Je suis désolée, mais j'ai un peu de mal à vous croire, vu les circonstances actuelles.

— Pourtant, c'est vrai. Il me tuerait s'il savait que je vous en ai parlé, mais il s'est pris au jeu… plus d'une fois.

Un mot, un nom lui vint brusquement à l'esprit avant qu'elle le prononce tout bas :

— Beth.

— Oui… Il y associe ces moments passés où il s'est laissé aller, mais ils ont bien existé. Il suffit de lui rappeler…

— Pour qu'il m'accuse de jouer un jeu ? Chaque fois qu'il se montre un peu tendre ou attentionné, c'est parce qu'il me voit comme Beth, l'illusion avec laquelle il s'est déjà abandonné et qu'il affectionne. Selon lui, Beth est un rêve et, lorsqu'il se réveille, il revoit la meurtrière, la menteuse qu'Éli est à ses yeux et m'accuse des pires desseins.

— Vous n'êtes qu'une seule et même personne.

— Dites-le à Nathan, pas à moi.

— Il a besoin de temps…

— C'est lui qui tient le sablier, Ethan.

— D'accord, mais accepterez-vous de lui laisser une chance, quand il ouvrira les yeux ?

24

ÉLISABETH

Elle ouvrit la bouche pour répondre, mais, tout d'abord, rien n'en sortit. Comment pourrait-elle faire une telle promesse ? Les temps, la situation étaient tellement instables.

— Je... je ne sais pas...

— Vous avez encore des sentiments pour lui, n'est-ce pas ? De la tendresse ? De l'amour ?

Élisabeth baissa les yeux. Parfois, elle en avait la certitude ; et parfois, lorsqu'il lui faisait trop de mal, la jeune femme perdait tout espoir en eux.

— Je ne sais pas. Je ne sais plus. Depuis qu'il m'a annoncé ses intentions, je n'ai plus aucune certitude.

C'était la première fois qu'elle l'avouait honnêtement à quelqu'un. Ses confidents se comptaient largement sur les doigts d'une seule main. La spontanéité de ses aveux la surprit, vu le statut d'Ethan dans leurs vies. Étant le meilleur ami de Nathan, l'un de ses collaborateurs les plus proches, son homme de confiance et son employé, son interlocuteur appartenait évidemment à la « team » Nate. Pourtant, quelque chose lui disait qu'elle pouvait lui faire confiance, qu'il saurait se montrer juste et honnête avec elle. Sa conscience la mit en garde : « Ou bien, tu es simplement trop naïve et crédule. »

Cependant, cela ne l'empêcha pas de la balayer pour avancer ses doutes, non sans précaution et le feu aux joues :

— Je pense que la situation est encore moins en ma faveur en ce moment.

— Pourquoi ?

Une part d'elle regrettait d'avoir parlé, car elle prenait le risque de se montrer encore plus vulnérable. Si Nathan apprenait ses inquiétudes, ses sentiments, il pourrait les utiliser contre elle pour la faire souffrir encore plus. Toutefois, la curiosité se faisait plus intense, elle avait besoin de savoir. Alors, les yeux baissés sur ses doigts jouant nerveusement devant elle sur la table, Élisabeth ajouta d'une voix manquant quelque peu d'assurance :

— Vous n'êtes pas sans savoir que Sydney Myers est revenue dans la vie de Nathan.

Elle entendit son compagnon soupirer et, intriguée par cette réaction qu'elle ne parvenait pas à déchiffrer, la jeune femme releva les yeux, alors qu'il fixait la tasse dans sa main. Face à son silence, elle insista :

— Ce n'est pas une femme qu'on oublie facilement… En général, je veux dire… Elle est belle, intelligente, amicale ; elle le connaît depuis la moitié de sa vie ; ils ont été ensemble pendant des années… Et surtout, ils ont été fiancés.

— C'est du passé, Élisabeth.

— Non… Il y a encore un lien… et de l'amour entre eux. Ça se voit quand ils sont ensemble, dans leur connivence.

— Vous l'avez dit, ils se connaissent depuis des années et ils ont toujours été très proches.

— Ce n'est pas terminé, c'est toujours là. Si Neal n'était pas mort et si Nathan n'avait pas entrepris sa vengeance contre moi, Sydney et lui seraient mariés depuis longtemps… Ils sont parfaits pour être ensemble.

— La perfection n'existe pas, et ce qui s'en rapproche peut devenir lassant au fil du temps. Si Sydney et Nate ont rompu autant de fois, c'est que tout n'était pas si parfait entre eux.

La jeune femme soupira, elle avait tellement envie de croire à cette possibilité. Le retour de l'ex-fiancée de Nathan lui faisait vraiment peur ! La porte pour approcher son époux était à peine ouverte et elle craignait de voir la nouvelle venue lui barrer totalement le chemin.

— Si cela vous inquiète, c'est que vous tenez toujours à Nathan. À moins que vous ne craigniez que cette arrivée vous éloigne de Joshua plus vite que prévu ?

« Est-ce le cas ? » s'interrogea la jeune femme, sans pour autant se raidir. Bizarrement, cette possibilité ne l'inquiétait pas. Immobile, elle se perdait dans sa brève réflexion, lorsque la voix d'Ethan la réveilla doucement :

— Aucune femme ne vous évincera de l'esprit ou du cœur de votre fils.

Son regard toujours fixé sur un point invisible sur la table, la jeune femme murmura :

— Je sais. À vrai dire, j'aime beaucoup Sydney.

Elle ne put s'empêcher de sourire légèrement avant d'ajouter :

— C'est sans doute ce qui fait un peu plus mal. Pas en ce qui concerne Joshua, elle est une femme admirable et le traiterait avec amour et gentillesse. Je ne la connais pas vraiment, mais je ne peux m'empêcher de lui faire confiance.

— Parce qu'elle ne ment pas ?

L'affirmation d'Ethan lui fit croiser son regard et elle discerna son faible sourire avant de baisser à nouveau les yeux vers la table.

— Sans doute, elle dit ce qu'elle pense et elle pense ce qu'elle dit. Cette femme est un livre ouvert. Elle rayonne, éblouit… comme Nathan.

— Un tel soleil brûle aussi, Élisabeth.

Avec un triste sourire en coin, elle répondit :

— Je sais. Ma peau y est un peu trop sensible.

Elle avait l'impression de s'enfoncer dans ses idées noires et des paris qui ne lui laissaient aucune chance. Elle serait perdante dans tous les cas, mais cela ne l'étonnait guère. À nouveau, la voix d'Ethan la sortit de ses pensées :

— Vous savez, je pense que vous avez tort en ce qui concerne Nathan. Ce n'est pas un soleil. Selon moi, c'est plutôt un miroir avec des défauts. Tantôt grossissant, tantôt affinant, tantôt brisé, quand on le regarde, les gens voient seulement la projection de leur propre jugement. Nate, c'est un miroir sans tain, on ne sait pas ce qu'il y a derrière, sauf quand il allume de l'autre côté. Ça n'arrive que très rarement et peu de personnes le connaissent vraiment. Alors, on croit parfois avoir des hallucinations, on doute ; pourtant, c'est bel et bien la vérité. Il doute peut-être de vous, mais il a déjà allumé derrière la vitre avant de rééteindre, parce qu'il a peur. Vous devez vous montrer patiente avec lui et lui faire confiance. Si vous voulez que ça marche entre vous, n'attendez pas que la chance vienne de lui, donnez-la-lui d'abord et attendez.

La jeune femme soupira. C'était tellement tentant de croire aux encouragements d'Ethan. Attendre, faire confiance… Elle l'avait déjà fait, plusieurs fois, et où cela l'avait-il menée ?

— Merci, Ethan, mais…

Contre toute attente, il referma la main sur son poignet, ce qui attira automatiquement le regard surpris d'Élisabeth dans celui de son interlocuteur, plus affirmé.

— Pas de *mais*.

Amicalement, il lui sourit et, pendant un instant, la jeune femme ne se sentit plus seule. Alors, quand son compagnon se leva, elle ne put s'empêcher d'être déçue. Debout à côté d'elle, il annonça :

— Je dois y aller. Mais on se reverra bientôt et on discutera encore.

Cela ne sonnait pas comme une suggestion, mais bel et bien une affirmation. Elle eut alors l'impression qu'Ethan ne doutait jamais. Il s'informait, communiquait avec assurance pour connaître toujours la vérité avant de la redistribuer.

— Bonne nuit, Élisabeth.

— Bonne nuit.

Ses dossiers sous un bras, son autre main dans sa poche, son visiteur quitta la pièce, puis la maison sans faire de bruit. Sa présence lui avait fait du bien. Elle était un peu plus détendue, bien qu'ils aient abordé un sujet personnel. Ethan l'encourageait à croire en son mari, en ces sentiments amoureux mais bien cachés que Nathan protégeait. Mais s'ils existaient bien, son époux se déciderait-il à les partager avec elle tôt ou tard ? Ou bien les enfouirait-il plus profondément jusqu'à la fin de leurs jours ? Y avait-il encore de l'espoir pour eux ? Si son cœur se réchauffait de plus en plus à cette idée, dans sa tête, la question restait en proie aux doutes.

25

NATHAN

Il était tard et ce dîner d'affaires traînait en longueur. Il n'y avait que trois heures de décalage horaire entre San Francisco et Toronto, mais la fatigue semblait s'abattre sur lui plus que d'habitude. « Peut-être parce que, depuis quelques semaines, tu ne dors plus aussi bien », le nargua une voix sarcastique. Ce qui l'avait passionné ces dernières années le lassait désormais assez rapidement. Même au centre d'une relation chaotique, sa maison lui manquait, sa maison et sa famille.

Comme les conjoints ne faisaient pas partie de ces réunions d'affaires, chacun pouvait se focaliser sur les innovations dans leur secteur et les contrats à signer. Les conditions étaient idéales et, comme presque toujours, son empire et lui étaient au cœur de l'agitation. Cependant, cette fois, il s'en serait bien passé.

Le dîner touchait presque à sa fin lorsqu'un appel d'Ethan le sauva. Sans perdre une seconde, il s'adressa aux investisseurs qui l'entouraient :

— Excusez-moi, mais je dois absolument prendre cet appel.

Le temps qu'il leur échappe, son ami avait raccroché, mais il s'empressa de le rappeler en s'éloignant du brouhaha.

— Ethan ! Encore une fois, tu me sauves la mise.

— Je sais.

Le ton sérieux et presque triste de son interlocuteur le surprit. Aussitôt, il se mit encore plus en retrait pour demander d'un ton inquiet :

— Tout va bien ?

— Oui. J'ai fait ce que tu m'as demandé et les vérifications n'ont rien donné. Tout est sécurisé comme il faut.

— D'accord… Pourtant, ta voix sonne comme si quelqu'un était mort ou presque ?

Il entendit son ami respirer profondément comme s'il hésitait à poursuivre ou qu'il avait un poids sur les épaules.

— Ethan.

— J'ai discuté avec Élisabeth.

Aussitôt, presque automatiquement, il serra les dents. À son tour, il respira profondément, voyant déjà le ciel s'obscurcir.

— Et ?

— Je la crois innocente.

— Ce n'est pas nouveau.

— Peut-être, mais, si j'avais encore des doutes jusqu'à présent, ils sont désormais inexistants.

Cela ne l'étonnait pas. Élisabeth ne savait pas mentir et, en la côtoyant, un homme ne pouvait qu'avoir envie de la protéger. Il savait qu'il devrait parler à Ethan, mais il préférait le faire face à face, et non au téléphone. Alors, à contrecœur, il enfila encore le costume qu'il détestait et demanda d'un ton agacé :

— Et qu'est-ce qui a pu les effacer ainsi ?

— Elle s'est montrée honnête.

Avec plus de curiosité, il l'interrogea :

— C'est-à-dire ? À quel sujet ?

Avec un sourire dans la voix, son interlocuteur fit remarquer :

— Ta femme n'est pas stupide. Encore moins, en ce qui me concerne. Elle sait que je suis au courant de tes accusations, de tes soupçons et de ton plan. Elle se doute que tu m'avais envoyé pour la surveiller avant de la rencontrer, et même maintenant.

— Jusque-là, rien de bien nouveau, je te signale.

— Ta femme est touchante, Nate. Elle est belle, intelligente, spirituelle ; elle a de la répartie et fait des pâtisseries incroyables, ajouta-t-il avec un gémissement.

Cela lui donna aussitôt l'envie de rugir, mais il laissa son ami poursuivre.

— Ce n'est pas quelqu'un de mauvais ni une menteuse. Elle est transparente et son cœur se reflète sur son visage.

Il savait déjà tout cela et bien plus, mais le fait qu'un autre homme le remarque l'agaçait prodigieusement, surtout un homme séduisant et proche d'elle comme l'était Ethan. Alors, d'une voix plus dure, Nathan répliqua :

— Où veux-tu en venir ?

— Que je ne ferai plus rien contre elle, Nate. Je continuerai à faire des recherches sur elle, mais pour te prouver son innocence, pas sa culpabilité. Et si, même après ça, tu n'arrives pas à te rentrer cette vérité dans la tête, je la protégerai de toi. Peut-être même que je la sauverai, parce qu'une femme comme Éli…

Son ami gémit sensuellement et l'étau de ses dents se serra en même temps que ses poings jusqu'à lui faire mal. S'il avait eu Ethan en face de lui, il n'aurait sans doute pas réussi à se retenir de le frapper.

— C'est une femme qui mérite d'être aimée, touchée, caressée et embrassée…

— On parle de « MA femme », espèce d'enfoiré ! rugit-il enfin d'un ton menaçant.

— Alléluia ! Je croyais t'avoir perdu.

La remarque de son ami le déstabilisa quelque peu et il lui fallut quelques secondes avant de répliquer :

— À quoi tu joues ?

— Je voulais juste m'assurer que je ne faisais pas fausse route et, Dieu merci, tu n'as pas encore totalement perdu l'esprit ni la vue.

— En clair ?

— Tu aimes ta femme, Nate. Maintenant, je le sais, mais il va être temps que tu en prennes compte définitivement et surtout que tu le démontres à Élisabeth. Tu vas…

— Je sais, le coupa-t-il brusquement.

Il n'y avait pas vraiment réfléchi, cela lui était venu spontanément. Mais il en avait assez de garder toute cette histoire pour lui.

— « Tu sais » ?

— Écoute, il faut qu'on parle, mais pas maintenant. Je te dirai tout dès mon retour.

Ethan comprit qu'il n'en saurait pas plus et n'insista pas. Mais Nathan ne voulait plus perdre de temps.

Le surlendemain, l'homme d'affaires prit un petit vol *low cost* qui atterrit au Billy Bishop Airport. Il n'avait prévenu personne et voyageait incognito, seul Ethan savait et le retrouva sur le tarmac.

— Pour que tu voyages dans ces conditions, la situation doit être grave.

— Tu en doutais vraiment ? ironisa-t-il.

Côte à côte, ils prirent le traversier et ce n'est qu'une fois de retour sur la terre ferme qu'Ethan l'interrogea à nouveau :

— Nate, que se passe-t-il ?

— Victoria Jones m'a piégé.

— Le marshal ?

— Si c'est bien ce qu'elle est. Elle joue un double jeu et, pour des raisons que j'ignore, elle veut non seulement nous séparer, Beth et moi, mais aussi nous monter l'un contre l'autre. Elle a eu vent de mes liens avec Neal et de mon projet de me venger de Beth. Le jour du mariage, après la cérémonie, elle a voulu me voir dans mon bureau et m'a raconté une histoire contraire à la version défendue par ma femme, comme quoi elle était une junkie travaillant avec la mafia et se serait fait elle-même ses cicatrices.

— Dois-je te rappeler que tu faisais le même portrait d'elle il y a quelques mois ?

— Je ne la connaissais pas encore ! Mais maintenant, je sais à quel point j'avais tort.

— D'accord. Mais vu l'état de ta relation avec Beth, j'en déduis qu'elle ne sait pas tout ça.

— Bien sûr que non. Victoria m'a mis la pression pour que j'avoue mes projets à Beth.

— Et j'en déduis que tu l'as fait. Mais tu étais vraiment obligé de devenir un connard borné ? Tu es en train de foutre en l'air ton mariage.

— Je sais, mais je n'ai pas le choix. Victoria doit croire que je ne suis plus du côté d'Élisabeth et que je ne m'opposerai pas si elle s'en prend à ma femme.

— Charmant… D'accord. Qu'attends-tu de moi ? Quelle est ma priorité ? Surveiller et protéger Beth ? Faire des recherches et surveiller ce marshal ?

— Quoi ? Tu ne peux pas faire plusieurs choses en même temps ? le taquina Nathan.

Ethan lui coula un regard appuyé, mais il savait déjà ce qu'il demandait à son ami. Alors, il reprit avec un peu plus de sérieux :

— Je ne peux pas être aussi présent que je le voudrais pour prendre soin de Beth, mais je voudrais que tes hommes gardent un œil sur elle. De toute façon, elle s'y attend. Pour l'instant, je voudrais que tu enquêtes sur Victoria, discrètement évidemment.

— Comme toujours !

— Ne sois pas si sûr de toi. Cette femme a toujours un coup d'avance et doit s'attendre à ce que j'enquête sur elle ou que je la fasse surveiller.

— Pourquoi crois-tu qu'elle veuille autant faire souffrir Élisabeth ?

— Je ne sais pas. Elle ment comme elle respire, tellement bien que je suis incapable de deviner le vrai du faux dans ses propos. Tout ce dont je suis sûr, c'est qu'elle veut faire du mal à Éli et je ne compte pas la laisser faire.

— Parce que tu préfères t'en charger toi-même ?

Sa remarque, entre ironie et reproches, lui valut un regard assassin de Nathan, mais Ethan sembla n'en avoir que faire.

— Je ne le fais pas de gaieté de cœur, mais pour la protéger.

— Pourquoi ? insista son ami.

D'un ton agacé, Nathan soupira en levant les yeux au ciel et expliqua avec impatience :

— Parce que je l'aime.

Sa réponse fit sourire son compagnon et sembla le rassurer, mais ils n'avaient plus de temps à perdre. Maintenant qu'il n'était plus seul pour démasquer Victoria Jones et ses dessins machiavéliques, il avait hâte de commencer. Le plus tôt serait le mieux.

26

ÉLISABETH

Près de deux semaines s'étaient écoulées depuis l'anniversaire de Joshua... Et mis à part le bref voyage de son mari, rien ne s'était passé depuis, pas de réponses ou de nouvelles de Victoria, pas de réactions ou d'avancées de la part de Nathan. Elle était toujours autant dans le flou.

Une seule chose était différente, elle. Depuis quelques jours, la jeune mère n'était pas parvenue à décolérer. Elle ne reportait pas son ressentiment sur les autres, mais le gardait en elle, nourrissant sa froideur et ses forces. Évidemment, cela ne concernait ni Joshua ou son entourage, excepté Nathan. Élisabeth était juste moins fragile et tenait plus facilement tête aux uns ou aux autres.

Elle venait de raccrocher au nez d'un fournisseur, lorsque Mélanie s'exclama :

— Eh bien, tu as mangé du lion, ces derniers temps.

— J'attends seulement des autres qu'ils soient aussi honnêtes que moi, il voulait augmenter notre facture simplement parce que j'ai épousé Nathan.

— Du moment que tu ne te mettes pas à mordre tout le monde, ça me va.

Son associé plaisantait et la réaction de cette dernière la rassura. Mais ce fut l'une des seules choses qui parvint à l'apaiser un tant soit peu. Même en présence de son fils, elle conservait une certaine tension, tant l'inconnu dans son avenir proche prenait de l'importance. Désormais, Joshua devenait un rappel aussi douloureux que délicieux, à mesure que les silences de Nathan ou de Victoria se prolongeaient.

Après deux semaines, Élisabeth pensait que son mari serait au moins arrivé à une décision sur l'avenir qu'il lui dessinait. Malheureusement, chaque fois qu'elle l'avait croisé pour le dîner, il avait fait comme si de rien n'était. Nathan n'avait même pas cherché à lui parler en tête-à-tête et elle s'était demandé s'il avait seulement réfléchi à une solution, une échappatoire.

N'arrivant à rien, elle l'interpella un soir, alors qu'ils quittaient la chambre de Joshua. Dans les escaliers, la jeune femme s'enquit en le rejoignant :

— Nathan, est-ce que tu as réfléchi ?

Presque agacé, il se tourna vers elle en fronçant les sourcils et demanda :

— À quel propos ?

Sa question ne manqua pas de la surprendre, aussi prit-elle quelques secondes pour se reprendre avant de répondre :

— Mon... *avenir*.

Il l'étudia quelques secondes, intensément, comme s'il pesait encore le pour et le contre, avant de se détourner en s'exclamant, hautain :

— Non.

Et, sans plus attendre, il descendit les dernières marches tel le maître des lieux qu'il était. Le choc passé, elle se sentit bouillir de l'intérieur, prête à exploser. À quoi jouait-il ? À la torturer et la rendre folle, sûrement. Encore une fois, elle devenait une marionnette et elle détestait cela, encore plus qu'avant.

Sachant déjà qu'un nouveau face-à-face avec son mari ne mènerait à rien, Élisabeth remonta se changer avant de descendre à la piscine. Elle avait besoin de se défouler, de se détendre et de se vider la tête.

À l'exception de son coup de téléphone à Victoria, une semaine plus tôt, Élisabeth n'y était pas revenue depuis la veille de leur mariage. Presque immédiatement, des souvenirs tendres, voire sensuels avec Nathan lui revinrent en mémoire et elle hésita presque à rester. Mais la natation et l'eau avaient presque toujours été un refuge dans lequel elle se plongeait pour trouver un semblant de paix et elle refusait de voir les choses changer uniquement à cause de son mari.

Ainsi, pendant près d'une heure, la jeune femme mit toute sa concentration dans sa nage, la rendant plus rapide pour semer ses pensées en cours de route jusqu'à ce que sa tête soit totalement vide.

Quand elle s'arrêta enfin, essoufflée et épuisée, Élisabeth se sentit apaisée et triste, même si elle essuya ce dernier sentiment en même temps que l'eau sur son visage. La tempête s'étant apaisée, elle pouvait retrouver ses idées pour en faire quelque chose. Si la solution ne venait pas de Nathan, elle pouvait peut-être aussi venir d'elle. Évidemment, rien ne lui assurait qu'il l'écouterait, si elle lui proposait quelque chose, mais elle pouvait au moins essayer. Cela lui permettrait peut-être de ne pas devenir complètement folle en attendant qu'il daigne enfin donner sa sentence finale.

Ainsi, pendant les jours suivants, la jeune femme employa ses soirées et ses nuits à trouver des réponses, monter des plans, des idées qui tiendraient assez la route pour convaincre son mari. Elle en était même arrivée à relire plusieurs fois leur contrat de mariage pour tenter d'y trouver une faille. Évidemment, tout avait été monté de sorte qu'il n'y en ait pas…

Pourtant, elle la trouva. Cela faisait déjà quatre nuits qu'elle se retournait la tête dans tous les sens, quatre jours au cours desquels Nathan n'avait fait que l'ignorer, démontrant la *supériorité* de son époux et la soumission qu'elle devait accepter.

Mais voilà, après presque quinze jours de cette torture psychologique, elle ne voulait plus se soumettre. Non, elle n'attendait plus qu'une chose, se rebeller. Cette idée la poussa à réfléchir aux conséquences d'une telle décision, ce qui l'amena enfin à *la* faille.

Encore choquée par sa découverte, la jeune femme mit quelques instants pour accuser cette nouvelle. C'était tellement évident que cela paraissait trop facile. Mais, finalement, quels risques courait-elle ? Qu'avait-elle à perdre ? Il lui avait déjà tout pris ; ou du moins, c'était son intention.

Pendant encore deux jours, Élisabeth attendit pour réfléchir encore un peu à ce que sa décision engendrerait, mais aussi pour laisser une chance à Nathan de révéler ses projets la concernant. Mais pendant ces quarante-huit heures, son mari ne lui adressa presque pas la parole. Au contraire, il sembla même l'éviter, comme si elle représentait une gêne, un fardeau. Cela ne manqua pas d'agacer davantage la jeune femme qui, forte de son choix et de sa réflexion, avait acquis un regain d'assurance.

Alors, au soir du troisième jour, elle descendit à la salle de sport où son mari transpirait depuis près d'une heure. Assis sur le rameur, il tirait sur le guidon, le regard concentré sur un point devant lui. Il respirait fortement et, à l'humidité trempant son visage et son tee-shirt, il devait s'exercer depuis un bon moment. Prenant une profonde inspiration, la jeune femme tâcha de conserver une contenance face à la virilité de son adversaire. « Ne te laisse pas séduire. Ne baisse pas ta garde, ne perds pas ton avantage. » Mentalement, elle s'encourageait avec conviction en s'arrêtant devant lui, au pied de l'appareil.

— Je peux te parler ?

Sans interrompre ses efforts ni lever les yeux vers elle, Nathan prit une profonde inspiration et répondit en soufflant :

— Je suis un peu occupé, là.

— Je vois… Désolée, j'ai toujours cette fâcheuse tendance à oublier que les hommes ne peuvent pas faire deux choses en même temps.

Cette fois, il leva son regard sévère vers elle et elle ne put s'empêcher de croiser les bras sur sa poitrine comme pour se protéger. Il la fixa pendant quelques secondes avant de baisser à nouveau les yeux vers le point de sa concentration.

— Qu'est-ce que tu veux ?

C'était le moment, le point de non-retour qui allait changer la situation en bien ou en mal. Rejetant sa nervosité derrière elle, la jeune femme se redressa avant de demander :

— As-tu pris une décision concernant ma situation future ?

Pendant près de deux minutes qui lui parurent interminables, Nathan garda le silence, le visage marqué par ses efforts physiques. Elle en arrivait à se demander s'il l'avait bien entendue, mais alors qu'elle s'apprêtait à reposer sa question, il trancha :

— Non.

Il avait lâché ce simple mot d'une voix dure, comme un reproche. Il semblait agacé, mais que devait-elle dire ? *Elle* était celle devant vivre avec cette incertitude, ne pas savoir quand elle perdrait son fils à jamais et ce qu'il adviendrait d'elle.

— Nathan ! l'accusa-t-elle, ébahie.

Dans un léger grognement suivi d'un soupir, il arrêta de ramer.

— J'ai d'autres préoccupations que toi et le sort que je te réserve. Je dirige une multinationale, je te signale. Et vu notre statut social, je ne crois pas que tu sois vraiment à plaindre comparée à certaines personnes.

En quelques mots, il lui cloua le bec, jetant au passage un bâton de dynamite dans le feu de sa colère déjà bien vivant. Profitant de sa surprise, son mari se leva et s'éloigna en retirant son tee-shirt. Prise au dépourvu, Élisabeth tenta d'éradiquer son trouble, sachant qu'afficher sa plastique n'était qu'une diversion pour la perturber. Fermant les yeux pour tenter de se calmer, elle répliqua :

— Tu sais très bien que je n'ai rien à faire du côté matériel. Tout ce qui m'inquiète, ce sont les répercussions de ma disparition sur Joshua.

Un silence s'installa, si imposant qu'elle en arriva à se demander s'il l'avait abandonnée. Intriguée, la jeune femme rouvrit les yeux et tomba aussitôt dans le regard intense de son Viking. Assis face à elle sur un banc de musculation, il semblait l'étudier pour mieux la percer à jour, même si son cœur lui soufflait plutôt qu'il l'admirait.

Ses pommettes empourprées, la jeune femme s'enquit :

— Qu'est-ce qu'il y a ?

Il ne répondit pas à sa question. Au lieu de cela, Nathan se leva et marcha lentement vers elle, la faisant légèrement reculer. Toute son attention étant monopolisée par son mari, ses pieds se prirent dans une corde à sauter qui manqua de la faire trébucher.

— Attention, la prévint Nathan.

Dans le même temps, il l'attrapa par le bras pour prévenir sa chute. « Ne te laisse pas avoir ! Ne te laisse pas avoir ! » hurlait une voix affolée dans sa tête. Mais elle n'arrivait pas à détourner les yeux de son visage, de son regard. Il semblait presque soucieux, touché, la dureté habituelle ayant déserté ses traits. Tout doucement, il leva la main et, du bout des doigts, effleura sa joue en feu. Élisabeth vit alors son regard glisser sur ses lèvres qui parurent l'hypnotiser. Son cœur se transforma en un forcené hystérique frappant désespérément à la porte de sa prison. Ses idées tourbillonnaient dans sa tête jusqu'à lui donner le vertige, alors que le souffle de son mari venait de plus en plus la réchauffer. La jeune femme pouvait presque déjà sentir le goût de sa bouche sur la sienne.

— Non, chuchota-t-elle.

Brusquement, elle s'écarta jusqu'à échapper au toucher de son compagnon. Visiblement désarçonné, ce dernier ne réagit pas tout de suite et Élisabeth en profita pour répliquer d'une voix mal assurée :

— Tu dois prendre une décision, Nathan. Dans un sens ou dans l'autre, mais une décision définitive. Ni toi, ni moi, ni Joshua ne pouvons continuer à vivre dans cette existence faite de mensonges.

Instantanément, elle capta à nouveau son regard à l'assurance retrouvée. Avec un sourire fait d'ironie, il s'exclama :

— Et c'est toi qui dis cela ? Alors que tu l'as fait grandir dans une vie où le mensonge était roi ?

— C'est vrai. Mais j'étais la seule à mentir alors. Aujourd'hui, il a deux parents, une famille, il mérite de vivre dans un semblant de vérité… et nous aussi. Même si ce n'était qu'un leurre avant notre mariage, j'ai aimé ce que nous avons vécu, parce que je pensais savoir à quoi m'en tenir pour Joshua ou pour moi. J'ai besoin de retrouver cela, Nathan, je suis fatiguée de courir et je pense que toi aussi.

Il avait retrouvé son visage grave et son sérieux, même si son masque de dureté ne couvrait pas totalement ses traits.

— Ce n'est pas aussi facile.

— Je n'ai jamais dit que ça l'était. Mais tu nous as mis dans cette situation. À présent, tu dois nous en sortir ou aller jusqu'au bout. Je te demande simplement de le faire vite.

Son mari garda le silence, se contentant de l'observer, même si elle discernait presque les rouages de son cerveau tournant à plein régime. Malgré elle, Élisabeth adorait ça chez lui, son intelligence, sa raison et sa logique le rendaient aussi passionnant que son physique et sa sensualité à toute épreuve.

Lentement, elle se laissait charmer par ses atouts, lorsqu'il s'exclama :

— Et si c'était *ça*, ma décision, justement ? Te torturer nerveusement en te laissant dans le flou, sur le qui-vive, pendant des années ?

Tout l'envoûtement qui la fragilisait peu à peu s'évapora en un éclair, alors que la colère et l'effroi glaçaient et brûlaient son corps en même temps. Son esprit de louve renaissait et, d'un regard chargé de flammes, elle répliqua :

— Dans ce cas, attends-toi à des représailles.

Déjà, la jeune femme se détourna, avant qu'il se moque dans son dos :

— Est-ce que tu me menacerais, par hasard ?

Il la sous-estimait et cela piqua quelque peu la fierté d'Élisabeth :

— Tu verras, mais tu ne pourras pas dire que je ne t'ai pas prévenu. À ta place, je prendrais une décision, et vite.

27

NATHAN

Elle n'avait pas menti et il n'avait pas mis de temps à connaître la nature de ses menaces.

Le samedi soir venu, il se trouvait en smoking dans le hall d'entrée de la maison. Avec impatience, il attendait qu'Éli le rejoigne pour se rendre à un gala important. Enfin, elle daigna apparaître dans les escaliers… en tenue de sport, une serviette sur l'épaule et une bouteille d'eau dans la main.

— Tu n'es pas encore parti ? Tu vas être en retard.

Bouche bée, il ne réagit pas tout de suite. Elle était déjà passée devant lui, lorsqu'il s'empressa de la rattraper dans la cuisine. Puisque Maddie s'y trouvait encore, il prit le bras de sa femme, non sans demander pour la forme :

— Tu veux bien me suivre dans mon bureau ?

Avec ses pas grands et rapides, Éli dut trottiner pour se maintenir à sa hauteur, mais il ne la libéra qu'une fois dans la pièce après avoir fermé à clé. Appuyé contre le battant en bois, Nathan posait les yeux sur sa femme pour tenter de la percer à jour.

— Je peux savoir à quoi tu joues ?

Les bras croisés sur sa poitrine, elle répliqua simplement :

— J'ai décidé de ne pas aller à la soirée. À vrai dire, j'ai décidé de ne plus mentir en jouant au petit couple heureux et à la famille parfaite. Finis les faux baisers, les faux-semblants, les mensonges et les sorties en couple ou en famille. Je ne joue plus, alors bonne soirée à toi, cher *coloc*.

— C'est une blague ? Tu as perdu la tête, ma parole !

Avec une nouvelle assurance, la jeune femme rétorqua :

— Au contraire, je crois l'avoir retrouvée.

Pris de court, il ne sut d'abord pas quoi répondre. Puis les faits, les mots vinrent d'eux-mêmes.

— Très bien. Tu veux une vérité ? Tu as signé un contrat, Éli ; un contrat où tu acceptes de m'accompagner à toutes les sorties de mon choix pour « jouer au petit couple heureux », comme tu dis. Tu étais d'accord, Éli.

— Et j'ai changé d'avis.

À nouveau, il prit une profonde inspiration pour canaliser son impatience, mais les flammes dans les yeux de sa femme brûlaient si fort qu'il en souffrit.

— Tu vas remonter dans ta chambre et te changer.

— Non. Je suis très bien comme je suis.

— Éli, ne m'oblige pas à te porter jusqu'à ta chambre et à t'habiller moi-même. Tu pourrais le regretter.

— Que pourrais-tu me faire de pire que tu ne m'as pas déjà fait ? Tu vas me prendre Joshua, ma vie, ma liberté. Je n'ai plus rien à perdre, Nathan.

Il était tellement sous le choc qu'il ne se rendit pas compte tout de suite de la justesse de ses paroles. Pendant toutes ces semaines, il avait craint et espéré cette rébellion. Et à présent qu'il y était confronté, il fouillait son esprit en quête d'une idée pour déjouer les plans de sa femme.

— Tu devrais être soulagé, je deviens enfin un peu la « Éli » que tu imaginais, l'accusa-t-elle tristement.

Lentement, elle s'approcha de lui avec la même prudence que face à un animal sauvage et parla d'une voix douce et triste :

— Je te demande simplement de prendre une décision.

Éli avait raison. Cette situation avait trop duré, mais l'absence d'informations sur Victoria Jones et ses intentions l'obligeait à conserver son rôle de salaud. Or, il ne parvenait pas à prendre la décision qu'elle lui demandait, c'était au-dessus de ses forces.

Soudain, signant la fin d'un ultimatum, la voix de sa femme perça le nuage de ses pensées :

— Passe une bonne soirée.

Et sans difficulté, Éli sortit. Elle avait gagné. « Pour ce soir », reconnut-il avant de quitter la pièce à son tour.

Mais voilà, elle n'avait pas menti et ne le faisait plus. Elle ne cachait plus la distance qui s'était instaurée entre eux et, chaque fois qu'il l'approchait, elle s'écartait. Elle ne souriait plus, si ce n'était à Joshua ou Maddie. L'avait-il seulement vue sourire autrement ces derniers temps ? Ces derniers mois ? À lui ? Pas vraiment. « Ce mariage n'est pas non plus prévu pour la faire sourire ou la rendre heureuse. »

Les jours qui suivirent leur mise au point lui permirent de réfléchir. D'abord, il se rendit compte qu'il avait sous-estimé sa femme. Beth était devenue si docile qu'il en avait oublié son intelligence et sa force. Mais elle n'avait pas tort en affirmant qu'elle n'avait plus rien à perdre. Il n'avait plus l'avantage. Évidemment, il avait encore Joshua, mais il refusait de se servir de la peine de l'enfant pour manipuler la jeune femme.

Ses options s'amenuisaient et son impuissance le rendait fou. Alors, pour se dépenser et essayer de trouver un semblant de paix, il retourna plusieurs fois à la salle de boxe pour taper dans un sac ou un punching-ball, à défaut de frapper quelqu'un. Il avait l'impression que sa propre vie lui échappait.

— Eh bien, eh bien ! On dirait que quelqu'un est enfin décidé à se servir de son abonnement.

— Pour ça, il faudrait déjà que j'en aie un.

Sans se départir de sa concentration, il reprit ses enchaînements de coups sous le regard de son associé.

— Voilà un moment que je n'ai pas vu ta jolie épouse. Beth va bien ?

Beth, la mention de ce prénom le déstabilisa quelque peu, au point qu'il arrêta ses frappes. Désormais, il était habitué à lui parler et à penser à elle en tant qu'Éli. Bien qu'encore utilisé par les quelques personnes qu'ils côtoyaient en couple, il avait peu à peu oublié cette double identité pour n'en faire qu'une et même personne.

La voix soucieuse de Martin le sortit de ses pensées :

— Nate ? Tout va bien, mon vieux ?

— Oui ! Oui, elle va bien, elle est juste très occupée… Entre Joshua et son entreprise de traiteur…

— Et toi.

Son ami avait ce regard attendri et ce sourire en coin. Il essaya de le lui rendre, mais, sachant qu'il venait d'échouer lamentablement, Nathan reprit ses exercices pour tenter de donner le change.

— Viens. Allons discuter dans mon bureau.

Déjà, Martin se détournait, certain qu'il le suivrait. Il essaya néanmoins de se désister en commençant :

— J'ai encore plusieurs séries de…

— Frapper dans un sac ne te donnera pas de réponses à tes problèmes.

— Peut-être, mais ça soulage…

— Pendant un temps…

Comme Nate hésitait encore, son ami insista calmement :

— Allez, viens. Ne m'oblige pas à te donner une correction devant tout le monde pour te contraindre.

Sa remarque amena un léger sourire sur le visage du jeune homme qui rendit les armes et suivit son associé tout en détachant ses gants. Ensemble, ils empruntèrent le vieil escalier en fer que Martin était habituellement le seul à oser emprunter tant il risquait de tomber en morceaux.

Une fois dans le petit bureau, Nathan s'enquit :

— Tu comptes le faire réparer un jour ?

— Et ouvrir la porte à tout le monde ? Cet escalier, c'est mon moyen de sécurité personnalisé.

Le quinquagénaire leur servit un verre d'alcool à chacun avant de lui en tendre un. Nathan s'assit dans un des vieux fauteuils en cuir, faisant face à son associé installé de l'autre côté de la table de travail en désordre.

— Alors, si tu me disais ce qui ne va pas ?

— J'envisageais plutôt de te parler après plusieurs verres.

— Ne t'en fais pas, on pourra toujours vider ma bouteille après. Alors, qu'est-ce qui te pousse à venir frapper le sac depuis plusieurs jours ? Avec une épouse aussi charmante que la tienne, j'aurais plutôt tendance à ne pas vouloir quitter ma maison.

Faisant tourner l'alcool dans son verre, Nathan hésitait encore à se confier. À part Ethan, personne dans son entourage ne connaissait sa véritable histoire avec Éli, pas parce qu'il n'avait pas confiance ; simplement, parce qu'il s'était toujours dit que personne ne pourrait comprendre son raisonnement. Ils ne connaissaient pas Neal comme il l'avait connu ; ils ne connaissaient qu'Éli et n'auraient alors qu'une vision de l'histoire, celle où sa femme était l'innocente victime, et non la criminelle. Ça avait beau être vrai, il préférait ne pas inclure de nouveaux éléments dans cette situation tempétueuse. Il n'avait pas besoin de complications supplémentaires.

— Quoi ? Tu ne vas pas me dire que tu ne me fais pas confiance ?

— Ce n'est pas ça…

— Alors quoi ?

Il hésitait encore, parce qu'il doutait de l'objectivité de Martin. Il avait l'impression d'être constamment une balance penchant sans arrêt d'un côté, puis de l'autre, entre ce qu'il s'autorisait et ce qui lui était interdit.

— Nate, je suis ton ami. Je veux simplement t'aider, car je vois que tu es malheureux. Si Beth n'est pas une femme pour toi…

Agacé par la stabilité qui le fuyait, Nathan finit par plonger au hasard et annonça brusquement :

— J'ai longtemps cru qu'elle avait tué mon meilleur ami, un homme que je considérais comme mon frère. Et même si je n'y crois plus maintenant, je dois continuer à faire semblant et me comporter avec elle comme un salaud… Et son vrai prénom est Éli… Élisabeth, corrigea-t-il après coup.

Le choc figea son ami quelques secondes avant qu'il ne boive une gorgée de whisky, comme si de rien n'était.

— OK… C'est un bon début. Si tu m'en disais plus ?

Alors, Nathan obéit et lui raconta toute l'histoire, mélange de doutes et de certitudes sur Éli, sur Victoria, sur Neal. Il se confia à cœur ouvert, se livrant sur le sujet comme il ne l'avait jamais fait auparavant. Martin ne l'interrompit presque jamais, se contentant de soupirer et d'acquiescer parfois. Même une fois son récit terminé, son ami conserva le silence, visiblement encore perdu dans sa réflexion.

À bout de patience, Nathan ironisa nerveusement :

— Alors, docteur, qu'en est-il de mon cas ?

— Je comprends que tu sois perdu. Vu tout ce que tu m'as raconté, il n'est pas facile de garder la tête froide. Mais, selon moi, tes doutes envers cet agent sont plus que justifiés.

— Et au sujet d'Éli, que dois-je faire d'après toi ?

Il n'avait que très peu d'espoir d'obtenir une réponse ferme, un avis définitif, et le sourire de son compagnon le lui confirma, avant qu'il ne réponde :

— Aussi difficile cela soit-il, je pense que tu as pris la bonne décision. Tu dois la protéger de ce marshal, Nate, même si ça doit vous faire mal. Je suis sûr que vous parviendrez à dépasser ça. Tu sais, les quelques fois où j'ai rencontré Beth, j'ai pu deviner ses blessures intérieures et à quel point elles étaient profondes. Derrière la forteresse protectrice qu'elle a construite, il y a quelque chose de fragile chez elle, mais, pour être encore debout après tout ce qu'elle a enduré, c'est aussi une femme forte, une survivante. Elle surmontera ces moments difficiles.

— Mais est-ce qu'elle comprendra ? Quand la vérité sera dévoilée et le danger écarté, me pardonnera-t-elle ? J'étais parvenu à détruire en partie ce mur qui l'isolait, mais vu la situation… elle est en train de la reconstruire, de s'éloigner.

— C'est normal, elle cherche à se protéger de toi et du reste du monde. Elle risque de ne plus faire confiance à grand monde désormais.

Ce constat, dont il avait déjà conscience, le fit soupirer, mais, alors qu'il s'apprêtait à replonger dans ses pensées et ses interrogations, Martin s'enquit :

— Ça t'inquiète, n'est-ce pas ? Le fait qu'elle ne te fasse plus confiance, qu'elle ne t'aime plus.

Son regard noyé dans son verre auquel il avait à peine touché, Nathan soupira :

— Si seulement Victoria n'existait pas… Elle gâche tout.

— Tu l'aimes, n'est-ce pas ? Élisabeth.

Cette remarque le fit légèrement rire avant qu'il ne rétorque avec pudeur :

— Je… ressens quelque chose pour elle.

Sceptique, Martin haussa les sourcils et demanda :

— Qui essayes-tu de leurrer là ?

Il avait beau avoir conscience de ses sentiments pour sa femme, il n'était pas du genre à les dévoiler à qui que ce soit, même à la principale intéressée.

— Sydney est revenue dans ma vie dernièrement.

Son acolyte émit alors un long sifflement avant de demander :

— La jolie Sydney… Le retour de ton grand amour… Comment ça s'est passé ? Je veux dire… Tu es marié maintenant.

— C'est un mariage compliqué.

— Vraiment ?

Le ton intrigué de son ami l'agaça encore plus et lui fit détourner les yeux.

— Ça t'a fait quoi de la revoir ?

— Je ne sais pas trop… Plaisir, évidemment. Mais j'étais un peu nerveux aussi.

— La présence de ta femme dans les parages ne devait pas vraiment aider, mais, connaissant ton ex, tout s'est passé à merveille. Sydney est une perle dans son genre.

— Je ne te le fais pas dire.

— Et Beth ? Comment a-t-elle pris la chose ? Se retrouver face à ton ex-fiancée…

— Elles se sont plutôt bien entendues.

— Et ta femme ne t'a pas tenu rigueur du retour de ton ex-fiancée dans ta vie ?

— C'est tellement évident ?

— Qu'elle t'aime ? Eh bien, la dernière fois où je l'ai vue, oui, c'était vraiment très évident et je ne pense pas qu'au bout de quelques mois, cet amour ait pu s'estomper. Alors ? Tu as passé un sale quart d'heure ? se moqua gentiment son interlocuteur.

Déjà, comme s'il devinait qu'il en avait besoin, Martin le resservit.

— Disons qu'elle n'avait pas trop à se plaindre, puisqu'elle a passé du temps avec Thomas.

— Le bon docteur… S'agirait-il d'une pointe de jalousie que je discerne dans ta voix ?

— Pour Élisabeth, nous avons un contrat et je suis le seul qui puisse aller voir ailleurs.

— Si je n'avais jamais rencontré ta femme, je te conseillerais volontiers de te méfier, vu son accès de rébellion actuel. Mais si elle est vraiment comme je le suppose, tu n'as aucun souci à te faire.

— Parce qu'elle m'aime ?

— Parce que tu es le seul homme qu'elle ait laissé l'approcher intimement depuis des années et que tu l'as brisée. Elle n'est pas près de redonner sa chance à un autre homme.

— Tu cherches à ce que je me sente encore plus coupable ?

D'un ton sérieux, mais apaisant, son compagnon répondit :

— Juste à te faire prendre conscience de la réalité.

Avec une grimace, Nathan lui fit remarquer :

— Tu perds le sens des réalités quand tu bois trop.

Levant son verre avant de le vider, l'intéressé rétorqua avec un sourire en coin :

— Mon vieux, je suis encore loin du compte.

28

ÉLISABETH

Un raffut la tira de sa lecture avant qu'elle ne regarde la petite horloge sur la bibliothèque de sa suite : deux heures du matin. Plongée dans un roman depuis quelques heures déjà, elle n'avait pas vu le temps passer. Évidemment, son éveil tardif n'avait rien à voir avec l'absence prolongée de Nathan.

Un nouveau bruit provenant du rez-de-chaussée la rappela à l'ordre et, malgré l'inquiétude, la jeune femme se leva de son fauteuil. Dans son pyjama en flanelle rouge et noir, elle sortit de sa chambre sur la pointe des pieds. Dans le hall, Élisabeth perçut les grognements d'un homme et d'un coup d'œil en contrebas, elle fut rassurée de découvrir son mari.

Son regard fut ensuite attiré par les restes d'une lampe éclatée au sol et, à voir les difficultés de Nathan à accrocher son manteau, elle comprit rapidement la situation, il était complètement saoul. Il continuait à grogner, insultant presque le portemanteau, mais craignant que ses éclats de voix ne réveillent Joshua, la jeune femme descendit à sa rencontre.

Presque arrivée à lui, elle chuchota :

— Nathan.

Avec un sourire ravi, il leva les yeux vers elle et s'exclama trop fort :

— Ma femme ! Enfin, pas vraiment ma femme, parce qu'on ne dort pas ensemble et qu'on ne s'envoie pas…

— Nathan, Joshua dort, alors évite de faire trop de bruit, s'il te plaît, le pria-t-elle tout bas.

— OK.

Il lui avait soufflé directement dans la figure et, avec une grimace, la jeune femme prit conscience du degré d'ébriété de son époux. Automatiquement, elle pensa à voix haute :

— Ouh, là. Combien de bouteilles as-tu vidées ?

— Quelques-unes. J'étais avec Martin… Tu vas me gronder ?

Il la regardait d'un air contrit et presque enfantin. Un grand gaillard comme lui se repentant comme un petit garçon, elle ne pouvait qu'être touchée et, non sans se retenir de rire, la jeune femme rétorqua :

— Je ne te gronderai pas si tu ne fais pas de bruit. Il faut laisser Joshua dormir.

— D'accord…

Elle se mordit la lèvre pour ne pas rire et, avant qu'elle ait pu réagir ou comprendre, Nathan posa la main sur sa joue et s'exclama d'une voix pleine de tendresse, bien qu'embuée par l'alcool :

— J'aime quand tu souris, et j'aime encore plus quand c'est grâce à moi.

Son sourire disparut, chassé par sa nervosité autant que par son excitation, et son cœur bien trop atteint ne put s'empêcher de jouer une ballade, lorsque Nathan murmura :

— J'ai tellement envie de t'embrasser, Beth.

Les papillons dans son ventre renaquirent de leurs cendres, tandis que son souffle s'accélérait à mesure que Nate se penchait vers elle. Juste avant d'atteindre ses lèvres, il chuchota :

— Beth.

Mais cela suffit pour lui transmettre une décharge de réalité qui la poussa à s'écarter légèrement. *Beth*, il était toujours attiré par une illusion du passé, pas elle, pas *Éli* ou *Élisabeth*.

D'une voix triste, elle annonça en détournant les yeux :

— Je vais t'aider à monter dans ta chambre.

Pour le soutenir, elle lui prit un bras et le passa sur ses épaules avant d'enrouler l'un des siens autour de sa taille.

— Tu vas me border ? s'enquit-il.

— Plus bas, Nathan. Tu vas réveiller Joshua.

Avec un gloussement, son mari murmura :

— Chut !

— C'est ça, chut !

En silence, s'agrippant à la rampe d'escalier d'un côté et à Nathan de l'autre, la jeune femme monta son fardeau jusqu'à la suite de ce dernier avant de l'abandonner sur un des canapés où il se laissa tomber.

Encore essoufflée de leur ascension, elle chuchota :

— Ne bouge pas, je vais vérifier que Joshua dort toujours et je reviens t'aider.

— Je vais prendre un verre en t'attendant.

Il plaisantait, mais s'arrêta brusquement face à son regard courroucé. Sa réaction l'aurait presque fait sourire, mais elle préféra se concentrer sur Joshua. Tout doucement, la jeune femme rejoignit la chambre de son fils dont elle ouvrit la porte avec précaution. La veilleuse allumée éclairait doucement son petit ange dans son pyjama de Batman. Les bras et une jambe dépassaient de la couette à moitié tombée du lit et, tout en approchant, la jeune mère sourit tendrement. Avec des gestes délicats, elle replaça les draps pour le maintenir au chaud avant de l'embrasser sur le front. Bientôt, elle ne le pourrait plus ; bientôt, elle ne serait plus là.

À cette idée, les larmes lui montèrent aux yeux et, un instant, elle pensa rester là au lieu de rejoindre Nathan pour l'aider à se coucher. Mais des bruits provenant de la suite adjacente tuèrent ses projets et non sans regrets et colère, elle abandonna Joshua à ses rêves d'enfants.

Aussi doucement qu'elle y était entrée, Élisabeth quitta la chambre et atteignit la suite de son mari au moment où il se prenait les pieds dans un fauteuil.

— Attention ! s'exclama-t-elle en le retenant de justesse. Qu'est-ce que tu fais debout ? Je t'avais dit que je revenais.

Avec une expression réprobatrice, il marmonna :

— Mais tu ne revenais pas… Alors, j'ai cru que tu m'avais laissé tomber.

— Mais non. Allez, je vais t'aider à aller te coucher, annonça la jeune femme.

À nouveau, elle se glissa sous son bras et enroula le sien autour de sa taille.

— Et tu restes avec moi ?

— Non… J'ai ma chambre et…

Presque avec l'innocence d'un enfant, il insista :

— Pourquoi pas ? On est mariés !

Non sans ironie, elle lui rappela :

— Je croyais qu'on n'était pas vraiment mariés, parce qu'on ne dormait pas dans la même chambre ?

Ils arrivaient presque au lit, il gloussa à nouveau, le sourire retrouvé :

— Ça peut encore s'arranger.

— Bien. Je vais t'aider à t'asseoir doucement, annonça-t-elle.

Sous son regard qui la suivait comme si elle était la seule à pouvoir le sauver, Élisabeth passa devant lui et prit ses mains pour le soutenir, tandis qu'il atterrissait lentement sur le matelas. Mais avant qu'elle ait pu prévoir son geste, son mari prit sa taille entre ses mains et l'attira plus près de lui. Aussitôt, elle voulut l'arrêter pour reprendre ses distances.

— Nathan !

— Reste avec moi, Beth. Dors avec moi. Je ne dors bien que quand tu es là. S'il te plaît.

Elle ne put s'empêcher de penser en grimaçant légèrement : « *Beth*. Encore elle ! » Les yeux baissés, elle refusait de regarder son mari pour ne pas se laisser attendrir. Sa voix douce qui la suppliait était déjà une torture pour son cœur.

— Je t'en prie, Beth.

— Je ne suis pas *Beth*, Nathan. Tu l'as dit toi-même : ta *Beth* n'est qu'une illusion. Je suis Éli.

— C'est pareil, affirma-t-il dans un souffle.

Son affirmation la poussa à enfin croiser son regard désespéré et envoûtant.

— C'est toi. C'est toi que je veux.

— Nathan.

— S'il te plaît, je serai sage. Juste... reste.

— Allonge-toi, l'encouragea-t-elle.

En même temps, elle l'aida à s'étendre sur le côté. Tout en se laissant faire, son mari insista :

— Mais tu vas rester avec moi, d'accord ?

Il gardait une main autour de son poignet pour la retenir solidement, mais en douceur. Avec un soupir, Élisabeth s'assit sur le bord du matelas et de sa main libre, elle ne put s'empêcher de caresser les cheveux de son Viking, y passant parfois les doigts. Au fil des secondes, elle le sentit s'apaiser, se détendre et elle eut l'impression de retrouver leur bulle. Il n'y avait plus de *Beth*, de haine, de menaces ou de conflits. Il n'y avait plus qu'eux deux avec leurs sentiments qu'ils n'avaient plus besoin de cacher. Soucieuse, la jeune femme en profita pour demander :

— Pourquoi as-tu bu comme ça ?

Son regard apaisé rivé sur elle, il avoua tout bas :

— Je ne sais pas. J'ai eu l'impression de perdre pied ces derniers temps. Ma vie tourbillonnait trop vite et j'avais besoin d'une pause.

— Et tu t'es dit que l'alcool aiderait ?

— Que ça ralentirait les choses. Mais verre après verre, ça ne changeait rien. Ça m'a juste donné envie de rentrer à la maison.

Non sans un tendre amusement, elle demanda :

— Même en sachant que je te gronderais ?

Contre toute attente, il avoua :

— Je l'espérais.

Surprise par tant de franchise, Élisabeth écarquilla les yeux et ne sut pas quoi répondre. Alors, il poursuivit :

— J'espérais que tu sois encore là, que tu me fasses des reproches, que tu te soucies encore de moi malgré tout ce qui se passe.

Là encore, elle ne sut pas quoi répondre, alors, sans la lâcher du regard, il renchérit :

— Parce qu'en buvant, je voulais oublier que tu peux me haïr, et aussi ma peur.

Sans comprendre, la jeune femme demanda doucement :

— Ta peur ? De quoi as-tu peur ?

— De te perdre pour toujours.

En un instant et quelques mots, Nathan était parvenu à réanimer quelques papillons dans son ventre. Il tenait à elle ? Vraiment ?

— Dis-moi que tu ne partiras pas, Beth. Promets-moi de rester.

Encore et toujours *Beth*. Il délirait complètement, comme sous l'effet de la fièvre. Sa température était normale, elle le remarqua en caressant son front, mais, comme il s'agitait un peu plus, la jeune femme murmura :

— Je te le promets.

— Allonge-toi avec moi. Ne me laisse pas, continua-t-il, parlant plus fort.

Il parlait plus fort et, pour essayer de le rassurer, elle obtempéra.

— Je ne pars pas, Nathan. Je reste avec toi.

Prenant sur elle, la jeune femme s'allongea entre les bras de son époux avant d'éteindre la lumière.

— Tiens-toi tranquille maintenant. Je reste avec toi. Tu peux t'endormir.

— Je n'arriverai pas à dormir.

— Si tu dis ça pour qu'on couche ensemble, tu te mets le doigt dans l'œil, lui reprocha-t-elle en le pinçant.

— Non. Je veux juste... que tu me parles.

Fronçant les sourcils dans le noir, elle s'enquit :

— De quoi ?

— De toi. Je veux tout savoir de toi.

— Je ne suis pas *Beth*, Nathan.

— Alors, dis-moi qui tu es ; raconte-moi ton histoire, ton enfance. Dis-moi qui je tiens dans mes bras.

Seigneur, il fallait qu'il soit complètement ivre pour lui dire des choses pareilles. Touchée en plein cœur, la jeune femme eut toutes les peines du monde à ne pas laisser ses larmes couler. Cette nuit, ces aveux appartenaient au rêve, alors, si Nathan Reed se décidait à être honnête, elle le pouvait bien aussi. « Juste pour une nuit », se jura-t-elle.

Prenant une profonde inspiration, elle se lança en expirant :

— Je m'appelle Élisabeth Nichols et je suis la troisième d'une famille de cinq enfants. J'ai deux sœurs et deux frères, dont un jumeau. Je suis née et j'ai grandi dans une petite ville du Colorado, près de Denver. Mes parents s'appellent Carol et Dean. Mon père est médecin et ma mère institutrice à l'école primaire de la ville. Mon frère jumeau, Josh, vit à Philadelphie et s'est marié dernièrement à Mathilda, avec qui il sortait déjà au lycée. Ma sœur aînée, Kat, est comptable et vit près de Denver avec son mari Christopher et leurs deux enfants. Tina, ma sœur cadette, étudie le piano à Julliard. Quant à mon plus jeune frère, Mike, il a une vie de lycéen normal. Il entrera à Cambridge à la rentrée prochaine.

— C'est plutôt précis. Tu continues à leur parler ?

— Non… Je les suis simplement sur les réseaux sociaux avec de faux comptes que j'ai créés. C'est aussi le cas pour mes amis de lycée ou de l'université.

— Et ils ne te manquent pas ?

Comme s'il sentait sa peine, Nathan laissait sa main caresser lentement son dos, le long de sa colonne vertébrale. Aussi troublant son geste fut-il, il avait aussi le don de l'apaiser.

— Ils me manquent atrocement. Je donnerais tout ce que j'ai pour pouvoir les revoir, passer du temps avec eux et leur présenter Joshua.

— Pourquoi tu n'y retournes pas ?

— Je ne veux pas prendre le risque de les mettre en danger. Je ne veux pas placer sur eux la même cible qui me suit depuis des années.

D'une voix triste, il s'enquit :

— Alors, tu ne les reverras jamais ?

Prononcées à voix haute, ces paroles prirent toute une réalité, plus dure et violente. Blessée, elle plongea la tête contre le torse de son mari qui referma ses bras autour d'elle. Dans un geste protecteur, il la serra doucement contre lui.

— Moi, tu ne me perdras jamais, *Éli*. Je serai toujours là.

Avait-il utilisé consciemment ce diminutif ? Quoi qu'il en soit, pour cette simple raison, elle voulait y croire parce qu'elle l'aimait, mais aussi, parce qu'elle ne voulait plus se retrouver seule.

29

ÉLISABETH

La plénitude. La paix. En revenant doucement à la réalité, ce furent les premières choses qu'elle ressentit. Sa tête était vide, son cœur plus léger, et elle se sentait plus sereine. Elle n'aurait su dire pourquoi…

Et puis, les détails de la nuit lui revinrent. La tension refit son apparition, alors que l'obscurité et les nuages s'accumulaient à nouveau au-dessus d'elle. Elle avait dormi avec Nathan. Ils n'avaient fait que cela, mais le simple fait de se retrouver dans son lit, sa chambre, impliquait de nouveaux problèmes.

Élisabeth sentait la caresse de la lumière du jour sur son visage. La nuit s'était enfuie, et avec elle, la possibilité de se cacher dans l'ombre. Elle ne sentait plus la présence de Nathan à côté d'elle, alors qu'il constituait le souvenir d'un mur contre lequel elle s'était appuyée et reposée pendant plusieurs heures. Était-il encore là, plus loin ?

Le cœur battant, la jeune femme rouvrit les yeux timidement et son regard se posa sur… le vide. Il était parti. Une part d'elle fut grandement soulagée de ne pas être déjà confrontée à un tête-à-tête embarrassant. La situation, telle qu'elle était avec son réveil en solitaire, était déjà bien assez compliquée. Ils étaient en conflit et ce qu'elle avait fait, dormir avec lui, se confier n'était pas vraiment approprié en période de guerre. Pourtant, elle regrettait qu'il soit déjà parti. Ces moments passés avec lui étaient aussi délicieux que douloureux lorsqu'ils prenaient fin. Elle aurait voulu pouvoir le regarder dormir, tant que la colère et la haine n'obstruaient pas son regard sur elle. « Tu es vraiment atteinte », se reprocha-t-elle en soupirant.

Pour couper court à toutes ses réflexions, la jeune femme repoussa ses couvertures et se leva d'un bond. Elle n'avait aucune idée de l'heure qu'il était, mais elle voulait se jeter immédiatement dans sa journée de travail pour pouvoir tout oublier.

Mais à peine eut-elle franchi le seuil de la chambre qu'elle s'arrêta net. Assis dans son canapé, déjà en costume, Nathan releva la tête pour la regarder en silence. Attendait-il quelque chose d'elle ? Guidée par le doute et sa nervosité, la jeune femme tourna la tête, choisissant de l'ignorer, et poursuivit son chemin.

— Il faut qu'on parle, déclara-t-il.

Ces quelques mots l'arrêtèrent au passage. Prenant sur elle, Élisabeth lui fit face pour demander d'une voix dure et ferme :

— De quoi ? De cette nuit ? Il ne s'est rien passé.

Il s'était levé et, les mains dans les poches de son pantalon bleu, même décontracté, Nathan envahissait la pièce par son charisme.

— Cette petite « guéguerre » est ridicule.

— Vraiment ? Pourtant, c'est toi qui l'as commencée.

Penchant la tête sur le côté, il ironisa en haussant un sourcil :

— Tu vas vraiment employer cet argument pour me convaincre ?

Élisabeth serra les dents. Il avait le don de jouer sur les mots pour prendre l'avantage, même quand il avait tort et ça la rendait folle.

— Nathan, c'est toi qui es venu nous trouver et qui cherches à venger la mort de Neal. Je ne te demande qu'une réponse légitime.

— Mais je n'en ai aucune à te fournir !

— Pourquoi ?

Sans qu'elle puisse la retenir, sa colère était montée d'un cran. Il la regardait intensément, la troublant à son cœur défendant, mais il la prit au dépourvu en affirmant d'une voix grave et posée :

— Tu sais très bien pourquoi.

Son honnêteté la surprit tellement qu'elle la laissa sans voix, hagarde. Elle aurait pu avoir des doutes, s'interroger sur ce qu'il voulait dire, mais le feu avec lequel il la fixait et son assurance effacèrent tout. Élisabeth aurait voulu se réjouir de le voir éprouver quelque chose pour elle, quelque chose qui n'était pas de la haine ; mais, a contrario, cette révélation la rendait folle et tirait encore plus sur ses nerfs qu'elle sentait encore sur le point de se rompre. Elle avait envie de pleurer, parce qu'il lui montrait un bonheur auquel il ne lui donnerait jamais accès.

Prenant sur elle, la jeune femme renifla et ferma les yeux pour demander d'une voix légèrement cassée, sur le fil du rasoir :

— Pourquoi me dis-tu cela ?

— Tu voulais des réponses, je t'en donne.

« Je m'en serais presque passée », se dit-elle avec désarroi. Sa gorge se serrait comme si on l'étreignait ; son cœur, son ventre lui faisaient mal, comme si on y enfonçait lentement une lame. Il fallait qu'elle sorte, qu'elle s'échappe et s'éloigne pour atténuer ses peines et soigner ses plaies.

— Ça ne change rien. Tu veux toujours te venger.

— Mais mes sentiments à ton égard m'empêchent de prendre une décision. Je tenais à ce que tu saches que te torturer comme ça ne faisait pas partie de mes intentions.

Sceptique, elle osa à nouveau le regarder en face avant de l'interroger :

— Vraiment ? Parce que, depuis notre rencontre, tu t'es vraiment débrouillé comme un chef pour me faire du mal.

— « Depuis notre rencontre » ? Tu ne trouves pas que tu exagères ?

Les sourcils froncés, son mari s'approcha d'elle.

— Depuis le début, tu as tout fait pour me déstabiliser et me séduire, creusant au plus profond de moi pour me faire ressentir quelque chose pour toi. Et une fois arrivé à tes fins, alors que j'étais parvenue à remonter à la surface, tu m'as enfoncé la tête sous l'eau, encore et encore, en ne me laissant que quelques moments de répit pour reprendre mon souffle.

— Tu exagères.

— Vraiment ? Nathan, toi et moi savons parfaitement tout ce que tu m'as fait endurer ces derniers mois. Je ne le surjoue pas ! Je suis fatiguée de me battre, je veux juste que tu me dises ce que je dois faire pour connaître enfin ma sentence.

Elle le regardait en face, droit dans les yeux, et lui pas plus qu'elle ne semblaient décidés à les baisser ou se détourner. Il refusait d'avouer sa part de culpabilité, la condamnant quoi qu'il arrive. Elle avait compris, il ne lui donnerait pas les réponses qu'elle attendait, pas cette fois.

Réaliste, la jeune femme se détourna à nouveau et se dirigea vers la sortie. Mais alors qu'elle atteignait presque la porte, sa voix grave l'arrêta à nouveau :

— Il faut que tu arrêtes ça. Pour Joshua, il faut que tu arrêtes de te montrer aussi froide et distante envers moi.

Une fois encore, il rejetait la faute sur elle, mais, bien que fatiguée, Élisabeth n'était pas décidée à le laisser gagner cette partie. Alors, avec une voix plus forte et assurée, elle se tourna à moitié vers lui et, tout en le foudroyant d'un regard glacial, elle releva le menton et s'exclama :

— J'arrêterai quand tu prendras enfin tes responsabilités et que tu me donneras les réponses que j'attends.

Puis, sans plus hésiter, la jeune femme tourna les talons et le quitta pour rejoindre sa chambre. Apparemment, bien qu'épuisée par tous ses doutes et ses interrogations, elle n'avait pas encore renoncé à se battre. Une étincelle, si ce n'était un feu, brûlait encore en elle et Élisabeth était bien décidée à tout donner pour que cela continue, aussi longtemps qu'elle en aurait la force.

NATHAN

Il n'arrivait pas à se concentrer. Cela faisait vingt fois qu'il relisait la même ligne d'un contrat, alors que sa secrétaire attendait à côté de lui pour récupérer le papier. Prenant sur lui, il annonça finalement :

— Je vous déposerai moi-même le contrat sur votre bureau en allant déjeuner.

— Bien, monsieur Reed.

Discrètement, la secrétaire quitta la pièce. Une fois seul dans le bureau, il lâcha enfin la bride à son esprit et se concentra sur son problème majeur, sa femme. En lui avouant les raisons de ce statu quo dans leur relation, il avait pensé l'atteindre et limiter les dégâts. Mais, au lieu de la convaincre, ce stratagème l'avait encore plus enfoncé. Elle était devenue aussi intraitable qu'intelligente et sensible, et il se savait à l'origine de cette dureté. Il avait apporté les premières pierres à cet édifice, cette muraille entre eux et, maintenant, il en payait le prix. Malheureusement, cela ne lui apportait pas de réponses.

Avec impatience, il attendait des informations de la part d'Ethan pour pouvoir avancer ses pions et prendre des décisions concernant sa femme. Malheureusement, son meilleur ami n'était pas encore d'une grande aide.

Quelques jours plus tôt, les deux hommes s'étaient rencontrés et Ethan n'avait pas mâché ces mots :

— J'ai besoin de temps, Nate. J'aimerais pouvoir t'apporter rapidement les informations que tu attends, mais je ne peux pas prendre de risques. Victoria Jones est une professionnelle constamment sur ses gardes. Si elle se rend compte que tu enquêtes vraiment sur elle, cette femme vous le fera payer.

Son ami n'avait pas tort, mais il en avait tellement assez de ces conflits avec sa femme et de toute la peine qu'il leur faisait endurer à tous les deux. Il voulait que ça s'arrête. Il voulait la retrouver et construire enfin leur vie de famille.

Mais cette heure n'était pas encore venue. La partie d'échecs n'était pas encore terminée. Encore incapable d'attaquer Victoria Jones, il devait attendre et protéger sa reine. Pas si évident, quand celle-ci le considérait comme un ennemi. Il ne voulait pas la perdre, mais sa peur le paralysait et l'empêchait de réfléchir. Il ne doutait plus de l'innocence d'Éli, mais bien de lui-même et de ses décisions. Il détestait cet état, cette perte de repères et, pour l'homme de pouvoir qu'il était, cette faiblesse était impardonnable. Il avait trop de responsabilités, encore plus maintenant qu'il avait un fils. Les risques étaient bien trop grands pour qu'il prenne une décision à la légère, mais il n'allait pas pouvoir se cacher indéfiniment. « Je dois reprendre les rênes de cette situation », se reprocha-t-il en se levant brusquement. Lentement, il marcha jusqu'aux larges baies donnant sur le lac Ontario. « Réfléchis, qu'est-ce que tu risques en la croyant et en la libérant de ces accusations ? Tu risques d'être heureux avec une femme sensible et belle qui te plaît, une femme avec laquelle tu pourras fonder une famille. Tu as assez d'hommes et de moyens pour vous garder en sécurité. » Son cœur l'encourageait, mais, presque aussitôt, la voix de sa culpabilité se glissa : « Mais s'il était déjà trop tard ? Éli pourrait-elle vraiment me pardonner ? Même riche et puissant, je ne suis pas non plus invincible, mon argent n'a pas sauvé Éli quand elle s'est fait tirer dessus. »

— Bon sang, jura-t-il tout bas, les dents serrées, en se détournant.

Arriverait-il enfin à prendre une décision ? Parviendrait-il un jour à connaître les véritables intentions de Victoria Jones ? Pourrait-il enfin écarter pour de bon le danger qui les menaçait ?

« Et qu'en serait-il si je laissais partir Élisabeth ? Si je lui faisais quitter le pays et de ne plus jamais revenir ? » s'interrogea-t-il à nouveau. Évidemment, dans son esprit, il ne s'agirait que d'un éloignement momentané. Mais pour sa femme, il s'agirait bien d'un exil sans fin qu'elle ne pourrait sans doute jamais lui pardonner. Aussitôt, Nathan sentit sa gorge se serrer. Il imaginait déjà le désespoir de la jeune femme à l'idée d'être séparée de Joshua. Il le voyait presque se former, grandir, s'épaissir, comme un brouillard qui les diviserait encore plus, elle et lui.

Cependant, l'éloignement était peut-être la seule solution. Pour sauver les apparences aux yeux de Victoria et gagner du temps, mais surtout protéger Éli, qu'elle le veuille ou non.

30

ÉLISABETH

Le long week-end à New York approchait. Chaque jour, en se réveillant, la jeune femme retenait son souffle, alors qu'une boule semblait grandir dans son ventre, oppressant presque ses poumons. Résultat, elle était sur des charbons ardents.

Nathan n'avait toujours pas annoncé sa décision. Au lieu de cela, il l'évitait plus que d'habitude. Ce n'était pas vraiment bon signe, mais cela aidait Élisabeth à camper sur ses positions. Jusqu'à présent, elle était restée inflexible et n'avait pas participé à la moindre sortie publique en présence de son mari. Elle ne faisait pas non plus d'efforts pour se montrer amoureuse. Le froid entre eux s'était propagé dans toute la maison, intensifiant malgré elle le malaise de Maddie ou de leurs proches.

Alors, le jour du départ, elle avait presque accueilli son réveil avec soulagement. Elle n'était pas ravie de ce qui allait se jouer, mais, au cours des derniers jours, elle avait tellement eu l'impression de tourner en rond dans sa cage, que cette porte ouverte lui redonnait un peu d'oxygène, même si elle ne savait pas où cela allait la mener.

À la table du petit déjeuner, Nathan sirotait son café et lisait son journal, l'ignorant superbement, mais il profita de la présence de Maddie et de Joshua pour annoncer sans la regarder :

— Notre avion est à cinq heures, ce soir.

C'était là les seuls mots qu'il lui avait adressés depuis plusieurs jours et elle eut presque envie de rire face à tant d'hypocrisie. Comme si de rien n'était, il poursuivit :

— Je suppose que tu comptes déposer Joshua chez son ami Nelson avant de me rejoindre ?

— Non.

Sa réponse catégorique lança un nouveau froid et, bien qu'elle ne le voie pas, Élisabeth imagina les traits de son mari se durcirent en quelques secondes. Debout face au plan de travail, vêtue d'un élégant tailleur-pantalon noir, ses cheveux tirés en arrière en un chignon qui lui donnait un air strict, la jeune femme tâchait de paraître ce qu'elle n'était pas, à savoir détendue. Sirotant son thé, elle faisait aussi mine de lire le journal étalé devant elle. Rapidement, elle l'entendit gronder d'un ton menaçant :

— Pardon ?

— Je ne viens pas. Il est donc inutile de déposer Joshua où que ce soit, décréta-t-elle.

Sans plus un mot, Élisabeth referma son journal et fit claquer ses escarpins jusqu'à Joshua qui finissait son bol de céréales. Tendrement, elle déposa un tendre baiser sur son crâne et lui murmura :

— Passe une bonne journée, mon cœur.

Le cœur battant, elle se redressa ensuite pour affronter le regard bouillant de son époux :

— Fais bon voyage et salue les Myers et ta famille pour moi.

Puis, sans plus attendre, la jeune femme tourna les talons, récupéra son sac dans l'entrée et quitta la maison, non sans percevoir un bruit de chaise qu'elle soupçonna être celle de Nathan. Mais contrairement à ce qu'elle avait imaginé, il ne la suivit pas ni n'essaya de l'arrêter ou de la convaincre de se rétracter. Cette liberté la surprit et l'intrigua pendant tout le trajet jusqu'à l'Atelier.

Heureusement pour elle, la journée fut suffisamment remplie pour lui permettre d'oublier ses craintes et ses doutes. Les heures défilèrent sans que Nathan montre le moindre signe de vie, lui apportant petit à petit un soulagement qu'elle n'attendait plus. À cinq heures passées, elle envisagea enfin ce week-end avec Joshua comme la meilleure chose lui arrivant depuis longtemps. Elle avait besoin de cette pause sans Nathan et de ce tête-à-tête retrouvé avec leur fils.

Peu avant sept heures, ses élèves arrivèrent pour participer à l'atelier culinaire du jour. Elle adorait ces moments conviviaux où elle pouvait toujours se détendre et tout oublier, en partageant sa passion pour la cuisine. Après avoir accueilli tout le monde, elle annonça le programme avec enthousiasme. La porte s'ouvrit, alors qu'elle venait de finir et lança en se tournant vers les nouveaux venus :

— Entrez ! Il y a encore de la place pour les...

La fin de sa phrase mourut dans le brouhaha d'exclamations presque hystériques, tandis qu'elle reconnaissait les deux hommes.

— Nathan ? Qu'est-ce que tu... ?

— Je me doutais que ton travail t'empêcherait de m'accompagner, aussi ai-je demandé à mon ami Jamie Oliver de jouer les remplaçants. J'espère que ça ne dérange personne.

Sa suggestion fut saluée par des cris et des applaudissements, mais, du côté d'Élisabeth, le choc ne parvenait pas à se dissiper. Avec un sourire avenant, le grand chef s'approcha en lui tendant la main et s'exclama :

— Madame Reed, c'est un plaisir de vous rencontrer.

— Ce n'est rien comparé à l'honneur que vous nous faites, chef, balbutia-t-elle. C'est très gentil à vous, mais...

— Pas de « mais » ! intervint Nathan. Notre avion nous attend.

Et avant qu'elle ait compris ce qu'il se passait, son Viking la balança en travers de son épaule et quitta l'atelier sous les rires et les applaudissements de tous. Elle eut beau lui dire d'arrêter, il n'en fit rien jusqu'à ce qu'elle se retrouve à côté de la voiture. Avec un regard appuyé qui ne lui laissait pas vraiment le choix, il attendit qu'elle monte. Elle avait encore la tête qui tournait, aussi n'opposa-t-elle aucune résistance. La porte à peine refermée derrière lui, son mari ordonna d'une voix intransigeante :

— À l'aéroport, et vite.

— Bien, monsieur Reed.

Incrédule, Élisabeth l'étudia et s'enquit d'une voix à la colère contenue :

— Aurais-tu perdu la tête ?

D'une voix étonnamment calme, mais ferme, son mari répondit en évitant son regard :

— Non, je vais très bien, à présent.

— Nathan, tu m'as kidnappée ! Tu m'as enlevée sans mon consentement devant mes élèves et…

— Ne monte pas sur tes grands chevaux, ils ont tous trouvé ça très romantique.

— C'était barbare ! Je t'ai dit que je ne venais pas.

— Et tu as aussi signé un contrat me promettant ta présence lors d'événements ou de voyages comme celui-ci. Je n'ai fait que te rappeler cette promesse.

— Basée sur des mensonges.

— Les tiens ou les miens ?

Rongeant son frein, la jeune femme détourna les yeux. Elle était face à l'homme d'affaires puissant, dur et froid, qui contrôlait et manipulait son monde. Seulement, elle n'était plus décidée à être sa marionnette.

— Je suis peut-être là, mais rien, y compris toi, ne m'obligera à jouer selon tes règles. Tu pourrais même regretter de m'avoir emmenée.

— Tu essayes de me faire peur ?

En réponse, la jeune femme se contenta de hausser les épaules. Elle n'avait plus rien à lui dire, sauf peut-être :

— Qu'as-tu fait de Joshua ?

Son inquiétude la poussa à le regarder à nouveau.

— Ce que tu aurais dû faire toi-même, j'ai contacté la famille de son ami Nelson pour leur demander de garder Joshua avec eux. Ils ont été surpris, mais ils ont accepté. Je leur ai promis de leur payer une semaine de vacances en Californie. Ils étaient ravis.

Secouant la tête avec dépit, elle ironisa :

— Et Jamie Oliver ? Que lui as-tu promis ?

— Juste une énorme donation pour son programme sur les dérives alimentaires à l'école.

À nouveau, Élisabeth détourna les yeux avant de murmurer pour elle-même :

— Les gens sont donc si faciles à acheter.

— Pas tout le monde, répondit faiblement son compagnon.

Parlait-il d'elle ? S'agissait-il d'un compliment voilé ? Elle n'arrivait pas à le définir, mais elle ne voulait pas non plus lui pardonner. Alors, elle choisit de garder le silence et il le respecta jusqu'à...

— J'ai pris ma décision, tu la connaîtras à notre retour à la maison.

Son sourire teinté d'ironie réapparut avant qu'elle murmure :

— Évidemment.

Élisabeth n'arrivait pas à le regarder en face. Ils n'étaient pas à égalité. Il avait toujours un ascendant sur elle.

— Tu me la donneras si je me comporte bien, ce week-end, c'est ça ?

— Tu ne me laisses pas vraiment le choix, Éli.

Incrédule, la jeune femme secoua la tête, les lèvres serrées pour retenir le flot de reproches qui menaçaient de déborder. Comme à son habitude, il l'accusait de tous les maux. C'était tellement plus facile. Elle arrivait de moins en moins à comprendre comment son cœur pouvait encore battre la chamade en présence de Nathan. Encore maintenant, son regard rivé sur elle et sa présence à proximité la troublaient plus qu'elle ne l'aurait voulu. Raide sur son siège, elle n'osait plus poser les yeux sur lui.

D'une voix calme, presque douce, il déclara :

— Je te demande simplement de respecter notre contrat en présence de tiers. Je ne t'oblige à rien d'autre.

C'était un encouragement à le regarder en face, à voir s'il était sincère. Quelque chose lui disait déjà qu'il l'était, mais elle lui en voulait encore trop pour obtempérer complètement.

— Juste ce week-end et je ne ferai des efforts que lorsque nous serons avec d'autres personnes. Il ne se passera rien d'autre.

— C'est tout ce que je demande.

Il affichait un calme naturel comme s'il concluait un contrat professionnel et avait l'intelligence de ne pas célébrer sa victoire devant elle. Le temps du week-end, ils agiraient dans leur intérêt à tous les deux.

31

ÉLISABETH

Le reste du trajet en voiture ainsi que le vol jusqu'à New York se déroulèrent dans le plus grand et lourd silence qu'elle ait jamais connu. Elle en avait déjà vécu certains avec Neal, chargés de tension, de peur et de violence contenue. Mais, en cet instant, à côté de Nathan, elle n'était que colère et désespoir. Il n'y avait pas d'échappatoire, elle était à nouveau son jouet et elle ne pouvait rien y faire.

Ne plus avoir le contrôle sur sa propre vie, sur son avenir la frustrait et la rendait tellement malheureuse. Elle qui, au cours des dernières années, avait dirigé sa vie malgré les dangers de sa situation, elle ne supportait plus de voir quelqu'un d'autre en prendre les rênes, encore moins pour la faire souffrir. L'injustice de sa situation la brisait petit à petit. « Mais que puis-je y faire, à présent ? »

Elle parvenait difficilement à remonter à la surface, car même penser à Joshua lui faisait mal. C'était pourtant sa seule bouée de sauvetage, aussi s'y accrocha-t-elle autant que possible. Doucement, la jeune femme se perdit dans ses pensées, ses rêves, imaginant l'adolescent, puis l'homme que Joshua deviendrait sans elle. Il serait beau, gentil, intelligent, charismatique comme Nathan. Elle espérait qu'il serait drôle et enthousiaste comme sa tante Jessie. Elle souhaitait aussi qu'il tombe amoureux et fonde une famille qu'il verrait grandir encore et encore, contrairement à elle. Ces rêves la ramenèrent brièvement à la réalité, mais elle ferma les yeux pour replonger. Elle imagina son premier baiser, sa remise de diplôme, sa vie à l'université, toute sa vie sans elle.

Un sursaut la réveilla, lorsqu'ils arrivèrent à l'aéroport de La Guardia où ils avaient atterri. Une pression de Nathan sur son épaule avait suffi pour la sortir de son rêve. En revenant à la réalité, Élisabeth s'écarta pour échapper à son contact. D'une voix grave, mais calme, son mari s'excusa :

— Désolé. Je ne voulais pas te faire peur.

Elle n'arrivait même plus à le regarder en face. Nathan dut deviner son rejet, car il s'écarta de lui-même avant d'annoncer d'un ton plus dur et froid.

— Une voiture nous attend.

Comme s'il craignait qu'elle ne le suive pas, il attendit qu'elle se lève et passe devant lui. C'est ce qu'elle fit, sans un mot. Pas un son ne sortit de sa bouche pendant tout le trajet en voiture jusqu'à ce que Nathan s'exclame :

— Est-ce ce qui m'attend pendant tout le week-end ? Tu vas continuer à bouder jusqu'à notre retour ?

— Ce serait mon droit, non ? Tu m'as, pour ainsi dire, kidnappée…

— Tu ne trouves pas que tu exagères ?

Aussitôt, elle le fusilla du regard en rétorquant :

— Tu préfères que je dise enlevée contre ma volonté ?

Contre toute attente, elle le vit soupirer et esquisser un sourire presque triste.

— Je suis désolé, Éli, mais tu ne m'as pas laissé le choix, répliqua-t-il.

Outrée, elle se détourna en secouant la tête. La jeune femme sentait son regard posé sur elle comme s'il attendait ou cherchait quelque chose. Le silence qui s'installait les éloignait de plus en plus, lorsqu'il prit à nouveau la parole :

— Ce n'est pas vraiment ça qui te dérange, n'est-ce pas ? Le fait que je t'ai *enlevée*.

L'avait-il vraiment percée à jour ? Nathan était assez intelligent et observateur pour le deviner. « Cela ne l'empêche pas de te croire toujours coupable », fit remarquer une voix sarcastique dans sa tête.

— Tu penses à Joshua, n'est-ce pas ?

La jeune femme ne répondit pas et continua à se perdre dans la vue qui défilait.

— On ne pouvait pas l'emmener, Éli, pas cette fois. Nous ne serons absents que le temps d'un week-end et il s'amusera tellement avec son ami qu'il remarquera à peine notre absence... Quant à sa sécurité, il restera toujours sous haute protection. Ethan et des agents surveillent la maison et les allées et venues, vingt-quatre heures sur vingt-quatre, et ce, depuis déjà plusieurs jours. Il ne craint rien, tu peux me faire confiance là-dessus. Je ne l'aurais jamais laissé s'il y avait eu le moindre risque.

Elle savait déjà tout ce qu'il avait énoncé, à quel point il tenait à Joshua et à sa sécurité. Pourtant, une nouvelle interrogation avait germé dans son esprit et elle avait besoin d'obtenir une réponse :

— Est-ce que ce sera aussi comme ça lorsque je serai partie ?

Nathan se tut, instaurant presque un malaise, mais elle n'était pas décidée à ignorer ces possibilités. Elle savait qu'il la regardait toujours et ne fut pas surprise de croiser son regard, lorsqu'elle se tourna enfin vers lui.

— Parce que je vais partir, n'est-ce pas ? Tu ne m'aurais pas menacée ni mis la pression de la sorte, si c'était pour m'annoncer que je resterais finalement avec vous.

Les yeux bleu cobalt de Nathan ne cillèrent pas, n'exprimant ni surprise ni culpabilité, comme s'il ne ressentait rien. « C'est peut-être le cas finalement », songea-t-elle avec un sourire intérieur, à la fois triste et ironique. Mais là n'était pas la question, aussi poursuivit-elle :

— Alors, quand je ne serai plus là et que tu devras t'absenter, laisseras-tu Joshua aux bons soins d'inconnus ou de nounous ? C'est l'image de père que tu veux lui donner ? Un père absent ?

Cette fois, elle avait frappé juste. Non sans une légère satisfaction, elle le vit soupirer et détourner son regard. Malgré l'assurance qu'il conserva, la jeune mère devina les incertitudes qui le faisaient chanceler sur son piédestal.

— Ce sera différent.

— Vraiment ? En quoi ? Tu m'enlèves de la photo, il ne reste que toi, Nathan. Nous sommes ses parents. Il est tout pour moi et quoi que tu envisages, je ne te… *l'abandonnerai* pas si tu ne le mets pas en première place dans ta vie. Son bonheur et lui doivent passer avant toute autre chose.

Visiblement vexé, son Viking la fusilla du regard avant de gronder tel le tonnerre menaçant à l'horizon :

— Tu ne m'apprends rien. Et il passera avant toute autre chose. Quand je devrai partir en voyage, je ferai en sorte qu'il m'accompagne.

— Mais pas cette fois, pas ce week-end.

Nathan prit une profonde inspiration et elle vit son agacement grandir en lui avant qu'il ne lâche finalement :

— Il est plus en sécurité là où il est.

À son tour, Élisabeth garda le silence. Elle savait de quoi il voulait parler. Elle y avait aussi songé et c'était en partie pourquoi – égoïstement – elle aurait voulu que Joshua les accompagne.

— Je me suis renseignée sur les O'Reilly, ceux qui sont la raison de votre présence dans le programme de protection des témoins. Ils sont principalement établis à New York, même s'ils occupent en quelque sorte toute la côte est. Tu as toujours une cible dans le dos, Éli. Je ne pouvais pas exposer Joshua à ce risque, surtout pas sur leurs terres.

— Mais nous exposer toi et moi ne te dérange pas ?

Visiblement agacé par son insistance, il se tourna vers la fenêtre à sa droite et déclara presque froidement :

— On ne peut pas se terrer jusqu'à ce que tu partes. J'ai des responsabilités et nous devons continuer d'agir comme si de rien n'était. Ce week-end et la fête de demain soir en font partie.

Ainsi, son sort était bel et bien tracé, elle partirait. Elle aurait dû être soulagée de connaître enfin la suite de l'histoire, la prochaine étape, mais, à cet instant, il n'y avait que la boule douloureuse grossissant chaque seconde dans sa poitrine. Elle avait l'impression d'être écartelée et d'avoir le souffle coupé. Son cœur s'affolait et elle avait de plus en plus chaud. « Une crise de panique », pensa-t-elle, alors que les larmes perlaient aux coins de ses yeux. Il fallait qu'elle se calme, mais tout ce qu'elle put faire fut de demander :

— Quand... ? Quand dois-je partir ?

— Le plus tôt sera le mieux. Ce ne sera qu'une question de semaines. On prétextera que tu as eu un accident de voiture ou quelque chose du genre. Ethan est déjà en train de te créer une nouvelle identité et je ferai affréter mon jet pour...

La voix de Nathan s'effaçait peu à peu, devenant juste un bourdonnement. Sa vision se troublait de plus en plus, alors qu'une chaleur sourde montait en elle, coupant l'arrivée d'oxygène qui alimentait ses poumons. Nathan parla en lui prenant le bras, mais tout ce qu'elle put dire fut :

— Est-ce que tu peux arrêter la voiture, s'il te plaît ?

La voix de Nathan résonna très loin, mais, quelques secondes plus tard, l'air se fit plus frais, plus vivifiant. Désespérée, Élisabeth trouva la poignée et sortit avant d'essayer de respirer, de retrouver un peu de vie au lieu de sombrer. Les yeux clos, elle inspira profondément à un rythme régulier pour tenter d'apaiser la tension glacée qui l'entraînait vers le fond. La tornade parut ralentir, tandis que l'envie de vomir disparaissait petit à petit.

— Est-ce que ça va ?

La question de Nathan la ramena à la réalité. Sa voix restait grave, presque intransigeante, mais avec une pointe de tristesse, lui sembla-t-il. Pourtant, la jeune femme n'avait aucune envie de revenir au présent. Un bref coup d'œil suffit pour voir la distance qui les séparait. Elle était maigre, mais suffisante pour lui permettre de s'enfuir. Mais pour aller où ? Et elle ne pouvait accepter de laisser Joshua, pas déjà. « Y aura-t-il seulement un moment où je serai capable de couper ce cordon ? » s'interrogea-t-elle avec un nœud brûlant au creux de sa poitrine.

Dans son dos, Nathan lui fit simplement remarquer :

— Tu voulais savoir.

Sa voix sur le point de se briser, elle supplia tout bas :

— Je ne veux pas partir… Je ne veux pas le quitter.

Elle avala sa salive et tâcha de repousser ses larmes. Élisabeth sentait ses nerfs et ses forces sur le point de la lâcher, mais elle refusait de se laisser aller devant son mari. Il était l'architecte de sa peine et de sa souffrance. Craquer devant lui représenterait un trop beau cadeau qu'elle refusait de lui faire.

Alors, prenant sur elle, la jeune femme redressa ses épaules et releva son menton dans un geste de défi avant de lui faire face. Prête à revenir dans la bataille, elle le dépassa en déclarant :

— C'est bon. On peut repartir.

Élisabeth remonta dans la voiture et son mari ne fit aucun commentaire, même si elle crut soupçonner de la fierté dans son regard. « J'ai dû rêver », se contredit-elle. Jusqu'à la fin du trajet, ils n'échangèrent pas le moindre mot. Nathan reçut des coups de téléphone et il fit comme si elle n'était pas là, ce qui arrangea parfaitement la jeune femme.

Enfin, leur véhicule s'arrêta et, quelques instants plus tard, leur chauffeur leur ouvrit la portière. Élisabeth n'était pas mécontente de quitter enfin cet habitacle exigu et cette banquette qu'elle partageait avec son mari. Au moins, là où ils logeraient, elle pourrait toujours s'isoler.

Déjà à l'extérieur, son époux lui proposa sa main pour le rejoindre. À contrecœur, elle s'en saisit le temps de descendre du véhicule avant de la lâcher presque aussitôt, de peur de ressentir un quelconque trouble. Évidemment, il était trop tard pour cela, il suffisait que Nathan soit à ses côtés ou qu'il pose les yeux sur elle pour qu'elle perde ses moyens et se sente fragilisée. S'enroulant dans ses propres bras pour cacher ses mains tremblantes, la jeune femme détourna les yeux pour instaurer une distance entre eux, même si le regard de Nathan posé sur elle pendant quelques secondes réduisit ses efforts à néant.

Sans attendre, comme pour atténuer son malaise, il l'invita à entrer dans l'immeuble à la façade en pierre. Un bref coup d'œil lui avait donné l'impression qu'il s'agissait de l'un de ces vieux immeubles aux pierres grises bien entretenues, avec des moulures et des gargouilles. Le hall d'entrée aux murs blanc cassé contrastait avec son mobilier en bois peint en noir avec quelques dorures ici et là. Le côté vieillot du comptoir du concierge se mariait avec élégance à l'image de richesse, affirmant bel et bien le standing de l'immeuble. Le concierge et les valets accueillirent chaleureusement M. Reed, mais ce dernier ne s'éternisa pas, entraînant son épouse vers les ascenseurs aux portes dorées, des gardes du corps toujours autour d'eux. Avec tous ces hommes à la carrure impressionnante, Élisabeth se sentit à l'étroit dans la cabine, mais elle se fit toute petite surtout pour ne pas avoir à toucher son époux. Lorsque les portes s'ouvrirent à nouveau, la jeune femme retint de justesse un soupir de soulagement en étant enfin en mesure de s'éloigner. Elle n'avait qu'une hâte, se retrouver seule. Toutefois, en attendant de savoir où se trouvait sa chambre, elle parcourut lentement l'appartement, non sans un regard curieux et intéressé.

Élisabeth ne fut pas surprise de constater qu'ils se trouvaient au dernier étage de l'immeuble. La vue sur la ville et ses lumières en contrebas était à couper le souffle. Le parquet aux différentes nuances de brun réchauffait l'atmosphère déjà douce et lumineuse recréée grâce au mobilier blanc cassé et pastel. Du bleu, du gris, du marron et un peu de doré introduisaient délicatement l'univers masculin qu'elle parcourait. Elle remarqua rapidement que les lieux n'étaient pas personnalisés, car il n'y avait aucune photo. Cela ressemblait seulement à un lieu de passage, juste plus grand et privé qu'une chambre d'hôtel.

Elle examinait encore le salon, lorsque la voix de Nathan la réveilla :

— Laisse-moi te montrer ta chambre.

Tout en gardant le regard détourné, Élisabeth acquiesça et attendit qu'il se soit déjà un peu éloigné pour lui emboîter le pas. Leurs talons entrechoquant doucement le parquet semblèrent faire résonner encore plus le malaise et la distance qui s'étaient installés entre eux. « Il n'y a plus rien à construire, plus de ponts à bâtir entre nous », comprit-elle, non sans une pointe de déception et de tristesse. Malgré son ressentiment envers Nathan, elle était surtout déçue par le gâchis qu'ils avaient fait de leur relation. Quelque chose l'encourageait à croire qu'ils auraient véritablement pu être heureux… s'ils avaient été vraiment amoureux et sincères.

Le bruit d'une porte qui s'ouvrait la ramena au présent, avant qu'elle ne suive Nathan dans cette grande chambre. Elle aussi aux teintes blanches, beiges et marron clair, la pièce était quelque peu féminisée par des touches de parme ici et là : un tapis, les draps du lit, des roses sur un guéridon. Derrière un mur à la porte déjà ouverte se cachait une salle de bains au marbre blanc et gris. Là aussi, des serviettes et des fleurs parme réchauffaient un peu plus les lieux. Ces petits gestes ressemblaient à des attentions pour l'aider à se sentir chez elle. Du moins, ce fut l'impression qu'elle eut, bien que tout cela aille contre ses convictions. Après tout, Nathan était contre elle : il n'agissait que dans son propre intérêt et se servait simplement d'elle.

— J'espère que tu te sentiras à l'aise et que tu trouveras tout ce dont tu as besoin.

Non sans lui tourner le dos, elle parvint à répondre :

— Merci… mais, pour l'instant, j'ai surtout besoin d'être seule.

Elle n'arrivait pas à l'affronter, pas quand il se montrait gentil et attentionné…, en apparence. Son esprit était en ruine et menaçait de s'effondrer à tout instant. Affaiblie, elle risquait de le croire sincère…, amoureux… et il ne resterait plus rien d'elle, lorsqu'il abattrait ses dernières cartes.

D'un ton grave et résigné qui la convainquit presque de sa déception, Nathan répondit :

— Très bien.

« Encore un leurre. Ce n'est que mon cœur qui essaye de prendre le contrôle », pensa-t-elle en serrant les poings. Élisabeth retint son souffle, tandis que le bruit des pas de son mari s'atténuait peu à peu. Doucement, la porte se referma et elle expira enfin, non sans une tonne de regrets pesant sur ses épaules.

Elle ne devait pas se laisser avoir. Ce week-end seul à seule avec Nathan était autant une tentation qu'une torture. À tout instant, elle pouvait se laisser aveugler par un mirage. Mais leur couple, les sentiments et les attentions de Nathan n'étaient pas réels. Elle ne devait pas craquer, elle devait tenir tout le week-end, quitte à l'éviter au maximum. C'était là sa seule chance.

32

NATHAN

— Il est deux heures du mat', Nate. Ne me dis pas que je te manque déjà ?

À l'autre bout du fil, la voix moqueuse de son ami le fit sourire légèrement :

— Je tenais juste à m'assurer que tout allait bien… et que tu ne t'étais pas endormi.

Ethan lui répondit par un rire grave. Ce dernier le connaissait suffisamment pour ne pas prendre la mouche.

— Oui, évidemment, cela n'a rien à voir avec la femme qui partage actuellement ton appartement-terrasse.

D'un ton ultra-professionnel, l'homme d'affaires botta en touche pour l'interroger :

— Tu pourrais me donner un compte rendu des dernières heures ?

— Je vois. Eh bien, depuis votre départ, on n'a eu que très peu d'activités dans le quartier. Une équipe fait une ronde régulièrement et d'autres groupes se trouvent dans chacune des rues environnantes. Pour l'instant, rien à signaler. Ton fils est mieux surveillé que la Maison-Blanche.

— Tant mieux. Je ne veux prendre aucun risque.

— Il n'arrivera rien à Joshua, Nate.

Il ne put s'empêcher de soupirer.

— Dis ça à Éli !

— Je suppose que tu as essayé de lui expliquer que mon équipe et moi étions là pour veiller sur lui.

— Évidemment... Mais tu sais à quel point elle est protectrice avec lui. Elle croit être la seule à pouvoir prendre soin de lui correctement.

— C'est normal. C'est sa mère et elle s'est toujours battue pour lui.

— Dans ce cas, elle devrait comprendre que sa présence à mes côtés, ce week-end, est toute aussi importante pour le protéger, il faut que l'on garde l'image d'un couple de jeunes mariés. Il en va de la sécurité de Joshua.

— Et de la poursuite de ton plan, renchérit son ami, non sans une pointe de déception. Parce qu'il ne faut pas éveiller les soupçons, lorsque ta femme disparaîtra.

Nathan serra les dents, piqué par la culpabilité. Pourtant, c'était la vérité. Il devait avoir l'air assez amoureux pour ne pas paraître suspect, le moment venu. Ils devaient se montrer ensemble ; or, rien de tel qu'un voyage en amoureux et une soirée de gala pour s'afficher en sa compagnie.

— Tous les feux sont au vert. C'est le bon moment.

— Vraiment ? se moqua Ethan, sans cacher le scepticisme dans sa voix.

Pas la peine de nier, son ami connaissait la vérité. Il concéda un long soupir avant d'avouer à contrecœur :

— La situation ne peut pas rester sur pause. C'est invivable pour Éli et je ne veux pas que Joshua continue à voir ses parents se comporter de la sorte. Je dois le faire.

Tout en se confiant, Nathan essayait de se convaincre, mais cela n'effaçait en rien cette culpabilité qui le déchirait de l'intérieur. Le cœur lourd, il ressentit le besoin d'avouer :

— Depuis que j'ai pris ma décision, j'ai l'impression d'avancer enfin, mais avec des boulets accrochés aux chevilles. J'ai toujours été sûr de moi, de mes choix réfléchis. Mais cette fois, je ne peux pas m'empêcher de douter constamment et d'y voir un signe m'indiquant que je fais fausse route.

Un rugissement s'échappa de sa conscience si oppressée et il se leva brusquement, les doigts crochetés dans ses cheveux détachés :

— Y aura-t-il un moment où j'arriverai à me convaincre d'avoir fait le bon choix ?

Dans un soupir, il se relâcha et s'avoua le stress né de ce week-end en prévision.

— Tant de choses dépendent de facteurs sur lesquels je n'ai aucun contrôle, à commencer par Élisabeth. Même sous la menace, elle reste un électron libre, mais raisonné. Elle sait qu'elle va partir, elle peut encore faire un esclandre pendant la soirée de gala. Elle est désespérée, parce qu'elle et Joshua seront bientôt séparés. Lui dévoiler une part de son avenir représente une grosse prise de risques. Pourtant, je ne peux pas m'empêcher d'avoir confiance en elle, en sa générosité, son altruisme et sa fidélité.

— Tu lui fais confiance, mais peut-être faudrait-il croire en toi aussi ! Tu le fais pour tout ce qui tourne autour des affaires, de la technologie ou de ton cerveau. Il serait temps que tu en fasses autant avec ton cœur, Nate.

— Pas maintenant. Je risquerais de faire le mauvais choix. Non, j'ai encore besoin d'informations pour parer les attaques de Victoria !

— Je regrette de n'avoir encore rien à te fournir.

— Tu dois continuer d'enquêter.

— Et toi, tu devrais peut-être parler à ta femme et l'écouter.

— Je ne peux pas. Si je le faisais, je risquerais de sortir de mon personnage. Mais tant que je joue les méchants, Victoria se tient à carreau et Éli reste en sécurité.

Le reste de leur entretien n'avança pas davantage. Mais si Nathan mettait tous ses efforts pour rester le diable qu'Élisabeth détestait, il ne pouvait rester sourd aux encouragements de son ami. « Parle à ta femme. » « Fais confiance à ton cœur. »

Agacé par le tour que prenaient ses pensées, il quitta son bureau où il s'était terré pour tenter de trouver le sommeil. Il avait déjà tenté le sport et la natation, sans grands résultats. Puis, en parcourant des dossiers et autres papiers, il n'avait finalement rien décrypté sur les lignes de mots et de chiffres. Il avait dû tenir maximum cinq minutes à tenter d'assimiler ce qu'il lisait avant de perdre totalement sa concentration. Au lieu de cela, il s'était interrogé sur Joshua, sa sécurité, sur Sydney, sur la façon de convaincre tout le monde de son amour pour sa femme. Tout le monde, sauf elle… Tout cela pour, finalement, éviter de penser à la véritable source d'embûches à son sommeil.

Il avait l'impression d'être dans un espace clos, enfermé avec elle, mais séparés par un mur qu'il pouvait choisir d'abattre ou non. Son vrai dilemme était là, il avait envie de voir Éli, de passer du temps avec elle, tant qu'il le pouvait encore. Il ne pouvait nier qu'il la désirait, il aurait voulu l'embrasser, la toucher ou juste la tenir dans ses bras. Mais ce qui le torturait le plus était ce bonheur qu'il regardait à travers une vitre. Il aurait pu la briser, mais s'y refusait. Pour l'instant, il ne pouvait plus prétendre à ce bonheur avec Élisabeth ni à cette vie où ils auraient pu être un couple de jeunes mariés normaux et heureux, sans meurtre, sans suspicion, sans danger. Dans cet univers parallèle, il se serait contenté de la garder dans ses bras en parlant tranquillement, sans doute auraient-ils fait l'amour avant.

Avec un nouveau soupir, ses pieds nus traînant sur le parquet, Nathan entra dans le salon faiblement éclairé et s'immobilisa sur le seuil. Elle était là. « Évidemment ! » Éli lui tournait le dos, mais il pouvait sentir toute la tension et la tristesse qui la figeait. Il hésita à bouger, bataillant entre son désir de s'approcher et sa raison de garder ses distances. Il ne pouvait pas rester planté là indéfiniment, aussi reprit-il sa route... vers elle. Sans un mot, sans un bruit, il marcha jusqu'à voir apparaître son reflet dans la fenêtre devant eux. Il voyait le regard de sa femme se perdre dans le vide, bien loin d'eux et quelque chose lui disait qu'elle ne pensait qu'à Joshua. Il aurait voulu la prendre dans ses bras pour la rassurer, mais cela risquait seulement de compliquer les choses.

— Tout ira bien, Éli, murmura-t-il.

Aussitôt, il la vit sursauter, se raidir, mais, pas une seconde, elle ne leva les yeux vers lui. Ses mains le démangeaient tant il avait envie de la toucher, de la retenir ou de la rassurer. Ses cheveux bruns étaient relevés en une queue-de-cheval dévoilant sa nuque dont la simple vision le taquinait. Il ne pouvait pas rester ainsi, sans rien faire ou dire, alors que sa nervosité croissait à chaque seconde.

Pour tenter de déjouer la situation de plus en plus périlleuse, il reprit :

— Je sais que tu t'inquiètes pour Joshua, mais il ne s'agit que de deux jours. Et encore une fois, tu sais à quel point je tiens à lui. Il est encore plus en sécurité ce week-end que lorsque nous sommes avec lui.

Elle ne tiquait pas, ne bougeait toujours pas, respirait à peine, aux abois. Nathan savait qu'il aurait dû s'écarter, mais il n'y arrivait pas.

— Que dois-je faire ou dire pour que tu me fasses confiance, à ce sujet ? Qu'est-ce qui... ?

— Rien, l'interrompit-elle finalement.

Toujours sans croiser son regard, elle gardait ses distances et, bien que cela ne le surprenne pas complètement, il ne pouvait s'empêcher d'être déçu et déconcerté.

— J'ai déjà confiance en toi, Nathan, surtout concernant Joshua. Seulement, c'est la première fois depuis sa naissance que je suis aussi loin de lui. Même quand on m'a tiré dessus, nous étions toujours dans la même ville et je pouvais le voir et, quand bien même, tu étais avec lui. Mais là… il est tout seul et j'ai un peu l'impression de…

Comme elle n'osait pas prononcer le mot fatidique, il suggéra doucement :

— L'abandonner ?

— Quelque chose comme ça, souffla-t-elle, pensive.

Avant d'avoir réfléchi à ce qu'il faisait, il prit Élisabeth par les épaules et la tourna vers lui.

— Écoute, on l'appellera encore et encore jusqu'à notre retour ; et je demanderai aux Roberts de nous envoyer une photo toutes les heures, ainsi qu'à Ethan et à ses hommes.

Enfin, un faible sourire apparut sur les lèvres de la jeune femme qui répliqua :

— Je préfère que ces derniers fassent leur vrai travail, mais merci.

Elle évitait toujours son regard, alors qu'il ne pouvait détacher le sien d'elle. Il aurait dû la relâcher, s'éloigner, mais, à présent qu'il se tenait près de sa femme, il n'arrivait plus à s'écarter.

— Je devrais essayer d'aller dormir, annonça-t-elle.

Malgré sa déception, il acquiesça et la libéra enfin.

— Bonne nuit.

Elle voulut passer sur sa droite, mais il se décala du même côté. Elle esquissa un sourire et, presque aussitôt, ils bougèrent en même temps vers sa gauche.

Légèrement nerveux, il balbutia :

— Désolé.

Il ne voulait pas qu'elle parte, il se sentait trop bien en sa compagnie. Mais il ne pouvait pas aller contre sa volonté et il savait, qu'en ce moment, il n'était pas dans ses bonnes grâces. Se raclant la gorge, il posa délicatement les mains sur les hanches de la jeune femme, attirant aussitôt son regard intrigué sur lui. Sans attendre, mais en douceur, il les fit tourner pour échanger leurs places. Il n'avait qu'à retirer ses mains et elle reculerait avant de disparaître. « C'est la bonne chose à faire », s'encouragea-t-il. Mais au lieu de cela, Nathan rencontra enfin le regard surpris, mais intense de sa femme. « Perdu », retentit une voix dans sa tête, annonçant sa défaite et ses efforts réduits à néant.

Avant qu'il ait compris ce qu'il faisait, il attira doucement la jeune femme contre lui, tout en venant à sa rencontre. Ses joues rosissaient au fil des secondes, tandis que la panique s'installait dans ses yeux bruns. Il devinait presque les battements de son cœur qui cognaient dans sa poitrine, comme l'air se raréfiant dans ses poumons. Presque automatiquement, son regard se posa sur les lèvres légèrement entrouvertes de sa femme, devenant soudain son unique but dans la vie. Comme s'il s'agissait du seul remède pour le sauver, il ne réfléchit plus et plongea vers le trésor qu'il chérissait. C'était égoïste et imprévu, alors, pour s'excuser, il rendit son baiser aussi doux et tendre que possible.

Son ventre se serrait d'appréhension à l'idée qu'Éli le repousse et l'abandonne, mais, après quelques instants, elle lui répondit enfin, pas doucement, pas timidement. C'était comme si un fauve s'était échappé de sa cage. Soulagé, il ne lui fallut que quelques secondes à peine pour se transformer à son tour. Elle passa les bras autour de son cou et, presque aussitôt, il resserra les siens autour d'elle, la pressant contre lui comme il avait rêvé de le faire tant de fois ces derniers jours, ces dernières semaines. Elle était si légère, si forte et si fragile à la fois, mais, surtout, son corps épousait parfaitement le sien, comme si elle le complétait.

Refusant de céder aux illusions, il préféra se concentrer sur la réalité, le présent. Éli était dans ses bras et elle l'embrassait aussi intensément que lui. Sans un mot, leurs désirs respectifs prirent les commandes. D'une main sur les fesses de sa femme, il la pressa contre lui et, presque aussitôt, dans un gémissement étouffé, elle enferma ses hanches dans l'étau de ses jambes. Il ne lui fallut pas davantage pour emmener son épouse jusqu'au canapé le plus proche. Il s'y coucha avec elle et, instantanément, avec impatience, Éli lui retira son tee-shirt. Mais il refusait toujours de s'appesantir ou de s'attendrir, aussi replongea-t-il jusqu'à ses lèvres pour y voler un nouveau baiser passionné. Il avait l'impression d'être dans l'urgence et, en même temps, qu'il ne pourrait jamais se rassasier d'elle. Il avait besoin de l'aimer, de la posséder et de lui appartenir, de ne faire qu'un avec elle à nouveau. Tout en continuant à se distraire au travers de leurs baisers, il défit rapidement les boutons de la chemise de son pyjama en satin avant d'en écarter les pans. Ses doigts se refermèrent en premier sur la poitrine d'Éli, qui gémit de plus belle contre ses lèvres. C'était là une musique dont il ne pouvait se lasser et il comptait bien la faire chanter encore et encore pour ravir ses oreilles et nourrir leur désir commun.

Les doigts fins d'Éli fourrageaient dans ses cheveux et dessinaient des symboles invisibles sur sa peau, provoquant son désir comme on jette de l'huile sur le feu. Il ne parlait pas, ne lui disait pas à quel point elle était belle, douce ni à quel point il avait envie d'elle. Il avait trop peur pour cela, même s'il ne voulait pas y penser. Alors, au lieu de parler, il se contenta d'agir, la rendant folle et l'embrasant de ses lèvres et de ses mains. Non sans un pincement au cœur, il ne l'entendit pas prononcer son prénom, le moindre mot ou la même incantation. Elle gémissait, soupirait, de plus en plus et de plus en plus fort, lui avouant sa satisfaction et ses envies, mais il avait compris que, comme lui, sa femme utilisait un filtre.

Du moins, ce fut le cas jusqu'à ce que sa main ne disparaisse dans le pantalon en satin lavande d'Élisabeth. Avant même d'avoir atteint la vallée entre ses jambes, il sentit la chaleur incendiaire qui montait de là. À peine l'eut-il effleuré qu'elle se cambra, amenant ses hanches à la rencontre de cette délicieuse caresse.

— Nathan, l'entendit-il gémir, le souffle court.

Son ego enfin alimenté, il sourit tel un prédateur, tout en faisant descendre dans son cou, un chapelet de baisers. Alors, sans vraiment le décrypter, il perçut :

— Nathan, attends. Attends. Nathan, arrête. Arrête !

33

NATHAN

Finalement, déboussolé par cette série de mots n'appartenant pas à la situation, il perdit pied et obtempéra. Le temps qu'il comprenne, qu'il réagisse, Éli l'avait repoussé pour se lever et s'écarter du canapé.

Serrant les pans de sa chemise sur sa poitrine, elle lui tournait légèrement le dos, mais il devinait déjà que les choses lui échappaient. Non sans un vague espoir, il s'exclama aussi doucement que possible :

— Que se passe-t-il ?

— Je ne peux pas... Je ne peux pas faire ça.

Il ne put s'empêcher de s'interroger : « C'est une blague ? » avant de se rappeler à qui il avait affaire. Ce n'était pas n'importe quelle femme ; il s'agissait de *sa femme* sur le papier, mais dans une situation des plus compliquée. Avec un soupir, Nathan s'assit dans le canapé et répliqua d'une voix aussi apaisante que possible, malgré la tension grandissant en lui :

— On en a envie tous les deux, Éli. Tu ne peux pas le nier.

Elle ne répondit pas et continuait à lui tourner le dos, comme si le regarder risquait de la faire changer d'avis et reprendre les choses où ils les avaient laissées. « Si seulement... », souhaita-t-il en retenant un nouveau soupir. Malheureusement, son épouse n'avait pas pour habitude de faire dans la facilité et il en avait parfaitement conscience.

D'une voix tendue, elle le lui confirma en répondant :

— Le désir... ne fait pas tout.

— Très bien. Alors, dis-moi au moins ce qui t'arrête. Si je peux t'aider...

— Tu ne comprends pas.

— Dans ce cas, explique-moi.

Comme elle hésitait toujours, Nathan se leva et la rejoignit avant de lui caresser doucement les bras :

— Nous sommes mariés, Éli. On ne fait rien de mal.

À ces mots, elle laissa échapper une exclamation agacée et étouffée qui intrigua son mari :

— Quoi ? s'enquit-il, un peu perdu.

Sans qu'il puisse la retenir, son épouse s'écarta et lui tourna à nouveau le dos :

— Dis-moi au moins où je fais fausse route.

Il avait pris une voix aussi apaisante que possible pour tenter de désamorcer la situation, mais, lorsqu'Élisabeth lui fit face, son regard était hostile et menaçant.

— Tu me prends vraiment pour une idiote...

Marmonnant du bout des lèvres, elle ajouta pour elle-même :

— Mais peut-être le suis-je finalement, puisque j'ai failli me laisser prendre au jeu.

— Si tu m'expliquais pour qu'on soit à égalité ?

— Tu utilises l'excuse de notre *mariage* au moment où cela te chante, quand tu y trouves ton intérêt.

Haussant les sourcils, il s'enquit, incrédule :

— Tu crois que je veux te faire l'amour uniquement parce que tu es ma femme ?

— Bien sûr que non, même si tu as utilisé cette excuse pour tenter de m'apaiser.

« Décidément, elle me connaît mieux que je ne pourrais l'imaginer », reconnut-il, à la fois gêné et ravi avant de se reprendre.

— Écoute, Éli, j'ai envie de toi. *Toi*, insista-t-il en glissant sa main sur sa joue.

Il ne fallut que quelques secondes avant qu'elle se dégage d'un air coupable. Mais cela n'empêcha pas Nathan de poursuivre :

— Ce n'est pas parce que tu es ma femme, mais parce que tu es attirante à bien des égards. Mais tu sais déjà tout cela ; tu sais très bien l'effet que tu provoques chez moi, comme je sais ce que je te fais ressentir.

Il eut la satisfaction de voir le visage d'Élisabeth s'empourprer davantage, même si elle s'obstinait à détourner le regard.

— On a envie l'un de l'autre, c'est indéniable.

— Peut-être… Mais un autre fait indéniable pèse dans la balance, à présent.

Il voyait les nuages gris s'accumuler et leur ciel presque virer au noir. La suite n'allait pas lui plaire, il en était certain.

— Je ne peux pas coucher avec toi… pas alors que tu comptes m'enlever mon fils jusqu'à la fin de mes jours.

À peine eut-elle fini de parler qu'il sentit le boomerang lui revenir en pleine figure. « Tu croyais vraiment qu'elle oublierait aussi facilement ? » Il ne voulait plus être le diable, plus maintenant alors qu'il avait goûté à ces retrouvailles charnelles avec elle. Mais avait-il vraiment le choix ? La colère envahit son cœur de sa fumée âcre et noire tandis qu'il prenait sur lui pour reprendre son rôle. Serrant les poings et les dents, il demanda en haussant les sourcils :

— Je rêve ou tu es en train de me faire du chantage ?

— Ce n'est pas du chantage.

— Tant mieux, parce qu'une partie de jambes en l'air avec toi ne vaut certainement pas que je renonce à ma vengeance.

Tout en se détournant, Éli secoua la tête en essayant de dissimuler son sourire déçu.

— Je ne t'ai rien demandé, Nathan. Je ne suis pas aussi naïve. Bonne nuit, annonça-t-elle avant de tourner les talons.

Il aurait voulu la retenir, lui dire combien il l'aimait et à quel point il était désolé. Mais il devait rester le « salaud ». Rongé par la frustration, il explosa alors qu'elle atteignait presque le couloir :

— Alors voilà ? Ça va se finir comme ça ? Bon sang, Éli, je suis bien parvenu à oublier que tu avais tué Neal !

De dos, elle se figea un instant. Nathan savait déjà la partie perdue d'avance. Avec ce qu'il venait de dire et, malgré ses regrets, il ne pouvait plus faire marche arrière. Alors, stoïque, il accepta simplement la réponse légitime de sa femme :

— Cela montre simplement où tu places tes priorités et, visiblement, c'est en dessous de la ceinture.

Sans un mot, sans un regard, Éli disparut et, jusqu'au bout, il écouta le bruit de ses pas. Il ne s'attendait pas à ce qu'elle revienne, pas après ses propos complètement stupides. Bon sang, il était l'un des hommes d'affaires les plus compétents de sa génération, réglant des problèmes valant des millions de dollars, mais, dès qu'il s'agissait de sa femme, il devenait aussi maladroit et irréfléchi qu'un adolescent.

Les solutions viendraient… mais pas ce soir-là. Non, à ce moment, il avait surtout envie de se vider la tête jusqu'à oublier l'existence de *sa femme*.

Alors, sans plus attendre, il regagna sa chambre pour se changer. Vêtu d'un jean noir et d'un pull bleu ciel, il quitta leur appartement. Ce soir, le diable était célibataire. Éli n'existait plus et, avec un peu de chance, il trouverait quelqu'un pour le distraire et assouvir ses envies charnelles. Après tout, c'était dans leur contrat de mariage, il pouvait coucher avec qui il voulait, il ne devait rien à Éli. Ni futur, ni bonheur, ni sexe, ni sentiments. Tout cela n'avait plus d'importance : la porte passée, elle n'existait plus.

34

ÉLISABETH

La voiture avait à peine démarré, les clouant dans cette atmosphère déjà pesante. Ils n'allaient jamais pouvoir donner le change et apparaître comme un couple sincèrement épris. La jeune femme lança un regard à son compagnon muré dans un mutisme aussi solide que le sien.

La journée s'était écoulée sans qu'ils se croisent une seule fois jusqu'au moment fatidique de leurs retrouvailles obligatoires. Élisabeth n'était pas naïve, elle savait qu'elle n'avait pas le choix et devait apparaître à cette soirée au bras de son époux.

Depuis son réveil, et après sa courte nuit, la sensation détestable d'avoir le cœur et l'estomac serrés ne l'avait pas quittée. Elle avait appréhendé de se retrouver face à Nathan, presque autant qu'elle avait eu envie de le revoir. Les événements de la nuit passée l'avaient chamboulé pendant des heures et, à la lumière du jour, rien n'avait changé. Le désir, les regrets et la peine étaient toujours là. Même les photos de Joshua transmises par Ethan ainsi que l'appel qu'elle avait passé pour parler à leur fils n'étaient pas parvenus à lui changer totalement les idées ni à chasser pour de bon les nuages gris ternissant son humeur.

Pourtant, Joshua était la chose la plus importante dans sa vie. Il était au-dessus de tout ! Alors, pourquoi ne parvenait-elle pas à oublier Nathan et les complications de leur relation ? Qu'importait qu'il la croie coupable d'avoir tué Neal ? Qu'il lui fasse la tête ? Qu'il passe la nuit ailleurs ?

Elle savait qu'il n'était pas rentré de la nuit… Après presque une heure d'hésitation, elle était allée vérifier dans sa chambre : vide. Ce constat l'avait blessée plus qu'elle ne l'aurait voulu, l'empêchant de trouver le sommeil.

« Qu'est-ce qui ne va pas chez moi ? », s'interrogea la jeune femme pour ce qui lui sembla être la centième fois de la journée. Comme prise en faute, elle détourna les yeux de son époux, mais ce dernier ne remarqua rien. À vrai dire, depuis la veille au soir, il ne semblait même plus remarquer sa présence. Elle en arrivait même à s'interroger sur la réalité de leur récente étreinte. Avait-elle rêvé ses caresses et la passion de ses baisers ? Avait-elle imaginé ses regards qui la réchauffaient encore ? Il avait semblé la désirer sincèrement, mais à présent…

Il était froid, distant et totalement désintéressé par elle, ce qui la vexait et la blessait plus encore. Malgré tout, malgré la menace qu'il représentait, Élisabeth ne parvenait pas à l'oublier ni à empêcher son cœur stupide de battre la chamade en sa présence. Évidemment, pour cette soirée, il portait un smoking noir sombre contrastant parfaitement avec sa chemise blanche éclatante. De son côté, elle avait choisi une robe rose qui dissimulait ses cicatrices, tout en épousant doucement ses courbes. Sa tenue était simple, mais élégante, surtout avec quelques bijoux prêtés par un célèbre joaillier et le maquillage qui cachait ses cernes et illuminait son teint.

Pourtant, Nathan ne l'avait pas regardée une seule fois, alors qu'elle aurait pu passer la soirée à l'admirer. Et à présent, ils allaient devoir jouer la comédie. « Sans doute plus lui que moi », songea-t-elle en s'imaginant déjà courir après lui pour donner le change.

— Nous sommes presque arrivés, monsieur Reed, annonça leur chauffeur.

La tension en elle monta d'un cran et, avant qu'elle ait réfléchi, Éli se tourna vers lui pour déclarer de but en blanc malgré sa voix nerveuse :

— Écoute, je sais que tu n'as aucune envie d'être là avec moi. Mais j'ai besoin que tu me guides, Nathan. Je ne suis pas habituée à être de ce côté de la barrière et j'ai besoin que tu me dises, que tu me montres ce que tu veux. Je sais que cette soirée est importante pour toi, mais je vais être en terre inconnue. Je vais avoir besoin de me reposer sur toi.

Il ne répondait rien, gardant ses yeux obstinément figés devant lui jusqu'à ce que la portière s'ouvre brusquement. Sans un mot, il se redressa, prêt à sortir, et Éli se sentit complètement désœuvrée. Son esprit tournait à pleine vitesse, mais, avant qu'elle ait pu arrêter la tornade dans sa tête, une main chaude et large se referma sur la sienne.

— Tu dois juste me suivre… et me faire confiance.

Tendue et des nœuds au ventre, la jeune femme se contenta d'acquiescer. Nathan sortit en premier, et non sans une brève hésitation, elle le suivit. Presque aussitôt, des flashs crépitèrent, alors que les photographes l'interpellaient : « Monsieur Reed. » Instinctivement, sa main serra un peu plus fort celle de son mari. Contre toute attente, il la lâcha pour passer son bras autour d'elle et la serrer un peu plus fort contre lui.

— On est ensemble dans cette…

— Épreuve ? suggéra-t-elle tout bas. Je suis désolée… C'est juste que je ne me sens pas à ma place dans ce genre de soirée. Je préfère…

— Te cacher dans les cuisines ?

La voix douce et avenante de Nathan encouragea la jeune femme à croiser son regard avant de répondre :

— Peut-être... et parce que j'aime ce que je fais.

— Je sais, mais tu devrais peut-être profiter de ces soirées pour apprécier des mets délicieux et t'en inspirer pour ton travail.

Avec un léger sourire, Élisabeth s'enquit :

— Et que dois-je faire de toutes les personnes entre le buffet et moi ?

À son tour, il esquissa un vague sourire. Quelques instants plus tard, ils avançaient côte à côte vers l'entrée de la grande salle où la plupart des invités étaient déjà rassemblés. Les parents de Sydney et Thomas avaient mis les petits plats dans les grands, mais, pour une soirée de cette envergure, il ne pouvait en être autrement. Sous les lustres gigantesques de la grande salle, près d'une cinquantaine de tables avaient été dressées. Alice et Andrew Myers fêtaient leur quarantième anniversaire de mariage, mais ils ne s'étaient pas contentés d'inviter leur famille. Tandis que Nathan et elle avançaient parmi la foule, des politiciens, des artistes et autres célébrités étaient venus les saluer. Encore plus intimidée par ce monde si loin de ses origines, Élisabeth osa à peine parler, impressionnée par ces rencontres.

Ils venaient tout juste de quitter Michelle Obama lorsque Nathan s'enquit d'une voix amusée :

— Ça va aller ?

— Repose-moi la question dans un jour ou deux.

Encore choquée par cette rencontre, Élisabeth eut la satisfaction de voir s'élargir le sourire de son mari. Enfin, ils parvinrent jusqu'à leur table où elle fut soulagée de retrouver les McEwan au complet. Pour compléter leur groupe, Nathan lui présenta le juge Knight et son épouse, ainsi que la juge Espinoza et son époux. Tous faisaient partie des plus proches amis des Myers.

Élisabeth laissa la soirée filer, sans vraiment prendre la parole, se contentant d'écouter les récits des uns et des autres. Évidemment, les

McEwan lui demandèrent des nouvelles de Joshua, ce qui l'aida à se détendre un peu plus.

Après le discours prononcé par leurs hôtes, le repas fut servi et ce n'est que lorsque Nathan retira son bras de sa taille qu'elle se rendit compte de son geste. Elle s'était tellement habituée à son contact qu'elle avait fini par l'oublier ; et maintenant qu'elle le perdait, la jeune femme le regrettait déjà profondément. Le dîner était délicieux, mais l'absence de contacts et de complicité avec son mari donnait un goût amer à tout ce qu'elle avalait.

Son humeur tournait tristement à la pluie, et le juge McEwan et sa femme enfoncèrent douloureusement le clou. Liam et Helen étaient mariés depuis plus de quarante ans, mais leur amour et leur complicité étaient indéniables. Malgré le public, ils se tenaient la main et se comportaient comme un couple aux premiers battements de leur histoire. Les démonstrations physiques, tactiles, tendres et délicates se multipliaient de l'autre côté de la table, lui renvoyant le reflet de tout ce qui leur manquait, à Nathan et elle, à commencer par l'absence de bonheur.

Élisabeth se perdait peu à peu dans son étude démoralisante, lorsqu'elle sentit le bras de son époux s'enrouler autour d'elle avant que son torse ne s'emboîte sur son épaule. Le souffle de Nathan vint alors caresser son oreille avec sensualité, la faisant frissonner presque automatiquement. D'une voix presque professionnelle, il chuchota :

— Il va falloir qu'on fasse beaucoup mieux si on veut convaincre tous ces gens.

Pourtant, la distance qu'il imposait toujours ne parvenait pas à la refroidir. Sa proximité suffisait à la réchauffer des pieds à la tête. De plus en plus tendue, elle parvint néanmoins à souffler.

— Et on peut dire que la concurrence est rude.

Élisabeth gardait obstinément le regard figé devant elle, aussi sursauta-t-elle lorsque les lèvres de Nathan épousèrent sa peau derrière son oreille. Instantanément, elle se crispa et voulut s'écarter, mais son compagnon la connaissait déjà trop bien et avait resserré son étreinte pour l'empêcher de bouger. La mâchoire et les poings serrés sur sa robe, la jeune femme prenait sur elle pour retenir les gémissements qui menaçaient de lui échapper. Sa peau qui commençait à la brûler un peu partout lui confirmait que son visage devait bel et bien être assorti à sa robe à présent. Il fallait que ça s'arrête avant qu'elle ne perde totalement la tête.

La tête légèrement tournée vers Nathan, elle s'enquit tout bas :

— Qu'est-ce que tu fais ?

Comme si de rien n'était, il répondit calmement :

— Je donne le change.

Élisabeth eut alors le malheur de tourner la tête de l'autre côté, lui offrant alors une vue dégagée sur sa proie suivante. Lorsqu'il l'embrassa dans le cou, elle se cramponna à la main de son mari refermée sur sa hanche. Le contact de sa langue et de ses dents provoquait un tsunami sur son épiderme, la mettant au supplice.

Alors, avant de perdre la raison, la jeune femme se tourna complètement vers son mari pour le gronder tout bas.

— Nathan.

— « Chérie », rétorqua l'intéressé.

Ajouté à son sourire amusé et son regard malicieux, ce simple mot la déstabilisa tellement qu'elle ne réagit pas, lorsqu'il caressa sa joue avant de s'emparer de ses lèvres. Les battements de son cœur s'accélérèrent sous ce coup d'adrénaline. C'était si fort qu'il battait jusque dans sa gorge, dans sa tête. À chaque seconde, sa raison glissait entre ses doigts et lui échappait. À présent, elle était partagée entre une envie de hurler et un besoin de *lui*.

Parvenant difficilement à s'écarter, elle chuchota :

— Nathan.

— Beth.

Bon sang, cela faisait si longtemps qu'il ne l'avait plus appelée ainsi. Cela la désorienta presque autant que le regard bleu électrique qui ne la lâchait pas.

— Il ne faut pas. Nous ne sommes pas tous seuls.

— Et nous sommes de jeunes mariés.

Sans plus attendre, il reprit ses lèvres, mais, avec toutes les peines du monde, elle parvint à s'écarter à nouveau :

— Je t'en prie, ne m'encourage pas davantage.

Il l'étudia quelques secondes avant de soupirer en la libérant totalement. Élisabeth regrettait presque déjà ses propos, lorsque son Viking en smoking se leva. Mais avant qu'elle ait craint de le voir s'éloigner davantage, Nathan lui tendit la main en s'exclamant :

— Viens. Allons danser.

Comme la droguée qu'elle était, la jeune femme ne se fit pas prier davantage et prit sa main avant de le suivre. Elle eut l'impression d'arrêter de respirer jusqu'à la piste et ce moment où il l'enlaça à nouveau. Lorsque son buste et ses hanches épousèrent le corps solide de Nathan, une nouvelle bouffée de désir s'empara d'elle. Elle prit alors la large main de son mari sur ses reins comme un encouragement à se cambrer encore plus contre lui. Cette danse était aussi délicieuse qu'insoutenable, mettant ses nerfs à rude épreuve, mais la voix de son époux la ramena un peu plus sur Terre :

— Je n'ai pas le choix. On ne peut pas se comporter comme des étrangers. J'ai besoin que tu lâches prise et que tu me fasses confiance. Ce soir, j'ai besoin de retrouver ce que j'avais avec Beth avant notre mariage.

Elle ne le regardait pas, mais qu'il mentionne leur relation passée la frustrait. Elle aurait voulu pouvoir revenir à ces moments-là, à cette liberté ; mais désormais, elle connaissait la vérité et les risques. Si elle s'abandonnait et enlevait ses filtres, elle allait finir en miettes, brisée et inconsolable.

— Ce sera la seule fois où je te le demanderai. S'il te plaît, ce soir, faisons comme si nous n'étions que Nathan et Beth, et comme si le chaos dehors n'existait pas.

« Le chaos », voilà comment il qualifiait leur relation actuelle… Peut-être n'avait-il pas tort. Quoi qu'il en soit, il n'avait pas conscience de ce qu'il lui demandait. Une fois encore, elle avait l'impression de n'être que la jumelle de celle qu'il aimait vraiment. Et ce soir-là, il lui demandait d'oublier sa vie, ses blessures, pour qu'il puisse imaginer cette soirée avec une femme qui comptait vraiment pour lui ; ou du moins, qui comptait plus qu'elle. « Je n'ai aucune valeur à ses yeux, je ne suis qu'une meurtrière », songea-t-elle tristement.

Pourtant, elle acquiesça. Sans un mot, Éli accepta. Elle aussi voulait ce répit, fatiguée de devoir lutter sans arrêt.

Tout bas, de sa voix grave et légèrement autoritaire, il déclara :

— J'ai besoin de preuves.

Ce qu'il attendait d'elle était plus difficile que de prononcer des mots, mais, si ce soir-là était le seul moment pour exposer son cœur, elle ne pouvait hésiter. La musique s'arrêta et eux aussi, alors qu'elle chassait ses peurs et ses hésitations. Comme elle gardait la tête baissée pour échapper à son regard intimidant, Nathan dut croire qu'elle renonçait. Elle sentit sa déception, lorsqu'il s'écarta et la libéra, lui faisant relever la tête. Mais alors que leurs doigts restaient le dernier lien entre eux, Élisabeth le retint et, lorsqu'il se tourna à nouveau vers elle, la jeune femme franchit la distance entre eux et se hissa jusqu'à ses lèvres. Elle n'avait marqué aucune hésitation, elle n'avait pensé qu'à la possibilité de le perdre, de manquer ce rendez-vous avec lui. Comme un sixième sens, son corps reconnut celui de Nathan, lorsque ce dernier l'enlaça. Tout en se balançant d'un pied sur l'autre, ils répondaient mutuellement aux baisers de l'autre, sans interruption. Elle ne voulait pas que cela s'arrête et, apparemment, Nathan partageait ce souhait.

Alors, pour un soir, une nuit peut-être, ils pouvaient peut-être être ce couple normal et amoureux, celui qu'elle avait espéré, celui dont elle avait rêvé. Ce soir-là, elle pouvait presque être elle-même avec l'homme qu'elle aimait de tout son cœur, juste pour quelques heures.

35

ÉLISABETH

Une illusion. Elle aurait dû s'en douter ; elle aurait dû s'en rappeler. Mais les bras de Nathan s'étaient montrés trop confortables, trop persuasifs, trop attractifs. Élisabeth avait fini par oublier la réalité. Du moins, jusqu'à ce que cette dernière lui explose à la figure.

Nathan et elle ne s'étaient presque pas quittés de la soirée. Ils étaient vraiment parvenus à incarner le couple de jeunes mariés qu'ils prétendaient être, surtout elle. « La jeune mariée totalement éprise de son époux… Totalement aveugle, oui ! » songea-t-elle avec dégoût.

Les rares moments où ils avaient été séparés, Élisabeth n'avait pu s'empêcher de le chercher du regard telle une adolescente en manque parce qu'il était beau et séduisant, et qu'elle ne se lassait pas de poser les yeux sur lui. Et à chaque fois – ou presque – où leurs regards s'étaient croisés, il lui avait souri et elle en avait fait autant en rougissant. « Pauvre gourde que je suis ! » s'autoflagella la jeune femme. Elle avait accueilli chacun de ses baisers, chacune de ses étreintes avec des frémissements de désir, son cœur battant la chamade… pour de vrai.

Et puis, Sydney était arrivée, la peau dorée, sublime dans une robe bleu roi à bretelles, dévoilant son décolleté généreux, son dos et ses jambes musclées. Le genre de robe qu'Élisabeth n'aurait jamais osé mettre, de peur que son maquillage ne s'efface et laisse apparaître ses cicatrices. Sydney n'avait pas ces inquiétudes : elle était pleine d'assurance et semblait prendre la vie uniquement du bon côté. La femme parfaite, en somme, l'épouse parfaite.

Malheureusement pour elle, Élisabeth avait entendu ce commentaire au pire moment de la soirée. Alors que Nathan discutait loin d'elle avec d'autres invités, Sydney s'était jointe au petit groupe. Presque aussitôt, comme des gestes naturels, Nathan et la jeune femme avaient passé un bras dans le dos de l'autre, riant et échangeant avec les autres personnes. Mais Élisabeth avait surtout eu l'impression de les revoir, lors du passage de Sydney et Thomas à la propriété. Là encore, l'entente entre son mari et leur invitée avait été plus qu'évidente. Il y avait quelque chose entre eux. Peut-être était-ce innocent, mais c'était là, affirmant la légitimité de leur couple.

Ils avaient finalement abandonné le groupe pour la piste où ils avaient dansé tranquillement, le sourire aux lèvres, quand ils ne riaient pas vraiment. Leur complicité était celle d'un vrai couple, indéniable… « Brutale », s'était avoué Élisabeth en encaissant encore ce mauvais coup dans son moral.

Évidemment, elle n'avait pas été la seule à constater cet épisode, ce lien. Des murmures résonnaient ici et là autour d'elle. Sans doute, ces personnes ignoraient-elles qu'elle était la femme de Nathan. « Quel beau couple ! » « Ils sont vraiment faits pour être ensemble. » « Ils s'accordent parfaitement. » Tout un florilège en sa défaveur en passant par « quel gâchis » ou encore « quel dommage qu'il soit déjà marié ». Évidemment, il ne s'agissait que d'avis extérieurs, mais cela ne donnait que plus de poids au sien, identique à ces derniers. C'était ce qui faisait le plus mal, avoir raison.

Pour en rajouter, une voix moqueuse et familière s'était exclamée derrière elle :

— Décidément, on n'arrive jamais à les décoller, ces deux-là.

Lorsqu'elle s'était tournée vers Thomas, elle n'avait pu effacer immédiatement la peine marquant ses traits, aussi avait-il ajouté précipitamment, les sourcils froncés :

— Vous savez qu'il n'y a rien entre eux, n'est-ce pas ? Ce ne sont que des amis, Beth.

— Je sais, avait-elle murmuré d'une voix éteinte.

Son murmure éteint l'avait obligée à se racler la gorge avant de sourire et de répéter d'une voix plus assurée :

— Je sais.

Mais être convaincante avait été au-dessus de ses forces. Pour faire diversion, le médecin l'avait interrogé :

— Vous passez une bonne soirée ?

Ils avaient un peu discuté avant d'être rejoints par les parents de Thomas. Avec un large sourire, son père l'avait taquiné :

— Alors, fiston, tu ne nous présentes pas ton amie ?

— Si ! Je vous présente Beth Reed... La femme de Nathan.

Son hésitation avait quelque peu étonné l'intéressée. Visiblement surpris, les Myers s'étaient simplement exclamés :

— Oh !

— Je suis ravie de faire votre connaissance, cette soirée est fabuleuse.

Visiblement encore désarçonné par cette rencontre, le chef de famille avait répliqué :

— Oui ! Il faut dire que ma femme a voulu mettre les petits plats dans les grands.

— Dit celui qui a voulu inviter tous ces politiciens. Nous sommes ravis que vous passiez un bon moment. Je sais qu'il est un peu tard, mais nous vous souhaitons le meilleur, à Nate et vous.

— Merci, madame Myers.

— Et où se trouve ce grand gaillard ? avait demandé Andrew.

Malgré lui, sa question avait instauré un malaise dans leur petit groupe et, d'une voix un peu gênée, Thomas avait répliqué :

— Oh, il ne doit pas être bien loin !

— Quand on parle du loup ! s'était exclamé joyeusement Andrew Myers.

Toujours bras dessus, bras dessous, Sydney et Nathan les avaient rejoints. Son mari avait chaleureusement salué leurs hôtes, l'ignorant encore quelques secondes avant de sembler se souvenir de sa présence. Avec un sourire, il l'avait enlacée avant de reprendre sa discussion avec les Myers. Mais pour elle, les choses n'avaient plus été pareilles. Ce bras autour d'elle était comme s'il avait embrassé Sydney juste avant de l'embrasser, elle. Si elle l'avait pu, Élisabeth se serait écartée, mais elle était restée là, simplement silencieuse et tendue. Ils avaient suffisamment joué la comédie et elle s'était suffisamment laissé humilier.

Pourtant, bêtement, elle était restée, pour continuer à donner le change, même si elle n'y croyait plus. À plusieurs reprises, Nathan lui avait demandé si ça allait et elle s'était contentée de sourire et d'acquiescer. C'était sa seule façon de pouvoir mentir. Les quelques fois où Nathan l'avait embrassée, elle avait serré des poings et n'était pas parvenue à lui répondre comme elle l'avait fait plus tôt dans la soirée. Elle n'était même plus parvenue à le regarder en face, incapable d'enfouir sa colère et ses blessures.

Nathan n'était pas idiot, aussi, lors d'une danse, avait-il fini par lui imposer de croiser son regard en levant son menton avec douceur mais autorité :

— Que se passe-t-il ?

Il fronçait les sourcils et était apparemment vraiment soucieux, mais elle avait seulement pu répondre d'un ton las :

— Rien… Je suis juste fatiguée.

— Tu veux rentrer ?

— Oui. Si cela ne te dérange pas. Je peux même rentrer toute seule, si tu veux rester.

— Non, je vais t'accompagner… Mais d'abord, je veux que tu m'embrasses vraiment.

À la fois surprise et contrariée par sa requête, Élisabeth avait pris sur elle et s'était jetée aux lèvres de son mari pour un baiser dur, froid et impersonnel. Nathan avait déjà passé ses bras autour d'elle, une main derrière sa tête, mais il n'avait pas répondu à son baiser. Au lieu de cela, il s'était légèrement écarté pour répliquer avec une colère qui couvait :

— Non. Un vrai baiser. Un baiser où tu t'abandonnes, où tu te livres, où tu me montres que tu m'aimes et que tu me désires, un baiser à l'image de cette soirée. Si tout doit finir ce soir, je veux que notre dernier baiser soit identique au premier. On ne partira pas tant que…

Elle ne lui avait pas laissé le temps de finir et s'était appliquée à le satisfaire, non sans écorcher son cœur au passage. Élisabeth s'était concentrée sur les yeux de son mari, sur son visage si beau, son corps solide contre le sien et son étreinte douce, presque tendre. Elle avait jeté un mouchoir sur tous ses doutes et ses peines de la soirée, cherchant à retrouver le mirage si apaisant qu'ils avaient créé. Pourtant, la réalité s'était montrée encore trop présente, les illusions trop blessantes et elle n'avait pu retenir ses larmes derrière ses yeux qu'elle avait finalement clos.

Dans un souffle, Nathan s'était finalement redressé. Elle avait senti ses pouces essuyer les traces sur ses joues avant de reprendre ses lèvres, tendrement, pendant quelques secondes, comme pour s'excuser. Cela avait été sa première impression qui avait poussé Élisabeth à s'écarter. « S'excuser de quoi ? »

La voix rauque de sanglots plus que de désir, la jeune femme avait déclaré :

— Je voudrais rentrer.

Le visage fermé, presque perdu, Nathan avait acquiescé et lui avait pris la main pour la conduire jusqu'à la sortie. Une fois dehors, à l'abri des regards, elle l'avait lâché pour croiser les bras sur sa poitrine jusqu'à leur voiture.

À présent, la limousine roulait vers leur appartement et un retour à la normale. Plus besoin de mentir ou d'oublier la vérité, juste le chaos auquel elle s'était presque habituée. Élisabeth ne prononça pas un seul mot de tout le trajet ni ne jeta le moindre coup d'œil direct à son compagnon. Dans le reflet des vitres, elle avait vu ce dernier l'étudier longuement avant de se tourner à son tour vers les fenêtres de son côté.

L'atmosphère se faisait pesante, presque étouffante, aussi l'arrivée à leur appartement la soulagea... Du moins, ce fut le cas jusqu'à ce que les portes de l'ascenseur se ferment sur leurs gardes du corps quittant les lieux pour les laisser seuls.

Presque aussitôt, son époux s'enquit avec une impatience à peine voilée :

— Très bien. Maintenant, tu peux me dire ce qui ne va pas.

Elle s'obstinait à lui tourner le dos, lorsqu'elle rétorqua faiblement :

— Je te l'ai dit, je suis juste fatiguée. Alors, tu m'excuseras, mais je vais aller me coucher.

En quelques pas, Nathan s'interposa.

— Dis-moi d'abord ce qui s'est passé. Ce que j'ai fait ou pas, pour que tu n'arrives même plus à me regarder en face.

« C'est une blague ? » s'interrogea-t-elle en levant les yeux vers son mari. Il l'étudiait toujours en fronçant les sourcils, ne voyant visiblement pas le mal.

— Pourquoi ? À quoi bon ? La comédie est terminée ! À tes yeux, je suis à nouveau une criminelle, une meurtrière et tu vas te débarrasser de moi.

Nathan serra la mâchoire. Il semblait mécontent ou déçu, mais cela avait-il une quelconque importance ? Agacé, il répliqua d'un ton glacial :

— Tu as raison. Du moment que tout le monde à la soirée a été convaincu, c'est l'essentiel.

C'est alors qu'un rire nerveux et sarcastique échappa à la jeune femme, alors qu'elle secouait la tête d'incrédulité.

— Quoi ? J'ai dit quelque chose de drôle ?

— Drôle, non, mais ridicule…

— Alors quoi, Éli ? J'essaye de savoir ce qui te contrarie, je me plante ! Et maintenant, ça ? Qu'est-ce qui ne va pas chez toi ?

— Pardon ? « Chez moi » ? Alors là, c'est le monde à l'envers ! Tu peux me dire à quoi rimait cette soirée ?

— Tu sais très bien quel en était le but, convaincre tout le monde du sérieux de notre union.

— Oh oui ! C'est pour ça que tu t'es montré aussi intime et complice avec Sydney ! Tout le monde avait l'impression que vous formiez un couple, parce que c'est l'impression que vous donniez !

— Je n'ai jamais cherché à…

Avec fougue, Élisabeth l'interrompit :

— Je sais ! Vous le faites naturellement ! Vous êtes faits pour être ensemble tous les deux, et je suis sincère en disant cela. Je le pense et tout le monde le pense ! Alors, tu aurais dû être sincère avec moi dès le départ, ce soir, et me dire que nous n'étions là que pour monter ton alibi par rapport à ma future disparition. Tu n'aurais jamais dû me faire croire qu'être avec moi, ce soir, avait une quelconque importance ! « Avec moi » ! Ce n'était même pas avec *moi* que tu voulais être, mais avec *Beth* ! Une illusion ! Tu préfères même être avec une illusion plutôt qu'avec moi.

— Éli… C'est ridicule.

— Je ne te le fais pas dire ! Je n'aime pas qu'on me prenne pour une idiote ni de me faire humilier, et si ce soir, c'était ton but, eh bien, c'était parfaitement réussi ! Pour tout le monde, c'était Sydney ton épouse légitime, celle que tu devais épouser. Et moi, je ne suis qu'une marionnette, une pauvre idiote.

Elle avait fait ce constat tout bas, pour elle-même. Pourtant, Nathan lui répondit d'une voix plus douce, presque triste :

— Alors, pourquoi suis-je avec toi, ce soir ? Pourquoi suis-je ici, et pas avec Sydney ?

Couvrant le bruit de ses nerfs qui se brisaient, la jeune femme s'écria :

— Parce que tu es un idiot ! Tu n'as rien à faire ici, avec moi, avec une femme qui a tué ton « frère », alors qu'il y a une femme dans cette ville, qui tient encore à toi, qui te fait rire, sourire… Elle est belle et elle te rend heureux, alors que fais-tu encore là ?

Avec les mots étaient sorties ses larmes, aussi salvatrices que ses propos devenus tranchants. En silence, son regard glacial virant au froid polaire, Nathan la fixait avec une colère qui émanait de tout son être. Mais elle était fatiguée de chercher à obtenir de lui quelque chose qui ne viendrait jamais. Elle n'était pas la femme qu'il lui fallait, qu'il voulait, la femme qui le rendait heureux. Pourquoi insistait-il, alors qu'une autre l'attendait ? Éli en était persuadée, Sydney aimait encore Nathan et l'accueillerait les bras grands ouverts.

Finalement, son mari acquiesça et tourna les talons, rebroussant chemin jusqu'à l'ascenseur. Il y pénétra avant de lui faire face et tout ce qu'elle vit fut ce regard qui ne cilla pas, l'accusant de tous les maux de la Terre. « Tu l'auras voulu », semblait-il l'accabler. Mais lorsqu'il disparut et que le temps s'écoula sans son retour, Élisabeth eut l'impression de voir tout son monde s'écrouler. La vérité faisait mal, atrocement mal, mais elle l'avait cherché. Avec le temps, elle allait peut-être pouvoir avancer sans se mentir, sans espérer quoi que ce soit de lui. Mais d'abord, elle devrait panser ses blessures ancrées jusqu'au plus profond de son cœur et de sa chair.

NATHAN

Il ne décolérait pas. Il savait que c'était le pire moment pour prendre des décisions irraisonnées. Mais, à l'heure actuelle, il avait surtout besoin de décompresser et de se débarrasser de sa frustration.

Pourtant, au fil des secondes, alors que la voiture l'emmenait à la destination prévue, il fixait son téléphone, relisant encore et encore la brève discussion qu'il avait entamée une dizaine de minutes plus tôt. Et il savait. Il savait que ce n'était pas la bonne décision, la bonne marche à suivre, mais, cette nuit-là, il voulait juste l'ignorer et foncer tête baissée.

Il avait besoin de se sortir Élisabeth de la tête, elle et tout ce qu'elle lui avait fait ressentir ce soir-là, à la réception. Alors, il avait suivi son conseil et s'était tourné vers Sydney. À peine sorti de l'ascenseur, il avait envoyé un texto à son ex : « Il faut qu'on se voie. Le plus tôt possible. » Non sans surprise, elle lui avait répondu presque immédiatement, augmentant encore sa culpabilité. « OK. Retrouve-moi à mon hôtel », lui avait-elle écrit avant de lui envoyer l'adresse.

Maintenant qu'il était presque arrivé, ses interrogations et ses doutes redoublaient : allait-il vraiment tromper sa femme ? Sydney était-elle encore amoureuse de lui ? Et lui, que ressentait-il pour son ex-fiancée ? L'aimait-il encore ? Il la trouvait très belle et se sentait bien, heureux en sa présence, mais cela dépassait-il le stade de l'amitié ? Il ne voulait pas blesser Sydney et il ne voulait plus ressentir ce qu'il éprouvait maintenant. Malgré les hauts et les bas qu'ils avaient connus par le passé, sa relation avec Sydney n'avait jamais été aussi houleuse et compliquée que celle qu'il vivait avec Élisabeth. Or, ce soir-là, cette nuit-là, il voulait juste connaître un moment simple, direct, sans questionnement. Les reproches et les regrets viendraient plus tard, s'ajoutant à une liste déjà bien longue.

Enfin, la voiture s'arrêta et il sortit avant d'hésiter. Son cerveau éteint et ses œillères invisibles en position, il prit l'ascenseur, escorté par un de ses gardes du corps. Une fois dans le couloir, il le renvoya et marcha jusqu'à la porte de Sydney. L'une de ses pensées s'échappa avant qu'il ne l'envoie valser : « Ce n'est pas une bonne idée. »

Le sang battant dans ses tempes, il frappa à la porte. Quelques secondes plus tard, Sydney lui ouvrit. Elle ne s'était pas changée. La tête légèrement penchée sur le côté, elle l'étudia un bref instant avant de s'écarter tout en lui ouvrant la porte plus largement. Alors, sans un mot, il pénétra dans la suite, la laissant doucement refermer le battant sur eux. Ils étaient seuls et il ne voulait plus reculer, parce que c'était la bonne chose à faire.

36

ÉLISABETH

Il n'était pas rentré de la nuit, encore. Elle n'aurait pas dû en être étonnée. Nul besoin de se voiler la face, Élisabeth savait où il était... Ou du moins, elle s'en doutait. C'était bien trop évident, après ce qui s'était passé la veille.

Quand ils s'étaient disputés à leur retour de la soirée, elle avait eu l'impression qu'il ne se rendait pas compte de l'image qu'il renvoyait lorsqu'il se retrouvait avec Sydney. Lui avait-elle vraiment ouvert les yeux ou ne s'agissait-il que d'un jeu de plus pour la blesser ? Dans les deux cas, ce dernier but était atteint. Pendant ce qui lui avait paru des heures, ses larmes n'avaient cessé de couler, tandis qu'elle revoyait le regard amoureux de Nathan, quelques heures plus tôt. Elle avait eu l'impression d'être seule au monde avec lui, comme si rien d'autre n'existait, le paradis. Comprendre que ce paradis était révolu, voire qu'il n'avait jamais existé, l'avait plongée en enfer. Toucher ce rêve du bout des doigts avant qu'on ne le lui enlève avait fait remonter des souvenirs douloureux. Nathan arrivait toujours à tirer parti des sentiments qu'elle ressentait pour lui. Il s'amusait avec, faisant miroiter des espoirs presque concrets avant de les réduire en cendres d'un mot ou d'un claquement de doigts, juste comme ça, juste pour la torturer.

Plusieurs fois, elle avait réussi à s'endormir avant d'être hantée par les mêmes rêves qui la faisaient pleurer. Alors, épuisée, la jeune femme n'avait plus fermé l'œil, attendant simplement que le jour se lève pour que de nouveaux dérivatifs accélèrent le temps et qu'elle retrouve Joshua au plus vite.

La matinée s'écoula lentement, alors qu'Élisabeth tentait de ne pas prêter attention à l'absence persistante de son mari. Mais qu'y avait-il de surprenant là-dedans ? S'il était avec sa maîtresse, la femme qu'il aimait vraiment, et qu'ils le savaient tous les deux, pourquoi s'arracherait-il à son étreinte pour revenir auprès de son épouse de pacotille ?

Finalement, plutôt que de rester à tourner dans ce grand appartement comme un lion dans sa cage, Élisabeth attrapa son sac et son manteau avant de se diriger vers l'ascenseur. Mais contre toute attente, lorsque les portes s'ouvrirent, elle se retrouva face à un invité inattendu.

— Thomas ? Bonjour.

— Bonjour. Oh, vous partiez ?

— Oui ! J'ai besoin de m'aérer.

— Vous avez raison. Le temps est plutôt agréable, ce matin.

Il semblait vouloir rester là, aussi prit-elle les devants en s'exclamant :

— Si vous vouliez voir Nathan, il est absent. Je suis désolée.

— Oh ! Déjà ? Waouh ! Eh bien, en fait, j'espérais pouvoir prendre un café avec vous deux, mais, si vous sortez, me permettriez-vous de vous offrir ce café ou un thé à l'extérieur ? Je connais quelques très bons endroits dans le quartier.

Élisabeth était un peu gênée de se retrouver seule à seul avec Thomas en de telles circonstances. Ils s'entendaient bien, mais elle craignait d'en dire trop et de dévoiler la vérité sur son mariage. D'un autre côté, ne pas être isolée lui permettrait de se changer les idées plus facilement. Convaincue par cette option, elle accepta :

— Ce serait avec plaisir.

— Alors, c'est parti, lança joyeusement son compagnon.

Dans l'ascenseur, il l'interrogea sur la soirée de la veille, mais elle parvint à dévier la conversation sur lui et son programme pour les jours à venir.

— J'ai plusieurs opérations prévues, ainsi que des consultations, mais, dans mon métier, il y a toujours des imprévus et des urgences.

— La vie de chirurgien semble bien loin d'être routinière.

— Ça dépend. Vu de l'intérieur, c'est plus facile qu'il n'y paraît, car beaucoup d'opérations ou de cas médicaux se ressemblent, mais les journées sont longues. Dans ma profession, on ne compte pas ses heures.

Comme promis, il la conduisit dans un petit café, non loin de son immeuble et, quelques minutes plus tard, ils ressortirent avec un café et un thé. Ils marchaient tranquillement dans la rue, lorsqu'elle relança la conversation :

— Ça ne doit pas être facile d'avoir une vie en dehors de l'hôpital avec une telle profession.

— Ce n'est pas toujours facile de trouver le ou la partenaire qui acceptera ce genre de situations. C'est peut-être pourquoi beaucoup de mes collègues et collaborateurs sortent ou sont mariés avec quelqu'un travaillant dans le même secteur.

— Mais pas vous.

— Non. Je préférerais rentrer chez moi et pouvoir parler d'autre chose. C'est sans doute pour ça que je suis toujours célibataire, concéda-t-il avec un sourire amusé.

Malgré le détachement de son compagnon, la jeune femme ne sut pas quoi répondre. Aussi fut-elle quelque peu surprise, lorsqu'il demanda :

— Et vous ?

Perdue, Élisabeth demanda :

— Quoi « moi » ?

— Ce n'est pas trop difficile d'avoir un mari comme Nathan ? C'est un homme d'affaires très important, il ne doit pas être très souvent à la maison…

— C'est…

Après son hésitation, elle essaya de se reprendre :

— Je savais à quoi m'en tenir quand je l'ai épousé.

— Vous vous doutiez que vous vivriez avec un courant d'air ?

La pointe d'ironie dans sa question ne manqua pas de la piquer. Un automatisme la poussa malgré tout à défendre son époux avec une force qui jaillit brutalement.

— Nathan est quelqu'un de très professionnel. Il ne s'absente pas pour n'importe quelle raison. Et puis, Joshua et moi avons vécu suffisamment longtemps rien que tous les deux pour que je ne sois pas totalement démunie en l'absence de mon mari. Je suis loin d'être une femme au foyer, j'ai ma propre entreprise, mes propres activités. Alors, non, les absences répétées de mon mari ne m'ennuient pas.

Légèrement irritée par les circonstances autant que par les questions de son compagnon, la jeune femme tâcha de se calmer et Thomas ne sembla pas remarquer son agacement, car il poursuivit tranquillement :

— Y compris lors de voyages comme celui-ci, où Joshua n'est pas là ? Vous pourriez passer simplement le week-end en amoureux et Nathan…

— Comment faisait votre sœur, quand ils étaient ensemble ?

Elle n'avait pas pu s'en empêcher et en fut aussi surprise que son interlocuteur. La question lui avait échappé, mais, à présent, elle voulait connaître la réponse.

— Eh bien… Sydney est une femme très indépendante. Elle trouvait toujours de quoi s'occuper. Son travail est aussi très prenant et très important pour elle. C'est une carriériste comme Nathan et c'est peut-être ce qui les a conduits à rompre. Ils se ressemblent beaucoup tous les deux, mettant leur travail en première place. Leur relation était simple, leurs emplois respectifs passaient en premier et ils se retrouvaient dès qu'ils le pouvaient. Cet arrangement a semblé leur convenir… du moins, pendant un temps. Mais je n'aurais pas imaginé que la rupture viendrait de Nathan. J'ai toujours cru que ma sœur finirait par se ranger un peu pour fonder une famille avec quelqu'un de disponible, pendant que Nate resterait à gouverner le monde des affaires du haut de sa tour. J'aurais dû me douter que son passé et son enfance sans famille auraient créé un besoin d'en fonder une lui-même.

« Une famille en carton, une contrefaçon, le temps que je sois encore dans le paysage », pensa-t-elle tristement. Mais, finalement, Élisabeth savait comment l'histoire se terminerait… sans elle. Nathan aurait sa famille avec la femme qu'il avait toujours aimée et l'enfant de son frère qu'il considérait à présent comme le sien. De loin, le tableau rendait bien, mais qu'en serait-il des détails ? Sydney serait-elle prête à endosser le rôle de mère ? Nathan et elle seraient-ils là pour « leur » fils ? Ce serait sa seule condition pour rester à distance et elle comptait bien en parler à son mari dès leur prochain tête-à-tête. L'avenir et le bonheur de Joshua seraient ses seules conditions, mais elle ne plierait jamais sur le sujet. Cette fois, Nathan ne gagnerait pas.

NATHAN

Il avait fait le bon choix. Allongé, une main derrière la tête, il fixait le plafond blanc de la suite et se sentait un peu plus serein. Sydney et lui n'avaient presque pas fermé l'œil de la nuit, mais il devait s'avouer que les dernières heures lui avaient fait du bien.

— Bien dormi ? s'enquit son hôtesse.

Une tasse de café à la main, elle approchait, tandis qu'il se redressait en souriant et répondait :

— On va dire ça.

Tout en lui tendant sa tasse, elle lui fit remarquer :

— Pourtant, le lit était confortable, ne dis pas le contraire.

— Le confort n'est pas ce qui m'a maintenu éveillé, si tu vois ce que je veux dire.

— Ça va être de ma faute maintenant. Espèce d'ingrat, l'accusa-t-elle.

Doucement, elle vint s'asseoir à côté de lui et l'étudia quelques secondes avant de demander en douceur :

— Plus sérieusement, j'espère que tu ne regrettes pas…

— Non ! Non, ça m'a vraiment fait du bien.

— Tant mieux.

— Et toi ? Tu as bien dormi ?

Le rire de la jeune femme retentit, légèrement teinté d'ironie, avant qu'elle ne s'exclame :

— Tu plaisantes ? Je n'ai pas pu fermer l'œil.

— Je n'aurais pas dû accepter ta proposition et te laisser le canapé.

— Nathan, c'est moi qui te l'ai proposé et le canapé était vraiment confortable, je t'assure. Seulement, après tout ce que tu m'as raconté la nuit dernière, j'étais surexcitée. C'est une histoire incroyable et j'ai passé les dernières heures à me renseigner et à creuser sur le sujet.

Comme il ouvrait déjà la bouche, elle l'arrêta :

— Rassure-toi, je sais très bien que je ne pourrai rien publier. Mais toute cette histoire est aussi fascinante que dramatique.

— Je suis heureux que mon désarroi et mes problèmes te distraient, plaisanta-t-il en souriant.

— Arrête de te plaindre, on sait tous les deux que tu t'es mis toi-même dans cette situation et je suis même prête à parier que tu ne le regrettes pas.

Prenant une profonde inspiration, il regarda le plafond et s'interrogea, n'avait-il vraiment aucun regret ?

— Je me trompe ?

Baissant finalement les yeux sur ses mains jointes autour de sa tasse, il soupira et confia :

— Je ne regrette pas d'avoir rencontré Éli et Joshua. Je regrette seulement toute cette situation. J'aurais voulu que les choses soient plus simples, plus claires.

— Tu doutes toujours d'elle ou tu fais ça pour te protéger ?

Ce n'était pas la première fois qu'ils évoquaient ses sentiments pour sa femme, mais il ne parvenait toujours pas à se prononcer. Comme il hésitait, Sydney l'encouragea :

— Que te dit ton instinct ?

— J'ai l'impression qu'il est corrompu.

Son aveu dessina au passage un sourire tendre sur les lèvres de sa compagne et il reprit :

— C'est juste que… j'ai envie de croire qu'elle sera toujours là, que ses bons sentiments pour moi perdureront… Mais plus les jours passent et plus je la vois souffrir à cause de moi. Alors, je doute d'elle, de ses sentiments pour moi. Quand tout ça prendra fin, comprendra-t-elle mes raisons ? Me fera-t-elle à nouveau confiance ? Me pardonnera-t-elle ? M'aimera-t-elle encore ? Je ne sais même pas si elle aura la patience d'attendre. Après tout ce que je lui ai déjà fait endurer, elle doit déjà me mettre dans le même panier que Neal.

— Nathan, tu as toujours fait confiance à ton instinct. Si ton cœur le rejoint, tu ne dois plus hésiter.

— Et si je me trompe ? Si elle est déjà en train de tourner la page sur nous ?

— Tu te relèveras, et tu te battras encore et encore jusqu'à ce qu'Élisabeth soit convaincue de ta bonne foi et de ton amour. Tu n'es pas du genre à laisser tomber, Nathan Reed. Crois ton cœur et ton instinct, sinon tu vas passer à côté de quelque chose et tu le regretteras jusqu'à la fin de tes jours.

— C'est très rassurant, ce que tu dis, se moqua-t-il avec un sourire en coin.

— C'est seulement que je te connais.

Il donnait raison à son interlocutrice. D'ailleurs, il ne pouvait s'empêcher de craindre pour la suite. Ils restèrent encore à discuter pendant un moment, Sydney lui montrant le résultat de ses recherches sur les O'Reilly. Elle avait également contacté l'une de ses sources susceptible d'avoir plus d'informations sur le sujet. Il parcourut ses notes pendant qu'elle prenait une douche et quitta la suite en même temps que son amie.

— Maintenant, je comprends mieux toute cette sécurité autour de toi et ta famille. Je commençais à croire que tu prenais la grosse tête.

— Je devrais sans doute dépêcher quelqu'un pour ta propre sécurité, si tu te lances dans l'affaire.

— Et ce sera le meilleur moyen d'attirer l'attention sur mes recherches.

Une fois dans le hall de l'hôtel, il se tourna vers elle pour insister :

— Je suis sérieux, Sydney.

Ils s'affrontèrent du regard pendant quelques secondes avant que la jeune femme ne capitule et soupire en se détournant :

— D'accord, mais arrange-toi pour qu'il soit mignon, afin que je le fasse passer pour mon nouveau petit ami.

Satisfait, Nathan l'entraîna au-dehors où sa voiture venait d'arriver.

— Tu es sûre de ne pas vouloir que je te dépose ?

— Et attirer encore plus l'attention ? Nate, tu es un aimant à paparazzis. Ce n'est pas le moment qu'on me prenne pour ta maîtresse.

Tout en la prenant dans ses bras, il la mit en garde avec le plus grand sérieux :

— OK, mais fais attention. Tu t'engages sur une pente savonneuse et des plus dangereuse.

La jeune femme s'écarta et rétorqua avec un sourire en coin :

— Les risques font partie du métier, Nate. Je t'appellerai pour te tenir au courant de ce que j'ai trouvé.

— D'accord. Et dès demain, attends-toi à rencontrer ton nouveau petit ami.

Son regard appuyé fit sourire sa compagne qui répliqua :

— Comme si j'en avais vraiment bes…

En une seconde, elle fut réduite au silence, alors que son regard s'écarquillait. Telle une marionnette aux fils coupés, elle s'effondra devant lui, son sourire évanoui sous le choc et l'incrédulité. Au corps défendant de Nathan, Sydney venait d'entrer dans la partie.

37

NATHAN

La détonation sembla retentir plus tard, après que la douleur et la brûlure ne se firent sentir, après que le corps de Sydney ne s'effondra contre lui, après que le sang ne vint tacher ses doigts, sa main dans le dos de la jeune femme. Sa sécurité s'était jetée sur eux pour les protéger et les pousser dans la voiture, alors que les cris et la panique saisissaient les passants autour d'eux. La portière se referma et la voiture démarra. Son garde du corps lui demanda s'il était blessé, mais il secoua la tête, sonné par l'écho de la voix de Sydney, répétant son prénom, encore et encore.

Il tenta de la faire parler, de la rassurer pendant le trajet jusqu'à l'hôpital. Il ne voulait pas la perdre, et il maudissait chaque automobiliste ou piéton leur barrant le passage. Un de ses gardes du corps avait découvert que la balle ayant atteint Sydney n'était pas ressortie. Il n'y avait qu'un point d'entrée dans son dos, entre le cœur et la colonne vertébrale, mais aucun moyen de savoir si l'un ou l'autre avait été touché, et c'était le pire.

À leur arrivée à l'hôpital, Sydney, inconsciente, avait déjà perdu beaucoup de sang. Avec l'impression d'être perdu dans une tempête, Nathan suivit le brancard où elle avait été installée. Hagard, il tentait de garder le fil de la réalité et d'entendre les commentaires du personnel des urgences qui s'activait autour de la jeune femme. Derrière une vitre, il les vit l'intuber et tout faire pour stabiliser son état, à commencer par trouver la source de l'hémorragie et l'arrêter. Après ce qui lui parut être une année entière, ils ressortirent en poussant le brancard jusqu'à l'ascenseur. Un interne vint alors l'informer :

— Votre femme a perdu beaucoup de sang, mais on a réussi à trouver la balle et à stopper l'hémorragie avant de la monter au bloc. D'après ce qu'on a pu voir, aucun organe n'a été touché ni la colonne vertébrale. Votre femme a eu beaucoup de chance, vu les circonstances.

Sonné, il se contenta d'acquiescer avant que le médecin ne l'abandonne. Ses gardes du corps vinrent le trouver pour essayer de lui expliquer ce qui s'était passé et comment cela avait pu se produire, mais il n'avait pas la tête à écouter tout cela. Il ne pensait qu'à Sydney, à ce qu'il pouvait faire. Son premier instinct fut d'appeler sa famille, à commencer par Thomas.

— Hé ! Quand on parle du loup ! s'exclama joyeusement son vieil ami. Je suis avec…

— Tom, il s'est passé quelque chose. Je suis à l'hôpital.

— Quoi ? Attends…

— J'étais avec Sydney quand on nous a tirés dessus. Elle a été touchée. Ils viennent de la monter au bloc.

D'une voix dure, son interlocuteur le coupa :

— Quel hôpital ?

— Bellevue.

Thomas raccrocha.

Et ensuite ? Que faire ? Qui appeler ? Aussi bien qu'il le put, il s'occupa des formalités d'admission et de tous les papiers, avant de rejoindre l'étage où Sydney se faisait opérer. Il se trouvait dans la salle d'attente depuis à peine dix minutes, lorsque Thomas déboula. Aussitôt, Nathan se leva pour le rejoindre :

— Je suis désolé, vieux. Je ne sais pas ce qui s'est passé.

À peine eut-il fini sa phrase que le poing de son ami le frappa au visage. La réaction de Thomas le surprit, mais il la comprenait.

Avec dégoût et colère, ce dernier déclara :

— Elle n'aurait jamais dû te revoir.

Il disparut ensuite derrière la double porte dont l'entrée était réservée au personnel. Son statut de chirurgien lui permettrait sans doute d'en apprendre davantage sur l'état de sa sœur et son évolution.

Avec un soupir, Nathan se retourna pour reprendre sa place dans la salle d'attente et se figea en faisant face à sa femme. Elle se tenait à distance et l'observait sans bouger. Son visage était livide et grave, mais n'exprimait aucune colère, juste de la peine qu'elle tentait de dissimuler.

Pour briser le lourd silence qui s'éternisait, il demanda :

— Qu'est-ce que tu fais là ?

— Je prenais un café avec Thomas, quand tu l'as appelé.

Lentement, elle s'approcha de lui. Pendant quelques secondes, il resta hypnotisé, comme s'il ne parvenait pas à croire à cette illusion. Finalement, sa culpabilité lui fit baisser les yeux et un nouveau silence reprit le pouvoir jusqu'à…

— Tu n'as rien ?

La voix inquiète et presque timide de sa femme enfonça un poignard dans son cœur et il fut incapable de croiser son regard.

— Non… Sydney a…

Il fut incapable de finir sa phrase.

— Je sais… Je suis désolée.

Cette remarque l'intrigua assez pour qu'il ose à nouveau la regarder dans les yeux.

— Pourquoi ?

Il avait posé la question d'une voix plus dure qu'il n'aurait dû, mais, à cet instant, il en voulait à la Terre entière, et surtout à lui-même. Éli ne parut pas surprise par sa réaction et sans ciller, elle répondit :

— Parce que je sais que tu tiens beaucoup à elle… et parce qu'on sait tous les deux que c'est ma faute si elle est dans ce bloc.

Il savait qu'il aurait dû dire quelque chose, la détromper, mais, finalement, il était en partie d'accord avec elle. Elle était la cause, la source de cette violence autour d'eux. Évidemment, il était celui qui l'avait fait entrer dans sa vie et dans celle de Sydney, mais sa lâcheté le retint de la contredire. Au lieu de cela, il retourna s'asseoir, sans un mot.

— Tu as besoin de quelque chose ?

Toujours en silence, il secoua la tête, alors elle s'assit à côté de lui. Ils ne parlèrent pas, se contentant d'attendre des nouvelles du bloc. Peu de temps après l'arrivée d'Éli, il contacta son chargé de communication pour le prévenir des événements. Il devait rassurer sur son état et ce qui s'était passé avant que les actions de sa société ne chutent à la bourse. Quant à son rendez-vous avec Sydney, ce n'était qu'un entretien amical. Évidemment, il ne commenta pas le fait qu'il portait le même smoking que la veille au soir, même si son nœud papillon avait disparu depuis longtemps.

Il venait tout juste de raccrocher, lorsqu'Éli se leva et déclara :

— Je vais retourner à l'appartement pour te prendre des vêtements propres et des affaires de toilettes. Tu as besoin d'autre chose ?

— Ça ira.

Pas de merci et à peine un regard. Il se montrait froid, distant, accusateur et la blessait en toute conscience, mais pas sans regrets. Il ne pouvait pas faire autrement et Éli sembla s'en accommoder. Elle encaissait simplement, comme d'habitude.

Ce n'est que lorsqu'elle lui tourna le dos qu'il s'autorisa à la regarder. Il se détestait pour ce qu'il lui avait fait endurer depuis la veille et son départ de leur appartement. Il avait voulu la blesser, remettre les choses à leur place légitime. Malheureusement, il s'était surtout rappelé – trop tard – que sa propre place était avec elle. Mais le mal était déjà fait. Il n'était sans doute pas encore allé jusqu'au bout, il la blesserait encore, mais ils devaient en passer par là pour les faire sortir de cette situation infernale. Il espérait juste ne pas la perdre avant.

ÉLISABETH

Après plusieurs heures au bloc, Sydney était enfin sortie. Tout s'était bien passé et les médecins étaient confiants, même s'ils comptaient surveiller la jeune femme de près. Apparemment, ils n'étaient pas les seuls. Les parents de la jeune femme étaient arrivés peu de temps après son départ pour l'appartement où, comme promis, elle avait récupéré des vêtements propres pour Nathan. Le voir encore dans son smoking chiffonné l'avait touchée, lui rappelant qu'il avait passé la nuit avec son ex ; mais plus encore, le sang maculant sa chemise blanche l'avait ébranlée. Elle avait failli le perdre, il avait failli mourir par sa faute. Elle avait beau lui reprocher presque tous les maux de la Terre, ses sentiments étaient bel et bien là. S'il lui était arrivé quelque chose, elle ne se le serait jamais pardonné. Au lieu de cela, c'était sa maîtresse, son ex, la femme qu'il aimait, qui avait été touchée, et il lui en voulait, à elle, ce qui était tout à fait normal. Elle-même s'en voulait, alors pourquoi pas lui ?

Sans un mot, il avait récupéré le sac d'affaires qu'elle lui avait apporté avant de disparaître. À son retour, il lui avait tendu le sac avant de reprendre sa place en l'ignorant comme si elle n'était qu'une vulgaire assistante. Elle s'était occupée de ravitailler tout le monde en boissons et nourriture, même si les uns et les autres n'étaient pas vraiment intéressés.

Thomas était apparu en tenue de chirurgien et, d'un même mouvement, tous s'étaient dirigés vers lui. Il avait adressé un regard noir à Nathan, qui avait simplement rétorqué :

— Tu auras beau m'en vouloir, je resterai quand même. Sydney compte énormément pour moi, tu ne me chasseras pas.

Après avoir affronté le regard de son ami, Thomas avait croisé le sien et elle s'était battue pour ne pas le détourner. Elle ne voulait pas apparaître en victime avec des cornes ou comme une pauvre idiote. Elle devait tenir bon pour soutenir son mari et démontrer que la relation de ce dernier avec Sydney n'était basée que sur une amitié profonde, sincère et totalement inoffensive. Si seulement elle avait aussi pu y croire…

Quoi qu'il en soit, Thomas leur avait donné les nouvelles tant attendues, affirmant que Sydney ne se réveillerait pas tout de suite. Alors que les Myers s'étaient mis d'accord sur la suite, Nathan l'avait entraînée un peu à l'écart, ce qui l'avait plutôt étonnée.

— Tu vas rentrer à Toronto, comme prévu. Je sais que Joshua te manque et…

— Et je suppose que tu vas rester à New York.

Il lui avait répondu par un soupir en détournant les yeux. Il n'était même pas capable d'assumer sa décision ou ses sentiments pour Sydney, y compris devant elle, alors qu'elle savait.

— J'ai encore des affaires à régler.

— Tu sais que si tu restes ici, la plupart des gens y verront une trahison à mon égard. Notre mariage deviendra une farce aux yeux de tous et tu perdras ton alibi au moment de ma disparition. Tu en es bien conscient ?

Ce n'était pas un reproche ou une accusation. Elle avait simplement voulu s'assurer qu'il prenait bien en compte les conséquences de ses actes et décisions. Elle n'avait pas parlé d'une voix mordante ou agressive, mais, en retour, il avait posé sur elle un regard bouillant de colère.

— Oui, j'en ai *parfaitement* conscience.

Impuissante, elle l'avait observé pendant quelques secondes avant de baisser les yeux.

— D'accord. Essaye d'appeler Joshua tous les soirs, si tu peux.

De justesse, elle s'était retenue de l'embrasser, marquant simplement une hésitation avant de rejoindre les Myers pour les saluer une dernière fois. Elle avait serré Thomas dans ses bras et, sur un dernier regard à son mari, elle était partie, juste comme ça.

Mais dès son départ de l'hôpital, la même question la tarauda : qu'en serait-il de son avenir ? De celui de Joshua ? Évidemment, Élisabeth espérait de tout cœur que Sydney se rétablisse ; mais ensuite, que se passerait-il ? Son instinct lui disait encore que Nathan la quitterait avant de la faire disparaître. Ainsi, avec Joshua et Sydney, ils formeraient la famille qu'il avait toujours désirée. Les choses se feraient juste plus vite que prévues. Du moins, c'était ce qu'elle supposait, tout comme le fait que Nathan ne souhaiterait pas être marié plus longtemps avec elle.

Si les réponses concernant son mariage lui vinrent aisément à l'esprit, d'autres interrogations demandèrent à être davantage creusées. La jeune femme savait très bien qui était en mesure de lui fournir des informations et des réponses, et même si elle rechignait à l'appeler, Élisabeth choisit de mettre son ego de côté et décrocha son téléphone dès son retour à l'appartement new-yorkais.

— Victoria Jones ?

Non sans une grimace, Éli répondit simplement :

— C'est moi.

— Ça alors ! Quelle surprise ! Tu t'es décidée à arrêter de bouder ?

— Il y a eu une fusillade, Vic. À New York. Nathan était visé, mais une de ses amies a été blessée.

— Tu veux dire son ex.

Ce n'était pas plus une question qu'une supposition. Victoria savait ce qu'il en retournait.

— C'est une amie.

— Comme tu veux. Si tu veux la jouer « épouse épanouie dans son mariage parfait », ça te regarde.

— Je ne t'ai pas appelée pour parler de mon mariage. Je veux comprendre… Pourquoi ont-ils fait ça ? Qu'est-ce qu'ils attendent ? Que veulent-ils ?

À l'autre bout du fil, Victoria soupira comme si elle rendait les armes.

— Je ne sais pas… Clairement, c'était une menace contre tes proches. J'ai déjà eu accès au rapport du médecin : le tir sur l'ex de Nathan était précis, juste entre le cœur et la colonne. C'était un avertissement pour te montrer qu'ils savent ce qu'ils font, cette fille n'a pas eu de la chance. La cible était préméditée et ils veulent te faire comprendre qu'ils peuvent faire ce qu'ils veulent, où ils veulent, à qui ils veulent. Personne n'est intouchable, personne n'est en sécurité.

Ces révélations provoquèrent son impatience et, en dessous, sa panique menaçante.

— Alors, qu'est-ce que je dois faire ?

— Je me répète, mais je pense qu'ils veulent les diamants. Je ne vois que cela.

— Mais je ne les ai pas ! Je ne les ai jamais vus !

Un silence s'imposa, alors qu'elle cherchait une solution, une échappatoire qui ne vint pas. « Il doit bien y avoir un moyen, une issue de secours ! »

— Tu devrais peut-être en parler à Nathan.

— Pour lui dire quoi ?

— Demande-lui de te donner vingt millions de dollars.

Un rire nerveux lui échappa avant qu'elle ne réponde avec ironie :

— Bien sûr ! Je vais lui demander de passer à la banque et de retirer vingt millions de dollars, juste comme ça !

— Je suis sérieuse, Beth. C'est peut-être le seul moyen de vous sortir de ce pétrin.

— C'est ridicule. Il n'acceptera jamais. Pas comme ça, sans raison. En plus, il ne me fait pas confiance.

— Vos vies et votre sécurité sont en jeu, la voilà, la raison. Et s'il a besoin d'une preuve du danger que vous courez tous, il n'a qu'à regarder son amie sur son lit d'hôpital.

38

NATHAN

Cela faisait un mois et rien n'avait avancé. Les seuls progrès venaient de Sydney. Elle reprenait des forces et s'était déjà remise au travail depuis son lit d'hôpital. Avec l'énergie qu'il lui connaissait, la jeune femme jonglait entre sa rééducation et les différents sujets qu'elle souhaitait traiter dans son journal. Évidemment, il n'était pas dupe, il savait très bien qu'elle utilisait tout cela uniquement pour se vider la tête et oublier ce qui s'était passé. C'était sa façon d'exorciser les événements et le traumatisme.

Quoi qu'il en soit, son amie donnait le change avec perfection et retrouvait peu à peu ses forces et sa motricité. Tous les jours, il passait la voir et lui tenait compagnie pendant plusieurs heures ; et presque tous les jours, Sydney le rappelait à l'ordre. Ce soir-là ne fit pas exception :

— Tu sais qu'à un moment, tu vas devoir rentrer chez toi, auprès de ta femme et ton fils.

— Tu en as déjà assez de me voir ?

— De te voir perdre aux cartes volontairement ? Oui. Mais je sais aussi pourquoi tu es là et ce n'est pas ta faute.

— Bien sûr ! Ce n'est pas ma faute si on t'a tirée dessus, alors qu'on était ensemble. C'est vrai que tu as beaucoup d'ennemis, contrairement à moi.

— Plus que tu ne crois.

— Sydney, on sait très bien que c'est arrivé parce que je t'ai impliquée dans les problèmes de ma femme.

— Ce n'est pas une raison pour passer plus de temps avec moi qu'avec Éli ou Joshua. Cela ne va servir qu'à t'éloigner encore plus d'elle.

— Ce n'est peut-être pas plus mal. Comme ça, Victoria Jones aura ce qu'elle veut et cela me permettra de gagner du temps pour organiser la sécurité de mon entourage.

— OK, tu as des problèmes avec ta femme, mais, Joshua, qu'est-ce que tu en fais ? Tu le laisses tout seul au milieu des tirs ?

— J'y travaille.

— Vraiment ?

À nouveau, il soupira et bascula contre le dossier de sa chaise. Il avait mauvaise mine, il le savait, mais ses nuits étaient courtes parce qu'il réfléchissait trop, parce que Joshua n'était pas là, parce qu'*elle* n'était pas là.

— Nate, tu as *besoin* de rentrer chez toi. Ils te manquent. Ils te manquent *tous les deux*.

— Je ne peux pas. Si je rentre maintenant, je vais renoncer à mon plan et, ça, je ne peux pas le faire.

— Attends. Tu as trouvé une solution ?

— Peut-être... Mais j'ai encore besoin de temps. Il me manque encore trop d'informations pour pouvoir mettre mon plan à exécution.

— Désolé, mais le temps est ce qui te manque. Ton mariage est au bord de l'implosion. Tu vas la perdre si tu continues à tirer sur la corde.

Il savait qu'elle avait raison. Pourtant, il s'accrochait à ses espoirs.

— Je préfère croire en elle et en ses sentiments pour moi.

Oui, c'était le cœur de sa force et il s'y accrochait de toutes ses forces.

— Tu sais que tu prends des risques. Elle…

Ils furent alors interrompus par l'arrivée de Thomas. Pour alléger l'atmosphère électrique entre les deux hommes, la jeune femme s'exclama avec une pointe d'humour :

— Tom, tu as une tête à faire peur. Vous vous êtes passé le mot, tous les deux ?

— Je travaille beaucoup en ce moment, marmonna le nouveau venu.

— C'est marrant, ça me rappelle quelqu'un.

En réponse à la taquinerie de Nathan, Sydney lui tira la langue avant de s'adresser à nouveau au chirurgien :

— Plus sérieusement, tu as mangé quelque chose, aujourd'hui ? Tu es pâle comme un linge.

— Oui, maman. Et j'irai manger dès que je sortirai de ta chambre.

— OK, je vais vous laisser dans ce cas.

— D'accord, mais repense à ce que je t'ai dit, Nate. C'est important.

Tendrement, il l'embrassa sur le haut du crâne avant de plaisanter à son tour :

— Oui, maman.

Sur un dernier signe de tête à Thomas, Nathan quitta les lieux. Il n'avait pas vraiment hâte de retrouver son appartement vide. Il se rappelait trop sa brève étreinte avec Éli, même si cette dernière l'avait écourtée. Tout le ramenait à elle, à son regard chargé de colère, de larmes ou brûlant de désir, à ses lèvres douces et accueillantes, à son visage qui s'empourprait, sa voix et son corps. Elle lui manquait atrocement et de plus en plus chaque jour.

Alors, depuis près d'un mois, il vivait à l'hôtel. Cela avait au moins le don d'effacer tout le côté personnel et émotif de son séjour. Du moins, en apparence. Les coups de téléphone à Joshua ne l'aidaient pas non plus à garder ses distances. Il savait qu'il blessait sa femme, mais également son fils, aussi devait-il mettre son plan à exécution le plus tôt possible.

Décidé à y travailler encore ce soir-là, il retourna à son hôtel. Mais alors qu'il traversait le hall entouré de ses gardes du corps, une voix familière l'interpella :

— Monsieur Reed ! Il n'est pas facile de vous retrouver. À croire que vous cherchez à brouiller les pistes.

Non sans un certain agacement, il se tourna vers Victoria, alors qu'elle quittait le fauteuil en cuir dans lequel elle était assise. D'un ton glacial et hautain, il répondit :

— Ce serait difficile vu qui je suis.

— Toujours aussi modeste à ce que je vois.

— Et occupé, contrairement à certaines. Maintenant, si vous voulez bien m'excuser…

Il s'éloignait déjà, lorsqu'elle déclara d'une voix forte :

— Je pensais que vous aimeriez connaître le commanditaire de l'attaque contre votre amie.

Il n'avait aucune confiance en cette femme, ce fut d'ailleurs ce qui le poussa à se retourner.

— Vous avez des informations ?

— Si vous voulez dire un nom et les raisons d'un tel acte…

— Que voulez-vous ?

D'un ton plus sérieux et professionnel, le marshal affirma :

— Juste vous parler, Nathan.

Elle était presque convaincante, aussi décida-t-il d'entrer dans son jeu. D'un geste, il l'invita à le suivre, mais garda le silence jusqu'à ce qu'ils arrivent à sa suite. Après avoir congédié ses gardes du corps, il se tourna vers elle et lui ordonna avec une impatience non dissimulée :

— Vous vouliez me parler, alors faites. Vous dites connaître le nom du commanditaire.

— Je devrais plutôt dire *la* commanditaire.

Il s'en serait douté. Il savait déjà ce que sous-entendait le marshal, mais il voulait entendre tout son récit.

— Donc, selon vous, ma femme a ordonné l'attaque contre moi et Sydney Myers ?

— C'est un fait, Nathan. En revoyant votre ex, vous remettez en question l'avenir de Beth. C'était une manière déguisée pour démontrer qu'elle pouvait vous atteindre, n'importe où, n'importe quand.

— Il n'aurait pas été plus simple de me menacer de vive voix ?

— Parce que vous l'auriez crue ? Je ne suis pas aveugle ni stupide, mon cher Nathan. Je sais que vous doutez de la culpabilité de votre femme. La connaissant, elle a dû vous avoir avec ses larmes de crocodile et ses drames à perpétuité : « J'aime mon fils. Je ne veux pas le perdre. » Elle est douée, vous savez, vous n'êtes pas le seul à être tombé dans le panneau. Joshua est une carte qu'elle utilise continuellement, parce qu'elle sait que ça marche à tous les coups.

— Vous ne m'apprenez rien concernant ses excuses pour rester dans la course. Maintenant, j'aimerais connaître les preuves qui vous permettent de l'accuser. Vous avez les messages ou les conversations qu'elle a échangés avec le tireur ? Des transferts d'argent ?

— Dois-je vous rappeler qu'elle est aussi rusée qu'un renard ? Elle a l'habitude de tout cela, c'est pour ainsi dire une professionnelle.

— C'est facile de dire cela.

— Elle a dû s'adresser aux O'Reilly. Son entreprise de traiteur lui apporte une image respectable et la couverture idéale. Personne n'imaginerait un mafieux ou un tueur venir suivre des cours de cuisine.

Il ne quittait pas le marshal des yeux, cherchant une trace de nervosité ou un défaut dans sa cuirasse pour démolir ses accusations. Mais Victoria Jones était une professionnelle et une dure à cuire qui ne se laissait pas facilement impressionner. Pas une seconde, elle ne cilla ou ne détourna les yeux, vendant ses affirmations avec assurance.

Les mains dans les poches de son pantalon gris, il demanda d'un ton calme :

— Pourquoi êtes-vous là ? Qu'attendez-vous de moi ?

— Je tenais à vous prévenir du danger que vous couriez.

— C'est un peu tard pour cela, vous ne croyez pas ?

— Elle nous a pris de court. Il a dû se passer quelque chose avant l'attaque pour qu'elle lance ainsi les hostilités. Je serais bien venue vous trouver plus tôt, mais je savais que vous ne m'auriez pas crue. C'est peut-être encore le cas, mais il faut que vous restiez sur vos gardes. Essayez de ne pas trop la contrarier, elle pourrait encore s'en prendre à votre amie, alors que cette dernière est encore convalescente.

— Vous voulez que j'arrondisse les angles avec elle, si je comprends bien.

— Calmez la situation, faites-lui croire que vous vous êtes trompé, qu'elle vous manque. Essayez de vous rapprocher d'elle pour endormir ses soupçons, ça nous permettra de gagner du temps pour trouver des preuves. Je suis certaine que vous pouvez l'amener à faire le pas qui la conduira directement en prison jusqu'à la fin de ses jours.

Comme il restait de glace et silencieux, l'agent fédéral décida de prendre congé. Mais alors qu'elle se dirigeait vers la sortie, Nathan posa la question à laquelle il ne trouvait pas de réponse :

— Pourquoi *maintenant* ? Pourquoi être venue me trouver aujourd'hui ?

Victoria s'arrêta et marqua une seconde d'hésitation avant de se retourner en le regardant droit dans les yeux :

— Parce qu'elle m'a contactée. Cela remonte à quelques semaines. Elle jouait encore les victimes, mais je pense que c'était surtout pour savoir si la police la soupçonnait dans l'attaque de votre amie. Évidemment, je lui ai dit qu'il s'agissait d'une menace des Irlandais pour la pousser à leur rendre leur argent. Elle voulait trouver une issue de secours pour échapper à tout cela, alors j'ai eu une idée. Je lui ai suggéré de vous demander vingt millions de dollars en échange de sa disparition… spontanée. À mon tour, j'ai joué la carte de la sécurité de Joshua et la vôtre, si vous comptiez vraiment pour elle.

— Et elle a mordu à l'hameçon ?

Non sans une légère frustration dans la voix, son interlocutrice lui reprocha :

— Je n'en ai aucune idée, puisque vous êtes encore à New York et, elle, à Toronto. Écoutez, Nathan, j'ai besoin que vous rentriez chez vous et que vous apaisiez la situation entre Beth et vous ; du moins assez pour qu'elle se sente en confiance et vous demande cet argent. Bien sûr, vous accepterez, cela nous permettra de suivre l'argent et Beth jusqu'à ce qu'elle le remette aux O'Reilly ou qu'elle s'enfuit avec. Dans les deux cas, cela vous montrera son vrai visage.

— Si je comprends bien, vous voulez lui tendre un piège.

— C'est le seul moyen de la pousser à bouger ses pions. Une carotte de vingt millions, ça ne se refuse pas.

Haussant un sourire sceptique, Nathan s'enquit :

— Et si elle est innocente ?

Son interlocutrice arbora alors une expression compatissante sous-entendant : « Pauvre homme, crédule que vous êtes. »

— Eh bien, si elle est vraiment innocente et celle qu'elle prétend être, elle ne vous demandera pas tout cet argent, surtout si cela doit la séparer de Joshua.

Victoria savait quels arguments avancer pour convaincre et manipuler ses interlocuteurs. Sachant à qui il avait affaire, il se contenta d'acquiescer en baissant les yeux.

— Rentrez chez vous, Nathan. Il est temps de retrouver votre fils et votre femme pour que l'on puisse enfin la mettre derrière des barreaux, pour de bon.

39

ÉLISABETH

— Quand est-ce qu'il rentre, papa ?

Ce n'était pas la première fois que Joshua posait la question, mais plus les jours défilaient, plus l'inquiétude de leur fils grandissait sans qu'elle parvienne totalement à le rassurer. Quelques jours plus tôt, il avait même demandé si Nathan reviendrait un jour. Ce dernier prenait de moins en moins la peine de donner de ses nouvelles, apparemment très occupé par ses affaires. Évidemment, elle soupçonnait que son affaire la plus importante s'appelait Sydney.

Au cours des dernières semaines, Jessie lui avait raconté que cette dernière était sortie du coma et se remettait petit à petit. « Une vraie force de la nature », avait commenté son amie. Bien sûr, Nathan aurait pu l'informer lui-même de l'évolution de son état, mais ses quelques appels étaient uniquement pour Joshua. Il refusait de s'adresser à elle, comme pour la punir. Elle avait l'impression d'être revenue au lendemain de leur mariage, lorsque le mur entre eux était plus large et plus haut que jamais. Désormais, il n'y avait plus d'espoirs pour eux.

Pourtant, comme d'habitude, la jeune mère choisit de ne pas inquiéter davantage le petit garçon. Elle referma le livre qu'elle était en train de lui lire et se tourna vers lui :

— Très bientôt, mon cœur. Je sais que c'est difficile à comprendre, parce que ce sont des affaires de grandes personnes, mais ton papa a un travail très important. Il a plusieurs entreprises et beaucoup de monde travaille pour lui et avec lui. Après ce qui s'est passé, ces personnes ont besoin d'être rassurées, de savoir que ton papa va bien et qu'ils ne perdront pas leur travail. Comme ça, ils peuvent ensuite rassurer leurs propres familles et leurs enfants. Et comme tout cela représente énormément de personnes, cela prend du temps. Mais ça ne l'empêche pas de t'aimer et de vouloir rentrer à la maison au plus vite. Je suis sûre que c'est ce qu'il souhaite le plus au monde, revenir pour te serrer dans ses bras et veiller sur toi.

— Comment tu le sais ? l'interrogea encore Joshua.

Alors, avec toute la tendresse qu'elle lui portait, Éli sourit à son fils et répondit :

— Parce qu'il t'aime autant que moi, je t'aime. C'est un super-pouvoir que les parents partagent. Mais c'est un secret.

Pour faire diversion et chasser ses inquiétudes, elle le surprit en le chatouillant. Aussitôt, le rire de Joshua passa un baume sur son cœur en lambeaux, lui permettant d'atténuer un peu la douleur. Finalement, Élisabeth reprit sa lecture jusqu'à ce qu'il s'endorme, quelques minutes plus tard. Sans bruit, la jeune femme quitta la pièce et redescendit à la cuisine où Maddie finissait de débarrasser.

Avec un doux sourire sur ses lèvres, la gouvernante devina :

— Il dort déjà, je parie.

— Je n'ai pas eu besoin d'aller au bout de mon histoire.

— Cela ne m'étonne pas.

— Il m'a encore demandé quand Nathan rentrerait.

À ces mots, Maddie soupira et Éli sentit son agacement et sa tristesse avant que sa compagne ne s'exclame :

— Je ne comprends pas cet homme. Il a une famille aimante qui l'attend chez lui et il préfère rester à plusieurs centaines de miles d'elle.

— Nathan est un homme important et il doit rassurer beaucoup de monde. Cela prend du temps.

— Ce n'est pas une raison suffisante. Il aurait au moins pu revenir le temps d'un week-end.

La gouvernante n'était pas aussi facile à convaincre qu'un enfant de cinq ans. Alors, prenant sur elle, la jeune femme répondit :

— Même s'il n'a pas été touché physiquement, le fait que Sydney ait failli mourir l'a atteint énormément. Elle compte beaucoup pour lui et je pense que rester là-bas avec elle l'aide à se rassurer et à déculpabiliser.

Cette fois, sa compagne répondit simplement par un grognement légèrement étouffé. Le sujet était clos, au grand soulagement d'Élisabeth. Elle n'avait aucune envie de parler de son mari, de Sydney ou de leur relation. Le fantôme qui planait dans leur maison avec l'absence de Nathan était suffisamment présent et étouffant pour qu'elle essaye de le fuir autant que possible.

Avec compassion, la gouvernante lui tendit une assiette remplie de cookies.

— Prenez-en un.

— C'est gentil, mais je n'ai pas très faim.

— Comment est-ce possible ? Vous avez à peine touché à votre dîner.

— J'ai bien déjeuné à midi. D'ailleurs, les médecins disent qu'il est préférable de bien manger à midi que de trop s'empiffrer le soir.

— Pourtant, cela ne vous ferait pas de mal de vous empiffrer un peu. Vous n'étiez déjà pas bien grosse, mais, depuis votre retour, vous êtes maigre comme un fil. Pour vous aussi, il est temps que Nathan revienne.

Élisabeth n'avait pas envie que sa compagne mette ses dérives alimentaires sur le compte de son mari. Elle n'avait pas besoin d'entendre de nouveaux reproches de la part de ce dernier. Il l'accuserait sans doute de jouer les victimes pour mieux lui donner le mauvais rôle. Alors, contre mauvaise fortune, la jeune femme attrapa un cookie au chocolat et mordit dedans sans grand appétit.

— Je préfère ça, s'exclama la gouvernante.

Soudain, la sonnerie du téléphone retentit et sa compagne décrocha celui de la cuisine :

— Résidence Reed, ici Maddie. Un instant, s'il vous plaît. Beth, c'est la sécurité à l'entrée de la propriété. Apparemment, M. Thomas Myers souhaiterait vous voir.

— Thomas ? Bien sûr ! Qu'ils le laissent entrer, c'est un ami.

Étonnée, Élisabeth se leva tandis que Maddie répondait à l'agent de sécurité. Quelques minutes plus tard, une voiture s'arrêta devant le perron de la maison où la jeune femme se tenait pour accueillir son visiteur.

— Thomas ! Quelle bonne surprise !

— J'étais de passage à Toronto pour un colloque et comme mon vol ne décolle que dans quelques heures, je me suis dit que je pourrais passer vous voir. J'espère que je ne vous dérange pas.

Tout en le serrant dans ses bras, elle répliqua avec une chaleur sincère :

— Bien sûr que non. C'est toujours un plaisir. Venez.

Thomas était l'un des rares amis qu'elle s'était fait ces derniers mois, alors que les choses n'étaient pas faciles avec Nathan. Forcément, vu son lien avec son mari et l'ex de ce dernier, elle n'imaginait pas se confier à lui dans ces temps difficiles pour tous les deux. Néanmoins, elle le savait assez proche de Sydney pour avoir été profondément meurtri par les événements.

Elle l'invita à s'installer sur l'un des grands canapés du salon, tandis que Maddie déposait devant eux l'assiette de cookies. Élisabeth compris le message et sourit intérieurement, touchée, avant de proposer à boire à son invité. Avec un sourire encourageant, le médecin répondit :

— Un whisky, mais seulement si vous ne me laissez pas boire tout seul.

— Je prendrai juste une camomille.

La gouvernante acquiesça avant de retourner dans la cuisine. En attendant, la maîtresse de maison s'occupa de remplir le verre de leur invité.

— Vous ne dormez pas très bien, n'est-ce pas ? s'enquit-il finalement.

La question était anodine, mais la culpabilité la fit aussitôt se raidir. Que pouvait-elle répondre à cela ?

— Vous avez les yeux cernés. Et vous avez perdu du poids depuis… notre dernière rencontre.

— Vous aussi, répondit-elle en lui tendant son verre.

Pour la remercier, il sourit tristement, éclairant à peine ses traits creusés et donna comme excuse :

— Mon travail n'est pas de tout repos.

Mais elle savait qu'il n'avait plus, la lueur d'amusement et de malice dans ses yeux avait presque entièrement disparu, telle une flamme mourant dans l'âtre. Inquiète pour lui, elle demanda timidement :

— Est-ce que Sydney va mieux ?

À nouveau, il esquissa un triste et bref sourire avant d'avaler une gorgée de whisky.

— Elle se remet… doucement. Ce qu'elle a eu n'est pas bénin.

— Elle a eu beaucoup de chance.

Un rire étouffé et sarcastique échappa à son compagnon avant qu'il ne réponde :

— C'est ce que tout le monde dit.

Contre toute attente, il vida son verre d'une traite avant de se lever brusquement.

— Si vous le permettez, je vais m'en resservir un. Ma journée a été un peu… éprouvante.

— Je vous en prie, consentit-elle faiblement.

Surprise, elle fronça légèrement les sourcils en l'observant, faisant naître en elle une pointe de méfiance. Depuis qu'elle le connaissait, elle n'avait jamais vu chez lui ce côté sombre, triste, négatif et menaçant… sauf lorsqu'elle l'avait accompagné à l'hôpital, juste après que Sydney s'était fait tirer dessus. Le chagrin et le désespoir avaient amené la colère et la violence quand il avait frappé Nathan. Cette idée actionna une sonnette d'alarme dans la tête d'Éli, mais son cerveau la mit en sourdine quand Thomas reprit :

— Apparemment, elle devrait pouvoir récupérer presque toutes ses capacités d'ici quelques mois.

— Tant mieux.

Prudente, la jeune femme le suivit du regard tandis qu'il restait debout, son verre à la main. Elle sentait une certaine tension émaner de lui et son instinct lui disait de rester sur ses gardes. Il lui fallait trouver les mots pour tenter de l'apaiser, aussi se lança-t-elle :

— Vos parents et vous devez être soulagés, de même que Sydney.

— Et Nathan, ajouta son invité avant de boire une gorgée.

— Oui… Et connaissant Sydney, elle se remettra même plus vite que tout le monde ne l'espère, avec votre soutien et celui de vos parents…

— Et celui de Nathan ! Il est très présent à ses côtés, presque autant que moi ou mes parents. Chaque fois que je viens la voir, il est déjà là !

Son ton faussement enjoué et exagéré augmenta la tension ambiante.

— Il… il est très inquiet pour elle. Il se sent coupable.

— Pourtant, ce n'était pas de sa faute ; il ne pouvait pas le prévoir. Ce n'est pas comme si lui ou ses proches couraient un risque quelconque…

40

ÉLISABETH

La jeune femme voyait la situation s'envenimer, mais elle ne parvenait pas à la désamorcer. Thomas était un ami, elle ne pouvait pas agir avec lui de façon inconsidérée, juste à cause d'un mauvais pressentiment. La petite voix de Joshua retentit alors :

— Papa ?

La petite voix de l'enfant la fit sursauter et elle se leva brusquement. L'enfant attira leur attention à tous les deux et, dans un geste protecteur, Élisabeth rejoignit son fils qui entrait pieds nus dans le salon en se frottant les yeux. Aussitôt, elle souleva le petit garçon dans ses bras.

— Salut, champion ! s'exclama Thomas.

— Tu es censé dormir, mon cœur.

— Papa est pas là ? Je t'ai entendue parler. Je croyais qu'il était là.

— Je discute avec Thomas.

— Tu te souviens de moi ?

Ce dernier secoua lentement la tête en signe de dénégation avant de tourner la tête vers le buste de sa mère pour s'y blottir.

— D'accord. Retour au lit, jeune homme. Excusez-moi, Thomas, je monte le recoucher et je reviens.

— Prenez tout votre temps, ma chère ! répliqua-t-il en levant son verre.

Elle le vit avaler une gorgée avant qu'elle ne se détourne avec son fils dans les bras. Plus ses pas l'éloignaient du médecin, plus elle se sentait soulagée. Si elle l'avait pu, elle serait restée toute la nuit avec Joshua, mais elle n'avait aucune excuse valable à l'esprit pour pouvoir se défiler ou se débarrasser de son visiteur.

Au bout de quelques minutes, la jeune femme redescendit au salon où Thomas se servait déjà un autre verre. Pour tenter de le freiner, elle tenta de plaisanter :

— Vous ne devriez pas trop forcer sur l'alcool, si vous ne voulez pas avoir de problèmes à la frontière.

Il sourit brièvement et porta le verre à ses lèvres pour boire une nouvelle gorgée.

— Ne vous en faites pas, j'ai encore quelques heures devant moi pour cuver. Et puis, maintenant que votre camomille est arrivée, je ne peux pas vous laisser boire toute seule.

Elle essaya de sourire et attrapa la tasse déposée sur la table basse avant de s'asseoir sur le canapé.

— J'ai l'impression que Nathan manque beaucoup à Joshua.

— Oui, ils ne se sont pas vus depuis un moment maintenant.

Pour tenter de réduire la tension qui traversait tout son corps, elle avala à son tour une gorgée de tisane. Il lui semblait être prisonnière avec Thomas dans un labyrinthe où elle courait désespérément à la recherche d'une issue de secours.

— Et vous ? Il vous manque ?

Sa question lui fit aussitôt lever les yeux et rencontrer son regard, alors qu'il s'était assis sur l'autre canapé en face d'elle.

— Bien sûr. J'aimerais vraiment qu'il soit là avec nous, mais je comprends les raisons de son absence.

— Alors, ça ne vous dérange qu'il soit perpétuellement au chevet de son ex-fiancée, alors que vous, *sa femme*, vous restez là, *seule*, à rassurer votre fils ?

Non sans une pointe d'agacement, elle lâcha :

— Apparemment, tout le monde se pose cette même question, je devrais peut-être publier un communiqué dans la presse pour ne pas avoir à me répéter.

— Et quelle serait votre réponse ?

La colère prenant le pas sur ses craintes, elle redressa la tête et affronta son regard :

— Sydney est une amie très proche de Nathan. Elle compte beaucoup pour lui et, comme il se sent coupable de ce qui s'est passé, il tient à être là pour elle.

— Mais qu'en est-il de vous ? Qui sera là pour vous ?

Sa brusque interruption la désarçonna autant que ses propos. Les sourcils froncés, elle chercha ses mots avant de demander :

— Je ne comprends pas. Que voulez-vous dire ?

— Nathan a dit à ma sœur que ce qui lui était arrivé était votre faute, que le problème venait de vous au préalable. Je ne sais pas ce qu'il a voulu dire par là, mais il a continué en disant qu'il comptait mettre de la distance entre lui et vous. Oh ! Et il compte aussi vous prendre Joshua. Bref, tout ça sent le divorce, si vous voulez mon avis.

Ses défenses affichées, elle se redressa, prête à parer la moindre attaque.

— Pourquoi êtes-vous venu ? s'enquit-elle.

— Eh bien, pour vous voir ! Pour vous prévenir aussi ; et vous dire de prendre bien soin de vous... Parce que, bientôt, vous serez seule, sans personne, pas même votre fils. Et même si je ne sais pas encore pourquoi ni comment, je suis venu vous assurer que je ferai tout pour que vous finissiez en prison pour ce qui est arrivé à Sydney.

Comme un psychopathe prenant plaisir à faire souffrir les autres, il admirait les répercussions de ses paroles sur elle, mais elle n'était pas prête à lui offrir la moindre satisfaction.

— Si c'est ce que vous croyez.

— Je ne crois pas. Je *sais*. Vous allez payer, Beth.

— Allez-vous-en de chez moi, ordonna-t-elle en se levant.

Avec flegme, Thomas l'imita et répondit :

— C'est drôle, je m'y attendais un peu.

Sans un mot de plus, il passa devant elle et, sans le lâcher du regard, la jeune femme le suivit tout en restant sur la défensive, les poings serrés. D'un air sarcastique, mais satisfait, Thomas déclara :

— Oh, rassurez-vous, je ne suis pas du genre à avoir recours à la violence vis-à-vis des femmes.

— Ce qui n'est pas mon cas vis-à-vis des hommes. Maintenant, sortez de chez moi.

Elle n'osait pas le toucher, mais, dès qu'il eut passé la porte, elle la referma, tourna le verrou et s'y adossa. Sortant de la cuisine, Maddie s'exclama :

— Tout va bien, Beth ? J'ai entendu des éclats de voix.

— Appelez la sécurité et prévenez-les que Thomas Myers n'est plus le bienvenu ici ni auprès de nous.

Inquiète, la gouvernante s'approcha en demandant :

— Il vous a fait quelque chose ?

— S'il vous plaît, Maddie, faites ce que je vous demande.

Élisabeth était encore tellement à cran qu'elle refusait qu'on la touche, y compris sa compagne. Les traits soucieux, celle-ci finit par acquiescer avant de retourner dans la cuisine.

Après quelques instants, des fourmis dans ses jambes la démangèrent assez pour qu'elle fasse quelques pas et retourne au salon. D'une traite, la jeune femme vida sa tasse sans grand espoir que la camomille parvienne à l'apaiser. Elle était sans doute partie pour une nuit blanche, voire davantage.

Il fallait qu'elle se défoule, qu'elle tape dans quelque chose, aussi monta-t-elle dans sa chambre pour se changer avant de redescendre dans la salle de gym. Nathan y avait fait installer un sac de boxe et, pendant près d'une heure, elle répéta les coups qu'elle avait appris, jouant des poings et même des jambes. C'était mieux que de frapper Thomas, mais cela ne l'aida pas vraiment. Bien qu'essoufflée, la jeune femme débordait encore trop d'énergie, aussi passa-t-elle à la piscine pour quelques longueurs. Tout en se dépassant, elle aurait voulu semer toutes les pensées qui envahissaient sa tête, s'y accumulaient, créant un bazar confus et étouffant.

Elle cherchait à comprendre ce que Thomas lui reprochait exactement, mais c'était seulement pour rester fixée sur la partie émergée de l'iceberg. Elle savait que, sous la surface, d'autres interrogations bien plus lourdes et graves proliféraient et menaçaient de faire exploser son cerveau. Alors, non, elle ne voulait pas s'arrêter de bouger, de s'épuiser, pour se concentrer sur autre chose. Après la piscine, elle passa par le sauna pour ne penser qu'à la chaleur qui courait jusque sous sa peau. Elle aurait voulu y passer la nuit pour éviter de retrouver le monde réel.

Malheureusement, Élisabeth savait qu'elle ne pouvait repousser indéfiniment l'inévitable. En sortant du sauna, elle découvrit l'heure tardive et ne fut pas surprise de trouver la cuisine vide, Maddie était partie se coucher sans doute depuis longtemps. Mais elle lui avait laissé une assiette de cookies : « En cas de fringale. M. » Son geste la toucha et, bien que son appétit soit toujours en berne, la jeune femme prit l'assiette avec elle avant de monter dans sa chambre.

La maison était silencieuse, lui donnant encore plus une impression de triste gravité et de solitude. Elle essaya de ne pas penser à Nathan, de l'oublier, mais son ombre restait là, tel un fantôme lugubre qui la narguait.

Soudain, la fatigue sembla s'abattre sur ses épaules et, après avoir rapidement enfilé un pyjama, elle se glissa entre ses draps froids. Le sommeil semblait voler au-dessus d'elle sans jamais la toucher, parce qu'elle luttait pour empêcher ses pensées et la réalité de la frapper. Pendant combien de temps ? Quelques minutes ? Des heures ? Le temps sur son radioréveil semblait faire du surplace ou avancer au ralenti, comme si le sort s'acharnait sur elle.

Mais la jeune femme ne comprit sa douleur qu'en la ressentant vraiment, un coup de poignard dans le ventre, le bas-ventre. Elle avait dû s'endormir finalement, car elle se réveilla en sursaut, s'accrochant aux draps sous elle, tout en se redressant péniblement. Elle gémit, manquant à la fois d'air et de voix, tant elle était crispée. La souffrance, c'est tout ce qu'elle ressentit pendant une bonne minute avant que cela ne s'arrête. Que lui arrivait-il ?

Elle arrivait tout juste à reprendre sa respiration lorsqu'un nouveau coup au ventre la frappa de plein fouet. Ses mains posées là où ça faisait mal rencontrèrent une surface humide, froide sur le tissu imbibé du pantalon. Aussitôt, automatiquement, elle les posa de part et d'autre de son corps, mais le contact, la sensation se répétèrent. Son souffle lui échappait, irrégulier, courant à un rythme qu'elle ne parvenait pas à rattraper. Elle paniquait presque autant qu'elle se perdait, désorientée.

La douleur s'interrompit à nouveau. Alors, malgré ses jambes lourdes, la jeune femme se leva sans oser regarder le lit derrière elle. Elle savait. Même si elle ne comprenait pas, elle savait. Fébrile, Éli récupéra son portable et composa le numéro des urgences :

— Vous avez appelé le 911. Que puis-je faire pour vous ?

À nouveau, la douleur la transperça. Ce fut tellement fort qu'elle ne put rester debout. Ses jambes la lâchèrent et elle tomba à genoux sur la moquette. La voix de son interlocutrice lui parvenait sans qu'elle parvienne à saisir le moindre mot. Il n'y avait que la douleur, comme si elle avait envahi le monde, détruisant tout sur son passage, et elle était la prochaine sur la liste.

— Madame, donnez-moi votre adresse.

Le souffle court, la voix faible, Élisabeth répondit. Une main entre ses jambes, elle aurait voulu stopper l'écoulement de sang, comme si cela pouvait tout arrêter. Elle ne voulait pas de ça. Elle ne voulait pas que ça arrive, même si elle savait que c'était inévitable. Il était trop tard.

Pourtant, lorsque son interlocutrice lui annonça l'arrivée prochaine des secours, la jeune femme ne put que murmurer cette prière inutile :

— Je ne veux pas perdre mon bébé.

41

ÉLISABETH

Trois ans plus tôt

— C'est le seul moyen, Beth, lui affirma Victoria. Le plus discret. Vous en êtes au début de votre grossesse, alors vous ne courez aucun risque. Ça se fera presque naturellement.

— *Presque*, répéta la jeune femme.

Sceptique, Élisabeth regardait les pilules que le marshal lui tendait. Cela faisait déjà quelques semaines qu'elle était allée voir la police, paniquée, avec son bébé dans les bras, pour être protégée de son mari violent. Lorsque des officiers s'étaient rendus à son adresse, ils avaient trouvé Neal mort, une balle dans la tête. Elle ne s'attendait vraiment pas à cela… ni à la surprise qui s'était présentée à elle, deux jours plus tôt. Elle était enceinte.

— Écoutez, je sais que ce n'est pas facile à encaisser, surtout après tout cela. Mais vous voulez vraiment vivre une grossesse dans une situation pareille, alors que votre premier enfant n'a encore que quelques mois ?

Vouloir cet enfant n'était pas la question. Non, le problème était d'être capable de supporter cette grossesse dans de telles conditions, la supporter seule, avec un autre bébé à charge, alors qu'elle ne connaissait même pas l'avenir qui les attendait, pas même ce qui leur arriverait à la fin de la semaine. Dans une situation normale, elle serait retournée auprès de sa famille pour leur demander leur aide, mais ce n'était pas une situation normale. Joshua et elle étaient en danger, et une fois dans le programme de protection des témoins, elle ne pouvait plus rentrer en contact avec ses proches. Elle était seule et la décision n'appartenait qu'à elle.

Un gazouillis la ramena à la réalité et au bébé qui s'éveillait doucement dans son couffin. Joshua n'avait que quelques mois, il avait encore besoin d'elle, à temps plein. Quelle vie donnerait-elle à cet enfant ? Et à Joshua ?

— J'ai besoin… d'y réfléchir.

Avec une expression affirmant le contraire, le marshal marmonna :

— Je comprends.

Les jours s'écoulaient et, chaque fois que son regard se posait sur Joshua, son cœur lui disait de garder le bébé qu'elle portait.

Mais moins d'une semaine après que le marshal Jones lui avait proposé ces cachets, cette dernière débarqua brusquement à leur planque avec l'un de ses collègues.

— On doit vous déplacer immédiatement. Les O'Reilly savent que vous êtes venue trouver la police. Il y a un contrat sur vous et Joshua.

— Quoi ? Mais comment… ?

— On parle de la plus grosse famille mafieuse irlandaise de l'est du pays, Beth, pas d'un simple gang de rue. Ils ont des hommes partout et, pour obtenir ce qu'ils veulent, ils menacent et corrompent des policiers, et même des personnes importantes. À l'avenir, vous ne pourrez faire confiance à personne, sauf moi.

— Pourquoi vous ? Comment puis-je être sûre… ?

— Ils ont commandité le meurtre de mon partenaire et mentor. Ils l'ont exécuté, ainsi que sa femme et ses fils qui n'avaient que deux et cinq ans. J'étais en vacances à l'étranger, quand c'est arrivé. Logan, lui, avait été dépêché pour protéger un témoin important, un avocat travaillant pour les O'Reilly. Ils l'ont menacé pour qu'il avoue où se trouvait cet homme. Ils ont commencé par son plus jeune fils et, quand il s'est décidé à avouer, ils ont tué son autre fils et sa femme sous ses yeux avant de lui tirer une balle dans la tête.

Ce récit lui avait donné envie de vomir, tant il était incroyable et horrible. Instinctivement, Élisabeth posa les yeux sur Joshua et le marshal suivit son regard.

— Ce n'est pas de gaieté de cœur que je vous encourage à avorter. Mais ces hommes sont prêts à tout, ils n'en ont rien à faire que leur cible soit un enfant ou une femme enceinte jusqu'aux yeux. Alors, je vous en conjure, aussi atroce que cette possibilité puisse vous paraître, ne mettez pas ce bébé en danger. Il mérite de vivre, mais pas cette vie. Quant à Joshua, il mérite que vous preniez soin de lui, c'est votre premier devoir en tant que mère.

Évidemment, le discours du marshal ne la laissa pas de marbre, mais elle n'eut pas vraiment le temps d'y réfléchir. Rassemblant à toute vitesse ses quelques effets personnels et surtout ceux de Joshua, elle sortit du minuscule appartement où elle vivait avec son fils. Le cœur battant, la gorge sèche, serrant son bébé contre elle sous son imper, elle lui murmurait des paroles rassurantes et pleines d'amour.

Ils roulèrent pendant longtemps avant d'arriver à un motel isolé qui lui donna froid dans le dos. Était-ce ce qui les attendait ? Une vie toujours sur le qui-vive, toujours à fuir ? Joshua pourrait-il seulement aller à l'école ou se faire des amis ? Pourrait-il avoir une vie normale ? À cet instant, la réponse semblait évidente ; pourtant, elle décida de l'ignorer, tout comme la solution qui s'imposait de plus en plus à elle.

Abandonner Joshua, le soumettre à l'adoption donnerait à son fils les meilleures chances pour connaître cette vie normale. Il n'aurait aucun souvenir de Neal, de ses éclats, de sa violence ; et il ne se souviendrait pas d'elle non plus. Elle n'avait qu'un mot à dire… Pourtant, si les O'Reilly étaient si puissants, elle craignait qu'ils ne découvrent son existence et décident de s'en prendre à lui pour la faire sortir de sa cachette.

Assise sur le lit, Joshua profondément endormi dans ses bras, la jeune femme soupira, elle avait l'impression de devenir complètement paranoïaque et de perdre le sens des réalités. Elle avait besoin de se vider la tête.

Quelqu'un déverrouilla la porte et Éli se raidit avant de voir apparaître Victoria, un sac de course dans les bras.

— J'ai trouvé des couches, du gel douche et du shampoing. Simon va arriver avec de la pizza. Vous avez faim ?

— J'ai surtout envie de me doucher.

— Alors, allez-y, je vais surveiller le bébé.

— Je me dépêche.

Après avoir récupéré les produits achetés par Victoria, la jeune mère partit s'enfermer dans la petite salle de bains. Ce n'était pas vraiment propre, mais elle ne comptait pas s'y attarder, de toute manière. Depuis toujours, elle détestait être séparée de son fils, sans doute parce que, depuis sa conception, il n'avait vécu que dans un milieu hostile. C'était un miracle qu'il n'ait pas eu de séquelles jusqu'à présent.

« Il serait plus heureux, s'il avait une vie normale », se répétait-elle sans parvenir à y croire totalement. Quelque chose lui disait qu'il ne pourrait être totalement heureux, parce qu'elle ne serait pas là pour l'aimer. C'était sans doute purement égoïste, mais elle ne pouvait se résoudre à l'abandonner. « Je suis une mauvaise mère », se fustigeait-elle, la tête sous le jet d'eau froide.

Alors quoi ? Si elle décidait de garder Joshua, elle devait tout faire pour le protéger et le rendre heureux, lui donner cette vie normale dont elle rêvait pour lui. Il devait devenir sa priorité, son univers… Cela ne laissait plus de place pour quelqu'un d'autre…

Ce constat lui arracha le cœur, mais ses choix étaient limités. Évitant son reflet en sortant de la douche, la jeune femme se sécha rapidement et remit ses vêtements avant de sortir. Assise à la table disposée dans un coin de la chambre, le marshal Jones étudiait une carte, tout en mangeant un morceau de pizza.

— Simon l'a déposé tout à l'heure. Servez-vous, si vous…

De but en blanc, la jeune mère l'interrompit avant de renoncer :

— Vous avez toujours les cachets ?

Sans la lâcher des yeux, sa compagne fouilla dans sa poche et lui tendit un petit sachet. Aucune ne parla, mais, avant de pouvoir hésiter, Éli mit les cachets dans sa bouche et tenta de ne pas réfléchir en les avalant avec de l'eau.

— Croyez-moi, c'est la meilleure chose à faire.

Élisabeth savait qu'elle avait raison, mais cela ne la consola pas pour autant. Sans doute pour la rassurer ou lui changer les idées, l'agent l'informa qu'ils se dirigeraient vers l'État de Washington et resteraient quelque temps à Bellingham, une petite ville au nord de Seattle, et non loin de la frontière canadienne. L'idée était de ne pas se faire remarquer, de se faire oublier, et tout ce qu'Éli espérait, c'était de trouver un endroit où Joshua pourrait jouer dehors, grandir avec d'autres enfants.

Le marshal l'encouragea à dormir, leur départ étant prévu quelques heures plus tard. Sans grand espoir d'y parvenir, Élisabeth s'allongea pourtant en installant le couffin de Joshua à ses côtés. Les yeux clos, en toute conscience, elle tenta de rêver à la vie qui les attendrait, essayant d'imaginer son fils, quelques années plus tard, souriant et heureux comme n'importe quel enfant insouciant et innocent. Ces images l'apaisaient et lui donnaient autant espoir qu'envie de les concrétiser.

Et puis, un petit rire, différent, lui fit baisser les yeux vers une petite fille. Elle la portait dans ses bras, alors que l'enfant lui souriait, laissant apparaître ses petites dents. Son cœur se serra en voyant ses longs cheveux roux et bouclés, ses yeux bleus, lumineux comme un ciel d'été… comme ceux de son père. La petite fille était belle, mi-poupée, mi-princesse, ses petits bras s'accrochant au cou d'Éli avec confiance.

L'instant suivant, le rêve se brisa sous le coup venant de ses entrailles, de son bas-ventre. Avec un gémissement de douleur, la jeune femme se cramponna aux draps pour tenter d'endurer les violentes contractions.

— Ça va aller, l'encouragea le marshal.

À ses côtés, Victoria la maintenait assise et lui tenait la main. Lorsque la première contraction fut passée, sa compagne l'encouragea à se lever et l'aida à rejoindre la salle de bains. Les contractions se poursuivirent là, tandis que le sol aux petits carrelages blancs se teintait de rouge. En se tenant le ventre, elle pouvait le sentir dur comme jamais. Le sang trempait ses vêtements, mais elle ne voulait pas regarder. Les yeux clos, elle s'accrochait au visage de la petite fille rousse aux yeux bleus, à son sourire, priant pour qu'elle survive jusqu'à ce que tout espoir disparaisse. Alors, tout en sanglotant, elle murmura une litanie de « je suis désolée. Je t'aime. Pardonne-moi ».

Finalement, elle en arriva à s'accrocher à cette douleur lui soufflant qu'il y avait peut-être encore un espoir tant qu'elle était là. Tant qu'elle souffrait encore physiquement, il y avait encore quelque chose, quelqu'un à tuer. Elle ne voulait pas la voir partir ; elle ne voulait pas la perdre. Sa compagne tentait de la rassurer :

— C'est bientôt fini.

« Mais non ! Je ne veux pas que ça s'arrête ! Pas tant que je serais sûre qu'elle va bien ! » songea-t-elle, perdant la raison.

Alors, lorsqu'enfin tout s'arrêta, Éli se sentit vide, juste une carcasse froide et sèche à l'intérieur. En lui caressant doucement le dos, le marshal fit tomber le couperet en annonçant tout bas :

— C'est fini.

À ces mots, la jeune femme rouvrit les yeux, tout espoir envolé. Elle avait quitté le parc et sa princesse pour cette salle de bains glaciale et sale. Il était trop tard, elle ne pouvait plus rien y faire.

Choquée et coupable, Élisabeth laissa sa compagne la déshabiller et la pousser doucement dans la douche. L'eau coula à nouveau sur elle, mais la jeune femme ne le voyait même pas. Dans sa tête, il n'y avait que la petite fille et ses yeux bleus noyés de larmes. Dans sa chair, dans son cœur, elle savait qu'elle ne pourrait jamais la consoler, la revoir sourire. Elle était partie pour toujours.

Quelques minutes plus tard, sa protectrice était venue la rechercher, non sans la gronder de ne pas s'être lavée. Elle l'aida à sortir et la couvrit de serviettes éponges délavées aux nuances jaunes et grises. Doucement, elle la fit s'asseoir sur le couvercle des toilettes et son regard glissa sur le carrelage à nouveau blanc. Il n'y avait plus une trace de sang.

— Hé ! lui intima brusquement le marshal.

Pour capter son regard, elle lui attrapa le menton à pleine main et leva son visage vers elle.

— Je sais que ça va être difficile, mais il va falloir vous remettre, et rapidement. Il y a un autre bébé qui vous attend derrière cette porte. Alors, à moins que vous ne vouliez le perdre lui aussi, vous allez devoir revenir vite à la réalité. Ce n'est pas le moment de vous morfondre, la bataille ne fait que commencer.

Élisabeth savait qu'elle avait raison, mais faire son deuil si vite, comme ça… Elle n'était pas certaine d'en être capable.

— Alors, dites-moi, dois-je proposer Joshua à l'adoption ou êtes-vous décidée à sortir de cette chambre et à jouer votre rôle de mère ?

42

NATHAN

Derrière la petite vitre de la porte, il ne la reconnaissait plus. Il n'osait pas rentrer. Pas parce qu'il avait peur... pas seulement, mais aussi parce qu'il ne savait plus comment réagir. Depuis que Maddie lui avait annoncé la nouvelle en pleurant, il était perdu, et plus encore maintenant qu'il l'apercevait.

La fausse couche était survenu, alors qu'il envisageait de rester encore une semaine à New York. Il s'était donné comme excuse de prendre le temps de régler les derniers points concernant la sécurité de Sydney avec Ethan et de finaliser certains contrats importants.

Mais quand le coup de téléphone de sa gouvernante l'avait réveillé en pleine nuit, il n'avait pas tout de suite compris qu'il s'agissait de la réalité.

Il ne le réalisait toujours pas, *maintenant*. « Éli portait mon bébé », ne cessait-il de se répéter mentalement. Cette bande-son tournait continuellement dans sa tête, quoi qu'il arrive, quoi qu'il fasse. Du moins, ce fut le cas jusqu'à ce qu'il la voie derrière cette vitre, allongée dans ce lit, ses mains et ses pieds attachés par des sangles.

— Elle est devenue hystérique quand nous avons voulu lui administrer des calmants. Nous n'avons pas eu le choix, lui avait expliqué le médecin de garde.

Cela lui avait fait tellement de mal de la voir comme ça trois jours plus tôt. C'est là que la bande sonore avait légèrement changé : « Éli portait mon enfant et elle l'a perdu. Elle a perdu *notre* enfant. » Ce constat l'avait démoli aussi efficacement qu'un immeuble lui tombant sur la tête. Sa gorge s'était serrée de plus en plus fort, jusqu'à couper l'arrivée d'air dans ses poumons. Alors, il était sorti, parti. Il avait ressenti le besoin de voir Joshua, de le serrer dans ses bras. Il avait soudain eu peur de le perdre lui aussi, tout aussi facilement. Il avait passé tout le reste de la journée avec lui, jouant et ne le quittant pas une seule seconde, pour les distraire tous les deux. Il avait été rassuré de voir l'enfant capable de s'amuser, même si ce dernier avait sûrement vu ou entendu certaines choses. Nathan savait qu'il allait devoir le pousser à en parler pour l'aider à guérir de ses craintes, mais lui-même n'était pas prêt à aborder le sujet avec qui que ce soit.

Le deuxième jour, il avait déposé Joshua chez son ami Nelson et les parents de ce dernier avaient accepté de le garder quelques jours. Pour rassurer son fils, il lui avait juste dit qu'Éli était malade et qu'elle devait rester quelque temps à l'hôpital pour que les médecins l'aident à guérir plus vite. Il avait semblé comprendre. Mais avec un sentiment de culpabilité supplémentaire, Nathan était retourné voir sa femme et, comme la veille, il s'était arrêté à sa porte. Sa culpabilité l'arrêtait là. Il ne savait pas quoi lui dire ni quoi faire pour l'aider, sans doute savait-il simplement que rien ne pouvait aider à guérir une perte comme celle-ci.

Alors, pendant près d'une heure, il se contenta de rester assis dans la salle d'attente, son stupide bouquet à la main, comme une excuse qu'elle pourrait accepter. Ses sentiments étaient lourds et confus, mais il n'avait jamais appris à les exprimer. Il savait qu'il devait être présent pour sa femme, c'était son devoir. « Pourtant, je n'étais pas là quand c'est arrivé ; si j'avais été là, on aurait pu l'éviter… »

Fatigué de se torturer, il avait fait demi-tour, il n'était pas prêt. Les heures suivantes lui avaient démontré qu'il ne pouvait s'enfuir, sa culpabilité le suivait comme son ombre. Alors, à la nuit tombée, au lieu de rentrer chez lui, il était repassé par l'hôpital. Le calme était revenu dans les couloirs. L'heure des visites était passée, mais en tant qu'époux, il était autorisé à rester plus tard.

En arrivant devant la porte de la chambre à peine éclairée, sa nervosité était encore montée d'un cran. Mais il avait suffisamment tergiversé et ne voulait plus reculer. Sa main moite tourna la poignée et, sans bruit, il pénétra dans la chambre. Vêtue d'une chemise de nuit, Éli était allongée sur le côté, en position fœtale, sans draps pour la couvrir. Elle lui parut si fragile que sa nervosité fut balayée par son besoin de la protéger. Il était heureux d'être là, c'était sa place et il était décidé à rester à ses côtés.

Doucement, il contourna le lit uniquement éclairé par la lampe le surplombant et découvrit le visage de sa femme endormie. Ses traits étaient plus marqués que jamais, creusés par la fatigue, la faim et les larmes. Les médecins lui avaient dit qu'elle refusait de s'alimenter depuis son arrivée à l'hôpital, et bien qu'ils aient fini par la perfuser, il voyait combien son corps avait déjà changé.

Soudain, comme si elle avait senti une présence, la jeune femme se réveilla et leva les yeux sur lui. Tristement, il lui sourit, mais les larmes montant dans les prunelles brunes d'Éli lui lacérèrent le cœur. Tendant la main pour caresser son visage, il murmura :

— Je suis là.

Mais avant même qu'il l'ait effleurée, sa femme eut un mouvement de recul et son regard vira à la tempête avant qu'elle ne s'écarte en repoussant son bras.

— Ne me touche pas ! s'écria-t-elle. Tout est de ta faute ! Espèce de salaud ! Je te déteste ! Je te hais ! Tu n'as aucune raison d'être là ! Va-t'en ! C'est ta faute ! Je te hais ! Je te hais !

Surpris, mais conscient de sa culpabilité, il voulut s'approcher pour la calmer, mais elle repoussa ses bras, le frappant avec rage. Les cris de sa femme avaient alerté les infirmiers qui déboulèrent pour la maintenir, tout en lui demandant de sortir. Deux hommes tenaient Éli pendant qu'une infirmière lui attachait à nouveau les poignets et les chevilles aux barreaux de son lit. Cette image le choqua presque autant que l'hystérie désespérée d'Élisabeth et son regard plein de haine. L'interne lui fit alors une piqûre et, en un éclair, son épouse s'apaisa, droguée. Un médecin l'entraîna dans le couloir et Nathan s'exclama, confus :

— Vous n'avez pas à faire ça.

— C'est pour sa propre sécurité, monsieur Reed. Votre femme est encore en état de choc. Le psychologue qui l'a examinée depuis son arrivée suggère une hospitalisation dans un centre psychiatrique, si son état n'évolue pas d'ici la fin de la semaine.

— Quoi ? C'est ridicule.

— Ce ne serait que pour quelques jours ou quelques semaines, le temps qu'elle se remette et se repose.

Furieux, il fusilla le médecin du regard en répliquant durement :

— Ma femme n'est pas folle. Elle vient de faire une fausse couche, alors que nous ne savions même pas qu'elle était enceinte.

— Un déni de grossesse est déjà quelque chose de très lourd émotionnellement, monsieur Reed. Ajoutez à cela une fausse couche au quatrième mois de grossesse, votre femme est au bord de la dépression. Elle peut devenir un danger pour elle-même autant que pour les autres.

Il ne parvenait pas à assimiler toutes ces informations. Il en était déjà incapable avant d'avoir vu Éli et il se demandait comment elle aurait pu encaisser tout ce qui s'était passé dernièrement.

— Ce qui nous préoccupe d'abord, c'est son état physique. Elle refuse de s'alimenter et, même si nous la nourrissons avec des perfusions, cela ne vaut pas un vrai repas.

Nathan écoutait les paroles du médecin, mais ne parvenait pas à détacher son regard de la porte de la chambre. Il avait du mal à assimiler la situation, les événements, le diagnostic des professionnels concernant Éli…

— D'accord… Que… que dois-je faire ?

— Pour le moment, vous devez lui laisser encore un peu de temps. Nous allons la mettre sous calmants et antidépresseurs, ce qui devrait nous permettre de l'alimenter à nouveau normalement. Nous ne pouvons pas encore déterminer ce qui arrivera ensuite, cela ne dépendra que d'elle et de ses réactions.

Encore sonné, Nathan se contenta d'acquiescer, tandis que les infirmiers quittaient la chambre. Mais alors que le médecin s'apprêtait à partir à son tour, il l'interpella avec une question pesant sur son cœur :

— Vous avez dit que ma femme était enceinte de quatre mois… Est-ce que vous savez si c'était… ? demanda-t-il sans parvenir à finir sa phrase.

La femme le regarda, comme si elle pesait les conséquences de sa réponse, avant de déclarer :

— C'était une petite fille.

Il écarquilla les yeux, soufflé par cet aveu, l'émotion lui broyant la gorge. Prenant sur lui, Nathan acquiesça en détournant les yeux. Le médecin posa une main compatissante sur son bras et, aussitôt, il se reprit et se redressa en prenant une profonde inspiration. Ce n'était pas le moment de pleurer ni l'endroit.

— Merci, murmura-t-il avant de tourner les talons.

Il avait besoin d'air. Il avait besoin de se défouler… Il avait besoin de régler ses comptes avant de pouvoir se lamenter en noyant son chagrin. Alors, il enfila son armure et remit le masque qu'il avait porté presque toute sa vie. Comme Joshua était chez son ami Nelson, il avait un peu de temps devant lui pour accomplir son projet.

Sans attendre, il appela Ethan et lui annonça son départ immédiat pour New York. Il avait des informations à glaner et il n'y avait qu'une personne pour le renseigner. Sa voiture le conduisit directement à l'aéroport et il résista à la tentation de se saouler pendant le vol. Il devait garder les idées claires, même si la boule de feu grossissant à l'intérieur de lui devenait de plus en plus difficile à contrôler. À son arrivée, Ethan l'appela pour lui transmettre l'adresse dont il avait besoin :

— Ne fais pas le con, Nate. Laisse-moi venir avec toi.

— Non, je préfère que tu restes avec Sydney pour assurer sa sécurité.

Son ami ne put le contredire ni le convaincre de différer ses projets.

— D'accord, mais essaye de ne pas le tuer.

Nathan esquissa un triste sourire avant de répondre :

— Je te rappelle après.

Impatient, Nathan raccrocha et, malgré l'heure tardive, il n'hésita pas une seconde à se rendre à l'adresse fournie par son ami.

Dans la nuit, il regarda défiler les rues, rongeant son frein tout en priant pour arriver le plus tôt possible. Finalement, la voiture se gara dans une rue résidentielle de Brooklyn où toutes les maisons se ressemblaient. Il demanda à sa sécurité de l'attendre et remonta les marches du perron avant de tambouriner à la porte en bois. Il dut insister à plusieurs reprises avant que le battant ne s'ouvre sur un homme finissant d'enfiler un pull de Harvard. Les yeux à peine ouverts, ce dernier s'enquit :

— Nathan ? Qu'est-ce que tu fais là ?

— Il faut qu'on parle.

— Au milieu de la nuit ? Il est deux heures du matin et j'ai eu une garde de...

— Je m'en fous… Plus tôt tu me laisseras entrer, plus tôt tu retourneras te coucher.

Ce dernier argument prononcé d'une voix rude sembla convaincre son interlocuteur qui lui céda le passage avant de refermer la porte derrière lui.

— Qu'est-ce que…

— Pourquoi es-tu passé chez moi, l'autre soir ? s'enquit l'homme d'affaires sans plus attendre.

Il entendit Thomas soupirer dans son dos, mais préféra mettre encore une certaine distance entre eux avant de se retourner :

— Beth t'en a parlé.

— Non, c'est ma gouvernante qui me l'a dit. Alors ?

— Et tu n'as pas demandé à ta femme ?

Avec un calme feint, mais sans ciller une seconde, Nathan répondit :

— Non. C'est toi que j'interroge.

— D'accord… Écoute, ce n'est pas facile à dire, parce que tu es un ami… Hum… Beth et moi avions une liaison depuis quelque temps et je suis venu pour y mettre un terme.

— Vraiment ?

— Ça a l'air de t'étonner.

— Je connais ma femme.

Thomas écarquilla les yeux en se retenant de rire et, avec un léger sourire en coin, il ironisa :

— Vraiment ? C'est pour ça que ta femme t'a caché sa grossesse ?

Nathan ne put s'empêcher de serrer les dents et de prendre une profonde inspiration, élargissant le sourire sarcastique du chirurgien.

— C'est bien ce que je pensais. Et maintenant que tu es au courant, tu es venu me casser la figure.

— Depuis quand étiez-vous ensemble ?

— Ça a commencé peu de temps après notre première rencontre à la soirée. Quand elle t'a vu avec Sydney, Beth a compris que tu la quitterais. Quand tu m'as demandé de l'examiner dans ton bureau, elle était désespérée, d'autant plus qu'elle se savait déjà enceinte. Pour la rassurer, j'ai accepté de ne rien te dire sur sa grossesse et elle m'a embrassée. Ça a commencé comme ça.

— Dans mon bureau ?

— Rassure-toi, nous ne nous sommes contentés que de quelques baisers. Mais on s'est revus plusieurs fois ensuite, en cachette, grâce à ton emploi du temps de ministre. Et puis, après la soirée de mes parents, elle m'a appelé une fois que tu es parti. Merci d'ailleurs, parce qu'on a enfin pu s'envoyer en l'air.

Son interlocuteur le provoquait volontairement et Nathan avait de plus en plus de mal à se contrôler. « Encore un peu de patience. » Alors, usant de toute sa concentration, il s'enquit :

— Pourquoi vous êtes-vous disputés quand tu es passé chez moi ?

Cette fois, le sourire de Thomas disparut et il prit une expression presque triste et grave :

— Elle m'a dit qu'elle comptait avorter. Elle m'a montré les pilules qu'elle voulait utiliser. Ça m'a rendu dingue. J'ai essayé de la convaincre que j'étais prêt à garder ce bébé, à l'élever avec elle, mais elle a dit que c'était son choix, qu'elle ne voulait pas garder *ton* enfant. Je lui ai dit que je la quitterais si elle faisait cela, qu'elle courait des risques à ce stade de la grossesse, mais elle m'a chassé en affirmant que, *moi non plus*, je ne l'aimais pas vraiment… Et si tu es là cette nuit, j'en déduis que c'est parce que tu as appris pour sa grossesse… ou qu'elle est passée à l'action.

Nathan préféra ne pas répondre et rebroussa chemin jusqu'à la porte d'entrée. Thomas posa alors une main sur son épaule et il se raidit en regardant toujours devant lui :

— Je suis désolé… Nate. Tu es un ami et tout cela n'était pas prévu. Mais si tu veux mon avis, ta femme est dangereuse et a besoin de soins psychiatriques.

Avant qu'il ait pu se retenir, l'homme d'affaires se retourna et son poing s'écrasa sur la mâchoire du chirurgien qui s'écroula par terre :

— Un conseil « d'ami », ne t'approche plus de ma femme ou de Joshua.

— Tant que tu ne t'approcheras plus de Sydney. Elle se portait beaucoup mieux depuis que tu n'étais plus dans sa vie.

Il avait enfin vu une partie de son vrai visage. Un peu plus satisfait et soulagé, Nathan sortit et regagna sa voiture. Ainsi, Thomas mettait la fausse couche d'Éli sur le compte de cette dernière. Quelque chose l'empêchait d'y croire, tout comme à leur prétendue liaison. Il savait qu'il n'avait pas été présent ou gentil avec sa femme depuis leur mariage, mais il savait aussi qu'elle n'était pas assez à l'aise avec son corps pour prendre un amant.

Néanmoins, sa dernière visite à l'hôpital avait nourri ses doutes quant aux sentiments d'Éli à son égard. Il avait perdu sa confiance, son amour et peut-être qu'il ne les méritait pas, de toute façon. Mais, dorénavant, la survie de cet amour n'était plus une priorité, contrairement à l'état dépressif de sa femme. Plus que jamais, il était décidé à tout mettre en œuvre pour aider Élisabeth à se reconstruire. Elle ne voudrait peut-être plus de lui, mais il ne l'abandonnerait plus avant de la savoir guérie et heureuse, avec ou sans lui.

43

ÉLISABETH

Elle connaissait ce sentiment, ce vide, cette mort en elle, comme si rien ne pouvait plus éclairer sa vie. Elle avait porté l'enfant de Nathan… sans même le savoir. Elle avait nié les signes « parce qu'un bébé ne peut pas être conçu dans la haine, pas dans de telles circonstances », s'était-elle répétée en bloc, chaque fois que son mari l'avait interrogée sur une possible grossesse.

Elle avait été naïve, bête. Elle avait oublié un peu trop facilement que le sort pouvait aussi s'acharner sur ceux qui ont déjà souffert. Cela lui était déjà arrivé par le passé, et sans savoir comment, elle s'était relevée. Elle avait mis son deuil de côté – « pour plus tard » – et avait continué sa vie de maman protectrice.

Et, désormais, elle se retrouvait dans une chambre d'hôpital, malade, atteinte d'un chagrin qui semblait la faire saigner de part en part.

Mais, depuis quelques jours, tout semblait aller mieux parce que tout était devenu plus flou, cotonneux. Son corps, son esprit s'étaient ramollis, malléables comme du chewing-gum. Elle ne réfléchissait plus, sa tête était vide et c'était bien, salvateur, apaisant. Elle n'avait plus les commandes, mais cela lui était égal. Elle ne ressentait plus rien et se contentait de dormir, n'ayant souvent plus la force de garder les yeux ouverts.

Depuis quelques jours, un homme revenait la voir. Il était gentil et très beau. Il lui donnait à manger à la becquée comme une enfant, lui prenait la main continuellement et lui tenait souvent compagnie. Ils ne parlaient pas, se contentant de regarder la télé. Ou alors, il lui faisait la lecture, lui contant des histoires plus magiques les unes que les autres, parce que remplies d'espoir. Il était grand, fort, mais doux avec elle et elle le trouvait séduisant, malgré le regard triste qu'il posait sur elle.

Après un moment qu'elle n'aurait su définir, ce bel homme s'exclama :

— Tu manques beaucoup à Joshua, tu sais ? Tous les jours, il me demande de tes nouvelles. Il t'a fait plein de dessins pour mettre dans ta chambre quand tu rentreras. Il a vraiment hâte que tu reviennes, parce que sa maman lui manque. Tu lui manques…

« Joshua », se répéta-t-elle en fronçant les sourcils. Ce nom lui disait quelque chose, mais elle était incapable de dire de qui il s'agissait ni à quoi cette personne ressemblait. Sa tête était bien trop vide.

Doucement, son beau compagnon referma ses mains autour de la sienne et reprit :

— Éli, les médecins disent que tu dois aller dans un centre psychiatrique, mais je ne peux pas m'y résoudre. Je sais que tu n'es pas folle et que les médicaments qu'ils te donnent ne sont pas la solution. Tu dois t'en sortir autrement et, selon moi, le meilleur moyen est que tu sois entourée et soutenue par ta famille.

Elle l'écoutait et sa voix était douce, encourageante, apaisante comme il l'avait été depuis la première fois.

— Éli, est-ce que tu veux rentrer à la maison avec moi ?

Elle rencontra son regard et il lui sembla y voir une lumière, une étincelle rassurante. Elle n'avait pas de limites, c'était un rêve. Alors, lorsqu'elle tendit la main vers son visage pour lui caresser la tempe, les cheveux, la joue du bout des doigts, il sourit. Elle effleura alors sa bouche et il lui prit doucement la main avant de la porter à ses lèvres.

— Ça veut dire oui ? Es-tu prête à rentrer avec moi et à arrêter les calmants ?

Elle ne saisit pas tout, mais, portée par son cœur, la jeune femme se contenta d'acquiescer. Lorsque les médecins lui demandèrent si elle savait vraiment ce que cela voulait dire, elle parvint à dire : « Vivre avec Joshua et lui. » Ils ne parurent pas vraiment convaincus jusqu'à ce qu'elle ajoute :

— Je veux rentrer chez moi et vivre avec ma famille.

Le bel homme à ses côtés intervint pour appuyer ses dires.

— Vous ne pouvez pas l'emprisonner ici indéfiniment, surtout pas contre sa volonté.

Alors, les médecins acceptèrent et, peu de temps après, il partit en lui promettant de revenir la chercher dès le lendemain matin.

Pendant la nuit, la jeune femme fut prise d'une légère angoisse, mais une infirmière lui donna des calmants qui l'aidèrent à se détendre.

Le lendemain matin, comme promis, celui que les infirmières appelaient « son mari » – donc cela devait être vrai – réapparut avec de belles fleurs rose pâle. Il souriait et la petite lumière dans ses yeux était encore là. Il était tellement beau et faisait battre plus fort son cœur. Il l'aida à s'asseoir dans un fauteuil roulant et, après lui avoir donné le bouquet, il la poussa vers la sortie. Il y avait plus de monde, plus de bruits et, après avoir connu le calme de sa petite chambre, cet autre monde fit naître de nouvelles angoisses.

Ils arrivèrent à une grosse voiture noire à côté de laquelle se tenaient deux hommes en costumes noirs. Ils avaient un air sérieux, presque menaçant, et elle se recroquevilla légèrement dans son fauteuil, intimidée. Elle les étudia avec un regard craintif, même s'ils la saluèrent par un « heureux de vous revoir, madame Reed ». Son mari l'aida à se lever, tandis qu'elle s'accrochait au bouquet et surveillait les agents du coin de l'œil. La jeune femme monta dans la voiture et, rapidement, son compagnon la rejoignit sur la banquette, avant de passer un bras autour d'elle.

Avec une expression tendre et amusée, il l'interrogea de sa belle voix douce :

— Tu es nerveuse ?

Elle acquiesça et il déposa un long baiser sur ses cheveux.

— Tout va bien se passer, tu rentres à la maison.

Cela résonna comme une promesse et un peu plus confiante, elle se blottit davantage contre lui. Pendant le trajet, ils ne parlèrent pas. Son mari la crut peut-être endormie, alors qu'elle savourait simplement sa présence. Il lui sembla aussi ressentir une pointe de nervosité chez son compagnon, alors, pour le rassurer comme il en avait le pouvoir sur elle, la jeune femme lui prit la main.

Après une période trop courte selon elle, la voiture s'arrêta et la portière s'ouvrit quelques secondes plus tard, l'éblouissant au passage. Son cœur se serra lorsque son compagnon s'écarta et descendit du véhicule avant de lui tendre la main. Un peu plus rassurée, elle la prit et descendit à son tour en regardant où elle mettait les pieds. Elle releva alors les yeux vers son mari qui n'avait pas bougé, comme pour lui prouver qu'il la soutiendrait toujours. Cette idée la fit sourire autant que le regard de cet homme réchauffa son cœur. Il prit alors sa joue dans la paume de sa main et se pencha à la rencontre de ses lèvres. Elle ne s'y attendait pas, mais ce fut tellement agréable qu'elle répondit automatiquement à son baiser. C'était naturel.

— Maman ! s'exclama une autre voix.

Presque aussitôt, elle se sentit bousculée au niveau des jambes. Surprise et un peu nerveuse, elle s'écarta en se blottissant contre son époux, tandis que ce dernier répondait doucement :

— Vas-y doucement, Joshua, ta maman sort tout juste de l'hôpital.

— Mais tu es guérie maintenant !

Un petit garçon aux cheveux bruns levait ses beaux yeux bleus vers elle. Il lui parlait, à elle, et automatiquement, elle répondit faiblement :

— Euh… oui.

— Elle est juste encore un peu fatiguée à cause des médicaments, expliqua son mari. Il va lui falloir un peu de temps pour se réveiller, mais ça ira vite mieux.

L'enfant continuait à l'étudier, visiblement un peu déçu, avant de lui prendre la main tout simplement. Surprise par son geste, elle ne chercha pas pour autant à le repousser. Ensemble, ils marchèrent jusqu'à la maison. Dans l'entrée gigantesque, une femme blonde avec un tablier à fleurs les attendait. Une pointe de tristesse dans les yeux, elle lui sourit :

— Bienvenue à la maison, Beth.

« Beth ? » s'interrogea-t-elle, quasiment certaine d'avoir presque toujours été appelée Éli par son mari. L'esprit embrouillé, la jeune femme répondit par un simple merci avant de se tourner vers son compagnon qui devina :

— Tu veux monter te reposer un peu avant le déjeuner ?

Soulagée, Éli acquiesça. Cela faisait beaucoup à encaisser d'un coup, beaucoup de monde à se rappeler. Elle avait envie et besoin de se retrouver seule. Soudain, la jeune femme fut soulevée du sol avant que son mari ne l'emporte dans les escaliers, précédé par le petit garçon brun. Accrochée au cou de son époux, elle se sentit rougir. Enfin, ils arrivèrent dans une pièce où elle ne se sentit pas bien. Elle avait beau être dans les bras de quelqu'un de confiance, quelque chose clochait. Pourtant, la pièce était belle, grande, lumineuse, avec les rayons du soleil perçant les fenêtres. Son malaise grandit lorsqu'il la déposa sur le lit. Presque aussitôt, elle se releva sous le regard soucieux de son compagnon.

— Ça va ?

— Oui, murmura-t-elle automatiquement.

— OK. Je vais te laisser. Descends quand tu voudras.

— Merci, répliqua-t-elle.

Elle hésitait encore sur son prénom dont elle ne se souvenait plus, mais, avec un sourire en coin, il répondit :

— Nathan.

— Nathan... Désolée. Ma mémoire est encore... en compote.

— Ce n'est pas grave, ça va vite revenir.

Son regard bleu clair était confiant, plein d'assurance, telle une promesse qu'il comptait bien lui faire tenir. Son visage s'empourpra sans véritable raison et elle acquiesça en se balançant nerveusement d'un pied sur l'autre. Le sourire de Nathan s'étira encore avant qu'il n'ajoute :

— À tout à l'heure.

Quand il partit, elle se demanda pourquoi elle avait voulu monter s'isoler alors qu'elle aurait surtout préféré rester avec lui. Mais il y avait aussi « les autres », Joshua, la femme au tablier, et sûrement d'autres personnes qui attendraient d'elle certaines choses qu'elle n'était pas certaine de pouvoir leur donner dans l'immédiat.

À présent, bien qu'un peu perdue, Élisabeth était sûre d'une chose, elle ne voulait pas rester sur ce lit. Ne reconnaissant pas les lieux, elle explora la vaste suite avant de s'asseoir finalement sur un des canapés pour regarder autour d'elle. « Et maintenant ? » Elle n'avait pas vraiment envie de dormir. La jeune femme parcourut les étagères de livres pour tenter de se détendre avant de se rendre à l'évidence, quelque chose clochait avec cette chambre. Cela arriva au point qu'elle ne supporta plus de rester.

Nerveusement, elle redescendit et, lorsqu'elle apparut dans la cuisine, la jeune femme répondit face aux regards surpris :

— Je n'étais pas si fatiguée que cela.

Elle réapprit alors que la femme au tablier s'appelait Maddie et était la gouvernante. Cette dernière l'encouragea d'ailleurs à l'aider à préparer le déjeuner et, bien qu'un peu intimidée au départ, elle retrouva des gestes automatiques et réussit petit à petit à se détendre. Pendant ce temps, devinant son besoin de calme, Nathan emmena Joshua jouer dans le jardin, ce dont elle lui fut reconnaissante. Ils échangèrent un regard et un sourire avant qu'il ne disparaisse avec l'enfant. Finalement, elle avait bon espoir de retrouver une vie normale.

Le reste de la journée se passa aussi bien, Joshua restant parfois près d'elle pour dessiner calmement, tandis qu'elle cuisinait avec Maddie ou lisait dans le salon. Petit à petit, elle se faisait à sa présence, l'ajoutant à sa vie, non sans une certaine prudence. Quelque chose la retenait, mais elle préférait ne pas trop y réfléchir. Cependant, elle regrettait l'absence de Nathan qui passa beaucoup de temps dans son bureau dans l'après-midi, et aussi après le dîner. Il n'en sortit que pour gérer le bain de Joshua, auquel elle assista en spectatrice. Elle n'était pas encore assez à l'aise pour en faire davantage. D'ailleurs, lorsque l'enfant la pria de lui lire une histoire, elle chercha une excuse pour refuser. Aussitôt, Nathan intervint en venant s'asseoir sur le lit.

— Ta maman est encore un peu fatiguée, mon bonhomme. Donc, tu vas encore devoir m'entendre faire les voix des personnages.

— Mais elle le fait mieux.

— Quoi ? Tu vas voir !

Faussement vexé, son père se vengea en le chatouillant et le rire du garçon s'envola dans la pièce. Elle n'avait pu retenir son sourire, séduite par cette musique et leur complicité évidente. Ils s'adoraient vraiment tous les deux. Alors, se sentant de trop, Élisabeth s'esquiva sur la pointe des pieds et redescendit attendre son mari dans la cuisine où Maddie nettoyait des casseroles.

Quelques instants plus tard, Nathan réapparut en s'exclamant :

— Ça n'a pas été long. Après une seule histoire, il dormait déjà à poings fermés.

Il se tenait à présent à côté d'elle, et son charisme la réchauffa comme une couverture.

— Tu as besoin de quelque chose ? lui demanda-t-il, non sans la désarçonner.

Un peu désarçonnée, la jeune femme ne comprit pas ce qu'il voulait dire et, pour ne pas faire de vagues, elle répliqua automatiquement :

— Euh... non.

— Bien. Dans ce cas, je retourne travailler.

Tendrement, il l'embrassa sur le sommet du crâne avant d'ajouter :

— Bonne nuit, mesdames.

Surprise par cette sortie aussi rapide, Élisabeth le regarda s'éloigner et disparaître. Son air perturbé fit légèrement rire Maddie qu'elle interrogea, intriguée :

— Est-ce qu'il passe tout son temps à travailler ?

— Presque tout son temps, oui. Si vous l'aviez oublié, vous allez vite vous en souvenir.

— C'est dommage.

La main de Maddie couvrit la sienne sur le plan de travail.

— Vous devriez peut-être le lui dire ou, mieux encore, lui rappeler qu'il y a mieux à faire, quand vous êtes dans les parages, ajouta-t-elle avec un clin d'œil malicieux.

La gouvernante lui adressa un clin d'œil malicieux avant de retourner à ses occupations. Mais si l'idée séduisait Élisabeth, elle se sentait incapable de passer à l'action, du moins, pour le moment. Elle venait tout juste de revenir dans cette maison, alors que les interrogations sur son passé s'accumulaient petit à petit. Elle aurait peut-être le courage d'en parler avec lui plus tard, quand sa mémoire ne se cacherait plus derrière un brouillard épais et qu'elle en saurait un peu plus sur leurs vies à tous les deux. Elle était l'inconnue qu'elle devait d'abord réapprendre à connaître avant de se lancer à la découverte de Nathan Reed.

44

NATHAN

Il devait se l'avouer, il se cachait. Aussi heureux était-il de retrouver sa femme et sa famille enfin réunie, il n'arrivait pas à rester trop longtemps près d'elle dans cet environnement, comme si ce dernier était nocif ou dangereux, à moins que ce ne soit lui.

Assis dans le canapé de son bureau, il avala une nouvelle gorgée de bourbon. Il se sentait toujours coupable, voilà pourquoi il se cachait. Voir Éli, sa fragilité actuelle, lui rappelait continuellement qu'il n'avait pas été présent pour elle, qu'il n'avait pas su la protéger. Une voix faible dans sa tête le faisait encore douter sur les sentiments d'Éli à son égard, le bien-fondé de sa présence auprès d'elle et de ses choix la concernant, mais il était incapable de l'écouter. Il devait être là pour aider Éli à se reconstruire après la perte du bébé. C'était le seul moyen qu'il avait trouvé pour se repentir et se laver de sa culpabilité. Lui-même se contentait d'enfouir son traumatisme pour mieux le cacher, ce qui relevait déjà de la performance d'acteur. Il n'avait jamais connu ce genre de deuil et ne savait pas comment le vivre, le surmonter. Comme tout obstacle, il pensait pouvoir juste encaisser et tout garder en lui, jusqu'à ce que le temps fasse son travail. Après tout, il s'était assez endurci avec les années pour pouvoir dépasser son chagrin, aider sa femme et être là pour sa famille.

« Alors, que fais-tu là, seul dans ton bureau, à faire semblant de travailler au lieu d'être avec Éli ? » Il refusait de se l'avouer, mais, avec tout ce qui venait de se passer, Nathan se sentait affaibli. Il avait peur de faire fausse route en séduisant à nouveau sa femme, alors qu'il lui avait déjà fait tant de mal. Il voulait être là pour elle, mais n'arrivait pas à déterminer ce qui serait vraiment bénéfique pour elle. Et une part de lui craignait son rejet. La scène d'hystérie à laquelle il avait assisté à l'hôpital restait gravée dans sa mémoire. Il aimait Éli, mais y avait-il encore vraiment de l'espoir pour eux ? Il savait qu'elle n'était pas encore elle-même et refusait de profiter de leur entente actuelle. Il avait trop conscience du tort que cela pourrait lui faire lorsque les souvenirs lui reviendraient.

Mais quand il se trouvait avec Éli, sous son regard brillant, il en arrivait à tout oublier, y compris ses bonnes intentions. « Aussi difficile cela soit-il, je dois pourtant m'y tenir, pour elle », se rappela-t-il avant de soupirer en se prenant la tête entre les mains.

Las, il décida de monter se coucher et vida son verre d'une traite. À cette heure tardive, il ne rencontrerait personne avant d'arriver à sa chambre. Comme prévu, il n'y avait pas un bruit, mais quelqu'un avait laissé une lampe du salon allumée, sans doute pour lui. Il contourna le canapé pour l'éteindre, mais y découvrit un corps allongé qui le fit se raidir. Rapidement, il remarqua qu'Éli dormait profondément, mais cela n'enleva rien à son malaise ou presque. Il ne put s'empêcher de sourire légèrement, tendrement, heureux de pouvoir à nouveau poser les yeux sur sa femme. Avec elle, son côté protecteur semblait encore s'être décuplé, surtout depuis la fausse couche, il pouvait le sentir chaque fois qu'il se trouvait dans la même pièce qu'elle. Et, en même temps, il la voyait le rendre plus vulnérable. Lui qui était connu pour être un redoutable homme d'affaires, sûr de lui et froid, ce « réchauffement » atteignait directement sa cuirasse et le rendait un peu plus humain. S'agissait-il d'un bien ou d'un mal ? La question se posait uniquement pour les autres, car le bien-être et la douceur apportés à sa vie, prenaient le pas sur tout le reste.

Hypnotisé par la vision de sa femme assoupie, il ne vit pas tout de suite qu'elle s'était réveillée :

— Tout va bien ? s'inquiéta-t-elle.

Elle parlait tout bas comme si elle craignait de réveiller toute la maison. Pris par surprise, Nathan se redressa légèrement et détourna son regard en répondant, nerveux :

— Oui ! Je... je suis désolé, je ne voulais pas te réveiller.

— Ce n'est pas grave. Et tu ne l'as pas vraiment fait, ajouta-t-elle timidement.

Ils faisaient un drôle de couple à ne pas oser se parler ou se regarder. Cependant, il ne put résister bien longtemps à cette tentation et la découvrit allongée sur le côté, ses mains reposant sous sa joue. Elle aurait presque ressemblé à une petite fille s'il n'avait eu autant conscience de sa féminité, même dans ce grand sweat-shirt gris et son jogging noir.

Avec un maigre sourire en coin, il se hasarda à demander :

— Que faisais-tu là toute seule ? Est-ce que tu m'attendais ?

Il la vit rougir légèrement et sourit de plus belle, tandis qu'elle répondait en levant un recueil :

— Non... En fait, j'étais plongée dans ce livre.

Amusé, il s'assit sur la table basse devant elle et se moqua gentiment :

— Cela devait être passionnant, si tu t'es endormie en le lisant.

— Je n'étais pas vraiment concentrée, j'avais trop de choses en tête.

Non sans un certain espoir, il s'enquit :

— Et à quoi pensais-tu ?

Sa femme le lui confirma un bref instant à travers son regard qu'elle finit par baisser :

— J'essayais de me rappeler.

— Quoi ?

Toujours en gardant les yeux baissés, comme si elle craignait qu'il y voie quelque chose en particulier, Éli haussa les épaules.

— Tout.

À cette idée, Nathan ne put s'empêcher de se raidir légèrement. Il n'était pas vraiment pressé que ce moment arrive, qu'elle se rappelle les erreurs qu'il avait commises, les moments où il lui avait fait défaut. Aujourd'hui semblait beaucoup plus simple, même s'il savait que cela ne durerait pas. Mais il ne voulait plus vivre sur des illusions, il préférait construire sa vie et leur futur sur des éléments concrets et réels, aussi douloureux soient-ils.

— Ça viendra. Tu dois juste attendre que l'effet des médicaments s'atténue ; ensuite, tout redeviendra comme avant.

Il avait prononcé ces derniers mots avec une pointe de déception et, contre toute attente, Élisabeth vint lui prendre la main. Avec un doux sourire, elle semblait chercher à le consoler ou le rassurer. Ce geste suffit à tout chambouler chez lui et la soudaine montée de désir qu'elle lui inspira devint difficile à contrôler. Aussitôt, il se redressa et détourna les yeux en annonçant rapidement :

— Je vais t'aider à monter dans ta chambre.

Mais avant même d'avoir réfléchi à ce qu'il faisait, Nathan la souleva dans ses bras.

— Non, ce…, commença-t-elle à protester.

Mais sa voix s'éteignit lorsque leurs regards se croisèrent. À partir de là, aucun d'entre eux ne prononça un mot, comme s'ils craignaient tous les deux de briser quelque chose. Nathan se résigna à détourner les yeux pour regarder où il allait, les faisant progresser dans la grande maison silencieuse. Sans pour autant se reposer contre lui, Élisabeth se laissa faire en gardant les yeux rivés sur son visage, alors qu'il prenait soin de rester de marbre – en apparence – et de regarder droit devant lui.

Il venait de la poser devant la porte de la suite d'Éli, lorsqu'elle chuchota brusquement :

— Attends.

— Quoi ?

Il s'était arrêté en un instant, comme si la moindre de ses paroles pouvait le commander.

— Je ne veux pas dormir là. Il y a quelque chose… Je ne sais pas ce que c'est, mais je ne me sens pas à l'aise dans cette suite.

Il n'eut pas besoin de réfléchir bien longtemps à sa remarque et se traita intérieurement de tous les noms. Éli avait fait sa fausse couche dans cette pièce et, même si elle ne s'en souvenait pas encore, son instinct, son corps n'avaient pas oublié et mettaient leur veto. Quelque peu décontenancé, il balbutia en l'évitant du regard :

— D'accord…

Timidement, sa femme suggéra :

— Je pourrais peut-être simplement dormir avec toi ?

Toujours sans la regarder, Nathan prit une longue et profonde inspiration. C'était ce qu'il avait craint et espéré en même temps et, maintenant, il ne savait plus comment réagir.

— À moins que… cela ne pose un problème ?

— Pas du tout, répondit-il du tac au tac.

Tendu, il s'écarta légèrement pour la laisser le précéder. Sans se départir de sa timidité apparente, la jeune femme passa devant lui et marcha jusqu'à sa suite, non sans se retourner à plusieurs reprises pour s'assurer qu'il était toujours là.

Le cœur battant, il referma la porte derrière eux avant de poser enfin les yeux sur elle. Nerveuse, Éli se frottait les mains et regardait autour d'elle en se mordant les lèvres. Comme le regard de Nathan se faisait insistant, sa femme s'enquit avec un sourire gêné :

— J'ai quelque chose… ?

— Non… C'est juste que ma chambre est l'un des endroits où j'adore te voir.

Un instant, elle fronça les sourcils, comme si elle ne comprenait pas quelque chose, mais, finalement, elle demanda :

— Et quels sont les autres endroits ?

À cette question, des images vinrent le frapper : Éli le chevauchant avec volupté, Éli sous lui, jouissant en gémissant son nom… Si ces idées le firent sourire, Nathan les repoussa presque aussitôt en secouant la tête et à son tour un peu gêné, il répondit :

— Il vaut mieux que tu ne le saches pas.

Le sourire tendrement amusé de sa femme gonfla encore davantage son cœur, tandis qu'elle approchait et lui prenait la main :

— Est-ce que tu m'y emmèneras à nouveau ?

Sa question fit naître un rire bref dans sa gorge, et le regard aussi pétillant que le sourire qu'il contenait, Nathan répliqua :

— Souvent… si tu m'en laisses l'occasion.

— Bientôt, alors.

« Je l'espère », souhaita-t-il en la regardant comme s'il n'en aurait bientôt plus l'occasion. Doucement, il lui caressa la joue avant de s'exclamer en l'entraînant d'une main dans le dos :

— Allons nous coucher.

Tranquillement, en confiance, Éli se laissa guider jusqu'au lit. Là, il sentit son regard le suivre, tandis qu'il contournait le meuble et, lorsqu'il lui sourit, elle se glissa enfin sous les draps. Sans la moindre timidité, il la regarda l'admirer tandis qu'il se déshabillait ; et une fois en caleçon, il ne put s'empêcher de la taquiner :

— Le spectacle t'a plu ?

Avec satisfaction et amusement, il la vit rougir jusqu'aux cheveux avant qu'elle ne balbutie en détournant le regard :

— Désolée, je…

Aussitôt, il l'arrêta en lui prenant la main.

— Hé ! Ne t'en excuse pas, je ne me gênerais pas non plus, si les rôles étaient inversés.

Cette fois, les joues de sa femme rosirent de plaisir et il dut se retenir de toutes ses forces pour ne pas se laisser aller avec elle. « Bon sang, cette nuit va être une vraie torture », songea-t-il, non sans frustration. Mais c'était là une bien maigre punition comparée à ce qu'il méritait.

— On devrait dormir, tu dois être fatiguée.

Après cette douche froide, la déception apparut quelques instants sur les traits de sa femme avant qu'elle ne baisse les yeux.

— Un peu.

Sans plus attendre, il éteignit, mais garder ses distances en partageant le même lit qu'elle aurait été au-dessus de ses forces. Malgré l'obscurité, il parvint aisément à la retrouver et passa les bras autour d'elle. Éli ne parut pas s'en formaliser, bien au contraire. Les mains sur son torse nu, elle se blottit contre lui, la tête reposant sur son épaule. « Le meilleur moment de la journée », reconnut-il, aussi apaisé que possible.

— Je peux te poser une question ? s'exclama doucement la voix de sa belle.

— Bien sûr.

— Tu m'appelles Éli, alors que tout le monde m'appelle Beth. Pourquoi ?

S'il y avait bien une question à laquelle il ne s'attendait pas, c'était celle-là. Il s'était tellement soucié de son bien-être qu'il n'avait même pas songé aux choses élémentaires et ce n'était qu'une question de temps avant que la mémoire lui revienne, aussi répondit-il honnêtement :

— Parce que tu t'appelles Élisabeth, je te surnomme Éli. Mais Beth est ta nouvelle identité.

Une nouvelle fois, elle le surprit en riant contre lui :

— Comme un agent secret ?

— Quelque chose comme ça...

Elle frotta doucement son visage contre lui et son rire battait la cadence sur sa peau. Il adorait ces détails, ces sensations auxquels il n'avait jamais fait attention auparavant.

— Mais, toi, Nathan est ton vrai nom ?

— Oui. Tu as changé d'identité avant qu'on se rencontre.

Elle ne le croyait pas. Sa remarque relança son rire, inondant son cœur de bonheur pendant quelques secondes. Et puis, comme une chape de plomb, le silence refroidit tout, lui envoyant un mauvais pressentiment. D'une voix différence, plus soucieuse, elle annonça :

— J'ai encore une question.

— Vas-y, interroge le grand chef de la maison.

Il avait tenté de plaisanter pour faire revenir sa bonne humeur et, contre sa peau, son sourire s'était étiré. Pourtant, lorsqu'Éli reprit la parole, l'inquiétude n'avait pas déserté sa voix :

— Si nous sommes mariés, qui plus est depuis seulement quelques mois, pourquoi faisons-nous chambre à part ?

Elle était loin d'être stupide, même sous médicaments, et il l'avait oublié. La réponse ne lui vint pas tout de suite. Là encore, il savait que son brouillard était temporaire, mais expliquer ce qu'ils vivaient, alors que tout était encore confus, y compris pour lui-même, n'était pas des plus simple.

— Si cela peut te rassurer, je me doute que ce n'est pas parce que tu ronfles.

Sa remarque le fit sourire, autant que sa démarche le toucha : encore une fois, elle avait essayé de le rassurer, de le guérir avec un baume pour l'apaiser. « Elle ne peut pas s'en empêcher », reconnut-il affectueusement. Alors, comme si cela pouvait l'empêcher de le quitter un jour, il resserra l'étreinte de ses bras autour d'elle et répondit :

— C'est compliqué. À la base, notre mariage est en quelque sorte une union arrangée, sans sentiments.

— Pourtant, il y a *quelque chose*.

Sa remarque pleine de doutes balançait entre l'affirmation et l'interrogation.

— Oui, il y a… *quelque chose*. Mais la situation entre nous est tellement compliquée qu'on a mutuellement bâti un mur entre nous.

— Mais pas ce soir…

Comme il ne parlait plus, Élisabeth insista :

— Pourquoi ?

Nathan prit une profonde respiration. Ce qu'elle lui demandait – s'ouvrir, parler de ses sentiments –, il n'avait jamais appris à le faire ; il s'en était même défendu, persuadé que cela n'apportait que des risques d'être blessé et des faiblesses. Mais ce soir-là, il avait envie d'être honnête, au moins une fois.

— Parce que… j'en avais besoin. J'avais besoin de te garder dans mes bras ; parce que je suis fatigué de me battre continuellement contre ça, contre toi, alors que tout ce que je veux est simple. C'est à portée de mes doigts, je n'ai qu'à tendre la main. Toi, tu as une identité secrète, mais, moi, c'est tout mon cœur qui l'est. Et ce soir, je suis fatigué. Je veux juste enlever cette armure autour de lui et savourer pleinement le bonheur d'être avec toi. Tu as tout oublié et, moi aussi, je veux le faire pour quelques heures avec toi. Demain, notre guerre reprendra peut-être, mais ce soir, toi et moi, nous sommes en paix.

Le silence lui répondit pendant de longues secondes, si bien qu'il se demanda si elle s'était endormie. Mais lorsqu'il sentit quelque chose couler légèrement sur sa peau, Nathan comprit avant même de l'entendre murmurer d'une voix rauque :

— Merci.

Dans le noir, sa main vint caresser sa joue et essuyer ses larmes. Et avant qu'il n'ait pu réfléchir, poussé par son cœur, il vint chercher sur ses lèvres la libération qu'il attendait depuis des jours. Éli lui répondit avec la même fougue, le même désespoir : son cœur n'avait pas oublié. Ce n'était pas encore la rédemption, mais ce soir-là, le temps d'un baiser, d'une étreinte sans sexe, ils s'étaient compris avant de se reposer l'un sur l'autre.

45

ÉLISABETH

Les jours s'écoulaient et la situation évoluait, à commencer par la sienne. Les événements lui revenaient petit à petit, filtrés par les antidépresseurs qu'elle continuait à prendre. C'était la condition sine qua none pour qu'elle puisse sortir de l'hôpital. Or, depuis près d'une semaine, ces médicaments jetaient un voile sur ses sentiments, son humeur, tandis que l'effet des calmants s'atténuait. Les souvenirs resurgissaient par morceaux, mais les antidépresseurs formaient une sorte de rideau devant chaque événement, l'empêchant de réagir comme elle l'aurait dû parce que la peine était trop lourde à endurer.

Elle avait perdu son bébé. Pilule. Elle se sentait coupable d'avoir nié sa propre grossesse. Pilule. Elle était responsable de la perte de son bébé. Pilule.

Cela lui permettait de continuer à vivre sa vie avec une nuance moins sombre en oubliant pendant un instant. C'est pourquoi elle prenait une pilule chaque fois que l'effet s'atténuait.

Plus les jours, les semaines s'écoulaient, et moins Éli voulait faire marche arrière, revenir à sa vie passée, même si cela signifiait aussi des dommages collatéraux. Tout ça pour lui, Nathan. Ils étaient revenus à une relation qu'elle ne voulait plus perdre. Leur famille ressemblait enfin à la normalité et les médicaments l'aidaient à ne plus voir ce qui se passait autour, ce qui ne faisait pas partie de ce cercle familial et du *bonheur* qui en découlait. Nathan était là pour elle et c'était tout ce qui comptait.

Évidemment, elle aurait aimé connaître la cohésion, la complicité qu'ils avaient connue lors de la première nuit suivant son retour à la maison. Malheureusement, même s'ils partageaient toujours le même lit, le fossé s'était formé malgré elle. La jeune femme tentait de se rassurer en se persuadant que ce n'était encore qu'une question de temps. Et quand l'illusion se fissurait à son tour, ses pilules étaient là pour *l'aider*.

« Tout revient à la normale », pensait-elle souvent avec un sourire satisfait, ignorant volontairement le décor en carton dans lequel elle se trouvait. Et, après environ trois semaines, elle commençait enfin à sentir la différence, les pilules jouant enfin sur son humeur.

Un mois après sa fausse couche, Élisabeth voyait enfin le bout du tunnel… en apparence. Mais tout son entourage n'était pas dupe. Si Nathan ne lui fit aucune remarque, ce ne fut pas le cas de Maddie. Près d'un mois après le début de son traitement, la gouvernante vint la trouver, alors qu'elle reprenait un ou deux cachets.

Son interlocutrice affichait une mine triste en lui prenant la main, aussi, Élisabeth l'interrogea avec un sourire rassurant :

— Tout va bien, Maddie ?

— Mon enfant, je suis inquiète pour vous.

— Pour moi ? Pourquoi ? Je vais très bien.

— Ce n'est pas mon avis… Écoutez, je sais que… ce que vous avez vécu est très douloureux. La perte d'un enfant…

Avec un sourire condescendant, la jeune femme l'interrompit aussitôt :

— Maddie. Je vais bien ! Je vous assure ! Je me porte comme un charme.

— C'est seulement l'effet de ces pilules que vous prenez, Beth.

Sans se départir de son sourire, l'intéressée se moqua gentiment :

— Oui, c'est un peu le but des antidépresseurs.

— Peut-être, mais combien en avez-vous pris depuis que c'est arrivé ?

— Je n'ai pas vraiment compté.

— C'est bien dommage, car, selon moi, vous en prenez trop, mon enfant. Dès que vous êtes contrariée, en fait ; et si cela vous soulage pendant un temps, ce n'est pas ce qui vous aidera à guérir.

— Écoutez, Maddie, je sais que vous cherchez à m'aider, mais les médecins aussi. Ils ont dit qu'il fallait que le traitement dure jusqu'à six mois pour arriver à quelque chose.

— Et dans six mois, vous arrêterez d'en prendre ?

— Bien sûr ! Dans six mois, tout ira mieux.

Pour mieux convaincre la gouvernante visiblement sceptique, Élisabeth affirma en souriant :

— Je vous le promets.

Mais l'intervention de Maddie n'était pas passée totalement inaperçue et, après s'être adressée directement à elle, son amie était allée trouver Nathan. Le soir même, alors qu'ils allaient se coucher, son mari remit le sujet sur le tapis. La jeune femme lisait tranquillement dans le lit, quand il s'enquit tout en se déshabillant :

— Éli, est-ce que tout va bien ?

Elle ne prit même pas la peine de lever les yeux de son roman pour répondre :

— Oui, pourquoi ?

— Maddie est venue me trouver, ce soir, pour me faire la leçon.

— À quel sujet ?

— Toi et ta prise d'antidépresseurs qu'elle trouve exagérée.

Aussitôt, sa remarque lui fit reposer son livre sur ses genoux pour croiser son regard inquiet.

— Est-ce qu'elle a raison ?

— Bien sûr que non ! Elle est juste inquiète, mais elle n'était pas avec nous dans le bureau du médecin, alors tout cela lui paraît exagéré. Je ne fais que suivre la prescription.

— Alors, tout va bien ?

Sa question la fit rire et, sans se départir de son sourire, elle demanda :

— Est-ce que j'ai l'air d'aller mal ?

Le sourire de son mari se dessina lentement, effaçant au passage le froncement de ses sourcils.

— Non. Au contraire.

— Tu vois ! Je me porte comme un charme, tu n'as pas à t'inquiéter.

Nathan vint se coucher à côté et d'elle et elle l'embrassa rapidement avant de s'exclamer :

— Maintenant, si tu veux bien m'excuser, je vais me replonger dans mon livre, je suis à deux doigts de découvrir le nom de l'assassin,

Sans plus prêter attention à Nathan, la jeune femme repartit dans sa lecture, insouciante à ce qui l'entourait, y compris au corps musclé de son Viking dépité. Malheureusement, avec la prise de médicaments étaient arrivés le désintérêt sexuel et l'absence de libido. Mais là encore, la jeune femme choisissait de se voiler la face en prenant ses pilules miraculeuses.

Tous ces effets secondaires, comme ses insomnies, ses moments de fatigue intense ou ses maux de tête étaient supportables si cela pouvait lui apporter ce bonheur familial.

Mais sa jolie bulle éclata brusquement lorsque, quelques jours plus tard, Nathan lui reparla d'un voyage d'affaires, le lendemain, alors qu'ils se couchaient. Les sourcils froncés, elle lui fit remarquer :

— Ce n'était pas prévu ?

— Si. Je t'en ai parlé, il y a quelques jours. Tu sais, ce sont les personnes de cette entreprise construisant des panneaux solaires en Suède. Leur usine était sur le point de fermer, mais nous l'avons rachetée. Et comme je ne veux pas trop m'éloigner en ce moment, ils ont accepté de venir jusqu'à New York.

— New York ? C'est là que tu vas ?

— Oui, je ne m'y suis pas rendu depuis un moment.

Élisabeth sentit quelque chose déchanter en elle, alors qu'une sonnette d'alarme retentit dans sa tête. Usant de toute sa concentration pour l'ignorer, elle lui fit remarquer en gardant le sourire :

— S'ils viennent à New York, ils auraient tout aussi bien pu venir jusqu'à Toronto.

— C'est vrai, mais j'ai d'autres contrats à traiter avec mes équipes et je préfère le faire face à face que lors d'une visioconférence. Tu comprends ?

Conservant sur ses lèvres, ce sourire qu'elle sentait de plus en plus factice, elle répliqua :

— Bien sûr !

Mais, finalement, elle n'était pas stupide et, si sa mémoire lui faisait parfois défaut, Éli n'avait pas pour autant oublié qui se trouvait aussi à New York. « C'est juste une coïncidence. » Elle tentait de se rassurer.

Ainsi, le lendemain matin, Nathan était parti, non sans l'embrasser sur la joue. Dès qu'il avait disparu, elle avait repris des antidépresseurs sous le regard interloqué de Maddie. Les sourcils froncés, cette dernière s'enquit :

— Vous n'en avez pas déjà pris tout à l'heure, Beth ?

Malgré son agacement d'être ainsi surveillée, la jeune femme prit sur elle et sourit en répondant avec naturel :

— Oh non ! Il s'agissait de vitamines.

Son interlocutrice ne sembla pas la croire, mais cela lui importa peu. Seule comptait sa tête vide, insouciante, sans idées noires pour pourrir son existence. Au cours des jours qui suivirent, la jeune femme augmenta encore sa prise de pilules, terminant ainsi sa prescription avant l'heure.

Nathan était parti depuis trois jours, quand, avant le dîner, Éli se rendit compte qu'elle n'avait plus d'antidépresseurs.

— Vous en avez besoin pour dormir ? s'était inquiétée Maddie.

Avec son sourire factice habituel, la maîtresse de maison approuva :

— Non ! Non, vous avez raison, je devrais pouvoir m'en passer jusqu'à demain.

Mais, pour la première fois cette nuit-là, elle subit son insomnie avec plus de difficultés. Sournoise, l'évidence que Nathan rencontre son ex lors de son séjour resta gravée dans sa mémoire et fit germer de nouvelles *vérités* plus blessantes les unes que les autres. « Il va retrouver la femme qu'il aime vraiment ; ils vont coucher ensemble, c'est pour cela qu'il ne me touche plus comme avant ; il ne me désire pas ; il va bientôt me quitter ; il va bientôt reprendre sa vengeance et me voler Joshua ; il va m'éloigner d'eux, maintenant que je vais mieux ; je vais tout perdre. »

Plus que jamais auparavant, la nuit devint son ennemi, et son imagination, le serpent, l'amenant à sa perte. À la première heure, le lendemain matin, Élisabeth appela son médecin pour qu'il lui prescrive des antidépresseurs, mais ce dernier étant absent, l'infirmière responsable refusa de prendre la responsabilité d'un renouvellement. Ce refus fit naître de nouvelles angoisses qui la rendirent folle. Toute la journée, elle resta enfermée dans sa chambre, épuisée par le sommeil qui refusait de venir la soulager et par toutes les piques qui en profitaient pour s'immiscer dans son cerveau où elles se multipliaient.

L'estomac noué, elle refusa de manger lorsque Maddie lui apporta un plateau. La gouvernante la rassura lorsqu'elle lui assura pouvoir s'occuper de Joshua. Malheureusement, elle déchanta rapidement, lorsque son amie s'exclama :

— Votre époux a appelé tout à l'heure pour prévenir qu'il devait prolonger son séjour à New York.

Affolée, la jeune femme se redressa dans son lit.

— Quoi ? Pourquoi ?

— Il n'a pas donné de raisons. C'est sans doute professionnel et trop compliqué à expliquer.

Maddie avait tenté d'atténuer la nouvelle, mais Éli n'était pas dupe. Selon elle, il ne pouvait y avoir qu'une raison pour retenir son mari à New York et cela n'avait rien à voir avec le cadre professionnel. Il préférait passer du temps avec *elle*. Dans un regain de vitalité et d'adrénaline sans doute apporté par ses angoisses, la jeune femme se leva et rejoignit le bar jouxtant la chambre de Nathan. Elle voulait oublier, ne plus entendre ses idées noires tourner en boucle dans sa tête. Elle voulait éteindre ce feu dont la fumée l'étouffait. Pendant les heures qui suivirent, elle vida les verres, les uns après les autres, pour atteindre le soulagement et la paix qu'elle souhaitait, jusqu'à la totale inconscience, jusqu'à la délivrance.

46

VICTORIA

— On est en train de la perdre et, avec elle, on perd nos chances de récupérer l'argent, s'impatienta-t-elle après avoir raccroché.

Cela faisait des jours qu'elle tentait de renouer le contact avec Élisabeth, mais celle-ci ne répondait plus et c'était mauvais signe.

Avec un sourire diabolique, son complice répliqua :

— Ne t'en fais pas, c'est seulement une mauvaise passe. Elle est sûrement juste en train de bouder dans son coin, comme d'habitude. D'ici peu, tu parviendras à nouveau à la joindre et à l'embobiner.

— Je ne suis pas sûre qu'on y parviendra encore. La perte de son bébé l'a apparemment plongée dans un état plutôt malsain.

— C'est bien ce que je dis. Si elle prend des cachets, elle sera plus facile à manipuler.

— Et dans le cas contraire ?

Son compagnon haussa les épaules et répliqua comme une évidence :

— Il nous reste Nathan.

Sa remarque la fit rire avec ironie.

— Il me hait.

— Peut-être, mais il te croit au moins un peu. Si ce n'était pas le cas, tu serais déjà en taule jusqu'à perpète.

— Et tu crois vraiment qu'on arrivera à lui faire cracher vingt millions de dollars ? Ce sera encore plus compliqué avec lui.

— Non, il suffit de savoir pousser les bons boutons, ajouta-t-il avec un sourire machiavélique.

ÉLISABETH

Lorsqu'elle ouvrit les yeux, la lumière blanche au-dessus d'elle fut si violente qu'elle dut les refermer aussitôt. Elle perçut un bruit à côté d'elle, mais fut incapable de réitérer l'expérience passée. D'abord, elle devait encaisser ce mal de tête et le feu qui lui brûlait la gorge et la poitrine. Un bip régulier résonna un bref instant avant de disparaître. Des pas se faisaient entendre autour d'elle et, finalement, la curiosité fut trop forte pour qu'elle puisse résister.

Difficilement, la jeune femme souleva ses paupières et son regard s'adapta à la faible lumière pour voir apparaître un visage.

— Nathan ? chuchota-t-elle.

Sa voix enrouée lui tira une grimace. Bon sang, que s'était-il passé ? Intriguée, elle rouvrit légèrement les yeux et regarda autour d'elle. Une chambre d'hôpital ?

— Que s'est-il passé ?

— Ce qui s'est passé ? Tu ne t'en souviens même pas ?

Levant les yeux au ciel, il ajouta :

— Pourquoi en suis-je étonné ?

Il soupira en secouant la tête avant de croiser à nouveau son regard :

— Tu as fait un coma éthylique. Heureusement, Maddie t'a trouvée inconsciente dans le salon de la suite et elle a aussitôt appelé les secours.

— Quoi ? Ce n'est pas possible…

— Si, ça l'est. Bon sang, Éli, mais qu'est-ce qui t'a pris ? Tu as perdu la tête ou quoi ? Faire ça juste à côté de la chambre de Joshua !

Totalement perdue, la jeune femme balbutia :

— Je suis désolée…

— Tu peux ! Tu ne crois pas que l'épisode de ta fausse couche lui aura suffi ?

— Je n'ai pas cherché à le blesser. Je ne voulais blesser personne.

— Ah non ? Alors, tu n'as pas cherché à te foutre en l'air ? l'accusa son mari.

Visiblement, il était peu convaincu par sa déclaration, car sa colère restait tout aussi menaçante et brûlante comme les feux de l'enfer.

— N… non, balbutia encore la jeune femme.

Aussitôt, elle se le reprocha avant d'ajouter :

— Je voulais juste…

Elle ne pouvait s'empêcher d'hésiter, cherchant la bonne explication, celle qui le convaincrait, le rassurerait. Mais y en avait-il seulement une ?

— Tu voulais juste quoi ?

— Je ne sais pas… Je n'avais plus de cachets et l'infirmière du docteur ne voulait pas renouveler mon ordonnance. J'ai un peu perdu la tête. J'avais juste besoin d'un peu de répit, c'est tout.

— Tu as bien failli avoir plus qu'*un peu* de répit.

Timidement, elle s'excusa sincèrement :

— Je suis désolée.

Mais dans un coin de sa tête, une petite voix lui fit remarquer qu'il n'était pas vraiment en colère qu'elle ait pu vouloir se suicider. « Non, il est seulement déçu que tu te sois loupée : avoir sa revanche et Joshua aurait été beaucoup plus simple pour lui, si les médecins n'avaient pas pu te réanimer. »

Comme s'il lisait en partie dans ses pensées ou qu'il en connaissait la noirceur, Nathan vint finalement s'asseoir à côté d'elle. Son regard bleu ciel s'était adouci, se faisant chaleureux et rassurant. « Comment ai-je pu douter de lui ? » songea-t-elle, hypnotisée et émue. « Quand il me regarde comme ça, je connais la vérité et je sais qu'il m'aime. » Tout en lui caressant la joue et les cheveux, il lui sourit avec tendresse. Comme elle en rêvait, il se pencha vers elle, à la conquête de ses lèvres. Elle sentait renaître son désir pour lui, son amour et, lorsqu'il s'écarta légèrement, elle eut l'impression de respirer à nouveau, vraiment.

— Ça va aller maintenant, chuchota-t-il contre ses lèvres, sa tête entre ses grandes mains.

Les yeux fermés, Éli croyait à cette promesse d'un avenir meilleur, parce qu'il était là, à ses côtés, et non plus à New York.

— Laisse-moi t'aider, murmura son mari.

L'instant suivant, elle n'arrivait plus à respirer, un oreiller violemment pressé contre son visage. Elle n'arrivait même plus à crier, le tissu lui renvoyant son souffle chaud qui l'étouffait. Éli tentait de repousser ses bras et l'oreiller, de frapper Nathan, dans l'espoir d'atteindre à nouveau la surface et de reprendre une bouffée d'oxygène, mais il n'y avait que ce poids lui comprimant la poitrine. Paniquée, elle se mit à pleurer.

Alors que ses forces s'amenuisaient, la voix de son mari résonna dans ses oreilles :

— Je croyais que tu m'aimais, Éli, que tu aimais Joshua. Si c'était vraiment le cas, tu rendrais les choses plus faciles. Cesse de lutter.

Peut-être avait-il raison ? Alors, elle se résigna, ferma les yeux et se laissa aller.

47

ÉLISABETH

Le moment où elle suffoqua fut celui où elle se réveilla en sursaut, le souffle court. Son regard hagard se posa sur le décor autour d'elle, le salon de Nathan… et il faisait jour.

Sa tête lui faisait un mal de chien, mais le choc d'être vivante atténua la douleur. « Ce n'était qu'un rêve », réalisa la jeune femme sans vraiment y croire. Tout lui avait paru tellement *vrai* : la douleur dans sa gorge, cette impression d'étouffer et le regard de Nathan.

Mais non, elle était toujours vivante et si le soulagement arriva en premier, elle ne put nier totalement la pointe de déception qui l'accompagna. Tout aurait été tellement plus facile, si cela avait été la réalité, elle aurait été libérée, tout comme Nathan ou Joshua ; elle aurait arrêté de souffrir. Toute cette culpabilité et cette immense peine nées de sa fausse couche auraient disparu ; elle n'aurait plus ressenti ce désespoir à l'idée de perdre Joshua et de ne pouvoir rien y faire ; elle n'aurait plus éprouvé ce dégoût envers elle-même ; le désarroi d'avoir été trahie encore et encore par Nathan ne l'aurait plus marquée. Car il n'était pas là. Il était à New York, avec Sydney. La trêve entre eux n'était qu'une pause avant qu'il ne reprenne son plan et les hostilités. Après avoir été engloutie pendant des semaines sous une montagne d'antidépresseurs, ce constat remontait peu à peu à la surface dans sa tête. Une fois encore, elle n'avait cru qu'à une belle illusion.

Sur le coup, la jeune femme ressentit une étincelle de colère et d'agacement, mais celle-ci s'éteignit trop rapidement. À quoi bon s'énerver ? Cela ne la mènerait nulle part. Pendant des mois, des années, elle avait fait des efforts pour survivre, pour redevenir normale en ouvrant son cœur à un homme. Même après que ce dernier lui avait révélé son vrai visage et son véritable objectif, Élisabeth était encore tombée dans le panneau, à plusieurs reprises.

Mais désormais, elle n'avait plus la force de se relever ni l'envie. « À quoi bon ? » songea-t-elle encore, fataliste. D'ici peu, elle perdrait tout, y compris ce qui lui tenait le plus à cœur. Elle ne pouvait rien y faire.

Quand le matin même, elle descendit prendre son petit déjeuner, Maddie se trouvait évidemment dans la cuisine. Tendrement, la gouvernante lui sourit et lui annonça qu'elle s'était occupée de Joshua avant son départ pour l'école.

— Merci… Je suis désolée d'avoir été si dilettante, hier et ce matin.

— Vous pouvez vous reposer encore aujourd'hui, si vous le souhaitez. Vous avez une petite mine.

C'était le moins que l'on pouvait dire, vu la gueule de bois qui la poursuivait depuis son réveil. Pourtant, elle répliqua d'une petite voix :

— Je pense couver un petit virus, mais ça devrait aller mieux d'ici quelques jours. En attendant que ça passe, je préfère m'occuper l'esprit que de rester à ne rien faire.

— Bien dit ! Au fait, j'allais oublier, un coursier a déposé ce colis pour vous, ce matin.

La gouvernante lui apporta une petite boîte blanche. L'adresse du commanditaire ne lui disait rien, aussi, par crainte d'une mauvaise surprise, la jeune femme rejoignit le salon pour l'ouvrir. Toutefois, sa nervosité disparut, lorsqu'elle découvrit les boîtes de pilules à l'intérieur, accompagnées d'une note : « Madame Reed, mon infirmière m'a fait part de votre problème. N'ayant pu vous contacter directement, je vous envoie ces quelques boîtes, en attendant que nous nous revoyions. N'hésitez surtout pas à prendre rendez-vous et, surtout, n'interrompez pas votre traitement. Son bon fonctionnement nécessite une prise régulière et un arrêt soudain comporte des risques. En cas de problèmes, je me tiens à votre disposition. Je m'excuse encore de la gêne occasionnée et vous souhaite bonne réception de ce colis. Cordialement, Docteur Colin McRae. »

Ce nom ne lui disait rien, mais, vu ses pertes de mémoire des dernières semaines, la jeune femme ne s'en formalisa pas. Non, ce qui l'inquiétait davantage était le choix qui s'offrait à elle : poursuivre son traitement ou non, en dépit des risques. Bien sûr, elle serait sans doute plus *heureuse* en reprenant ces pilules, sans ce désespoir qui lui mettait constamment la tête sous l'eau, mais elle vivrait dans une illusion, un décor en carton. Tout serait faux autour d'elle, jusqu'au jour où tout s'écroulerait. Ce n'était qu'une question de temps...

Alors, aussi difficile que ce soit, Éli choisit la vérité, elle ne voulait plus être déçue ni poignardée dans le dos par les événements. Si un problème, une déception survenait, elle préférait la voir arriver. Et pour ce qu'elle avait prévu dans un avenir proche, la jeune femme voulait garder les idées claires. Il était temps qu'elle reprenne sa vie en main tant qu'elle le pouvait encore.

NATHAN

Il avait hâte de rentrer chez lui. Cela ne lui était pas arrivé depuis bien longtemps. S'il l'avait pu, il ne serait même pas parti. Il ne pouvait nier que, tous les jours, il avait craint de recevoir un appel de Maddie lui annonçant un nouveau drame. Sa dernière absence prolongée de la maison avait eu des conséquences, laissant un traumatisme qu'il n'était pas parvenu à guérir, juste à enfouir.

Pourtant, avant son départ, tout semblait aller pour le mieux. Joshua semblait avoir retrouvé le sourire et une vie normale. Quant à Éli… Eh bien, ce n'était plus vraiment la femme qu'il avait connue, mais, tant qu'elle ne souffrait plus, il ne pouvait sans doute pas se plaindre. Évidemment, ces antidépresseurs n'étaient pas non plus la meilleure solution pour une guérison définitive, mais tant qu'ils pouvaient aider sa femme à surmonter son chagrin pendant un temps, le reste importait peu…

— Nathan ? Qu'est-ce que tu fais là ?

En se retrouvant en face d'Ethan, il ne s'attendait pas à le trouver légèrement sur la défensive et froid :

— Eh bien, je suis venu rendre visite à une amie.

Sydney était sortie de l'hôpital quelques jours plus tôt. Elle avait décidé de rester à New York pour poursuivre sa convalescence. Même s'il s'était aussi montré moins présent, à cause de Thomas, il était soulagé d'avoir pu être là pour elle.

Après l'avoir serré dans ses bras, Ethan le laissa entrer. Assise dans un fauteuil taupe, son ex l'accueillit avec un large sourire, mais un regard compatissant avant de l'inviter à s'asseoir sur le canapé tout près.

— Bon, je vous laisse, annonça Ethan. Je serai dans la chambre.

Non sans froncer les sourcils, Nathan le suivit du regard avant de se tourner vers sa compagne. Sans se départir de son sourire, celle-ci lui confia :

— Il prend son travail très au sérieux et ne me lâche pas d'une semelle.

— Tant mieux. Je préfère te savoir en de bonnes mains.

— Et toi alors ? Que fais-tu là ? Nous savons tous les deux qu'il y a un autre endroit où tu préférerais être.

— Pas à New York, en tout cas, lui assura-t-il.

Sa réponse étira un peu plus le sourire de son amie.

— C'est gentil, mais je vais bien maintenant. Ce n'est pas de moi que tu dois t'occuper.

Il ne le savait que trop bien, mais, depuis le retour de sa femme à la maison, il ne savait pas quoi faire, comment réagir. Le temps s'était écoulé et la situation s'était calmée, les problèmes tassés. Évidemment, tout n'était pas parfait, mais il n'était pas certain de ce qu'il devait faire, à présent. Pendant un instant, Sydney l'étudia tranquillement avant de demander :

— Comment va Élisabeth ?

— Bien… Je crois. Je ne lui ai pas beaucoup parlé depuis mon départ.

— Tu crois qu'elle t'en veut ?

Un sourire ironique lui échappa avant qu'il ne murmure :

— J'aimerais bien.

— Comment ça ?

— Non, j'ai dit ça comme ça.

— S'il te plaît, ne te renferme pas. Je te connais, Nathan, tu n'es pas heureux.

— Non ! Je suis…

Mais alors qu'il cherchait l'adjectif adéquat, le seul qui lui vint à l'esprit fut malheureux. Il devait se rendre à l'évidence :

— Ce n'est pas grave : ça va passer. Je ne suis pas le pire à plaindre, ce n'est pas moi qui ai fait une fausse couche.

— Pas directement, mais c'était aussi ton enfant, lui fit remarquer Sydney.

La mention de son enfant lui fit serrer les dents et couvrit son visage d'un masque impénétrable et dur.

— Je suis désolée, je ne voulais pas te blesser.

— Je sais… C'est juste…, commença-t-il avant de se racler la gorge. Enfin, le plus dur, c'est pour Éli.

— Les antidépresseurs lui font de l'effet ?

— Oui ! Heureusement pour elle… Cela semble la… soulager de beaucoup de peines.

— Mais ?

— Mais quoi ?

Avec un soupir, son amie se laissa basculer contre le dossier du fauteuil et, le regard incisif, elle renchérit :

— Je sais comment fonctionnent les gens utilisant ce genre de médicaments, Nate ; et je sais que ce n'est pas qu'un bien. Alors, crache le morceau.

Il n'était pas du genre à se confier, il ne l'avait jamais été. Mais cette fois, il était avec une personne de confiance et il avait besoin de savoir s'il faisait fausse route.

— C'est seulement… que je ne la reconnais plus, elle est toujours de bonne humeur, la parfaite petite femme au foyer. J'ai l'impression de vivre avec un robot, arborant un sourire totalement factice et forcé.

— Qu'est-ce qui te dit que c'est le cas ? Peut-être est-elle vraiment heureuse ?

Il pencha la tête sur le côté, lui lançant un regard signifiant : « Tu es sérieuse, là ? »

— Sydney, je connais ma femme, et cette… *personne*, ce n'est pas Éli. Ce n'est pas la femme que j'…

Il s'était laissé emporter avant de s'arrêter net au bord du précipice. Mais le mal était fait, comprit-il en voyant s'élargir le sourire de sa compagne.

— Ce n'est pas…

— Tu sais, à un moment ou un autre, il faudra bien que tu le dises ou que tu te l'avoues à toi-même.

— Je ne vois pas…

Sydney l'interrompit avec un rugissement agacé en renversant la tête en arrière.

— Bon sang, ce que tu peux être énervant quand tu t'y mets ! Nathan, c'est ta femme et tu l'aimes ! Arrête de tergiverser et sois honnête avec toi-même et avec elle ! Si tu veux vraiment que les choses s'améliorent entre vous, tu vas devoir donner de ta personne, pas l'homme d'affaires avec son armure et son masque, mais l'homme qui vit en dessous. Tu as un cœur, alors utilise-le.

Il savait que Sydney avait raison, mais, sous son armure, son cœur s'était engourdi, refroidi pendant longtemps. Il avait besoin de temps pour remettre tout cela en état de marche. Mais il voulait le faire pour Élisabeth.

Fort de ces nouvelles motivations, il tint encore compagnie à son amie pendant une heure avant de se retirer. Il avait voulu s'assurer que Sydney allait bien et, maintenant, il pouvait se concentrer totalement sur sa vie de famille. Dès qu'il eut rejoint sa sécurité dans le couloir, il ordonna que son jet soit prêt à partir dès que possible.

Mais alors qu'il arrivait dans le hall du luxueux immeuble, une silhouette en tailleur-pantalon s'interposa :

— Monsieur Reed ! Mon petit doigt m'a dit que je vous trouverais sans doute par ici.

— Victoria… Faire le pied de grue dans les halls d'immeuble est devenu votre spécialité, on dirait ?

— Oh, rassurez-vous, je n'ai pas eu besoin de faire le pied de grue bien longtemps, comme vous dites. Votre présence ici sonnait plutôt comme une évidence.

Derrière son masque, il parvint à dissimuler son agacement. De l'extérieur, il paraissait imperturbable, mais, à l'intérieur, il mourait d'envie d'étrangler cette femme.

— Très bien. Que voulez-vous ? Je n'ai pas la journée.

— Je souhaiterais vous parler d'Élisabeth.

— Évidemment. Écoutez, si c'est encore pour me raconter des histoires rocambolesques…

— Elle a provoqué elle-même sa fausse couche.

48

NATHAN

Le temps d'une seconde, la surprise atteignit son but, le laissant sans voix. Puis, il se mit à rire, incrédule :

— Vous ne manquez pas d'imagination ni d'irrespect.

— Ce n'est ni l'un ni l'autre. Juste la vérité. Elle savait comment faire.

— Vraiment ? s'enquit-il, sceptique.

— Ce n'est pas la première fois qu'elle fait une fausse couche ni qu'elle la provoque elle-même.

— Et comment le savez-vous ?

— Parce que j'étais là lorsque c'est arrivé la première fois.

« Cette femme est folle », se dit-il, en fronçant les sourcils. Profitant de son silence, le marshal poursuivit :

— Peu après le décès de Neal, elle a découvert qu'elle était enceinte. Évidemment, si vous lui en parlez, elle vous dira que c'était le résultat d'un viol. Quoi qu'il en soit, elle n'a pas voulu garder le bébé. Elle a demandé qu'on lui donne des cachets bien précis – elle s'était déjà renseignée – ; quand j'ai essayé de l'en dissuader et de faire adopter le bébé, elle a déclaré qu'elle ne pouvait pas être enceinte et en cavale, surtout avec un autre jeune enfant sur les bras. Que vouliez-vous que je réponde à cela ? Ce n'était pas mes enfants...

Son regard de plus en plus glacial, Nathan marmonna :

— C'est facile de dire ça.

Victoria eut au moins l'humanité de détourner les yeux quelques instants avant de reprendre son récit :

— Une nuit, alors qu'on dormait dans un motel, je l'ai entendue gémir dans la salle de bains. Quand je l'ai trouvée, il y avait du sang par terre. Elle m'a alors avoué avoir pris les cachets, quelqu'un d'autre les lui avait fournis.

— Comme c'est pratique, ironisa-t-il en détournant les yeux.

— Je m'en voudrais toute ma vie pour cela, Nathan. Mais tout ce que j'ai pu faire alors, ça a été de la soutenir autant que j'ai pu. Après cela, elle n'a plus jamais voulu en parler, mais je me suis promis de rester avec elle et Joshua aussi longtemps que possible pour pouvoir le protéger. Vous pouvez ne pas me croire, mais j'aime ce petit garçon comme si c'était le mien. Je l'ai vu grandir et je ne veux pas qu'il lui arrive du mal. Mais sa mère, c'est une psychopathe capable de vous faire croire n'importe quoi... Et quelque chose me dit, qu'en ce qui vous concerne, elle y est parvenue.

Faute de pouvoir en montrer davantage, il riva sur elle un regard plein de dédain et déclara :

— Bien... Maintenant, si vous avez terminé, j'ai un avion qui m'attend pour rentrer chez moi.

— Je veux seulement qu'elle paie enfin pour ce qu'elle a fait, tout comme vous.

— Vous ne savez rien de moi, madame Jones, affirma-t-il en la dépassant. Au revoir.

Tout en gagnant sa voiture, il ne s'arrêta pas, ne se retourna pas, ne réagit pas… Mais il savait qu'il avait perdu. À son corps et sa tête défendants, Victoria avait planté une graine dans son esprit et, même si elle ne germait pas immédiatement, elle était bel et bien là. En lui annonçant la première fausse couche d'Éli, le marshal avait marqué des points contre sa femme et ses espoirs de bonheur familial. Évidemment, cela ne signifiait pas que Victoria disait vrai, mais le doute était bien vivant désormais. Éli pouvait-elle vraiment avoir causé sa seconde fausse couche ? Pourquoi ?

Malheureusement, les raisons lui arrivèrent plus facilement qu'il ne l'aurait souhaité, rendant cette possibilité de plus en plus envisageable : pour le punir ; pour ne pas faire entrer une nouvelle victime dans leur vie chaotique ; pour ne pas avoir à lui abandonner un autre enfant qu'elle n'aurait jamais pu voir grandir. Cette dernière proposition était la plus probante, néanmoins, cette vision restait bien loin de l'image qu'il avait de sa femme. Éli aimait trop Joshua pour avoir provoqué l'une ou l'autre de ses fausses couches. « Oui, elle aime trop Joshua », se répéta-t-il avant de songer qu'elle était aussi capable de tout pour son fils. Quitte à souffrir le martyre et à tuer son propre enfant dans l'œuf ? « Ce n'est pas MON Éli », affirma-t-il mentalement, avant de se rendre à l'évidence. Mais qui était vraiment « son » Éli ? Qui était la véritable Élisabeth Nichols ? Il n'avait jamais pris le temps d'apprendre à la connaître, de savoir qui elle était vraiment.

Désormais, le moment était venu, et il avait hâte de rentrer chez lui pour pouvoir commencer. Parce qu'il était curieux de rencontrer la vraie Élisabeth, et parce que ce serait sans doute la clé pour découvrir toute la vérité.

ÉLISABETH

— Et alors, Miss Jordan a dit à Marjorie qu'elle ne devait pas taper les garçons…

Depuis une dizaine de minutes, comme tous les soirs au cours du dîner, Joshua leur racontait sa journée. C'était l'un des moments qu'elle préférait et elle ne pouvait s'empêcher de sourire tendrement en l'écoutant. Cela faisait seulement quelques jours qu'elle avait arrêté de prendre ses pilules, mais les sentiments revenaient peu à peu. Elle se sentait un peu plus humaine chaque jour, avec ses bons et ses mauvais côtés. Évidemment, elle concentrait tous les bons, lorsqu'elle n'était pas seule, afin de donner le change plus facilement. Mais dès qu'il n'y avait plus personne, ses démons reprenaient possession de ses émotions et de sa tête, la chargeant en idées noires et morbides.

— Maman ! Tu m'écoutes ?

— Mais oui ! répondit-elle avec enthousiasme.

Joshua reprit son récit, les faisant rire, Maddie et elle. Sa vie devenait plus légère tout à coup, et pas seulement à cet instant.

Dans l'après-midi, elle avait rencontré Mélanie, son associée, et lui avait donné les papiers pour lui céder ses parts de leur société.

— Quoi ? C'est quoi, cette blague ?

— Ce n'est pas une blague. J'ai bien réfléchi et je n'ai plus envie de continuer.

— C'est une blague.

— Non, devenir la femme de Nathan m'oblige à tenir un rôle et cela ne me laisse pas assez de temps pour travailler ici. Si tu veux, je demanderai à Nathan s'il peut trouver un chef compétent pour me remplacer.

— Jamie Oliver ?

La suggestion de son associée l'avait aussitôt fait sourire.

— Je ne crois pas…

— Je plaisante, Beth ! Je ne veux pas de Jamie Oliver ! Je te veux, toi ! On a monté cette boîte toutes les deux, entre copines ! Tu ne peux pas me lâcher comme ça : ce serait… comme de vivre avec une seule jambe ou un seul bras.

Avec un sourire en coin, Élisabeth lui avait fait remarquer :

— Des gens y arrivent, Mel.

— Peut-être… Mais pas moi ! Beth, c'est toi qui m'as motivée pour ouvrir cette entreprise de traiteur. Tu ne peux pas…

— S'il te plaît… J'ai juste envie de passer à autre chose.

Son amie avait changé d'expression, fronçant les sourcils tout en l'étudiant :

— Tu dis ça comme si tu allais partir.

Élisabeth n'avait pu s'empêcher de hausser les épaules, presque sereine en répondant :

— J'ai juste envie de mettre les choses au clair, au cas où…

— Au cas où quoi ? avait demandé son associée.

— Rien. Juste *au cas où*.

Même si elle avait toujours été quelqu'un d'assez secret, son silence avait semblé inquiéter un peu plus sa compagne. Toutefois, celle-ci avait fini par abdiquer et s'était exclamée en retournant s'asseoir derrière son bureau, le contrat à la main :

— Tu sais quoi ? Je le prends, mais je ne signerai rien. Comme ça, si tu changes d'avis, je pourrai en faire des confettis. Après tout, si c'est juste *au cas où*…

Mélanie lui avait souri et Éli avait su qu'elle ne pourrait rien en tirer de plus. Mais au moins, les papiers étaient en sa possession et c'était tout ce qui importait.

— Et Marjorie a dit à Miss Jordan que ses parents la feraient renvoyer si elle la punissait.

— Ma parole, c'est une vraie petite terreur, cette Marjorie, remarqua Maddie, incrédule. Et qu'est-ce que Miss Jordan a répondu ?

— Que les parents de Marjorie ne pourraient pas renvoyer tous ceux qui lui disent *non*.

— Oui, et si j'étais Miss Jordan, je ne manquerais pas de poursuivre en justice les parents de Marjorie, ajouta Maddie.

Cette dernière lui adressa un regard complice qui la fit sourire. Visiblement perdu, Joshua les regarda l'une après l'autre en demandant :

— C'est quoi, « pourrir en justice » ?

Tendrement, Élisabeth rectifia en riant :

— Poursuivre en justice.

— Et qui est Marjorie ?

Cette nouvelle voix leur fit lever les yeux à tous les trois avant que Joshua n'abandonne sa place en criant : « Papa ! » L'instant suivant, il courait se jeter dans les bras de Nathan qu'elle étudia, le cœur partagé. Une part d'elle était heureuse, émue, le trouvait magnifique, mais l'autre battait seulement pour se rappeler son absence, son séjour près de Sydney et loin d'eux. Pourtant, pour donner le change, elle plaqua un sourire factice sur ses lèvres, tandis qu'il approchait, Joshua dans ses bras.

— Quelle surprise ! On ne t'attendait plus.

Elle n'avait pas voulu être mordante, mais les mots étaient sortis tous seuls. Si Nathan le remarqua, il ne le montra pas.

— Je sais. J'ai été plus long que prévu. Mais maintenant, tout est arrangé et je compte bien rester un moment sans voyager.

Aussitôt, Joshua accueillit la nouvelle d'un « ouais ! » des plus enthousiastes, auquel Élisabeth renchérit tranquillement :

— Tant mieux.

Et cette fois, elle était sincère. Elle ne voulait pas que leur fils se retrouve isolé ni perdu, si elle devait partir. Lorsque son regard croisa celui de Nathan, elle y vit des illusions qui la convainquirent presque. Mais elle savait déjà ce qu'il en était vraiment. Elle connaissait déjà la vérité.

Joshua sur ses genoux, Nathan avala les restes de lasagnes et la salade qu'elle avait préparées. Le tableau qu'ils formaient était sans nul doute adorable, mais édulcoré, aussi s'accrochait-elle aux vérités et aux trahisons qu'elle connaissait déjà pour ne pas se laisser avoir par les apparences.

À point nommé, l'heure du coucher arriva enfin pour Joshua.

— Mais je veux que papa me lise une histoire.

— Il le fera demain, mais, pour l'instant, il doit finir son dîner. Allez, mon cœur, dis « bonne nuit ».

Ainsi, un brin déçu, son fils alla embrasser Maddie, puis son père. Élisabeth en profita pour annoncer :

— Je vais me coucher aussi. Bonne nuit, Maddie.

— Bonne nuit, lui répondit l'intéressée avec tendresse.

Puis, prenant la main de Joshua, la jeune femme sortit en discutant tranquillement avec lui. Ces moments de complicité avec Joshua allaient lui manquer et elle savait que, pendant un temps, la vie ne serait pas facile pour lui. Mais Sydney était quelqu'un de bien et elle était persuadée que son fils finirait par être heureux dans cette famille recomposée.

Ce soir-là, Élisabeth fit durer les choses, acceptant de lire une seconde histoire, au bout de laquelle Joshua s'endormit dans ses bras. Pendant quelques minutes, elle resta là à l'admirer, tout en lui caressant paisiblement les cheveux. « Mon grand garçon », songea-t-elle amoureusement. Mais avant de céder à la tentation de rester dormir auprès de lui, la jeune mère se retira sur la pointe des pieds. Une fois sur le seuil, Éli lança un regard vers la suite qu'elle n'avait pas occupé depuis plusieurs semaines déjà. Mais elle se rendit rapidement à l'évidence, lorsque les larmes lui montèrent aux yeux, rien qu'à l'idée d'y entrer. Prenant alors une grande respiration, la jeune femme se dirigea vers l'autre suite disponible. À peine eut-elle passé la porte qu'elle perçut le bruit de la douche, Nathan était déjà là.

Elle appréhendait ce moment où ils se retrouveraient face à face, car elle n'avait aucune idée de ce qu'elle dirait ou ferait. De quoi serait-elle capable, une fois seule avec son mari ? À cette pensée, son cœur se gonfla d'angoisse et de ressentiments, mais elle ne pouvait pas vraiment y échapper, cette confrontation devait arriver ce soir-là.

49

NATHAN

Il était nerveux. Il s'agissait seulement de sa femme et il était nerveux. « C'est ridicule », se reprocha-t-il en restant sous le jet de sa douche. Il s'y cachait depuis près de dix minutes déjà, mais il ne savait toujours pas ce qu'il allait pouvoir lui dire. Ses pensées, déjà en chantier, avaient été décimées par les propos de Victoria. Elle était parvenue à semer une pagaille et il ne réussissait plus à s'y retrouver. Les quelques heures de trajet jusque chez lui ne lui avaient pas permis de statuer.

« Je ne vais pas passer la nuit dans la salle de bains, je vais avoir l'air stupide et coupable » Non sans espoir que les idées lui viennent au bon moment, il sortit de la douche et enroula une serviette autour de ses hanches. Son regard se rivait toujours sur la porte, comme si elle risquait de s'ouvrir brusquement à tout instant, mais rien.

Alors, vêtu d'un pantalon de jogging gris et d'un tee-shirt bleu ciel, il se résigna à passer au salon et s'arrêta presque aussitôt. Éli était là, mais elle ne bougeait pas, comme si elle était aussi perdue que lui. Ses yeux étaient vides, rivés sur un point imaginaire, alors qu'elle réfléchissait ; et à l'expression qu'elle arborait, il était presque certain que cela n'avait rien de réjouissant.

Prenant alors sur lui pour la sortir de ce brouillard, il se racla la gorge et s'exclama d'une voix qu'il aurait voulue plus naturelle :

— Eh bien, quelle petite terreur, cette Marjorie !

Un léger mouvement de tête de sa femme annonça son retour au présent et, dans un besoin de la protéger, il se rapprocha en lui souriant doucement.

— Je crois qu'il est inutile de nous forcer lorsque nous sommes seuls.

Le seau d'eau froide l'immobilisa quelques secondes, alors qu'elle s'éloignait en l'ignorant. Encore un peu choqué, il se contenta de la suivre des yeux avant de demander :

— Pardon ?

— Nous savons tous les deux pour *qui* tu es allé à New York et ce que tu y as fait, alors…

Non sans prendre sur lui, il affirma calmement :

— J'y étais pour affaires, Éli.

Mais tout ce qu'il récolta fut un rire sarcastique de la part de sa femme.

— Pourquoi insistes-tu à le nier ? Je *sais* que tu aimes toujours Sydney, que vous couchez ensemble et que, d'ici peu, tu reprendras ta vengeance en te débarrassant de moi pour pouvoir fonder avec Joshua et elle, la parfaite petite famille de…

— Ma parole, tu délires complètement… Tu as pris tes pilules ?

Les sourcils froncés, il l'étudiait intensément.

— Bien sûr… Ce serait tellement plus facile, n'est-ce pas ?

Il n'arrivait plus à la suivre. Il avait beau retourner littéralement son cerveau pour tenter de la comprendre, rien n'y faisait. Bon sang, mais que s'était-il passé pendant son absence ?

— Tu vas devoir m'expliquer, parce que là…

— Mais bien sûr ! Tu vas me dire que je me fais des idées maintenant.

— J'aimerais au moins comprendre.

— Je sais à quoi tu joues, tu cherches à me faire croire que je suis folle, que je me trompe pour mieux pouvoir me berner. Mais je ne suis plus aveugle, Nathan, je sais à quoi m'en tenir maintenant.

Posant sur elle un regard incrédule, il demanda, sceptique :

— Vraiment ?

Les bras croisés sur son torse, il observait ce nouveau visage de sa femme qui lui faisait peur. Elle n'était pas dans son état normal. Décidé à rétablir la situation, il s'approcha en déclarant doucement :

— Tu ne vas pas bien. Tu devrais aller te coucher et je vais t'apporter tes pil…

— Ne me touche pas !

Son regard noir lançant des éclairs menaçants, Éli le repoussa alors qu'il tentait de lui attraper le bras. Il commençait à perdre patience, car quelque chose lui disait que la situation était loin de s'arranger. Résigné, il arrêta ses efforts et baissa les bras pour lancer :

— Très bien ! Alors, dis-moi ce que j'ai prévu de si terrible.

— Tu veux me pousser à la faute, me donner le mauvais rôle pour que ce soit plus facile pour toi de récupérer Joshua. Tu veux me réduire en miettes, me tuer à petit feu, pour assouvir ta vengeance…

Nathan n'en croyait pas ses oreilles. Si, au début de leur histoire, il avait cherché à se venger, il n'avait rien fait pour y parvenir… « Pas ces derniers temps », lui rappela sa conscience.

— C'est ridicule.

Il vit ses efforts pour rassurer sa femme tomber à l'eau lorsqu'elle écarquilla les yeux avant de l'accuser :

— Quelle mauvaise foi ! Pour une fois dans ta vie, sois honnête ! Soulage ta conscience !

Atteint par cette attaque, il laissa partir une flèche avant de le regretter aussitôt :

— Et comment se porte ta conscience, toi qui as tué ton bébé ?

Aussi invisible fut-elle, la flèche atteignit violemment le cœur d'Élisabeth. Il vit le choc se peindre sur son visage devenu livide en quelques secondes. D'une voix éteinte, elle murmura :

— Quoi ?

— Ce n'est pas...

Il avait voulu se rattraper en parlant plus calmement, mais le mal était déjà fait. Alors, après une légère hésitation, il répliqua d'une voix grave :

— Victoria m'a contacté... Elle m'a dit que tu avais déjà fait une fausse couche après le décès de Neal. Elle a déclaré que tu avais pris des médicaments dont les effets secondaires ont causé ta fausse couche.

À mesure qu'il parlait, il vit les larmes monter dans les yeux d'Élisabeth avant de rouler sur ses joues. Il se détestait pour les dernières secondes qui venaient de s'écouler, et plus encore.

— Je ne voulais pas... Je ne voulais pas le tuer... Lui faire du mal... Mais je ne savais pas quoi faire d'autre... Joshua était petit et on devait se cacher. Je voulais pouvoir le protéger et le rendre heureux autant que possible... Mais je ne voulais pas faire de mal à mon bébé. Jamais.

Comme elle était encore sous le choc, il l'approcha lentement avant de la prendre dans ses bras. Hébétée, replongée dans un passé douloureux, elle ne réagit pas, gardant les bras le long du corps.

— Je sais... Je suis désolé. Je ne voulais pas te blesser en abordant le sujet comme ça.

Éli resta immobile et silencieuse, rigide, comme emprisonnée dans la glace. La discussion était close pour ce soir, rien ne leur permettrait d'avancer désormais. D'une voix douce et faible, il suggéra :

— Tu devrais aller te coucher.

Lentement, il laissa retomber ses bras, mais, avant qu'elle se soit détournée, il prit son visage dans ses mains et lui donna un baiser aussi sincère que son cœur à cet instant. C'était sa façon douce et désespérée de la supplier de le croire et de s'excuser. Mais en sentant les mains d'Éli se refermer sur ses poignets avant même qu'elle ne lui ait répondu, Nathan sentit sa poitrine se comprimer. Avec un soupir et en prenant tout son temps – pour lui laisser une chance de changer d'avis –, il se redressa juste assez pour abandonner ses lèvres.

— Je n'ai pas couché avec Sydney.

— Pas cette fois, murmura-t-elle.

Elle n'avait pas levé les yeux vers lui, comme s'il ne méritait même pas un regard. Il serra les dents en étudiant son visage, alors que sa femme n'arrivait même plus à le regarder en face.

— Quoi que je dise ou fasse, tu ne me croiras pas, n'est-ce pas ?

Il n'avait pas besoin d'entendre sa réponse, il la connaissait déjà. Alors, comme si elle l'avait brûlé au passage, Nathan s'écarta avant de tourner les talons. Elle ne l'arrêta pas, ne lui demanda pas où il se rendait. Jusqu'à ce qu'il ait disparu, il n'entendit plus le son de sa voix.

Alors, il se rendit à l'évidence, la route pour rejoindre sa femme s'était encore rallongée. Parviendrait-il un jour à la retrouver ?

50

ÉLISABETH

C'était fini. Elle l'avait compris au moment où il l'avait embrassée. Bien sûr, elle avait ressenti ce désir, ce sentiment particulier comme si son cœur était une fleur ne s'ouvrant qu'une fois par an. C'était un moment exceptionnel, comme chaque baiser et chaque étreinte partagés avec Nathan… mais c'était son unique point de vue et sa faiblesse.

À travers son baiser, la jeune femme n'avait vu qu'une perche tendue pour reprendre leur jeu malsain. Mais elle ne le voulait plus, elle ne le *pouvait* plus. Elle n'en avait plus la force physique ni mentale. Cette dernière discussion avait fait ressortir sa folie dangereuse, elle avait perdu le sens des réalités et tourbillonnait continuellement jusqu'à en être malade.

« Je veux juste que ça s'arrête », songea-t-elle, désespérée ; et pour cela, une seule solution s'imposa à elle ; une seule, pour ne plus souffrir.

Sans plus hésiter, elle sortit de la suite et descendit dans la cuisine, non sans avoir lancé au passage un regard à la porte de Joshua. Bientôt, lui aussi serait libéré, tout comme Nathan. Bientôt, ils pourraient tous aller de l'avant. « C'est la bonne solution », pensa-t-elle un peu plus sereine en ouvrant l'armoire à pharmacie où elle récupéra ce qu'elle cherchait.

La jeune femme se doutait que Nathan s'était enfermé dans son bureau, aussi ne voulait-elle pas traîner. Prenant l'escalier menant à l'étage inférieur, Élisabeth atteignit rapidement sa destination.

Tout était calme, silencieux, l'eau du bassin ondulant à peine à la surface. Ses pieds nus glissèrent gracieusement sur le sol, comme si c'était une évidence et que rien ne pourrait l'arrêter. C'était réconfortant, en quelque sorte.

Dans la faible obscurité de la piscine, Éli s'installa sur l'un des plongeoirs. Assise, les pieds nus balayant le vide, elle était presque détendue. C'était le moment. Un à un, elle avala des somnifères sans vraiment les compter. Peu importait, tout ce qu'elle voulait, c'était partir en douceur, mais vite, pour larguer la souffrance qu'elle avait accumulée au fil des dernières années.

Petit à petit, la jeune femme sentit la fatigue s'abattre sur elle et alourdir ses paupières. Une certaine tension la saisit, alors qu'elle essayait de se rassurer. « C'est bientôt fini. » Une voix retentit derrière elle !

— Je me doutais que je trouverais ici.

« Non ! » s'écria-t-elle dans sa tête, lui donnant une légère poussée d'adrénaline. Ses membres s'engourdissaient déjà, mais elle parvint à s'exclamer :

— Va-t'en, Nathan. Je ne veux pas te parler.

Elle ne voulait pas qu'il soit là ; elle ne voulait pas qu'il la voie partir ; elle ne voulait pas qu'il la retienne. Le ridicule de cette dernière pensée lui apparut presque aussitôt. Il aurait bientôt sa revanche, alors pourquoi l'aiderait-il ?

— Dans ce cas, tu vas m'écouter.

Sa voix lui semblait plus proche, mais, avec l'écho de la pièce, elle ne pouvait en être totalement sûre. Ses pensées, elles, devenaient aussi pesantes que ses paupières.

— Je sais que je ne t'ai pas épargnée depuis notre première rencontre. Je sais que c'était mon but et que je l'ai atteint : te faire du mal, te détruire…

La suite de ses paroles devint floues, plongées dans un brouillard de plus en plus épais. Mais était-ce vraiment important ? Il était sans doute là pour célébrer sa victoire et elle allait la lui offrir sur un plateau, le cadeau de ses rêves. Tout tournait autour d'elle et, les yeux clos, la jeune femme perdait pied. Lorsque son corps devint trop lourd, elle perdit le contrôle et la seule chose dont elle fut consciente fut la fraîcheur de l'eau en plongeant. Elle n'avait plus la force de répondre, de bouger, de se débattre, alors elle coula comme une pierre, sentant l'eau s'insinuer dans sa gorge et son nez, sans qu'elle puisse l'empêcher.

Et puis, elle ressentit l'eau faisant le chemin inverse, puis elle entendit au loin :

— Putain, Éli, qu'est-ce que tu as fait ? Qu'est-ce que tu as pris ?

Elle recracha l'eau et toussa, mais ce fut tout ce dont elle eut la force. Le sommeil était encore trop présent et lui tendait les bras. C'était accueillant et elle mourait d'envie de s'y blottir. Mais quelque chose la retenait, l'agrippait pour l'empêcher d'atteindre son but.

— Réveille-toi, Éli. Parle-moi.

Elle sentait de petites gifles balayer ses joues, mais l'attraction vers l'obscurité était trop forte.

— Je pfffm…

Sous elle, la dureté disparut, alors qu'elle se sentait secouée, soulevée. Elle avait l'impression de n'être plus qu'une marionnette dont les fils avaient été coupés.

— Parle-moi. Reste éveillée.

Elle voulait essayer de parler, mais sa langue n'était plus que du chewing-gum. Elle ne contrôlait plus rien.

— Ouvre les yeux, Éli. Ouvre les yeux. Vis pour Joshua.

Malgré le brouillard, quelque chose lui parut différent, sa voix.

— Vis pour Joshua, Éli. Je t'en supplie. Il ne supportera pas de te perdre.

C'était sans doute un effet de son imagination, mais il lui semblait percevoir des sanglots et des cassures quand il parlait. « Nathan Reed ne pleure jamais », rectifia-t-elle, intriguée. Il ne pleurerait pas pour elle.

— Na… than, murmura-t-elle.

— Oui ! Parle-moi ! Je t'en prie. Dis-moi les pires choses que tu as toujours voulu m'envoyer à la figure, tout ce que tu penses de moi. Parle-moi, Éli.

Au prix d'un long effort, elle réussit à peine à soulever les paupières, mais juste assez pour voir ses yeux brillants et ses joues qui luisaient. Et à travers la nuit, il souriait comme un soleil. Son visage était seulement à quelques centimètres du sien et il l'embrassa en versant de nouvelles larmes. Pourquoi lui faisait-il cela ? Pourquoi son imagination et lui cherchaient-ils ainsi à la retenir ? Le voir pleurer, qu'il l'embrasse lui faisait trop mal.

— Laisse-moi partir, le supplia-t-elle.

Le choc passa dans ses yeux, mais il ne cilla pas avant qu'elle ait clos les siens.

— Jamais.

Sa promesse lui parvint, mais elle était trop fatiguée. Alors, le rêve se mêla à nouveau à la réalité, lorsqu'elle entendit tout bas : « Je t'aime. »

Elle n'arrivait toujours pas à parler, ouvrir les yeux ou ressentir son corps, mais la jeune femme perçut des murmures, des mouvements. Pourtant, tout était si loin, le rêve s'épaississait. Alors, entre confusion et regrets, elle perdit totalement connaissance. « C'est fini », pensa-t-elle simplement, enfin soulagée.

51

NATHAN

Un cauchemar. Voilà à quoi se résumaient les vingt-quatre dernières heures ; et plus le temps passait, plus il était furieux, contre lui, mais encore plus contre elle.

Il n'avait pas su la retenir, mais elle s'était condamnée. En dépit de Joshua, de l'amour qu'il lui portait, elle avait été prête à l'abandonner. Mais lui n'était pas prêt à lui pardonner son geste.

Cela faisait des heures qu'il ne l'avait pas quittée. Grâce au bouton d'urgence de la piscine – appelant les secours en cas de noyade ou d'accident –, l'hélicoptère était arrivé rapidement. Maddie s'était occupée de rester avec Joshua, pendant qu'il accompagnait sa femme jusqu'à l'hôpital. Là, on lui avait fait un lavage d'estomac, mais l'effet des somnifères était encore si présent dans son organisme qu'elle ne s'était toujours pas réveillée. Ses constantes étaient bonnes, mais elle dormait, comme plongée dans un coma sans fin. Pendant des heures, il avait guetté une réaction, même minime, sur son visage, mais ce dernier restait impassible. Ce n'était qu'une maudite statue.

Épuisé, il soupira en se passant la main dans les cheveux. Aaron, son garde du corps, lui avait apporté un café à plusieurs reprises, mais ce n'était pas ce qui le maintenait éveillé. Non, son moteur était sa colère, sa fureur qui ne faiblissait pas.

— Comment as-tu pu faire ça ? s'enquit-il à voix haute, mais faible.

Il avait besoin que son ressentiment sorte, qu'il évacue sa colère avant de perdre le contrôle et d'exploser. Alors, peu importe si cette fois elle ne l'entendait pas, il se ferait un plaisir de lui rebattre les oreilles avec le même discours, autant de fois qu'il le faudrait pour qu'elle ne recommence pas.

Secouant la tête, il poursuivit :

— Passer à l'acte, qui plus est à quelques mètres de notre fils. Voir sa mère partir encore une fois dans une ambulance ! Tu ne crois pas que la première fois lui avait suffi ? C'est tellement égoïste et irresponsable ! Tu imagines son traumatisme ? Il va s'en souvenir jusqu'à la fin de sa vie. Et tu sais quoi ? J'espère qu'il t'en voudra.

Il formula son souhait en lui lançant un regard noir qui la laissa insensible. « C'est ridicule, elle ne m'entend pas et ça ne sert à rien », se reprocha-t-il en soupirant avant de se lever. Il avait besoin de se dégourdir les jambes, mais quelque chose l'empêchait de sortir, il avait encore trop peur de la perdre. Il avait fallu que cela arrive pour qu'il prenne compte de ce qu'il voulait vraiment, une famille avec Joshua et elle.

« Je suis trop con », se reprocha-t-il à nouveau en se passant une main sur le visage. Il n'était pas stupide au point d'ignorer sa part de responsabilité dans ce qui s'était passé. À travers sa vengeance de moins en moins volontaire, il était tout de même parvenu à la pousser à bout. Mais même dans le doute, il n'avait jamais voulu en arriver jusque-là. Cependant, s'il se condamnait, Nathan n'avait aucune idée de ce qui avait poussé la jeune femme à passer à l'acte. « Joshua a toujours été la bouée qu'elle refusait de lâcher, alors pourquoi maintenant ? »

Dans sa tête, il récitait en boucle des prières pour qu'Éli se réveille. Son esprit emprisonné, il n'arrivait même plus à penser à l'avenir. Il préférait s'accrocher au présent, parce qu'elle était encore là, avec eux. Vivante.

Prévenus par Maddie, Liam, Helen et Jessie l'avaient rejoint et avaient tenté de le déloger à plusieurs reprises, mais il avait tenu bon. Sa place était là, avec elle.

Usant son regard sur le visage de sa femme, il affirma avec détermination :

— Je veux être la première chose qu'elle verra à son réveil.

Ils le connaissaient tous suffisamment pour savoir qu'ils n'arriveraient à rien. Alors, Helen et Jessie se portèrent volontaires pour aller chercher à manger et des vêtements propres pour lui et pour Élisabeth.

Au fil des secondes, il finit par oublier le juge qui gardait le silence. Pourtant, après quelques minutes, ce dernier s'exclama :

— Tu ne nous as pas dit toute la vérité sur elle, n'est-ce pas ? Ni sur vous.

Nathan ne répondit pas. Liam était suffisamment intelligent pour en tirer les conclusions qu'il voulait.

— Tu sais que, dans l'immédiat, tout ne redeviendra pas comme avant. Beth ne sera plus la même, plus celle que tu as connue.

Il se retint de révéler qu'il ne la connaissait pas vraiment et laissa le juge poursuivre son monologue.

— Son geste révèle des problèmes : chez elle, chez vous. Sa fausse couche n'est que la partie visible du problème.

Un sourire triste et ironique lui échappa. Oui, il y avait eu bien des choses, des blessures et des coups durs avant la fausse couche. Quelque chose lui disait même qu'il n'en connaissait pas la moitié. Éli s'était montrée forte, jusqu'à ce que son humanité la trahisse.

— En tout cas, quoi qu'il arrive, tu sais que tu peux compter sur nous.

Oui, il le savait et, sans quitter sa femme des yeux, il se contenta d'acquiescer. Les McEwan lui tinrent compagnie jusqu'à la fin des heures de visite, non sans tenter de le faire partir avec eux.

— Je ne partirai pas avant qu'elle se soit réveillée.

Avec un sourire compréhensif, le juge posa une main sur son épaule et, après les avoir salués, il retrouva sa place près de sa femme. Tendrement, il prit sa main entre les siennes et caressa sa peau douce et ses doigts fins.

— C'est à nouveau entre toi et moi, Éli.

Sans quitter son visage des yeux, il la porta à ses lèvres, l'effleurant avant de l'embrasser. Contre toute attente, il lui sembla déceler un frisson chez sa femme, produisant une décharge soudaine qui le réveilla. Avec attention, son regard rivé sur les yeux clos d'Éli, il réitéra l'expérience, mais son cobaye resta insensible à ses caresses. « Je deviens fou », se dit-il en soupirant. Les yeux clos, il porta la main d'Éli à son front.

C'est là qu'après quelques secondes, il lui sembla ressentir une caresse très légère. Surpris, il se redressa et étudia les doigts d'Éli qui bougeaient à peine, se pliant et se tendant avec difficulté. Intrigué, le regard de Nathan fonça sur le visage de sa femme et son cœur fit une chute de vingt étages, en découvrant ses prunelles brunes sous les paupières qu'elle soulevait à peine. Mais peu importait, elle se réveillait.

Son sourire explosa sur ses lèvres en même temps que son soulagement et ses larmes. Avant qu'il ait pu se contenir, il se jeta sur ses lèvres qu'il embrassa encore et encore. Elle ne lui répondit pas, mais il mit cela sur le compte des médicaments.

Euphorique, il lui promit entre deux baisers :

— Je suis là, je ne te quitterai plus.

Finalement, tout en gardant son visage entre ses mains, il se redressa pour l'admirer… et se figea, le cœur comprimé. Éli ne souriait pas, son visage n'exprimant aucun sentiment, aucune joie, aucun soulagement. Au contraire, son regard était vide et triste. Tout en l'étudiant, il se redressa, s'écartant pour lui laisser plus de liberté. Alors, réduisant son cœur en pièces, Élisabeth se détourna et s'allongea du côté opposé au sien pour lui tourner le dos.

Les mots de Liam lui revinrent alors en mémoire : « Tu sais que, dans l'immédiat, tout ne redeviendra pas comme avant. » Il en avait la preuve sous les yeux, mais, avant de se faire de fausses idées, il la lâcha et pressa le bouton d'alerte. Une infirmière surgit et il lui annonça le réveil de sa femme. Un médecin les rejoignit quelques instants plus tard et, les bras croisés sur son torse, il se tint dans un coin de la pièce pour ne pas les déranger pendant l'examen. Cependant, impatient, son regard resta rivé sur le visage d'Élisabeth qui l'ignorait volontairement. Elle avait quelque chose contre lui, mais il ne parvenait pas à savoir quoi. Elle lui en voulait, mais avait-elle peur ? Était-elle seulement en colère ? Il la vit murmurer quelque chose à plusieurs reprises, avant que l'infirmière ne lui donne à boire avec une paille.

Mais alors que le médecin testait ses réflexes oculaires, il la vit murmurer autre chose. Un bref instant, le praticien l'étudia en silence.

— Pourquoi ? s'enquit l'homme en blouse blanche.

Après une brève hésitation, Nathan la vit le regarder rapidement. Visiblement, le médecin ne manqua pas non plus cette désignation. D'ailleurs, quelques secondes plus tard, il s'écartait du lit pour venir jusqu'à lui.

— Monsieur Reed, je vais vous demander de sortir, quelques minutes, pendant que je finis d'examiner votre femme.

— Pourquoi ? Que se passe-t-il ?

— Je vous parlerai après, mais, d'abord, je dois examiner votre épouse. Ce ne sera pas long, lui assura-t-il en lui indiquant la porte.

À contrecœur et non sans un regard inquiet à Élisabeth, Nathan obéit. Comme un lion en cage, il fit les cent pas devant la porte de la chambre, s'interrogeant sur ce que son épouse avait pu déclarer et s'inquiétant des conséquences physiques et psychiques de son overdose. Les minutes lui parurent devenir des heures avant que le médecin ne sorte enfin de la chambre et qu'il lui demande à brûle-pourpoint :

— Alors ? Comment va-t-elle ?

— C'est difficile à dire, avoua le médecin en baissant les yeux.

Se sachant impressionnant physiquement, Nathan tenta de se détendre et de se rendre moins imposant avant de demander :

— Quoi ? Comment ça ?

Le médecin s'humecta les lèvres, hésitant, avant de croiser enfin son regard :

— Votre femme a demandé à être internée dans l'unité psychiatrique.

52

NATHAN

Le choc mit quelques secondes avant de passer. Il ne s'attendait certainement pas à cela.

— Contrairement à ce que l'on pourrait croire, c'est plutôt une bonne chose.

Bouleversé, il n'arrivait pas à se poser, son regard sautant d'un point à l'autre, tandis qu'un sourire tristement ironique peignait ses lèvres.

— Vraiment ? Excusez-moi, docteur, mais je ne pense pas que nous ayons la même définition d'une « bonne chose ».

— Cela prouve qu'elle a conscience de son état et de la gravité de ce dernier. Votre femme m'a confié qu'elle avait eu l'impression de devenir folle les derniers jours avant sa tentative de suicide.

Cette révélation le consterna, alors que sa culpabilité prenait de l'ampleur sur ses épaules. Il n'avait pas su voir tout cela, comme il n'avait pas vu à quel point elle avait été atteinte par tout ce qui s'était passé.

— Après une tentative de suicide, l'internement psychiatrique momentané et les consultations avec un psychologue font partie de la procédure. Si elle en parle d'elle-même, encore une fois, c'est une bonne chose, ça prouve qu'elle veut s'en sortir.

Cette dernière remarque aurait dû le ravir et le rassurer, mais sa fatigue et les derniers événements l'emprisonnaient au trente-sixième dessous.

— Est-ce que… est-ce qu'elle a expliqué son geste ?

— Pas vraiment. Elle a juste dit qu'elle avait eu l'impression de devenir folle et qu'elle voulait que ça s'arrête. J'ai vu dans son dossier qu'elle avait récemment fait une fausse couche.

— Oui… Il y a un peu plus d'un mois.

— A-t-elle consulté un psychothérapeute à la suite de cette perte ?

— Non, pas après sa sortie de l'hôpital. Le médecin lui a prescrit des antidépresseurs, mais je ne pense pas qu'elle ait vu quelqu'un.

— Cela peut expliquer beaucoup de choses, elle n'aura pas fait son deuil et l'arrêt soudain des antidépresseurs…

Ébahi, Nathan interrompit le médecin :

— Elle a arrêté de prendre ses pilules ?

— Oui, il y a une dizaine de jours. Un arrêt aussi brusque n'est pas une bonne chose, monsieur Reed, surtout quand il n'est pas suivi médicalement.

« J'aurais dû le voir ; j'aurais dû être là ; j'aurais dû remarquer quelque chose », se reprocha-t-il mentalement, alors que des centaines de flèches le criblaient de l'intérieur.

— J'ai demandé que le psychothérapeute de garde vienne la voir et, ensuite, on avisera.

Quelques minutes plus tard, comme prévu, une jeune femme entra dans la chambre et y resta pendant une vingtaine de minutes.

Impatient et inquiet, Nathan quitta sa chaise dans le couloir pour aller à sa rencontre :

— Docteur, je suis Nathan Reed. Comment va ma femme ?

— Notre entretien n'a pas duré très longtemps, mais je pense pouvoir dire qu'elle souffre d'une dépression sévère. C'est une jeune femme avec beaucoup de blessures qu'elle a gardées pour elle jusqu'à l'explosion.

— Vous allez l'interner ?

— Pendant quelques jours et, ensuite, nous ferons un point. Tout dépendra d'elle, mais sa guérison risque de prendre du temps. Certaines plaies sont profondes et mettront du temps à cicatriser.

Il en avait conscience, sans doute plus que quiconque. Il savait tout ce qu'Élisabeth avait enduré, notamment parce qu'il avait été l'un de ses tortionnaires et, pour cela, il s'en voudrait jusqu'à la fin de ses jours.

D'un hochement de tête, il congédia le médecin. Un coup d'œil vers la porte de la chambre suffit à le faire hésiter. Il choisit alors de s'occuper des papiers concernant l'internement d'Éli. L'infirmière lui annonça qu'il ne pourrait pas voir sa femme durant tout le temps qu'elle passerait là ; il pourrait seulement s'adresser à son médecin qui lui ferait part de l'évolution de son traitement. Cette nouvelle le rendit nerveux et inquiet. Il avait peur pour elle, qu'il lui arrive quelque chose, sans qu'il puisse faire quoi que ce soit.

Mais Élisabeth ne lui avait pas laissé le choix et, si elle était désireuse de guérir comme l'avaient déclaré les médecins, il devait lui faire confiance et la laisser faire.

Assise dans un fauteuil roulant poussé par un infirmier, vêtue d'une chemise de nuit sous sa robe de chambre, Éli arriva jusqu'à lui. Les mains sur ses cuisses, les yeux baissés, elle semblait soumise, presque droguée, vide. Son apparence fragile et ses traits creusés lui donnèrent envie de se raviser et de la ramener chez eux, mais il prit sur lui. « Elle ne va pas bien et elle a besoin d'une aide que je ne peux pas lui donner. »

Un goût d'échec dans le cœur et la bouche, il s'accroupit face à elle et, refoulant ses larmes montant déjà derrière ses prunelles bleues, il s'exclama d'une voix rauque, enrouée :

— Je dirai à Joshua que tu es en train de te soigner et de guérir. Je prendrai soin de lui et le rendrai aussi heureux que possible. Il t'attendra… aussi longtemps que besoin… et moi aussi.

Cette remarque lui permit de croiser le regard éteint d'Éli, mais, un peu soulagé, il lui sourit et prit sa main pour déposer un long baiser au creux de sa paume. Mais, d'un geste brusque, elle la lui retira finalement et, le cœur serré, il vit les larmes de sa femme couler au moment où le fauteuil le dépassait.

Quelques secondes plus tard, sans un regard en arrière, Élisabeth disparut derrière la double porte du service psychiatrique de l'hôpital. Il n'avait aucune idée de la date à laquelle il la reverrait ni dans quel état psychologique, mais, à présent, le destin d'Élisabeth Reed n'était plus entre ses mains.

Avec un poids sur le cœur, il fit donc demi-tour et, pour la première fois depuis près de deux jours, il quitta le bâtiment et rejoignit sa maison et son fils.

Les jours suivants n'avaient pas été des plus simples. Il lui avait fallu être patient pour calmer et rassurer Joshua autant que possible. Les cinq premières nuits, le petit garçon était finalement venu dormir avec lui pour échapper aux cauchemars qui le poursuivaient. Mais le jour n'était pas plus aisé, car il voyait à quel point Élisabeth manquait à leur fils. Il tentait de le rassurer en lui disant que ce n'était l'affaire que de quelques jours. Mais plus le temps passait et moins son fils le croyait.

Du côté des médecins, les rapports du psychothérapeute d'Éli n'étaient pas très concluants. « Cela ne fait que quelques jours », lui répondait le praticien presque à chaque fois, ce qui commençait à l'énerver au plus haut point.

Il lui semblait avoir perdu le contrôle sur tout ce qui l'entourait. La situation lui échappait et le temps semblait reculer. Rien n'avançait, rien ne progressait et cela le rendait fou.

Pour lui permettre de se changer les idées, Liam et Helen avaient proposé de garder Joshua avec eux pour le week-end. Il avait dû rassurer son fils en lui promettant de le prévenir si quoi que ce soit arrivait à sa mère. À partir de là, son petit voyage lui avait paru plus intéressant et cela n'avait pas manqué de soulager Nathan. À mesure que les jours passaient, son propre moral tournait à la pluie et il lui était de plus en plus difficile de donner le change.

Une fois Joshua parti, il était facilement retombé dans ses travers en passant presque tout son temps à son bureau. Il n'avait plus envie de rester dans sa grande maison si Joshua et Élisabeth n'y étaient pas. Heureusement, il avait gardé son ancien appartement dans le centre de Toronto pour les soirs où il travaillait tard. Il ne l'avait pas utilisé depuis longtemps, mais, pour cette nuit-là, c'était la meilleure solution.

Les rues s'étaient vidées, lorsqu'il sortit de ses bureaux, escorté par Aaron, le second d'Ethan, et sa garde rapprochée. Il avait plu pendant des heures et les trottoirs luisaient dans la nuit. Il y avait un côté sombre, triste, qui s'alliait parfaitement à son humeur déprimée.

Et la situation ne s'arrangea pas lorsqu'une voix familière le réveilla brusquement :

— Un mot, monsieur Reed.

— Bon sang, Victoria, dois-je m'attendre à vous croiser chaque fois que je rentre ou sors d'un immeuble ?

— Désolée, je ne voulais pas vous faire peur.

— Que voulez-vous ?

— J'ai essayé de vous joindre à plusieurs reprises, ces derniers temps.

— Oui et je n'ai pas répondu volontairement. J'ai mieux à faire que d'écouter vos…

— Je sais… J'ai appris pour Éli. Mais si vous acceptez de me suivre, ce soir, je vous présenterai une preuve irréfutable, appuyant mes accusations contre votre femme.

— Je suis fatigué, miss Jones.

— Je sais, mais il en va du bien de Joshua autant que du vôtre.

Le regard dur et froid avec lequel il l'étudia ne sembla pas impressionner le marshal qui affichait toujours la même assurance.

— Si, après l'avoir vue, vous n'êtes toujours pas convaincu, je vous promets de ne plus vous poursuivre. Vous n'entendrez plus parler de moi ; du moins, jusqu'à ce que j'arrête votre femme.

Son audace l'estomaqua et le fit rire, avant qu'il ne s'exclame :

— Eh bien ! Si vous êtes prête à me promettre tout ça, ce doit être une sacrée preuve !

Sa curiosité était attisée, davantage pour le bien d'Éli que son mal. Il pouvait continuer à la protéger et le meilleur moyen de le faire était de voir les cartes que Victoria comptait enfin jouer contre elle.

— Très bien, miss Jones. Montez, je vous prie, l'invita-t-il en indiquant sa voiture.

Sans attendre, le marshal le précéda et, quelques instants plus tard, le véhicule démarra. Victoria leur avait donné la direction de l'ouest de la ville, mais, pour l'instant, c'était tout ce qu'elle avait bien voulu leur dire. Le trajet se fit dans le silence jusqu'à ce qu'il demande :

— Comment vous êtes-vous procuré cette preuve ?

— Je vous expliquerai tout, une fois arrivés. Je n'aime pas avoir des oreilles qui écoutent aux portes. D'ailleurs, une fois sur les lieux, vous laisserez vos gorilles et votre téléphone dans la voiture.

Sans complexe, il éclata d'un rire étouffé avant de se moquer ouvertement en haussant un sourcil :

— Vous plaisantez ?

—Je ne peux pas prendre de risques. Cette affaire est trop importante.

Avec un soupir, Nathan détourna les yeux et, d'un ton ironique, il répliqua :

— Si vous le dites. C'est encore loin, votre mystérieuse destination ?

— Patience.

Enfin, quelques minutes plus tard, Victoria ordonna au chauffeur d'arrêter la voiture et descendit. En la suivant, il se découvrit dans un quartier résidentiel, mais surtout, à côté, une usine désaffectée, entourée d'un haut grillage.

— Suivez-moi, lui intima-t-elle.

Après avoir ordonné à Aaron et ses hommes de les attendre là – pendant une heure maximum –, il obtempéra et s'éloigna derrière le marshal. Un peu plus loin, dans l'obscurité, il la vit se baisser et emprunter une faille dans le grillage. Non sans difficulté vu son gabarit plus large, il l'imita avant de la suivre jusqu'à l'immeuble. L'usine abandonnée était visiblement devenue un squat, s'il en jugeait les nombreuses ombres qu'ils croisèrent sur leur route.

—Je croyais que vous n'aimiez pas les oreilles qui traînent.

—La plupart sont des drogués ou des étrangers qui ne parlent même pas notre langue. Et de toute façon, ce n'est pas là que nous allons.

L'obscurité se faisait de plus en plus intense et il en arrivait à se demander comment Victoria faisait pour ne pas se perdre.

— Si j'avais su qu'il s'agissait d'une session de spéléologie, j'aurais amené ma lampe frontale, ironisa-t-il.

D'un ton grave, elle le précéda dans une nouvelle pièce sombre en s'exclamant :

— Nous y sommes presque.

L'instant suivant, le bruit d'une lourde porte qu'on referme résonna derrière lui. Plongé dans l'obscurité, il ne distinguait plus rien. Était-il tombé dans un piège ?

— Si c'est une blague, je ne la trouve pas très drôle, rugit-il, menaçant.

— Je t'avais prévenue qu'il n'apprécierait pas. Il a toujours eu peur du noir.

La voix n'était pas celle de Victoria, mais il la connaissait. « Ce n'est pas possible », se dit-il, figé. Crispé, il ne bougeait plus, ne respirait plus. Lorsque la lumière jaillit soudain, il sursauta et ferma les yeux, ébloui. Puis, lentement, il les ouvrit et découvrit une petite pièce aux murs couverts de graffitis, au sol jonché de lattes en bois et autres détritus.

— Je vous avais dit que j'avais une preuve irréfutable, le réveilla-t-elle.

D'un geste, sa guide lui indiqua quelque chose sur sa droite. Intrigué et tendu, Nathan se tourna lentement dans cette direction avant d'écarquiller les yeux. Devant lui se tenait à présent un homme à la carrure identique à la sienne, un homme aux cheveux roux mi-longs et aux yeux d'un bleu unique, un homme qu'il avait bien connu et perdu.

— Neal ?

L'homme eut un sourire en coin et, avant même qu'il n'ait parlé, Nathan sut ce qu'il en était.

— Salut, mon frère.

Fin du tome 2
À suivre...

Biographie

Depuis son plus jeune âge, Gine a la romance pour passion. À partir de seize ans, guidée par son amour de la musique, du cinéma et des séries, elle écrit des fanfictions avant de se lancer dans des histoires originales. Presque vingt ans plus tard, après un an au Canada, elle autopublie une série de cinq tomes intitulée *Tombée*. Repartie au Canada pour deux ans, Gine profite de son séjour à Toronto pour faire naître sous sa plume la trilogie *Contre toi*. Inspirée par les fictions qu'elle affectionne, ses expériences personnelles et les femmes fortes qui jalonnent sa vie, Gine aime faire rimer le mot passion avec drame et voyage pour faire rêver ses lecteurs et leur donner de l'espoir.

Mentions légales

ISBN : 979-10-348-1760-3
ISSN : 2553-2421

Evidence Editions
2 rue Abbé Grégoire
17 000 La Rochelle

Site Internet : www.evidence-editions.com
Boutique : www.evidence-boutique.com

Dépôt légal mai 2021

Achevé d'imprimer chez SoBook le 26-10-2021

Linselles - France

N° impression : 731 436